故事会

2006 · 14

（总第 362-365 期）

合订本

上海文艺出版社

图书在版编目(CIP)数据

《故事会》2006 年合订本.14/《故事会》编辑部编.
上海:上海文艺出版社,2006
ISBN 7-5321-3019-3

Ⅰ.故...　Ⅱ.故...　Ⅲ.故事－作品集－中国－当代　Ⅳ.Ⅰ248.7

中国版本图书馆 CIP 数据核字(2006)第 055891 号

责任编辑:鲍　放
封面设计:李宝强

故事会 2006 年合订本 14

(总第 362-365 期)

《故事会》编辑部　编

上海文艺出版社出版、发行

地址:上海绍兴路 74 号

电子信箱: gushihui@263.net

网址: www.slcm.com

中国图书进出口上海公司发行

地址:上海市广中路88号

电话:36357888

字数 280,000

ISBN 7-5321-3019-3/Ⅰ·2315

362 2006 SEMIMONTHLY 上半月刊 3月 STORIES

百姓话题

故事会
2006年3月
上半月·红版

主 编：何承伟
常务副主编：吴 伦
副主编：姚自豪（上半月·红版）
副主编：夏一鸣（下半月·绿版）
本期责任编辑：周 吟
发稿编辑：
姚自豪 吕 佳 王雅静
夏一鸣 鲍 放 梁宁宁
美术编辑：李宝强
电脑制作：郭瑾玮
通 联：归依玲
本社办公室电话：021-64375030
上半月刊编辑部电话：021-64332325
下半月刊编辑部电话：021-64336469
（上海市绍兴路74号 邮编：200020）
主管、主办：上海文艺出版总社

督印 发行：张 凯
电话：021-64313938
广告总代理：上海文艺广告传播中心
（上海市绍兴路74号 邮编：200020）
广告总监：张 淮
广告业务：021-34010383
广告投诉：021-64333738
广告经营许可证
沪工商广字3100320050022号
发行：中国图书进出口上海公司

手机阅读器服务商：北京掌讯远景信息技术
有限公司 客服电话：010-51196627

封面插图：谢友苏

本刊各栏目欢迎来稿。来稿寄上海市绍兴路74号《故事会》杂志社，邮编：200020；本期责任编辑
E-mail地址：keyin118@163.com

·笑话·

皱纹

妻子："你瞧你，年纪不大额头上的皱纹却有那么多。"

丈夫："多到什么样子？"

妻子："你每次戴帽子时，就像拧螺丝一样！"　　　（小　蒋）

（本栏插图：李加史琦）

梦话

导演罗杰在酣睡中说起了梦话："亲爱的，我太爱你了，真是爱得死去活来啊……"说完这些话，他突然醒了，看见妻子正醋意十足地看着自己，罗杰立刻闭上眼睛，翻个身说："好，就这样说，现在开拍！"

（胡明宝）

敬酒

马路上，一位交警看见一对夫妇一边喝酒，一边开车，便将他们拦了下来。可这对夫妇仍然目无旁人地喝着酒，交警气得不知该说什么好，在那傻站着。

丈夫见状忙责备妻子说："只知道自己喝，人家交警同志站了半天了，也不给人家敬一杯。"

（罗小松）

这回买错了

—笔100万元的赛马奖金被一个白痴获得。众人不解，问白痴："你是怎样买赛马奖券的？"

白痴说："我连续三天梦到'7'这个数字，3 × 7=24，所以我买了第24号赛马奖券，一下中了。"

众人大惊："3 × 7=21，怎么会是24呢？"

白痴也吓了一跳："真的？这回买错了，下次买21号。"　　　（蒋宁贤）

4　一别之后，二地相悬，虽说三四月，却好像五六年，七夕节，独自怨，八成相见九月间，十全百美遂人愿，千般想万般念，盼你亿辈子不离我身边。安徽　刘祥银（0501）

打蝴蝶结

七岁的女儿对肚脐很好奇，常问妈妈肚脐是干什么用的。妈妈于是把肚脐连着胎儿与母体的道理深入浅出地给她讲了一下，说婴儿离开母亲之后，医生就把脐带剪断并打一个结，脐带脱落后，就形成了肚脐。女儿懂了，可是有些遗憾地问道："医生为什么不打蝴蝶结？"

（丰　平）

父亲的问题

有个赛车族骑着一辆摩托车从出租汽车的旁边飞驰而过。出租车司机看见摩托车后面还坐着一个小孩，由于摩托车开得太快，小孩已经摇摇欲坠。

可不是，没走多远，小孩便从车上坠落下来，而那个赛车族却全然不知。

好心的出租车司机停下车，把小孩抱到车里，决定追赶赛车族。

出租车司机加足马力，终于追过赛车族，用车横向拦住了摩托车。

"你也真是，哪有你这样的父亲，孩子掉了都不知道！"出租车司机埋怨道。

赛车族看了看孩子，大叫道："孩子，你妈哪儿去啦？"

（咸　伶）

·笑口常开　轻松一刻·

没长眼

公路上两车相撞。

甲车司机气不过，下车大骂："你没长眼啊！"

乙车司机不甘示弱："谁说的？我这不是把你撞了个正着！"

（陈川怡）

悬崖勒马

某人在表演硬功夫，用牙齿咬住一匹马的缰绳，能把马拉得倒着走，观众无不称奇。这时，一个老太婆说："我这么大一把年纪，总算亲眼看见了'悬牙勒马'！"

（张金初）

· 笑话 ·

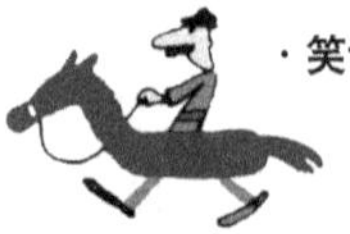

单位的蚊子

王经理好喝酒，酒量奇大，但每喝必醉。这天晚上，一个职工听到小花园里传来了如雷的鼾声，循声找去，发现王经理正躺在花园的石阶上呼呼大睡，敞开的臂膀和肚皮上落满了蚊子，吸过血的蚊子有许多醉倒在王经理的身边，半醉的蚊子也几乎飞不动了。

这个职工赶紧大声喊道：“王经理，起来到屋里睡，蚊子在你身上喝饱了！”王经理喷着满嘴的酒气说：“肥……肥水不流外人田，反正是单位的蚊子，让它们也喝两杯吧！”

（晓　雨）

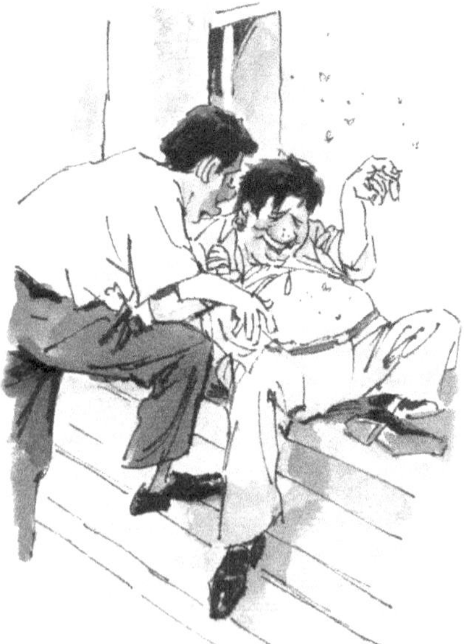

名　人

一女生演戏一举成名。

一天，她面对成千上万的戏迷，把酗酒说成了凶酒，弄得戏迷们目瞪口呆。她的老师知道后，叹息说：“这个错误原来只有我一个人知道，现在倒好，全中国人都知道了。”

（小　张）

高空拍摄

某记者去拍摄火灾现场，由于烟太大无法拍出效果，便向主编申请高空拍摄。

主编说：“你去机场等等吧！”

当他匆忙赶到机场时，只见一架直升飞机即将起飞，他便跳上去，嚷道：“快起飞！”

不一会儿他们升到高空，这时飞行员问：“你就是新来的指导员吧，我就是那个学了三次仍无法自行着陆的杰克。”

（万　元）

不用等我

家里请了个新保姆。晚上男主人吩咐保姆说：“记住，我和孩子他妈每天早晨七点钟吃早饭，你要……”保姆连连点头说“噢，我知道了，到时候你们先吃吧，不用等我，我要睡到八点钟再起床。”

（章　一）

因为有了仙心，嫦娥吞食灵丹，与后羿天人永隔；因为有了凡心，织女触怒王母，与牛郎银河相望；因为有了爱心，我摘下满园玫瑰，与你相约一生一世。1377***7064（0502）

雪上加霜

生性刻薄的女儿，爱上了一个残疾人，爸爸语重心长地说："女儿，你最好离开他。"

女儿奇怪地看着爸爸："你说什么呀！难道残疾人就不应该拥有正常的爱情？"

"我，我不是这个意思。"爸爸说，"我是说，他已经够可怜的了，可你还要嫁给他！"

（金　楚）

月亮了不起

一天晚上，五岁的儿子忽然对爸爸说："爸爸，月亮真了不起。"

"有什么了不起呀？"爸爸好奇地问。

"月亮的胆子比太阳大。"

爸爸更奇怪了："为什么呀？"

"月亮敢晚上出来玩！"

（张金初）

世界末日

某学校的小学老师在描述"世界末日"时的情景："那时会打雷闪电，火焰从天而降，海水涨溢，洪水泛滥，地裂山崩。"

正当他说得口沫横飞、眼睛闪闪发光时，一个小孩问道："那时学校会放假吗？"

（宁　宁）

应答自如

办公室里的老张素以机智著称。一天，小王特地找了一个题目来刁难他，小王说："老张啊，你可知道世界上最吃亏的事是什么？"老张说不知道，小王说："就是一个人死了，他的钱还没有花光。"

大家都看着老张，心想他这回可没什么好说的了，谁知老张愣了一下，随即说道："小王啊，那你知不知道世界上最惨的是什么事？"小王说不知道，老张说："就是一个人钱花光了，他还没有死。"

（吴祖柯）

我将于茫茫人海中访我惟一灵魂的伴侣，得之，我幸……

寻找王磊

□张　修

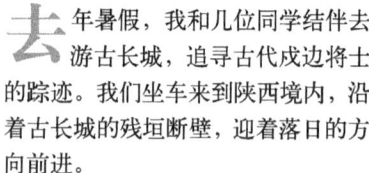

去年暑假，我和几位同学结伴去游古长城，追寻古代戍边将士的踪迹。我们坐车来到陕西境内，沿着古长城的残垣断壁，迎着落日的方向前进。

几天几夜，我们耳边似有鼓角争鸣，眼前似闪动着金戈铁马。当太阳再一次落山时，我们来到王家寨地界。同学们累了一天，决定就在古长城的堞楼中宿营。大家挥舞着手中的衣服，向太阳告别："哎嗨——再见，明天早晨见！"

然而没想到，我们的呼喊却引来了几声回应："喂——你们是谁？我们来了！"同学们面面相觑，这古长

城上难道还有和我们一样的游客？我们不顾疲劳迎上去，果然从前边长城古道上走来一伙和我们一样的男女青年，为首的是一个挺帅的小伙子，皮肤黝黑，他笑着向我们打招呼："嗨，我们是石头城的，你们不是本地人吧？"

那小伙子走过来友好地搂搂我的肩，我脱下棒球帽说："我们是北京师范的学生。"他惊愕地看看我，抱歉地说："对不起，我还以为你是男生呢。"我笑笑说："别不好意思，女生就不能搂一下吗？"

大家一见如故，席地坐成一圈，互相吃着从家里带来的巧克力、牛

 雨在下风在吹，苦苦爱你不敢追；水在流鱼在游，暗暗恋你不敢求；日有心夜有心，岁岁年年到如今；你有情我有情，今晚约你行不行？　广东　陈彦滨（0503）

肉、马奶酒。当月挂中天时，我们伴着篝火唱啊跳啊……

搂我的小伙子叫王磊，他用六弦琴为我们演唱了一首当地牧歌："在那一望无边的草海，有个姑娘从远方来。她惦着心中的哥哥，来寻找石头遍地的城……"

没想到这首牧歌中的姑娘，竟成了后来的我，因为王磊在教我跳一种当地古老的砍柴舞时，我为他雄壮的舞姿所倾倒，当王磊趁没人注意大胆地吻了我时，我简直醉倒在他的怀中。

太阳又升得老高，大家从七倒八歪的睡态中醒来，拍拍身上的尘土，收拾好背包，挥手互道再见。其实谁都知道，这一别就是永远，但没人要留对方的电话。其实人生就是这样，美好的原版不会重现，就让我们把它存留在心里，洒脱地分别。

然而我却单恋上了王磊。回到学校念书的一年，我魂不守舍，于是当暑假再次到来时，我决定去石头城找王磊。

我辗转乘车来到石头城，心想：寻找王磊的捷径莫过于求助户籍警，于是我走进了当地派出所。派出所的一位老民警听了我的故事，龇着被烟熏黄的牙笑了，说："姑娘，虽然我们石头城不大，但也有几十万人口，叫王磊的不下几百人呢。你到底要找哪一个王磊啊？"

我顿时惊愕了，说："这可怎么办？"他说："你不如到我们《石城晚报》上登个寻人启事，让那王磊来与你联系。"

我忙问："报社在哪里？"

他立刻拨打了一个电话"喂，二丫，有件事你听我说……"他把我的事简略地告诉了那边接电话的人，"噢，你要过来呀？那快点。"

老民警挂了电话，我疑惑地盯着他，他解释说："是我外甥女，报社的记者。"

不一会儿，便有一个骑车的姑娘风风火火地赶来了，她就是二丫。

二丫进门一把拉住我的手说："就是你吧？太好了，我正要搞一个有轰动效应的内容，来打开报纸的销路……别动！"说着，她举起照相机，不由分说，"咔、咔"就给我拍摄了几张。

我急忙用手挡住脸，说："姐姐，你看我还没来得及梳洗一下呢。"

二丫说："要的就是你这风尘仆仆的样子。"她拉我坐下又说，"咱们这样办，我把你的故事刊登在百姓生活栏上，让那个王磊到报社与你相会，我相信到时候肯定会有一个动人的场面，我的栏目这回可要风光一把了。"

于是我在二丫的热心安排下，住进了报社招待所。

第三天晚上，二丫手里挥舞着一

· 我的故事 ·

张报纸来找我："张小姐，你的故事登出来了。"

我从二丫手中接过报纸，见上边有我的一幅靓照，我问她："王磊真能来吗？"

"明天你就知道了。"

第四天上午，二丫领我来到报社接待室外，透过玻璃窗，我惊讶地看见里面有几十个男人在闹嚷嚷地争论什么。我问二丫这些人是谁，二丫冲我一笑说："都是王磊。"

我惊得目瞪口呆，说："可我只要会跳砍柴舞的王磊。"

"他们都说自己会跳。据我所知，

有的人昨晚还特意拜师速成了一夜。"

"这么多王磊，我可怎么办呢？"

"我早为你想好了，来，坐上去。"二丫推出一把轮椅车，诡秘地一笑说，"等会儿我就对他们讲，你跟王磊分手后，在爬一段很陡峭的古长城时，不小心摔伤了脊椎，已经下肢瘫痪了，看王磊是不是还会爱你。"

于是我忐忑不安地被二丫推进了接待室。屋里的人还在大声争论，一位四十多岁的王磊面红耳赤地嚷道："那天晚上在长城，因为天太黑，所以张小姐把我当成了小伙子……我干吗跟我老婆离婚？就是在等待这次奇遇！"他转而对一个青年说："李二锁，你怎么也敢来冒充王磊？"那个"李二锁"忿忿地答道："你别血口喷人，我小名叫王磊！"

这时，二丫使劲干咳一声，屋里顿时安静了。二丫上前说道："大家来认一认，这位就是远道而来的张小姐。"

所有的目光都不约而同地盯到了我的腿上，二丫笑了笑，说："事情是这样的……"二丫把我"摔残"的故事娓娓说出，一屋的王磊都大失所望，纷纷朝外走，嘴里嘟囔着："怎么不早说明腿残了啊？这不是坑人嘛！"瞬间一屋的王磊走个干净。

二丫神色黯然，对我说："你也该回家了，我可以帮你买一张车票。"

我鼻子一酸，眼泪就滚落下来，

 走路的时候你在身边，洗手的时候你在指尖，吃饭的时候你在嘴边，写字的时候你在字里行间，无论你是否在我身边，我一直都会记挂你在心间。 安徽 陈剑（0504）

钱从哪里出来（文：熊 威；图：包丰一）

1. 一位先生第一次进赌场玩"老虎机"，他问工作人员怎么玩法。

2. 工作人员教他往"老虎机"里塞钱，然后按启动按钮。

3. 那先生眨巴着眼睛，又问："那么钱从哪里出来呢？"

4. 工作人员笑着说："一般情况下是从银行的提款机里出来。"

哽咽道："这些人里没有我的王磊，我敢发誓，我认识他，他要在绝不会走！"

"别傻了，他应该就在刚才那群人里，显然他并不是真心爱你。"

"你胡说！"

我伏在轮椅的扶手上失声抽泣，二丫默不作声地陪着我，没说一句话。

这时，忽然有个手捧花束的小伙子风风火火从外面闯进来。天哪！我大吃一惊，这正是那个皮肤黝黑会跳砍柴舞的王磊！小伙子一进门就瞪大眼睛盯着我，说："对不起，我去给你采野花，来晚了。我听刚才出去的人说，你摔瘫痪了，都怪我，都怪我，要是那天早晨咱们一起走就好了，你对这里的地形太不熟悉……"

我激动地一跃而起，搂住他的脖子大声说："王磊，我就知道你会来！"

这时，二丫不失时机地按下照相机的快门，拍下了这张珍贵的照片……

（题图、插图：安玉民）

（本栏目欢迎来稿。来稿可从邮局寄发，也可从网上传递。如为电子邮件，请发以下信箱：keyin118@163.com）

王顺

□ 景 天

狗肉火锅店

王顺今年四十，前些日子下岗了，他东借西借七拼八凑了一些钱，在县城一个偏僻得不能再偏僻的地段，租了一间屋，挂上了"王顺狗肉火锅店"的招牌，鞭炮一响，火锅店开张了。王顺知道，这地段是太偏僻了点，店面也小了点，可是只要服务跟上，应该还是有顾客的，人们不是说：酒好不怕巷子深嘛。

为了让顾客吃得好吃得放心，王顺的狗是现杀现剥现洗，而且由王顺亲自掌厨。果不其然，自打送走了第一批客人之后，这一批批的顾客渐渐地就多了起来，小店顾客盈门，天天客满，忙得王顺汗流浃背，不亦乐乎。

这天，一辆黑色高级轿车，停在了王顺的火锅店门前。车门一开，先从车上跳下来两条黑色的长毛犬，一看那绢丝般光泽的长毛，王顺就知道这是很高贵的名犬，有钱人才养得起。但让王顺不明白的是，这狗主人怎么把狗带到火锅店吃狗肉，难不成想让小狗也尝尝它们同类是什么滋味？

王顺正想着，这时车上下来几个西装革履的男子，其中一个胖子随手指了指带来的那两条名犬，对王顺说"拿去！"王顺一愣，没反应过来。

"不明白？"那人傲慢地笑了笑说，"我们只要你的手艺，明白了吧？"

 你读这条短信时，已欠我一个拥抱；删除这短讯，欠我一个吻；要是储存，欠我一次约会；要是回电，欠我以上全部；要是不回讯，你就是我的了！请选择！江苏 孙煜琪（0505）

王顺为难地说："这两条好像是名犬吧？再说也太小了点吧。"

"哈哈哈哈……"那些人全都大笑起来，那笑声带着狂妄和傲慢，让王顺听了很是刺耳。

胖子说："你只管照着做就是了，不就是两条狗吗？那么多废话！你知道我们是什么人？就吃你卖的那些草狗？"他见王顺还没有动，又用轻蔑的口气强调了一句，"不就是钱吗？放心，一分也不会少你的！"

王顺还是有些于心不忍，忍不住又多说了一句："一定很贵吧，拿来吃真是可惜了。"他的话又引来一阵刺耳的笑声。

就在这时，忽然听到不远处传来了一声紧急的刹车声和狗凄厉的惨叫声。

王顺一看，一条名犬躺在不远处，一辆摩托车停在它的面前，地上还有一摊血。刚才大家只顾说话，谁也没注意那狗跑开了。这当儿，摩托车的主人正不知所措地站在那儿，看见王顺和那几个人向他走来，嘴里一个劲儿地说着"对不起"。

这条本来已经要杀的狗被摩托车给撞了，王顺本想看看这些人会有什么反应，可是还没等那些人说话，只见那条已经奄奄一息的狗，忽然间像想起了什么，一跃而起，然后，缓慢地、一瘸一拐地跑了起来。它跑到那条乖乖蹲在那辆高级轿车前的同伴那

儿，从嘴里吐出了一样东西，接着，躺在地上一动也不动了。

王顺好奇地想看看那条狗到底吐出了什么，走过去一看，竟是一块普通的骨头。那条狗在生命垂危时刻，还想把那块骨头带给它的同伴。狗啊狗！可怜的狗！王顺心里忽然涌起一种说不出的滋味。

狗死了！那条活着的狗温顺地趴在它的身边，伸出粉红色的舌头不停地舔着同伴身上被血粘成块的毛。舔得很慢，很专心，王顺见了，心里感到酸酸的。

胖子走过来说："好了，这下你连杀狗都可以省了！"说罢，这些人又"哈哈"大笑起来。

此刻，那轻蔑傲慢的笑声，王顺听起来就如同鬼哭狼嚎，令他恶心、愤怒！王顺一声不吭地进入小店，拿了一把铁锹，来到高级轿车面前，伸手怜爱地拍拍活着的小狗，然后抱起那条死狗，往不远处的田野里走去。

胖子和那群人见了，大叫起来："你干吗？快杀了它，我们等着下酒呢。"

"滚！"王顺不知哪儿来的勇气，对着那群客人怒吼着，他还举起铁锹，摆出一副拼命的样子……

第二天，王顺的火锅店没有开门。第三天，第四天……门仍关着。

（题图：安玉民）

最具人气短信推荐 3月(上) 关键词：道歉

是不是有一个小误会因为没有及时消除，慢慢变成了心结？是不是有一句"对不起"藏在你的心里，却一直没有说出来？本期我们推出道歉短信专辑，让不好意思当面表达的你，用一种更有趣的方式来传达你的歉意吧！（下载详情见P32）

● 别生气了，我给你猜个谜语好吗？你欠我五元，却还我十元。（打一礼貌用语）猜不出来了吧？谜底是……我倒欠（道歉）！1335***5768（0544）

● 动听的鸟叫比不上你的唠叨，优美的舞蹈比不上你灿烂的一笑，酒店的佳肴比不上你做的豆腐脑，惹你生气是我不好，这样的好老婆哪里找，我会加倍爱你一直到老！浙江 陈铭（0545）

● 风在刮，雨在下，请你微微笑一下；山也青，水也清，祝你天天好心情；对也罢，错也罢，看到短信笑一下；原谅我所犯的错，可以吗？河南 宋伟杰（0546）

● 你知道猪八戒怎么死的吗，笨死的；你知道你是怎么死的吗，气死的；你知道我是怎么死的吗，悔死的！唉，看手机的救救我好吗？要怎么救？编辑"原谅你"到******。1385***2944（0547）

● 从即日起，我将——工资全部上交，包括计划外的；剩饭全部承包，包括变了味的；家务活统统揽下，包括岳母家的；思想天天汇报，包括一闪念的！广东 凌科思（0549）

特别征集

5月的第二个星期天是母亲节，希望在母亲节那天，全天下的母亲都能收到来自子女的温馨留言……

请把你的心意写成短信发给我们，你将有机会在5月（下）的《故事会》上看到自己创作（或推荐）的短信，并且赢取3000元现金！（详情请见P32）

2月（下）刊登的那条趣味短信你还记得吗？下面是这条短信翻译成普通话以后的版本，你读对了吗？

在一个怪冷怪冷的冬天，你坐在烫腚烫腚的热炕头上，嗑着瓜子，喝着茶叶水，高兴地说："俺真是一头幸福的小猪。"（0550）

如果上天能再给我一次机会，我一定会对她说声：对不起！

特别关注

今年1月份的本月短信王和短信王中王将在本月下半月刊公布，敬请关注！

  完了，想你想得快完了，半夜眼睛都蓝了，买东西都忘给钱了，猪肉粉条都不馋了，1+1=2都觉得难了，赵本山都看成孙楠了，哭得人民币都看成美元了…… 山东 郭纬（0506）

百姓故事

(1)
(2)

　　书中所列的百姓话题有三十个之多，诸如话说"当官的"、话说"发财"、话说"球迷"、话说"妻子"、话说"打工"等等，每一个话题都以一种朴实亲切的叙述方式，通过一则则情节性强、生动有趣的小故事揭示问题，形象地道出老百姓要说的心里话。都是老百姓自己讲述的故事，都是讲述老百姓自己的故事。

名作故事

　　汇集了经过精心修改包括美、英、法、德、日、俄等国名家大师的作品，其情节或紧张奇特，或真切动情，或谐趣幽默，或荒唐却耐人寻味，既简练明朗，又保持了原作之精华。

笑话故事

　　是从《故事会》十几年来的作品中遴选出来的笑话精品，共600余则，全方位地折射了社会、艺术和人生，作品趣味盎然，回味无穷。

谜案故事

　　收入的90则作品都是世界著名谜案故事，主人公除了名侦探福尔摩斯外，还有怪盗英雄、强悍警察、著名律师等等，他们八仙过海，各显神通，是一本谜案故事的精萃之作。

当代传奇故事

优秀的传奇故事能给人以悲喜、惊恐、神秘等强烈而多变的阅读快感。本书每则故事无不以"奇"作为情节的核心，让人读来欲罢不能。作为"故事会爱好者丛书"中的一种，本集子相当具有代表性，故事的特点，《故事会》的风格，从此书可窥一斑。

发财故事

发财，自古以来人皆往之，因此发财故事也就在民间绵延不绝。本集36则发财故事分六大类：因财起祸、生财之道、天落横财、发财恶梦、飘忽财运、钱难通神等。故事生动，通俗可读。

旅途故事

46则旅途故事，让人在应接不暇的情节、人物中体验生活、体验社会、体验人生，从而拥抱生活，拥抱明天。作品充分运用了故事艺术的诸种表现手法：悬念、对比、误会、包袱……情节跌宕起伏，引人入胜。

喝酒故事

酒这东西，自古以来人们就对它褒贬不一，毁誉参半。本集古今中外64则喝酒故事，或喜或悲，或辛或酸，或啼笑皆非，按内容分为"因酒生事、借酒陈言、醉酒出丑、酒水糊涂、酗酒丧身、荒唐赛酒"等六类。

说大事、小事,普通人的身边事
讲闲话、实话,老百姓的心里话

四个怪老头

有句老话说:"人生七十古来稀",那说的是过去,现在70岁算得了啥?如今中国65岁以上的人口占到了7.6%,已经进入了典型老龄化的社会,你随便到哪个小区走一趟,80、90岁的老人多了去啦,还不是在床上躺着,而是遛狗啦,玩鸟啦,晨练啦,跳舞啦,上老年大学啦,日子过得红火着呢,前几天电视里还介绍了珠海一个王奶奶,101岁,还飞针走线呢!

不过,话说回来,人老了,这脾性难免会有点怪。今天,咱就来说几个脾气有点怪的老头……

第一个老头

黑暗中燃起了一堆火

县城里有条街,街边有条河,河上有一座年久失修的石拱桥,每当夜里,城里灯火辉煌时,这里却黑灯瞎火的,就在这黑咕隆咚的桥边,时常会有一个拾垃圾的疯老头出现:每到晚上八点半,疯老头就会把拾来的垃圾堆放在一起,在桥边燃起一堆垃圾火,这火一烧呀,难闻的臭味和呛人的烟雾就会在周围弥散开来,特别是有风的时候,臭味和烟雾就吹到了街上,这可是县城里有名的"小吃一条街",晚上来这里吃夜宵的人特别多,这疯老头的一堆垃圾火一烧,吃的人不敢来了,做生意的也一个个收摊了。

城管队管过不少次，也管不了这个疯老头。城管队长是个好心肠的人，他也不想太难为这老头，于是就把他"收容"起来，管吃管住，还派个专人"伺候"，结果这疯老头把看管他的人打伤了，逃了出来，又来到桥边燃起了垃圾火。

这天傍晚，城管队长独自开着车来到那地方，他想再和疯老头接触一次，看能不能找出个解决的方法来。

这时，疯老头也来了，他呆呆地坐在桥旁，身边放着一担捡来的易燃垃圾。这天寒流来了，特别冷，疯老头穿得单薄，寒风一起，他冻得一个劲儿直哆嗦。城管队长见了，便走下车，把自己身上的大衣脱下来，披在疯老头肩上。疯老头用大衣裹紧了身子，朝着眼前这个好心人傻笑着。

因为天太冷，城管队长不得不回到车内，他想不通的是：这疯老头为什么非要等到八点半才燃起那堆垃圾呢？看来这疯老头不是为了取暖，那他的目的究竟是什么呢？以前城管队长没有实地来看过，下属也没有反映什么，他决定今晚好好观察一番。

这时天已经完全黑了，桥上一片漆黑，河对岸还有灯火，那是一片棚户区，疯老头的家就在那个小区里。

城管队长在车内足足等了两小时，终于等到了八点半，他瞪大了眼睛，注视着桥上的一切，就在这时，黑暗中突然微光一闪，疯老头划燃了火柴，接着，桥上就燃起了一堆火。火光一起，桥上就亮了许多。

几分钟后，远处传来了一阵自行车的铃声，一群孩子骑着车过来了，他们是学生，刚上完晚自习课。这些孩子的家在河对岸的棚户区，每天早出晚归，上学放学。此刻，学生们来到了桥上，疯老头就那么傻傻地笑着，望着他们，而这些孩子也嘻嘻哈哈地笑着，俏皮地向疯老头挥手致意。

 有一种酒，一点点就能醉人；有一种爱，一点点就倍感温馨；有一个你，一相识就难以忘怀；有一份心意，就算不常见面也会彼此挂记。 1397***1739（0507）

看到这里，城管队长当即拨通了城建局局长的电话。第二天，石拱桥上就架设了亮晃晃的路灯，疯老头看到路灯，高兴得手舞足蹈，高兴过后，他突然伏在栏杆上，对着桥下的河水泪水涟涟，哭着喊着："亮子……"

县城里没有多少人知道这么一件事：三年前的一个晚上，天下着大雨，一个在学校里上完晚自习课的孩子，骑车经过这座桥，由于天黑路滑，一不留神跌入河中，再也没有爬起来……这是一个苦命的孩子，自小失去了爹娘，一直跟着爷爷过，失去了孙子的老人经受不了这样的打击，从此精神恍惚，不久就疯成了现在这样子……

第二个老头

就因为你说了这一句话

有个老爷爷，今年九十多岁，曾经是个老红军。这天，他突然接到邀请，说是为了纪念抗战胜利60周年，市里要举办大型纪念活动，邀请他作为嘉宾参加。

老爷爷很郑重地准备了一番，找出当年的旧军装、旧军帽，穿戴整齐，还把当年获得的好几枚勋章整整齐齐地戴在了胸前，一家人看了这番打扮，活脱脱一个老小孩的样儿，很有几分"另类"，大家哭笑不得，却又无可奈何，只好由他去了。

老爷爷执意不要别人送他去会场，于是家里人只好让他自个儿去，不料他去了好一会儿，组织活动的单位却打来了电话，说是老爷爷还没有到。按理说，这段路步行的话不到半小时，可老爷爷出去两个多小时了，他这是去哪了？

一家人都慌了，赶紧分头找，但找了好几个小时，连老爷爷的影子也没见到，这时天都快黑了，一家人坐立不安，一边打电话给公安局，一边到电视台播放寻人启事。

晚上，一家人焦急地守在电视机前等着电视台播放寻人启事，可就在电视台播放新闻时，一家人看得全傻了眼：老爷爷被几个警察推上了警车！新闻里说：最近接到不少报案，说有人冒充老军医贩卖一些"包治百病"的"特效药"。为了蒙骗的需要，这些骗子往往把自己装扮成"老军医"，军装、军帽、军功章装备齐全。事情巧呀，今天老爷爷就是这么一身"包装"，结果在去开会的路上遇到了突击行动的警察……

一家人连忙赶到公安局，果然老爷爷被关在那里。

警察弄清楚抓的是一个真正的"老同志"后，这一下可急了，连连道歉，警察还解释说：这位老爷爷被抓来后一句话都没有辩解，所以才会一错再错，如果老爷爷能解释一下，事情也不会弄成现在这个样子。

家里人埋怨老爷爷为什么不把自己的真实情况告诉警察，老爷爷一听，恼了："为了证明我不是骗子，我把身份证拿出来给警察看了！"

看了怎么样呢？嗨，看了更糟啦！

这阵子警察刚好抓获了一个制造假证件的团伙，警察对证件特别敏感，当时他们看了看身份证，又看了看老爷爷，问："这么说你都九十多岁了？"老爷爷回答说："没错呀！"警察立刻抹下了脸："哼，你骗谁呀！我看你也就五六十岁，你这假证件做得也太离谱了！"警察本来只是怀疑，还断定不了老爷爷是"化装"成"老军医"的骗子，看了身份证，断定年龄上有问题，这才将他带到了局里接受调查。

家里人把老爷爷接回了家，谁知老爷爷一点也不感到委屈，反而十分开心，一直嚷嚷着："他们说我只有五六十岁，哈哈哈！"

得，就为了这句话，老爷爷宁肯被抓走都不愿意把自己的真实情况说出来！

第三个老头

谁家的鸽屎拉到我头上了

莲花小区是新落成的，前前后后有二十四幢楼，住着一千多户，几千口人。"立冬"刚过，小区里突然冒出了一个卖晚报的老头，这老头看样子有七十多岁了，而且腿脚不太灵便，走路一拐一拐的。每天下午四点多钟，他就推着一辆半新不旧的自行车出现了，肩上挎着个大背包，里面塞满了报纸，一边走一边吆喝："晚报！晚报！"

这老头住哪座楼，人们不知道，小区里的人都是这几个月里搬来的，谁也不认识谁。这老头卖报还有点特别，别人卖报，大都往路边一坐，等着人家来买，他不是干等着，而是一幢一幢、上上下下地转着卖。小区都是六层楼，没有电梯，累得这老头气喘吁吁的，有人猜测：他呀，一定是个什么离退休干部，在家憋得难受，出来散心的，这样既能挣外快，又能爬楼锻炼身体，多美的事儿呀！

可谁都没有想到，这个平时和和气气的老头却和人闹起来了。这是个礼拜天，老头突然爬上十七号楼，从二层到六层，挨门挨户地敲门，主人一开门，他就瞪着眼睛问："你们谁家养鸽子啦？瞧，鸽屎拉到我头上啦！"

屋里的人一看，可不是吗，老头的头上果然有一小块白糊糊的鸡屎一样的东西，于是屋里的人就说家里没养鸽子，老头不相信，硬是要往里闯，遇上好说话的就让他进屋看看，遇上不好说话的就堵着门，吆喝着："我家即使养鸽子又怎么啦？信鸽协会登了记的，那是合法的；再说啦，你又不是警察，凭什么进我们家呀？就是警察，也得有搜查证啊！"

人家说得在理呀，这一下老头就不讲理了，他擐着脖子，高音大嗓，涨红了脸和人家吵："你这是做贼心虚！不承认？哼，根据'民法通则'，我可以把你们全告上法庭，让你们二到六层的所有人家集体承担赔偿责任！"

这老头也太擐了，不就是一堆鸽屎么？犯得着上法庭吗？唉，上了点年纪，脾气难免有点怪，好，你要看就进屋看吧！这一下，十七号楼可热闹了，那个老头一层一层地敲门检查，折腾了几个小时，七点多钟时，老头敲开了二单元五零二号的门，门一开，一个中年妇女张嘴就嚷："敲什么敲，有病呀？"

老头指了指自己的头："你们家养鸽子啦？瞧，鸽屎拉到我头上了！"

"没有没有！"说着，那妇女就要关门，可老头动作比她还快，竟"嗖"地一下冲了进去，一边往里走一边喊

着："你家到底养没养鸽子？"

老头正嚷着，却见一个高个儿男人从房间里走了出来，骂道："老东西，活腻了吧！你给我滚出去！"

那老头也擐得很，一个劲地盯着那男人看，还倚老卖老，把脑袋往前凑了凑，说："怎么地，你还敢打我不成？"

这一下激怒了那男子，他骂道："打你又能怎么着？"说着，他伸出右手，"啪"地就给了老头一个"五指扇"，老头这下子傻了眼，气得颤抖着身子说："你、你还真敢打人啊！"老头一边说一边退了出来。这当儿，楼道里挤满了看热闹的人，老头眼里噙满了泪水，说："你们等着，你们等

着！"老头下了楼，蹬上自行车就奔了公安局。到了公安局，他激动得说话声音都颤了，冲着警察就说："我可找到了！"

到底是怎么回事儿？原来，莲花小区上个星期发生了一起凶杀案：一个老太太来看望自己的儿子，大白天的就在楼道里被杀了，她拿的包被歹徒抢走，里面有一万多块钱。警察勘察现场后认定是小区内部人作的案，而且断定是个一米七五左右的男子。由于线索少，小区里人又多，案子暂时搁浅了。这卖报的老头正是被害老太太的丈夫，老伴儿被害，一时又破不了案，老头情急之下，突然想到了自己的"特异功能"：他是香水鉴定师，鼻子特灵，对气味有特殊的敏感，和老伴儿又是几十年的夫妻了，而且老伴儿多年来只使用一种香水，出事的那天，她的背包里还放着那香水，循着香水味就能找到线索，找到凶手。可怎么才能找到蛛丝马迹呢？老头苦思冥想，终于想出了一个法子：利用卖报，挨家挨户地转悠，这既方便又不会惊动凶手。昨天，他终于在十七号楼嗅到了老伴儿的香水味，虽然极淡淡淡，但他还是辨别出来了。说来也巧，今天恰好一群鸽子飞过，在他头上拉下了屎，于是老头借题发挥，以此为借口寻找凶手，找到二单元五零二号时，香水味越来越浓，等闯进屋去，味道更浓，再一看那个凶

巴巴的男子，个子和警方描述的十分相像，老头心中就有底了。

最后，案子破了，"晚报"还登了这事儿。那天的报纸，老头挨家挨户地送，不要钱，他眼里含着泪水，递上一份报纸就说一句："谢谢啦！"

后来，这老头还真成了小区卖报的，他还是一幢楼一幢楼地爬，一拐一拐的，一边走一边吆喝："晚报！晚报！"

第四个老头

闹市中摆下一张平静的书桌

有个故事，那是前不久在报上看到的，倒有点意思：有一天，有人在小区旁的市场上摆上了几张书桌和凳子，他一不卖酒，二不卖茶，做的是很奇特的生意：让顾客写数字。他还定了个规则：从阿拉伯数字的"1"写起，写到"333"，在写的过程中不能有丝毫的笔误和涂改，如能在限定的一刻钟内，一笔无误地写完这一长溜数字，奖励50元，但需先交3元，领一张白纸和一支圆珠笔，然后到书桌前去写，如出现笔误，这3元钱就归摊主所有。

这写字摊一摆出，摊位前立刻围了好多人，大伙儿全纳闷了：这人是不是穷出毛病了，这么简单的事也想用它来赚钱？

有几个毛头小伙子交了钱就坐到

书桌边去写，谁知不到五分钟，他们就昏了头，白纸上七涂八改的，全是墨团子，这么简单的阿拉伯数字都写不好，真是邪门了！

围观的人中就有不信邪的，瞧，一个中年人走了出来，大大咧咧地说："老子从前在一家企业当秘书，每天写的字成千上万，这玩意儿如能难倒我，我从今往后不捏笔杆儿！"中年人很傲气地交了钱，领了纸和笔，坐到书桌前，这时围观的人已经里三层外三层了，大家全把目光盯着那中年人。

中年人捋了捋袖口，面带微笑，下笔就是一溜好字，一口气写到"222"，果然功夫不凡！旁观者齐声喝彩，中年人一高兴，下笔又写了一个"222"，刚写好，他马上察觉写错了，连忙顺手将"222"改成了"223"，这时，摆摊的人说话了："朋友，不好意思，你已经输了，不过，你也算是不容易了，只不过是一时大意，这么吧，我再给你一次机会，你可以重新再写。"

于是摆摊的人又给了中年人一张白纸，中年人有了第一回的教训，他不再张狂，静下心来一字一字地写，不料这回更糟，刚写到"100"，就差点出错，中年人停了停，做了一次深呼吸，却怎么也守不住神，也难怪呀，设摊的地方，前面是"哗哗"作响的溜冰场，身后是热闹非常的卡拉OK歌厅，左边有个小报贩子冷不丁一声吆喝，右边又是一个烤羊肉串的……中年人心慌意乱，六神无主，咬着牙又硬撑到"222"，这时又一次出现了笔误，他不得不红着脸败下阵来。

接着又有好几个人上场，也全都

马失前蹄，落荒而逃。这一下更热闹了，围观的人越来越多，大伙儿都觉得这活儿简单，可就是没人过关。就在这时，人群中挤出一个60多岁的老头，相貌平平，衣着普通，大阴天，没见太阳，可他还戴着一顶草帽。老头走到摊前，从口袋里掏出30元钱，说是要10张白纸，摆摊的觉得奇怪：自己摆这个摊，只是和年轻人开开玩笑，你一把年纪来凑什么热闹？

摆摊的不收那老头的钱，可那老头不肯，执意付了30元钱，拿了10张白纸，又见他来到书桌前，铺好纸，拿起笔，"刷刷刷"，那字一行行地在白纸上写了出来，整齐、干净，就像在电脑上打出来的一样，不到10分钟，一张纸上写好了333个字，一笔无误、一字不差，接着他又开始写第2张、第3张……

周围的人看得眼睛都直了，摆摊的人也惊呆了，不到1小时，老头写好了10张纸，每张上从"1"开始一直到"333"，没一处差错、涂改，简直是神了！

摆摊的慌了，按照事先说的规矩，他得拿出500元钱，玩笑开大了，

摆摊的尴尬了，他掏出100元钱，走到老头面前，说："老伯果然是世外高人，我心服口服，这……这钱意思意思……"

老头没接钱，笑着摇了摇头，说"先生别出心裁，独具慧眼，在这繁华闹市摆上一张平静的书桌，让世人在这里炼心神、去杂念，很好，很好，只是世人不知，只有不为声色犬马之乐所迷，不为钱财淫乐之惑所乱，才能过得了此关呀！"

说完，老头就独自离去了，再也没有说一句多余的话。

在场所有的人都像堕入了云雾之中，这老头是谁呢？有人说，前几天电视台报道过一个久居深山古刹、精通书法的高僧，那就是他！你瞧，没太阳还戴着草帽，草帽下肯定是个光头！还有人猜想那老头是个书法家，也有人猜想他是个心理学家，众说纷纭，谁都说不准，后来在场的人也不去猜那老头是谁了，倒是去琢磨他说的那一番话。是呀，为了去赢那50元钱的奖励，或是为了炫耀自己的字写得如何如何，心中存了那么一点杂念，那肯定是写不了这333个字的……

"黑暗中燃起了一堆火"作者：许申高；"就因为你说了这一句话"作者：刘六良；"谁家的鸽屎拉到我头上了"作者：范大宇；"闹市中摆下一张平静的书桌"推荐者：红　江。

下期话题：生与死的故事

（题图、插图：刘斌昆）

为了制造一份"感动",他搜肠刮肚;为了收获这份"感动",他费尽心思……

感动观众

□ 方冠晴

市电视台的"王牌主持人"小西正在为策划一个春节晚会的节目而发愁。这一天,在下班回家的路上,他被一阵抽泣声吸引,循声望去,不远处的电话亭里,一个女孩子正在那里边打电话边哭。小西情不自禁地走了过去,一眼就可以看出,这是一个从乡下来城里打工的女孩,年龄不过十八九岁,她正满面泪痕,哽咽着对着电话那端说:"妈,今年春节我回不去了,你一个人在家,要是寂寞了,多往乡亲们家里走动走动,别舍不得买肉吃……妈,我想你。"这最后一句,让小西的鼻子也有些发酸。也就在这时,他脑子里灵光一闪,一个绝妙的选题产生了。

女孩挂上话筒,小西立即上前拦住女孩,问她叫什么名字。

女孩一眼就认出小西,当即破涕为笑,兴奋地嚷起来:"我最爱看你主持的节目,每期都看! 我叫李芳,在三农服务城建筑工地打工。我是做饭的,管民工们的伙食。"

"我刚才听你打电话,你好像说,春节不回家? 为什么呀? "

李芳的脸顿时又阴郁下来,她嗫嚅道:"我没回家的路费。"

"就这? "这句话问出口小西就后悔了,但为了他突然冒出的选题,小西还是启发她,"你就不能说一个

让人觉得你很伟大的理由？"

李芳一下子就乐了，调皮地眨巴一下眼睛，说："当然有啊！我们的工程任务紧，很多民工都不能回家，我是做饭的，我回家了，大家吃啥？"

这鬼丫头！小西哈哈大笑起来，这丫头脑子转得快，伶牙俐齿，说出的话也上得了台面，是上电视的料，就是她！小西当即详细地了解了李芳的家庭住址，然后给她一张"春晚"的门票，让她除夕夜去电视台现场看

春节晚会的演出。他并没说想请李芳演节目的事，他这个节目，演的成分不算太多，要紧的是感情的自然流露，更何况，过早地说出来，他怕李芳会紧张。

事情办妥后，小西开始字斟句酌地设计自己的台词，挑选音乐。

转眼，就到了腊月二十八。那天，小西专门请人去了趟千里外的乡下，把李芳的妈妈接过来。

李芳的妈妈五十多岁，土里土气，满面菜色，瘦弱不堪。她一下飞机就着急地问小西："我女儿呢？你们不是说接我来与女儿团聚的吗？"小西为了能成功营造出现场的轰动效应，就说："我会让你女儿来与你见面的。但不是现在，得等到除夕夜。"

"为什么要等到大年夜？"老太太焦急起来，"是不是我女儿出了啥事？要不，你们怎么会用飞机把我接来？接来了又不让我立即见她？"老太太越想越觉得女儿出了什么事似的，眼里顿时就有了泪。这也难怪，她哪见过人家这样好心？女儿要是好好的什么事也没有，人家干吗要花钱请她坐飞机来？这样的事，她活了一把年纪，才见过一次，那就是去年，村里当兵的蛋子所在的部队来人，接蛋子的父母去部队，结果，是因为蛋子在抗洪抢险中牺牲了。

小西知道老太太误会了，只得解释："李芳好好的，啥事也没有。我们

  穿棉袄是因为天气冷了，撑起伞是因为天下雨了，拿起手机是因为我想你了，给你短信是因为我错了……能原谅我吗？1343***3859（0511）

接你来，就是做节目。之所以要等到大年夜才让你俩见面，为的是要拍你俩见面那种激动高兴的情景。你们要早见了面，这效果就差了。"

"胡说！芳芳是我女儿呢，我啥时候见到她都高兴，见一百次高兴一百次！"

小西解释了半天，老太太就是不能理解他的意图。没办法，小西只得领她先在宾馆住下，再派个工作人员看着，不让老太太乱跑。

小西回到台里，一天的工夫，工作人员打来好几个电话，都是汇报说老太太吵着要见女儿。小西正忙着呢，火了："你就不会解释吗？说清楚，推迟见面，是节目的需要。"工作人员委屈地说："解释了，但她一个乡下老太太，就是不理解我们这样做的意图。你不也解释过了吗？你知道，她不听。""不听拉倒！""春晚"在即，小西忙得不可开交，哪有好语气，"要是都请这样的人做节目，我们一年能做几个节目？你给我看住她就成，别让她出什么事。"

转眼就到除夕了，老太太已经在宾馆住了两天，工作人员将她领到了电视台。老太太快急疯了，见了小西就问："我女儿到底出了什么事？"小西解释，什么事也没出，只是还没到见面的时间，他们需要她母女突然相逢的那一份感动，那一份由衷的喜悦，见面早了，到时不能出彩。老太太不懂节目，更不相信小西的话："我说过，我啥时见了女儿，都高兴。你们别瞒我了，芳芳出了啥事，你们就实说，我挺得住。"小西真的烦了，早知道这老太太这么难缠，就该换个人。但现在一切就绪，换人是不行了，他只得将老太太关在办公室里。

他打电话叫李芳过来，李芳来了，问他有什么事，他说："我就是想让你知道一下你们正在建设的三农服务城的意义，这是市政府专门为了服务于你们农民兄弟而设立的项目，它建成了，就……"李芳接口说："我知道，那里将是农药、化肥、种子的正规销售点，是水果蔬菜的中转站，直接为农民提供最好的服务。"小西本来是想提前给李芳灌输一点东西，好让她等一会儿讲话时能跟上自己的思路，能上台面。现在看来，这丫头什么都懂，自己不用担心，他便说："那好，你都知道，我就不多说了。李芳，你去吧，去看演出。"

谁知就在这时，老太太在办公室里叫了起来："李芳？是不是我的芳芳？"李芳一愣："谁呀？屋里好像是我的……"这会儿可不能让她母女见面，要不，前功尽弃了。小西吓得赶紧拉着李芳的手就往演播室走，一边走一边哄她："那里面是我们的一个演员，在里面排戏呢。"

春节晚会很快就开始了，起先，

是几个热热闹闹的节目。

热闹过了，滑稽过了，笑过了，该小西上场了。小西手执话筒，西装革履，站在聚光灯的光圈中，用最能感动人的声音说："在这除夕夜，在这合家团聚、合家欢乐的日子里，却有一些人，因为种种的原因，不能回家与亲人团聚……现在，就让我们来听一听，这些孤身在外打工，远离亲人的人此刻的心声。"

所有的音乐终止，现场一片寂静，那是酝酿感情的开始。小西手执话筒，来到了观众席，来到了李芳的

身边。"你叫什么名字？多大了？哪里人？你为什么不回家过年？"他一个问题接一个问题地问，李芳一个问题接一个问题地回答，而且她答得很好，居然说了三农服务城建筑工程的意义，说不回家是因为工程任务紧。这丫头实在是太出色了，升华了主题，这正是节目所需要的。小西用饱含激情的声音说："是的，三农服务城是我们市政府为了服务于农民朋友而开发的民心工程，旨在更好地为农民服务。而我们的农民兄弟姐妹，何尝不知道政府的良苦用心，他们也用实际行动，投身到工程的建设中，为了如期完工，他们放弃了回家与亲人团聚的机会，仍在这里埋头苦干……"他说得声情并茂，很能打动人。

一套虚的说词之后，该是来点掏心话、感动观众的时候了。小西用煽情的语调问李芳："虽然你因为工作回不了家，但你还是想家的，对不对？""是的，想。"李芳说了实话。小西用发颤的声音说："我认识李芳，是在她给她家里打电话的时候，她哭着对电话那端说：'妈，我回不去了，你要……妈，我想你。'"他再现了当时的情景，他的回忆让李芳回到了打电话的那一刻，李芳的双眼，湿润了。

"李芳，此时此刻，你最想家里的哪一个人，谈起过年，你脑子里出现最多的镜头是什么？"

"我最想我妈。想到往年过年时与她一起包饺子的情景，她……"李芳断断续续说了一段话，她的眼泪终于没有抑制住，滚了下来。现场的观众，好几个跟着流了泪。

"如果这会儿，让你对你妈妈说句话，你打算说什么？"

"我想说，妈，女儿对不起你，大过年的，我都没回去看你。"李芳真的动情了，哽咽起来，"妈，你别苦了自己，要多买点肉，多买点想吃的东西。"现场已是唏嘘一片。

好了，现在是该给大家惊喜，该让大家永远记住这一刻的时候了。小西完全进入了状态，也是泪光闪闪，问："李芳，你想不想见到你的妈妈？""想，当然想！""那好！"小西做了个手势，那特意为催泪制作的音乐响了起来，"请你回头，看看谁来了？"

聚光灯打在后台的出口，该李芳的妈妈上场了，不难想象，母女突然相逢的惊喜，摄影师也调好了镜头，打算拍母女两人满脸是泪的特写镜头。按照设计，小西还有一段话，那就是台里如何请来这个打工妹的母亲等等。但是，此时他没法开口，因为，聚光灯下，走出来的不是李芳的母亲，而是一个歌星。小西耳朵里的接听器响起了台长的声音："好了，你的节目到此为止。接下来，让歌星唱《亲爱的妈妈》，你赶快去后台。"

小西满脸惊愕，这节目怎么变了？出了什么事？但他不能说话，只能去后台。

一到自己的办公室门口，他愣住了，李芳的妈妈躺在走廊里，几个工作人员正手忙脚乱地将她往担架上抬。"怎么回事？怎么回事？"他分开众人。

一个工作人员回答道："你刚走不久，老太太就在里面撞门，说要见她女儿。我们按照你的吩咐，没敢让她出来，哪知道这老太太还很烈，竟撞破玻璃从窗户里跳了出来，结果，结果……"

就在这时，老太太缓缓地睁开了眼睛，挣扎着就想坐起来，一边挣扎一边又哭又闹："芳芳，我的芳芳。我明明听到她说话，你们为什么不让我见她？芳芳到底出什么事了？你们这些人怎么这么缺德呀，让我来，为什么又不让我见我的芳芳？"

老太太被抬走了。目送着担架远去，小西不由自言自语："这老太太，也太沉不住气了。"一个工作人员忍不住了，嘀咕了一句："要是这样折腾你，看你沉不沉得住气？"

小西一下就来了气，冲那人吼道："你懂什么？这都是节目需要，感动！感动观众！你懂吗？"他在那里站了很久，心想：难道我真的错了？

（本篇月月评短信代码：AA051）

（题图、插图：安玉民）

警察老王

□ 彭龙霞

小江是一个业务能力很出色的警察，因为表现优异，市局将他上调，充实到一线队伍中。小伙子这下终于感觉英雄有了用武之地，他踌躇满志，准备一展身手。

可才来几天，小江就有点泄气了。在小江眼里，那个支队长老王简直是个大大的老好人，没什么脾气，整天和下面的人嬉皮笑脸的，对谁都和颜悦色，没事就一个人点根烟在街上闲逛，一点做警察和领导的威严也没有。小江暗地里想：难怪这么大年纪了才混到个支队长的位子，这样子怎么镇得住人！兵熊熊一个，将熊熊一窝呢。小江在他手里干了个把月就把一点激情消耗得没了影，整天无精打采，对工作也是敷衍了事，甚至开始想着申请调离的事情。

近来这个城市的治安情况不是很好，特别是晚上接连发生了几起抢劫单身妇女的案件。局领导决定从今天开始组织人手晚上巡逻，让小江感到郁闷的是，他刚好和队长老王分在一组。

晚上，小江和老王转了几条街，路走了不少，但什么动静也没有发现。都快凌晨两点钟了，街上已经没有了人影，小江对老王说："王队，到时间了，我们回去吧。"

老王"哦"的应了一声后说："我们是巡逻的最后一班了，多走几步吧。"

小江听了心里老大不情愿，但没有办法，只有继续跟着走，谁叫老王是头呢。

刚转过一条小巷，他们就看见一个身高体壮的年轻人在抢一个女孩的包。老王一声石破天惊的大吼："住手！"那人一惊，一看是俩警察，放开那女孩撒腿就往巷子尽头跑去。

小江和老王见势就追，但由于刚开始就隔得较远，那年轻人又跑得快，他们之间始终有一点距离。

巷子的尽头就是大街，让那年轻人逃到了大街，追起来就困难了，这样难得的抓捕机会眼看着要失去，想到这，小江果断而迅速地掏出枪准备向天鸣枪示警。

老王似乎反应更快，已经先他一步朝天开了一枪，但那个年轻人听到枪声后仍不顾一切地向巷子尽头拼命逃去。

见老王示警无用，小江喊道："队长，让开。"并停下来抬起枪。

老王条件反射地往旁一闪，继而回头，见小江在瞄准，马上大叫道："不要开枪！"老王喊着，又大步去追那个年轻人。

小江疑惑地停下手中抠扳机的手，想：怎么信不过我的枪法？在以前的单位，我可是神枪手啊！小江心里有些不服气，但老王的命令他必须服从，小江边想边跟着老王追了上去。

转到大街上，老王也始终没有被那年轻人甩开，追了十来分钟便靠近了，老王一个抱摔，和那年轻人一起倒在地上。那年轻人极力挣扎，但老王将他抱得死死的，一直到小江赶到将那人铐了起来。这时老王都几近虚脱了，满身大汗脸色发白瘫坐在地上。

一会儿，闻讯而来的警车将那年轻人带回了警局，稍一审讯他就把这些天做的几起抢劫案全招了。

因为连环抢劫案告破，小江和老王受到了嘉奖。

这下小江心里觉得不好意思了，因为他知道能抓到那抢劫犯，最大的功劳应该是队长老王的。可是人家回去一点都没有争功的意思，反而在局领导面前大大地夸奖他。

这天小江买了一瓶好酒和几个熟菜去老王家拜访老王，因为他得知单身的老王没啥别的嗜好，就好这几口。

看见小江来了，老王很热情地拉他进屋坐，说："你先坐，随便看看，我去做菜。"老王说完就钻进了厨房。

小江因为是第一次来老王家，他信步走到书房。令他大吃一惊的是，书房的橱柜中摆放着琳琅满目的荣誉证和奖章，有一份还是省级警察比武大赛手枪射击第一名的奖状。

喝酒的时候，小江心服口服地对老王说："王队，您真是真人不露相啊！"老王一笑说："没什么，虚名而

·中国新传说·

已。"见老王没有否认，小江愈发奇怪了，他直截问道："您有那一手极准的枪法，那天就应该一枪撂倒那个坏蛋，他听到鸣枪了还敢跑。"

老王表情沉静下来，顿了顿，他对小江讲了这样一段故事：

多年前的一个晚上，警局接到报案称有人在抢劫一家店铺，老王和同事奉命出警，由于行动迅速当场就抓住了几个，只剩下一个漏网之鱼亡命地逃窜。

老王和同事追了上去，鸣枪示警无效后老王开了枪，子弹击中了疑犯的腿部，他倒下了，这人后来被依法判刑。看着这个年纪轻轻的小伙子，老王心生怜悯，在这人服刑期间，老王时不时去探望他，对他进行谆谆教诲。这

小伙子在狱中表现很好，提前获释出狱了，不过一条腿因为那一枪变得有点瘸。

出狱后的小伙子满怀信心开始了新的生活，但是因为腿有点瘸而处处遭别人的冷眼。没有人愿意用他，别人帮他介绍的姑娘一见他那瘸腿也一个个打了退堂鼓，没了下文。万念俱灰的他在一个晚上跳楼自杀了。

故事讲完，老王将最后一口酒倒进口里硬咽了下去，接着说："我那天之所以没有开枪，而是拼死用两条腿追，只是因为想让他将来出狱后尽量有一条好路走啊！"

小江听完，不由得对老王肃然起敬，他这才知道，自己有很多地方值得向老王学习。

(题图：魏忠善)

·本刊信息传真·

发最好的短信给《故事会》 看最好的短信到《故事会》

2006 年《故事会》"短信王中王"有奖大征集

参加方式：将短信（原创、推荐均可）发送到 9119004（移动）、9757221521（联通），02838666（广东移动），并按提示完成相应步骤，即可参赛。每条参赛短信收费 0.50 元。

下载和评奖：移动用户发送 XF+4 位短信编号（如 0408）到 91192，联通用户发送 XF+4 位短信编号到 9757221521，广东移动用户发送 GU+4 位短信编号到 02838666000，即可获得此条短信。每月下载数前 10 名的短信成为"本月短信王"，作者奖金 100 元；每月下载数最高的 1 条短信荣获"短信王中王"称号，作者奖金 3000 元！所有入选短信作者（或推荐者）获得短信公司赠送价值 10 元的彩铃服务。下载资费：0.50 元 /3 条（广东移动：1 元 /5 条）。客服电话：020-22816956。

  都是我的错，气坏亲老婆；只要老婆乐，搓板我跪破；洗心面亦革，戒酒牌不摸，家务我全做；人前柳下惠，只对你好色；这次先饶过，已经知错的我。1367***2760（0514）

破碎的留学梦

□龙 君

江笑来自南方农村，勤奋好学，是一家名牌大学物理学院院长王浩东教授的得意门生。这次，学院得到公派去美国留学的名额，王教授便向学校力荐江笑两年后去美国留学。

这天傍晚，江笑独自一人在宿舍里啃书本，突然接到好友江华波的电话，约他到"聚友饭店"聚聚。

江华波是江笑老家同村好友，也是初中时同班同学。江华波初中毕业后就外出打工闯荡，这次他和同村的王海、王新兄弟俩，随一个建筑队来到了本市。

好友相约，江笑毫不犹豫地立即坐车来到聚友饭店。几个多年不见的同村好友相聚，高兴得开怀畅饮起来。等喝得面红耳赤、尽兴而归时，已是深夜了。他们酒意浓浓，在穿过附近公园准备到车站去坐车时，忽然发现公园石凳上，坐着一个打扮时尚的年轻女孩。

王海喷着酒气骂了一声："他妈的，又是个夜莺。"江华波说："走吧，管她夜莺白莺的，关我们什么事，难不成你还有钱玩这个？"

王海一听这话，脸阴沉下来，狠狠地吸了一口烟，朝四周扫了一眼，然后对江笑等人说："这里没人，我们干脆将这女的抢了，搞点钱我们再去卡拉OK唱歌消夜去，谁没有胆就他妈是孙子！"

几个喝得头昏脑热的年轻人被王海的话一激，立刻就一齐朝那个女孩走去。那女孩一见，顿时吓得浑身发颤，想叫却叫不出声。不出一分钟，身上的钱和手机都被王海他们洗劫一空。得手后，他们没有逃走，而是隐藏在一个亭子后面，观看那女孩的反应。

那女孩不知是吓傻了还是怎的，竟既没喊人，也没赶紧离开，而是坐在地上嘤嘤地哭。

"这傻妞，居然还不走啊！"王海淫笑着说，"喂，免费'夜餐'在那里

等着，兄弟们，你们有没有兴趣享用啊！"

一听这话，江笑吓得酒醒了大半，他惊慌地说："不、不，我们快走吧。"

王海冷笑一声，说："傻帽一个！你不去我们去。"说罢挥挥手，摇晃着，带着弟弟王新向那个女孩走去。江笑想上前制止，江华波一把拉住他，劝道："王海这家伙现在变横了，喝多了酒更是什么人都不认的。"

当王海兄弟俩再次站在女孩面前时，那女孩似乎意识到了什么，马上从地上爬起来准备逃走，可是已经晚了，王海兄弟俩像恶狼般猛扑过去，不一会就传来那女孩凄惨的叫声。就在这危急关头，突然四周出现了一道道强烈的光柱，接着有人怒喝："住手！"王海兄弟俩见势不妙，准备开溜，但已被警察团团包围，两人当场被擒。很快，准备逃跑的江笑和江华波也被警察逮个正着。

第二天，得到消息的王浩东教授和江笑的父亲立马赶到了看守所，但被告知不能进去探望，江笑的父亲急得直跳。也难怪，江笑是他们村惟一的名牌大学生，为此他感到光彩、感到骄傲，可他做梦也没想到儿子居然做出这样的事情来。王教授也是连连摇头叹息，他想眼下只有去请律师帮忙了。

一切法律手续办妥，律师见到了

江笑，他遗憾地说："小江，你们学校知道你平时是个品学兼优的学生，知道你是一时喝多了酒犯糊涂，才犯下这样的错误。学校领导也表态，念你是个难得的人才，不会取消你的出国资格。但关键是如果你被判了刑的话，错过了时间，学校也就无能为力了。"

一时间，两人相对无语，过了一会，江笑忽然抬起头来，说："我知道像我这种情况，如果有立功表现的话，是可以争取轻判的，而且很有可能减到一年或两年，出去后我还是可以赶上留学。"

律师疑惑地问："立功？你用什么立功？你有什么发明创造，还是举报别人来立功？""我有情况反映！"江笑喃喃地说，"虽然我说出来，会对不起对我学业有恩的人，但为了我能留学，我也顾不了那么多了。"

律师一听，忙进一步询问，谁知江笑说出话来又收了回去，思想斗争了半天，最终没说到底要举报什么。

律师出了看守所，跟王浩东教授和江笑的父亲转述了江笑刚才的那番话。江笑的父亲听了眼放光彩，而王教授听了，脸色突然大变，马上借口有事，心神不宁地走了。

王浩东教授听了律师转述江笑的话，为什么会神色大变呢？因为那话触动了他一直担心的事情。原来学校的公派出国名额，一共有两个，都归

王教授安排。一个他给了江笑，另一个给了一个女生。这个女生的父亲是本地有名的大款，和王教授私交甚好。那天，女生的父亲为女儿争取出国名额，专门找到了王教授，临走时，扔下了一个鼓鼓的牛皮信封。王教授打开一看，竟是十万元人民币，他想推辞，那个大款却已经走了。这一幕恰巧被来办公室的江笑撞见。

王浩东教授是个胆小怕事的人，收了这烫手的十万元，有很长一段时间整天都忐忑不安，甚至多次夜里梦见自己被检察院传讯，最后声败名裂。现在，听律师转述了江笑的话，他顿时惊得魂飞魄散，感觉自己的末日就要到了。

江笑的父亲是个精明的人，他根据王浩东的神态举止，居然判断出儿子说的"会对不起对我学业有恩的人"，指的可能就是王教授。也许是救子心切，他心里骂道："这混蛋小子，原来他说要举报的是他的老师王浩东啊！昨天怎么不跟律师说呢？都什么时候了，还想帮着别人隐瞒犯罪行为！"

江笑的父亲决定明天去找律师，一定得让他督促江笑向警方尽快检举王浩东，争取立功，获得轻判，实现他的留学梦。

第二天一早，江笑的父亲便径直向律师事务所走去。在街上，他听到

王浩东教授因为受贿卖出国名额被立案审查的消息，顿时心花怒放。他找到律师，一起来到公安部门，首先找到了昨天一直招呼他的警官，问："听说昨天跟我一起来的王浩东教授，已被立案审查，这一定是我儿子江笑举报的，江笑举报他老师受贿有功，是不是可以少判一年啊？"

警官说："是的，王浩东是出事了。不过这不是你家江笑举报的，是王浩东自己去自首的。"

江笑的父亲一听懵了，接着破口大骂："这龟儿子，白白丢了立功机会，气死老子了！"

当律师再次见到江笑，说起王浩东教授的事时，江笑愣了，他说他根本不知道王教授受贿的事情。

律师困惑地问："你不知道？那你说要立功，你立什么功啊？你还知道什么事情啊，你说啊！"

江笑说："我有其他的事情要反映。"江笑居然笑得很轻松。

律师急道："还笑！年轻人，你也太不懂事了。你知不知道，听你爸说，你的同犯王海兄弟的母亲，听说两个儿子出了这样丢人的事情，当晚就喝农药死了。还有，一直借钱给你家，供你读书的江华波他妈听说儿子被抓也急病了。全村人都在骂你们！你娘羞得连门都不敢出了，你爸也愁得老了很多！"听了律师这番话，江笑脸上的笑容一下没了，他羞愧地低下了头。

律师顿了顿说："好了，先不说你们村里的事情了。你有什么要向警察反映的，你就说吧，争取立功，别耽误你留学的事情。"

没想到刚才还口口声声说有事情反映的江笑，愣了一会儿，说："没什么，没什么，是我一时急了乱说的。"

律师望着江笑，说："年轻人，你不说，我也帮不了你的忙了。"说罢，一声长叹，离开了看守所。

不久，法院宣判此案，江笑真的被判了三年有期徒刑。

两年后，当学校其他人准备赴美国留学时，江笑正在农场劳动改造。那些天，他总是在想那天在公园被捕的一幕幕，甚至想：如果不是我同情那可怜的女孩，暗中打电话报警，我是不是不会被抓？如果我后来告诉公安机关是我打的报警电话，立个功，只需坐一两年牢，我是不是现在也可以在学校准备着留学的事情呢？最后江笑叹了口气：可如果村里的人知道那晚是我报的警，那么我那可怜的父母怎么在村里做人呢？又让华波家人怎么想呢？

叹完气，江笑便挥动铁锹挖着坑，埋进了树苗，也埋进了他破碎的留学梦。

（本篇月月评短信代码：AA052）

（题图、插图：谢 颖）

对你的爱慕难以形容，对你的深情难以忘怀，对你的微笑难以抹去，对你的思念难以消除，对你的牵挂难以平息，对你的温柔难以回报，对你的歉意难以启齿。广西 马宪忠（0516）

宠物疗法

□孙秀利

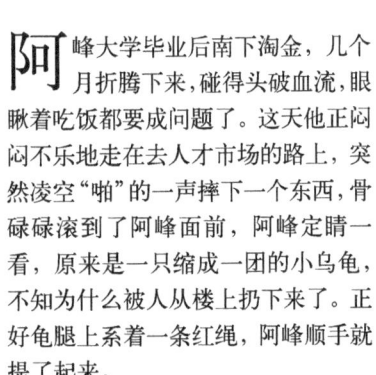

阿峰大学毕业后南下淘金，几个月折腾下来，碰得头破血流，眼瞅着吃饭都要成问题了。这天他正闷闷不乐地走在去人才市场的路上，突然凌空"啪"的一声摔下一个东西，骨碌碌滚到了阿峰面前，阿峰定睛一看，原来是一只缩成一团的小乌龟，不知为什么被人从楼上扔下来了。正好龟腿上系着一条红绳，阿峰顺手就提了起来。

阿峰在人才市场上等得无聊，就将小乌龟放到地上，蹲着看它慢腾腾地爬来爬去解闷。正看着呢，不远处突然一阵骚动，人们"呼"地一下闪到了两边，只见一个有些疯癫的老头一路歪斜地跑了过来，跑到在地上爬动着的小乌龟面前意外地停住了脚步，惊喜地蹲下身来，眼光粘在这只小乌龟身上，脸上骚动不安的神情没有了，竟流露出孩童般的天真喜悦来。

阿峰正纳闷，一个气喘吁吁、满脸是汗的中年男人跑过来，看到老头安静祥和的表情，意外地呆住了。等看到老头欣喜爱恋地看着地上的小乌龟时，似乎明白了一切，急忙抓住阿峰的手，连声说着谢谢，并告诉阿峰，无论出多少钱，这只小乌龟他都买定了。原来他家老爷子是一个空巢老人，退休之后脾气逐渐变得乖戾暴躁，今天趁家人没注意跑了出来，没承想一只不起眼的小乌龟起了镇定安慰的作用。

阿峰卖了乌龟，捧着中年男人留下的百元大钞，突然脑中灵光一闪：我何不开家另类宠物专卖店呢？对有精神障碍的人进行宠物疗法，对症卖宠物，利用宠物不同的特点和特性进行精神治疗，反正治不好也治不坏。说干就干，阿峰倾其所有，购买了蝙蝠、乌龟、壁虎、小白鼠等各类宠物，"峰峰"另类宠物店开张。没想到，生意还真不错，有崇拜蝙蝠侠的少年买了黑蝙蝠，有追求另类的青年买了无毒蛇，有搞科研成癖的退休科学家买走了小白鼠。这天阿峰正数着钞票笑呢，门一响，进来一个人，他自称姓钱，是个老板。钱老板苦着脸对阿峰说："听说你的宠物疗法很灵验，快给我老婆治治吧，我都快要被她折腾死了。"

原来钱老板在外包二奶的事被老婆知道了，打翻醋坛子的老婆一哭二闹三上吊，吵得钱老板焦头烂额，索性破罐子破摔，要和老婆离婚。可谁承想，就在要办离婚手续的节骨眼上，老婆被医院查出得了轻微精神病。根据有关规定，要想离婚，必须得先治好老婆的精神病。钱老板去了若干医院，花了无数钞票，也没治好老婆的病，就慕名找上了阿峰，想用他的宠物疗法试一试。

阿峰跟着钱老板来到了他富丽堂皇的家，阿峰发现客厅里沙发上坐着一个头发凌乱、神情呆滞的中年妇女，此刻正咬牙切齿地用手中的苍蝇拍狠狠地抽打着一个金发碧眼的洋娃娃，洋娃娃的衣服上赫然写着"二奶"两个字。

阿峰急忙递过装着小乌龟的玻璃缸，本想借助乌龟的平静安详来安定钱老板妻子躁动不安的心，谁知道钱老板的妻子见到乌龟竟发出"啊"的一声惊叫，疯了似的扑过来，一下子掀翻了玻璃缸，对着滚落在地上的小乌龟连打带踢，嘴里发出"啊啊"的疯狂喊叫声。钱老板看到此情景，急了，阿峰却眼珠一转，说："我有能治你老婆病的宠物了！"

第二天一大早，阿峰就提着一个小铁丝笼子登门了，钱老板一见，忍不住笑了。阿峰也真能整，笼子里关着一只长相酷似狐狸的小狗，穿着一件花里胡哨的小衣裳，脖子前挂着的小牌子上写着：我是狐狸精，我有罪。阿峰将笼子递给钱老板老婆，认真地说："我把狐狸精关起来给你送来了，任你处罚，怎么出气都行。"钱老板老婆一见笼里关着的狐狸犬，眼睛都亮了，当即挥动手中的苍蝇拍，对着笼子胡敲乱打起来，一边敲打一边说："我打死你个狐狸精，让你勾引人！"吓得笼子里的狐狸犬上蹿下跳，吱哇乱叫，乐得钱老板老婆哈哈大笑，精神顿时愉快了许多。

钱老板把阿峰悄悄叫到一边，不放心地问："这能管用吗？"阿峰回答："你就放心吧，昨天，她为啥看到乌龟那样愤恨？这是有人给她戴了'绿帽子'。她这是一口气憋在心里没出去，让她把憋在心里的那口气发泄出来就好了。"钱老板长叹一声："也罢，只能死马当成活马医了。"

那只倒霉的狐狸犬在钱老板老婆百般虐待下，勉勉强强活了两个星期，最后死在了钱老板面前。而钱老板老婆经过对狐狸犬"无微不至"地摧残，心中郁闷的块垒似乎烟消云散了，言谈举止和常人无异，乐得钱老板梦里笑醒了好几回，这回终于能和这个黄脸婆离婚了。

这天，阿峰被请进钱府，在接受了钱老板丰厚的奖赏、老板娘真诚的道谢后，正要离去，却被钱老板的老婆叫住了，她认真地问阿峰："你那还有乌龟吗？给我家老钱送一来，让他跟着乌龟学学耐性，好准备和我打离婚啊，我倒要看看，老钱和乌龟谁的耐性长！"听到这句话，钱老板"扑通"一声，瘫坐在地上。

（本篇月月评短信代码：AA053）

（题图：谢　颖）

"优媒杯"《故事会》优秀作品月月评

每期3篇选1　最高奖金800元

"优媒杯"《故事会》优秀作品月月评活动，参加方式如下：1. 每期由初评委推荐3篇故事为候选作品，读者可选择自己最喜欢的一篇，将其月月评短信代码（如AA051，没有短信代码的作品不参加评选）发送到911903（移动用户）或97575631（联通用户）、发送到02838168（广东移动）。每次限选一篇，可多次投票。2. 凡对本期"最受欢迎的故事"的读者均有机会获得现金奖。每期设一等奖1名，奖金800元；二等奖10名，各获现金100元；所有参加评选的读者均有机会获得参与奖，每期200人，各获精美礼品一份。3. 本期活动截止期为：3月5日。得奖读者在评选结果揭晓后将得到短信通知。用户每投一票收费1元。

本期候选作品：1.《感动观众》(p25)（短信代码：AA051）；2.《破碎的留学梦》(p33)（短信代码：AA052）；3.《宠物疗法》(p37)（短信代码：AA053）

"优媒杯优秀作品月月评" 2006年1月（上）评选揭晓

2006年1月（上）获得选票前三名的作品分别为：《回家的路好长》(1126票)、《善心如水》(615票)、《非法闯入》(360票)。

经抽奖，下列读者获奖：一等奖（奖金800元）：李小宁（135****5192）；二等奖（奖金各100元）：李露洁（137****9306）、殷晓峰（139****0201）、卢洪江（138****2904）、戾向忠（135****3865）、曹康造（139****2621）、时建军（138****9320）、陈拥军（135****4946）、蒋晓英（136****0159）、徐勇（139****7690）、闫乃龙（138****7584）。阅读奖名单略。

当子女们各奔东西时，他们的父亲或母亲也许仍孤独地守望在老家的老屋里；只有当他们老死时，子女们才会相聚在一起，然后做一些对老人们已毫无意义的事……

为爱留住这一天

□ 张科成

这天一早，祥瑞集团老总周天祥的手机就响了起来，他刚接通，电话里立即传来一个妇女惊慌失措的哭声："大侄子，你妈她、她……她走了，刚走的。你、你们快回、回来……"

一听老母亲去世了，周天祥这个已经当爷爷的半老头子，竟像个孩子似的哭了起来。

在周家，周天祥是老大。他十几岁时，父亲就没了，是母亲一手把五个子女拉扯成人。如今，他们个个在各地成家立业，十分风光。他们原想把老人接到城里，让她享享清福，可老人坚持守着老家几间老屋，不肯进城，无奈之下，他们只得请本村李婶照顾老人，并在老屋装上电话，以便老人与子女们通话联系，没想到老人家突然去世了。周天祥无法接受这个现实，儿时的一幕幕又浮现在眼前：母亲的音容笑貌，母亲为了他们兄弟姊妹忙里忙外、吃糠咽菜的情景……想到这些，周天祥就鼻子发酸，不禁潸然泪下。

周天祥立即先后拨通了三弟、五弟、二妹、四妹的电话，哽咽着把母亲去世的噩耗告知他们后，就带领全家，由司机驱车开往老家乌鸡岭去了。

回家的途中，在车里周天祥先拨通了市殡仪馆馆长的电话，请他明天

  敬罢方晓错中错，请罪不知归不归；原有情分会更珍，谅吾不再伤汝心。（每行第一字）广东 招立轩 （0518）

派一辆车到他老家，车子要气派，要全用鲜花装饰。他准备组织一支车队，浩浩荡荡、风风光光为母亲送葬。接着，他又拨通市乐队的电话，让他们把乐队全班人马拉到他老家，说他母亲过世了，要丧事喜做，传统乐队与现代乐队都要，要唱戏，要演三天唱三天。最后，他拨通大富豪酒家老板的电话，让他准备五十桌酒席。周天祥作了这些安排后，便斜靠在车椅上不觉困困地睡去。

转眼车到了家门口，周天祥从车里钻了出来。尽管他有好几年不回老家了，可那老枣树、土坯墙、小桥流水、鸡鸭牛羊还是那么熟悉；老屋的气息还是那么浓烈、清晰。周天祥迈进老屋院里，一抬头，他呆住了：只见老母亲正好端端倚靠在祖上留下的老藤椅上打盹。周天祥脱口喊道："妈，您……您……"他想说，您老没死啊！但话到嘴边又咽了回去。老太太听到声音微微睁开双眼，当她看到大儿子站在眼前，浑浊的双眼立刻放出光彩。她支撑着要坐起来，周天祥忙跨上一步扶她坐好。老太太撇了撇没牙的嘴笑了，边笑边说："大子，你怪妈没死吧？俺老了……这几天老梦到你爸，俺想俺也快去下面见他了……唉！好长时间没见到你、二丫头、老三、老四、老五还有大孙子小伟、孙女小燕……"老太太顿了一下又缓缓说道，"俺想你们，俺想见见你

们，不要怪李婶，是俺叫她骗你的。我死了你们只能见到没有气的我、冰冷的我，可俺却看不到你们了……"说着两颗泪珠顺着凹陷的双眼滚落下来。周天祥见了，鼻子一酸，"通"地跪在老太太跟前，哽咽着说："妈，都怪我们没常回来看您……妈，您别难过，今天大家都会回来，您老好好看看吧……"老太太用袖口抹了下眼角，笑了："大子，起来，俺叫隔壁王大爷的孙子小山为小伟、小燕摘了好多甜枣。唉，有时人穷也不是不好，你看王大爷一家虽然日子紧巴些，可儿孙都在身边，天天听到叽叽喳喳的笑声、叫声，妈好羡慕呀！"周天祥沉默了，心里想：周家是村里最让人羡慕的一户，五个子女都事业有成、出人头地；可从来就没想过大家都有了自己小巢后，谁来照顾这曾经抚育过他们的老窝！

这时，门外开始嘈杂起来，弟妹们开着小车纷纷到了家门口，这时五弟打来电话"哥，下了沪宁高速该怎么走？"周天祥没好气地吼道："人家都说老马识途、老狗识窝，你小子连家门都不知道朝哪儿开了……你回来得太多了……"老太太听到他的吼声嗔怪道："大子，看你又发脾气了，可别把小五吓着了，现在家乡变化大，不认识家……正常……"周天祥说道："妈，这小子不骂他两句，他不会长记性，从小就大大咧咧，忘性大。"

这会儿，回到家的儿女们都明白了原委，一路的悲戚纷纷一扫而光；一家近二十个人把老太太扶到院里，围着老太太，含着泪听她唠叨儿时趣事。

老人唠唠叨叨一阵后，颤巍巍地摸出一只乌黑发亮的弹弓对五儿子说道："五子，妈怕你闯祸不好好念书收了你的弹弓。妈为你保存了15年，现在还给你。"五儿子一下子扑在老人怀里像小孩一样呜呜哭起来："妈，你打我吧，都是我不好，常常惹你生气……儿子早已不是当年的小捣蛋了。"老太太微笑着摸着他的头："唉！小孩变大，大人变老，你们快做爸爸、爷爷了，哭什么？跟个娃娃一样。俺能见你们一眼就足够了，你们

都是娘心头的一块肉啊……二丫头，妈最爱听你读书了，来，给妈念一段。"做老师的二女儿含着泪花，靠在母亲肩头，仿佛看到当年的那个小丫头调皮地坐在妈妈的大腿上，拽着妈妈的围裙稚嫩地念着："鹅、鹅、鹅，曲项向天歌。白毛浮绿水，红掌拨清波……"老人听着两眼闪着欣慰的光芒。

这时门外传来汽车声，原来是市乐队的人马来了。一进门乐队队长老王咋呼道："咋，人没死，这咋整？"周天祥一把把他堵在外头斥道："你小子嚷什么，你咒我妈死啊，就不能唱喜庆的戏？我为我妈祝寿，行不？"老王忙不迭地说："行，行，你们儿女孝顺，俺打八折，弟兄门开锣噢！"一会儿门外响起了喜庆的《金蛇狂舞》，歌手唱起了《妈妈的吻》。村寨的人都来了，围了满满一院子。老人咧着嘴笑了，多少年没有听戏了，今天在家门口一定好好听听……

周天祥站起来面向弟妹和邻居们高声说道：

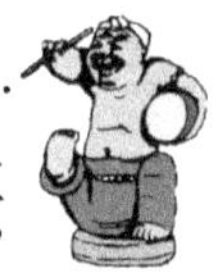

“各位父老乡亲，俺妈为俺们操劳了一辈子，俺们翅膀硬了，都飞了。平时拖到逢年过节……逢年过节又忙着自己小家的迎来送往，妈、老屋反而成了被遗忘的角落，反而非要等到老人走了才能聚到一块忙些给外人看的、毫无意义的事，是我们这群小白眼狼对不起她老人家。今天请各位弟妹关掉手机，好好陪妈，陪妈过一天……”他话音未落，周围便响起了热烈的掌声。

热闹了一阵，老太太觉得有些困了，便斜靠在藤椅上打起了盹。周天祥忙脱下外套轻轻给老人披上，就像小的时候母亲无数次为他掖被子一样。周天祥的孙子在外面直嚷嚷：“爸，这是什么啊？”周天祥的儿子骂道：“笨蛋，这是鹅。”周天祥走出老屋摸了一下孙子的脑袋说：“不能怪孩子，我们早应该带他们回家来看看你奶奶，看看老家农村才有的景和物。”儿子低下了头：“爸，奶奶为我们太操心了……”小孙子嚷道：“我要带太奶奶到城里吃肯德基……”大家一听都笑了。笑声中，忽然小孙女小燕喊道：“爷爷，太奶奶睡着了……”大家都跑回屋里，只见老太太脸上挂着满足的、幸福的笑容，已经永远永远地睡着了……

（题图、插图：黄全昌）

·本刊信息传真·

《故事会》手机版延长免费服务时间

为感谢广大读者的支持和厚爱，《故事会》手机版决定延长免费服务时间！届时将正式通知收费日期并提请读者确认。

一直以来，《故事会》手机阅读器仍在不断改进中。目前已经拥有多种强大的阅读功能，能让广大读者享受到手机阅读的舒适感觉。广大读者给我们提出了很多建议，让本刊手机阅读器不断完善，在此向广大读者表示真诚的谢意！我们还将根据广大读者的需求不断改进，希望大家能多赐予我们宝贵意见。

目前下载、阅读均为免费，请广大读者放心使用。祝您阅读愉快。

《故事会》手机阅读器下载方法：

1、登陆手机杂志官方 web 站：http://reader.3gmax.cn/magazine，输入手机号码，免费获得阅读器。

2、手机登陆官方免费 wap 站：http://reader.3gmax.cn/wap

3、发送短信 2000 到 16996199。

目前拥有下列机型并且开通 GPRS 业务的中国移动手机用户均可使用：

诺基亚：40、60 系列；摩托罗拉：V、C、E 系列，触摸屏系列；索爱：K 系列，T618，T628。

客服电话：010-51196627；客服短信：16996161；WEB 网址：reader.3gmax.cn

永远的
秘密

□ 杨玉胜

枫枫15岁那年以优异成绩考上市实验中学,因为家里穷,她进新学校没多久,就感到了一种压力。

那天,枫枫到学校小卖部去,用那里的公用电话给家里打电话,突然发现周围的同学都用一种怪怪的眼光看她,回来以后一留心,才发现班里的同学个个都有手机,那些女同学还特别喜欢把手机挂在胸前,走起路来手机在胸前一晃一晃的,好不神气!后来时间长了,枫枫更发现,到这所实验中学来读书的同学,不但学习成绩好,而且大部分家境都是很不错的,举手投足间总透着一股傲气,枫枫心里很自卑。

那天是休息日,同学们都回家度周末去了,为了节省路费,枫枫没回家。傍晚时候,做了一天功课的枫枫独自上街去散步,经过一家卖手机的商店时,她不由自主地走了进去。店堂的玻璃柜里摆满了各种款式的手机,在枫枫的眼睛里,每一款都是那么可爱,那么诱人,尤其是其中一款黑色超薄型的摩托罗拉手机,和自己同桌刘莉莉胸前挂着的那个一模一样,枫枫越看越喜欢,想象着把它挂在自己胸前的样子,真是有些陶醉了。

营业员精着哩,一看枫枫这个模样,赶紧不失时机地说:"小姐,你的

  你我相遇是天意,彼此相知是情意,尊重朋友是诚意,相互理解是友谊,想你见你是心意,千万千万别介意,偶尔得罪是无意,愿你开心是我意! 广东 陈桂珊 (0520)

眼光真不错，这是今年最新的流行款式，我们店里卖得可好了，要不要你先看看？"她边说边就蹲下身子，到玻璃柜下面的柜子里拿货。

枫枫着急起来，这么贵重的东西，自己哪买得起？她涨红着脸，赶紧朝这位营业员喊道："阿姨，不用，不用了，我就是看看的。"

营业员直起身子，善意地笑着说："光看有什么用，这玻璃柜里放的都是模具……"

"模具？"枫枫不由得自言自语地说道，"看上去就和真的一样啊。"

"是呀，大公司牌子响，就是模具也做得精细。我还是给你看看真品吧。"营业员继续热心地给枫枫介绍。

可枫枫的心里已经动起了念头："阿姨，那这款模具手机多少钱？"

"模具手机？你……你是来买手机还是来买玩意儿的？"营业员惊讶得张大了嘴巴，"这种模具手机又不值钱的，最多10元了，给孩子玩玩还差不多。"

枫枫说："阿姨，那你就把这个模具手机卖给我吧，我家里是有个……有个小弟弟。"

营业员狐疑地看了一眼枫枫，觉得这个女学生的神情有点奇怪，但想想不就是一个模具嘛，每个型号的模具供货商都送来好几个，卖就卖吧，于是10元钱把这个模具卖给了枫枫。

出了商店，枫枫手里捏着这个模具手机，心里可高兴了。

回到学校，她立刻找出一根红丝带，像刘莉莉那样把模具手机穿好吊在胸前，人往镜子前一站，啊，真的好神气呢！

第二天，枫枫得意地对同桌刘莉莉说"哼，我也有手机了，摩托罗拉，只是还没上号。"枫枫故意把模具手机藏在口袋里，偶尔拿出来在刘莉莉眼前晃一下，瞧着刘莉莉惊得目瞪口呆的样子，枫枫心里乐得直想笑：哈哈，蒙住你了吧，看你以后还嘲笑我不！

后来，全班同学都知道枫枫有了一部新手机，枫枫心里越发得意了。

再后来元旦到了，学校组织大家去旅游，为了便于分散活动时全班同学的联络，班长要每个同学报自己的手机号码。这下枫枫慌了神，眼看模具手机的秘密要保不住了，她急得直想哭。

轮到枫枫报号码时，枫枫红着脸，结结巴巴地说："我……我的手机还没上号呢。"

坐在旁边的刘莉莉立刻大叫起来："枫枫，你骗谁呀，你的手机早就上号了！"

"你……"枫枫哀怨地瞥了刘莉莉一眼，脸色变得煞白，"真的，我……我真的一直没有……没有去上号。"

"枫枫骗人，"刘莉莉拿起自己的

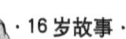

手机，"噜噜噜"开始拨号，并且朝全班同学嚷道，"枫枫还保密呢，她明明上了号，还以为我不知道！"

此刻，枫枫又气又羞，真想找个地缝钻进去，伤心得眼泪都快要掉下来了。枫枫对班长说"班长，对不起，我……我真的没有上号。"可是话音未落，她口袋里的手机却突然响起美妙的音乐铃声来，枫枫吓了一大跳。

同学们顿时哄堂大笑起来："枫枫，你什么意思嘛？明明上号了，还不告诉我们，你演戏给我们看啊？"

刘莉莉大声地把枫枫的手机号告诉了班长。

同学们有说有笑地走出教室，去做第二天的旅游准备。枫枫目瞪口呆地跌坐在座位上，闹不明白这到底是怎么回事。

就在这时候，美妙的手机音乐铃声突然又响了起来，枫枫低头一看，手机屏幕上出现了一条短消息提示，枫枫打开一看，上面这么写着："枫枫，请原谅。我趁你熟睡时检查过你的手机，当时我心里又震惊又难过。昨天，我用自己的零用钱给你买了一个和你的模具手机同型号的手机，还给你上了号，趁你不备把你的模具手机换了下来。我不会把这事告诉任何人，就让它成为一个永远的秘密吧！"署名是："喜欢你的同桌"。

"同桌？是刘莉莉……"枫枫愣住了，眼眶里那两行忍了许久的泪水，此刻再也忍不住了，"哗哗"地直往下流。

枫枫不由自主地拿起手机，拨通了家里的电话，她想对家里人说，其实，城里的同学非常非常爱她。

（题图、插图：刘斌昆）

（本栏目欢迎来稿。来稿可从邮局寄发，也可从网上传递。如为电子邮件，请发以下信箱：keyin118@163.com）

  亲爱的老婆我要告诉你：其实错的不是你，思前想后怨自己，忙里忙外都是你，是我没有体谅你，真心实意谢谢你，走遍天涯爱着你！1377***3189（0521）

危险的整容

□ 范大宇

世界著名的整容博士拉尔森退休后一刻也没有闲着，他回到自己出生的小镇，开设了一家私人整容院。虽然小镇很偏僻，但由于他的名望太大，所以生意仍然十分火爆。半年前，他还结识了一位年轻美丽的女子，名叫玛丽，两人一见钟情，坠入爱河，三个月后结了婚。

一个阴雨绵绵的午后，拉尔森正坐在沙发上欣赏舒曼的乐曲，突然，响起一阵急促的敲门声。拉尔森刚拉开门，就撞进来一个彪形大汉，这汉子足足有一米九高，他的目光越过拉尔森，紧张地朝里面张望，而他的右手则一直插在裤兜里。

大汉没有说话，迈进整容院后就在各个房间里转悠，拉尔森紧紧跟在他的身后，一个劲地问："先生，你有什么事儿？"

那大汉也不回答，待看遍了所有房间后，才冷冷地问："这里就你一个人？"

拉尔森点了点头："我的助手休假去了。"

大汉的神色这才缓和了一些，说："认识一下：我叫杰比。做一个面部整容，就是把我这张脸全变个模样要多少钱？"

"一万美元。"

"要多长时间？"

"两天。"

杰比哼了一声，从兜里"刷"地掏出一叠钱，"啪"地拍在拉尔森的桌子上，说："这是两万美元。请你贴出告示，停业两天，为我一个人整容。"

"为什么？"

杰比射出阴冷的目光，狠狠地说："跟我说话，不要问为什么。"拉尔森耸耸肩："好吧，那你要整成什么样？"

杰比拿出一张照片递给拉尔森，这是个长相平平的男人，如果混入人群，立刻就会被淹没。杰比对拉尔森说："你就照这人的样子给我做，明白吗？"

拉尔森只好开始为杰比做这个整容手术。他给妻子玛丽打了个电话，说这两天有手术，晚上不回去了。拉尔森就是拉尔森，尽管心里有疑惑，但只要进入工作状态，就会全身心地扑在手术台上，几十年来，他把自己手下的每一个患者都当成一件珍贵无比的象牙，他呢，则是个高超的雕刻大师，把每张脸雕刻成精彩无比的工艺品。

两天后，大功告成。杰比对着镜子左照右照，十分满意。突然，他问拉尔森："我是不是没有必要再麻烦你了？"

拉尔森本想问他这句话是什么意思，可看了看杰比眼中的凶光，话到嘴边又咽了回去，淡淡地说："不，三个月后，我还要为你进行一次巩固，否则，你的体内会产生抗体，将前功尽弃。"

"老东西，真的吗？"

"信不信由你。"

杰比大笑了一声，拍拍拉尔森的肩头，说："希望你知道一句中国的成语，叫作'守口如瓶'，明白吗？"

杰比走了以后，拉尔森才感到自己的衣服都湿透了。为了放松一下心情，他打开了电视。

猛地，拉尔森被电视里的一条新闻吸引住了，只见女主播神情严肃地说：三天前，首都最大的珠宝店遭到一名男子的抢劫，被劫走的珠宝总价值约七千万美元，现已查明，那个男子名叫布莱特，有犯罪前科，如果有人能协助警察局抓到布莱特，警察局将给予二十万元赏金。接着，屏幕上出现了布莱特的照片。

"天哪，是他！"拉尔森叫起来，原来，布莱特就是这两天做整容的"杰比"。

拉尔森决定报警，他刚拿起电话，门铃响了。拉尔森打开门，不由喜出望外，太巧了，进来的这个人正是小镇上的警长库兹。警长瞟了一眼屋里的电视，脸上露出焦虑的表情，说道："拉尔森博士，你也看了电视吗？"他见拉尔森点头，又接着说，"这可是个大案子呀，现在全国的警

神看见你渴，便创造了水；神看到你饿，便创造了米；神看到你寂寞，便创造了我；神看到你不快乐，于是让你遇见了我。好了，我向你道歉，你不要生气，好吗？广东 杜旬（0522）

察局都在通缉这家伙，我们就怕他改头换面，那可麻烦了，你的整容院很有名，说不定他会到你这里来，要是你发现了他，请及时和我联系。"

拉尔森叹了口气，说："警长先生，你来晚了一步，他已经走啦！"说完，他把事情的经过详细说了一遍。

警长听完拉尔森的叙述，问道："这么说，你对布莱特所说的三个月巩固疗法，只是缓兵之计？"

"是的，我当时很害怕，怕他杀死我灭口。"

警长又问："照你的说法，如果你不在人世，那布莱特就会永远逃脱法律的制裁？"

"不不，亲爱的警长。我虽然给他进行了整容，但是他的指纹、视网膜和外耳廓并没有动，这些人类最基本的生理特征是终生不变的，而且每个人都不相同。凭这些，他布莱特就是跑到天涯海角，你们也能找到他的。我已经将他的这些生理特征记录下来了。"

"真得谢谢你，对了，你没对别人讲过这些吧？"

拉尔森愣了一下，说："噢，我刚才已经把这个家伙的生理特征发给我的老朋友舒尔法医了。"

警长轻轻地吐出一口气，说"拉尔森博士，你说的这三项特征真的不能改变吗？"

拉尔森笑了："也不是真的不能

改变，但这是项超级尖端技术。在今天的世界上恐怕只有几个整容专家可以做到这一点，而我拉尔森就是其中的一位。"

"了不起，你真了不起！告辞了，有事及时和我联系。"

"谢谢你，警长先生！"

送走了警长以后，拉尔森的心里总感到惴惴不安。他的第六感觉告诉他，事情不会这么平平安安地过去。

果然，在第五天傍晚，一个幽灵悄悄闪进了拉尔森的整容院。拉尔森

·海外故事·

头也没抬地说"老朋友，你终于来了。"

来人正是布莱特，他"嘿嘿"地干笑了几声，说："是的，我们的合作还没有结束嘛。"

"可是，我要你三个月后再来的呀。"

"老东西，我看了科技报刊，上面的文章说，一个人光整面部的容是不行的，要让这个人从世上彻底'蒸发'，就得对他的视网膜、外耳廓、指纹进行手术修补，对吗？"

拉尔森抬起眼睛，看了看布莱特，说："哦，你还真是善于学习新东西呀。"

"没办法，那就请你再为我进行这三个方面的整容吧，放心，我不会亏待你的。"

"我要是不愿做呢？"

布莱特掏出一把手枪，说"那就只好咱们两个同归于尽了。可我听说，你刚刚娶了个年轻美貌的太太，你舍得吗？"拉尔森考虑了半天，才长长地吁出一口气，抄起电话，说："让我和太太说一声。"

布莱特一把摁下了电话，说"不用了，你不就是想报警吗，警察一会就会来的。"布莱特说的真没错，他的话音刚落，库兹警长就迈进了拉尔森的屋子。

警长朝拉尔森笑了一下，说"拉尔森先生，我来介绍一下，布莱特是

我的老朋友。我希望你能识时务，为我的朋友再做一次整容，否则，你不会活着走出这间屋子的。"

拉尔森摇摇头，说："警长，我早猜到了，你们是一伙的。那天你来得那么巧，我就怀疑了，所以故意透露给你一点消息，果然，你告诉了布莱特。"

警长哈哈大笑，说："你知道就好，废话少说，开始吧！"

两个黑洞洞的枪口齐齐地指着拉尔森，他只好听命。

拉尔森让布莱特躺到手术台上，为他注入了麻醉药，然后对警长招招手。警长随拉尔森走出手术室，问："要要什么花招吗？"

"不，"拉尔森说，"警长，我也想起了一句话：在金山面前，上帝也会疯狂的。我想咱们两人联起手，平分那七千万美元的珠宝，如何？这样，你能拿到的一定比布莱特给你的多。"

库兹死死地盯着拉尔森看了半天，才说："珠宝在布莱特的手里，我们怎么能拿得到？"

"我有办法。我会让他老老实实说出来的。"

"你有什么高招？"

"催眠术。不过，你得配合我一下。"

"好吧。"

拉尔森拿出一支药水，注入到针管里，然后对库兹说"这是进口的特

  吾心酸楚闷又乱，茶饭不思夜难眠；惹你生气已知错，早有悔意难开言；发条短信来道歉，但求你能原谅俺；如若你还未解根，罚俺爱你一百年！ 1383***8982（0523）

效催眠药，请你帮我按住布莱特，因为这药注射时很痛，他会反抗的。"

二人回到手术室。布莱特似乎感觉到了什么，他大声地喊"你们要干什么？"

库兹阴险地笑笑，说："对不起了，在金钱和朋友面前，我只能选择前者了。"

布莱特要起来，可麻醉药力已经发作，他显得力不从心，而库兹则死死地摁住了他。这时，就见拉尔森以极其迅速的动作，"扑"地一下，将药水注入到库兹的胳膊上！

库兹惊叫道："你——"

"对不起，警长，你违背职业道德，和劫匪勾结一气，我不得不这样做……"

库兹软软地瘫了下去，嘴里还骂着："老狐狸……"

就在这时，拉尔森听到身后传来"砰"的一声，与此同时，他感到自己的腰部一阵麻木，随即力不能支，一下子倒在了地上。他回头一看，站着的是自己的新婚妻子玛丽，她的手里举着一把手枪。

"玛丽，你——"玛丽冷笑着说："亲爱的，布莱特是我十年的情人了，这一切都是我们计划好的，为了他抢劫以后能够成功地整容，我嫁给了你，这样就能知道你的助手什么时候去休假，便于我们行动，而警长先生负责监视你的行踪，不让你报警。"

躺在地上的警长对玛丽叫道："亲爱的玛丽，你来得太好了，快救救我。"

玛丽又是一阵大笑，然后对警长说："可是警长先生，你太让我们失望了，为了钱你什么都干得出来，我不忍心送你下地狱，一定送你上天堂的！"说着，对着警长就是一枪。

拉尔森傻了，他做梦也没有想到，与自己同床共枕三个月的妻子竟是抢劫犯的情人。

这时，玛丽对拉尔森举起了枪，说："亲爱的，你对布莱特和警长都留了一手，却对我说了实话，那个什么舒尔法医，是根本不存在的。我要谢谢你这么信任我！我会让你死得毫无痛苦。"

拉尔森望着黑洞洞的枪口，喃喃地说出他在人世的最后一句话："你这条毒蛇！"

（题图、插图：佐 夫）

在安州，提起吴吹吹，那是妇孺皆知的。吴吹吹本名叫吴安生，绰号"吹破天"，凭着一支唢呐，他吹出了三间大瓦房，吹得了一房好媳妇，吹得子孙旺盛，还吹破了安州城内一桩奇案……

神 吹

□ 周　丹

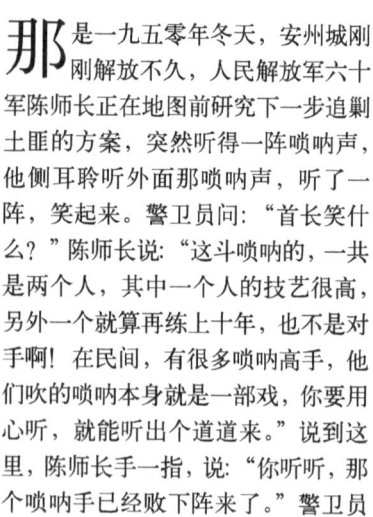

那是一九五零年冬天，安州城刚刚解放不久，人民解放军六十军陈师长正在地图前研究下一步追剿土匪的方案，突然听得一阵唢呐声，他侧耳聆听外面那唢呐声，听了一阵，笑起来。警卫员问："首长笑什么？"陈师长说："这斗唢呐的，一共是两个人，其中一个人的技艺很高，另外一个就算再练上十年，也不是对手啊！在民间，有很多唢呐高手，他们吹的唢呐本身就是一部戏，你要用心听，就能听出个道道来。"说到这里，陈师长手一指，说："你听听，那个唢呐手已经败下阵来了。"警卫员

一听，果然只听见一支唢呐在吹了。

陈师长点燃一支烟，仔细聆听了一阵那唢呐声，眉头慢慢地皱起来，最后将烟蒂儿在鞋底上掐了，神色肃穆地说："这唢呐声里好像有冤屈。走，跟我听唢呐去。"

两人循着唢呐声，来到街上，只见一个药店门前挂着黑纱白帐，大门口摆着一口黑土漆大棺材，那做法事的端公正一手执法器，一手举着符纸，口中念念有词。一张桌子上，高高地搁着一把椅子，那吹唢呐的，就端坐在上面，双手举着唢呐，微闭双眼，唢呐碗儿仰向空中，悲腔声声。

细看那吹唢呐的，矮短身材，双腮圆鼓，吹得酣畅淋漓，旁若无人。陈师长拉过身边一位老乡，问他这吹唢呐的是何人，那老乡看了看他身上的解放军服装，面露惊恐神色，慌忙躲开了。

陈师长叹息一声说："这些老乡们都是被欺压怕了的啊！你看看，咱们把安州城解放了，他们依然还是害怕，他们不是怕我们，是怕那些土匪和国民党军队，怕他们会卷土重来，这清剿工作，必须加强啊！"

说话间，两人进了围观的人群，大家一见他们，急忙闪开，避犹不及。陈师长呵呵笑着，给身边的一个老大爷递上一支烟，说："我也是听见这唢呐声吹得好，来听听的。"老大爷惊奇地问："长官也听得懂唢呐？"陈师长呵呵一笑说："我原来也是吹唢呐的，只是没有这位师傅吹得好。"老大爷乐了，他告诉陈师长，这吴吹吹八岁就随安州最有名的唢呐王"叫天子"学吹唢呐。吴吹吹十二岁那年，安州城百草堂大药房老板袁两帖办六十大寿，袁两帖的儿子袁寿山请了"叫天子"来助兴，他女婿米佳玉就请了另外两个唢呐王来凑热闹，说是凑热闹，其实想在寿辰那天争个脸面。到了寿辰这天，"叫天子"嘴巴上突然生了个小疔疮，别说吹唢呐，连说话都要撅着嘴，但还是带着徒弟吴吹吹来了。大家都担心起来，这"叫天子"嘴

巴生疮了，可怎么吹啊？临上场的时候，大家都乐了，只见一个小孩子提着唢呐走到堂前，先给老寿星鞠了躬，然后举起唢呐，那喇叭碗儿，竟然比他的脑壳还大。但是一出声，大家惊奇了，谁也不相信那声响是那小孩子吹出来的。袁两帖的女婿米佳玉请来的那两个唢呐王一听，也举起唢呐，想把他压下去。

这下子可热闹了，尽管那两个唢呐王使出浑身解数，吹奏出的声响响彻云霄，但是吴吹吹的唢呐声却更高一筹，比他们的委婉动听不说，还显得分外高亢嘹亮，把那屋子里的苍蝇，都震颤得扑动不了翅膀，飞不起来。那两个唢呐王的唢呐声好比那曹操的千军万马，这吴吹吹的唢呐声就像横枪跃马的赵子龙，在那千军万马里如入无人之境。最后，那两个唢呐王都当场吐血。由此，吴吹吹就名声大震，人称"吹破天"。

陈师长点点头，说："的确是高手啊！"警卫员偏起脑袋，问："首长，他吹的什么啊？"

"他吹的这支曲子是明朝一个叫王磐的人写的，说的是明朝官吏怎么欺压百姓，让老百姓倾家荡产，他们走到哪里，就给哪里带来灾难啊！"陈师长沉吟道，"这吴吹吹，看样子倒是敢说实话的人啊！"

吴吹吹又一曲吹完了，陈师长问身边的老大爷："老人家，这死者是何

人啊？"老大爷看看左右，小声地说："就是百草堂大药房老板袁两帖的儿子袁寿山啊！"陈师长点点头说："这吴吹吹，怕是不请自来的吧。"老大爷眼睛一亮，说："嗨，长官怕是神了，这吴吹吹，也是重情义的人，原本并没有请他来，谁知道他听到消息，竟然拿着唢呐来了，听说还有病在身呢。"

陈师长问："老人家知道不知道这人是怎么死的？主持办理丧事的又是谁啊？"老大爷摆摆手，说："这我就不知道了，我得走了。"说着，赶紧离开了。警卫员要跟上去拉住老大

爷，被陈师长挡住了，陈师长说："咱们听听吧，吴吹吹正在给大家听呢。"

就在这时候，挤过来两个披麻戴孝的人，对着陈师长作揖道："不知长官驾到，请进屋里去坐。"陈师长问："你就是米佳玉吧。"米佳玉点点头，悲切地说："自从我的老岳父仙逝后，这药房就交由我们两兄弟苦心经营，这兵荒马乱的，生意怎么好做？终于熬到解放了，眼看都要过上好日子了，不想弟弟却撒手人寰。"

陈师长点点头说："人已经去了，还是节哀顺变吧。"米佳玉又一次作揖道谢，再次邀请陈师长进屋子去坐，陈师长笑笑推辞了，说来的目的，就是听听唢呐，就不打搅了。米佳玉无奈，叫人在陈师长面前摆下一个案子，沏了一壶茶过来，自己毕恭毕敬地站在一边。

陈师长听了一阵，扭头跟米佳玉说："你的岳父可是安州有名的老中医啊！他创办的百草堂，为安州百姓解除了不少病痛，家里贫穷的人来取药，你的岳父不仅不收取药费，还奉送一个熬药的罐子。可是后来，你的岳父好像是愤恨交加、火气攻心，最后吐血而亡的啊！"米佳玉叹息一声说："咳，都怪我这死去的弟弟，因为不争气，好玩牌赌钱，我的老岳父气不过，就过去了。"

陈师长斜了一眼米佳玉，说："你

  百花娇艳柏严寒，万里长空有雷电，冰清玉洁亦瑕疵，苍茫大漠有甘泉。要是没了我缺点，怕你幸福到疲倦，千错万错全是我，发个短信自道歉。1359***9559（0525）

岳父一去，这药堂的生意就慢慢冷清了。"米佳玉随声道："是啊是啊，兵荒马乱的。"

陈师长不再说话，点燃一支香烟，慢慢地抽起来，于袅袅烟雾中，眯缝着双眼，认真地听着吴吹吹的唢呐声。

米佳玉向陈师长作了一揖，说道："长官请稍坐一下，我去打理一下，午时三刻一到，就要出殡了。"陈师长挥挥手，依旧认真地听着唢呐。

警卫员问道："首长是不是又听出什么了？"

"这才是真正的高手啊！"陈师长指指高坐在上面的吴吹吹，感叹道，"他在向我报案呢。"警卫员不解，陈师长低声说道："他在哭诉，说袁寿山死得冤枉，死得屈，还说袁寿山生性耿直，为人正道，只可惜这么些年来体质虚弱，疾病缠身，无法振兴祖业，造福百姓，以至家业落入旁人之手。"

顿了顿，陈师长接着说道："这是他在哭那米佳玉了，哭他身为人类没人性，暗中勾结土匪，残害百姓，私藏枪支和黑货，还有烟土，事情败露，害怕袁寿山举报，竟然不顾同门兄弟，将其杀害，现在又猫哭耗子，装假慈悲，真是枉变了人，枉活了一世，实在可恨。"

一会儿，陈师长掐了烟头，说道"吴吹吹在叫我们赶紧离开这地方，他说在这个场合里暗藏了很多土匪，他们都有枪，说不定正在计划怎么除掉我们。"

警卫员紧张起来，陈师长坦然一笑，说："天下有大勇者，猝然临之而不惊，无故加之而不怒。"说话间，那个做法事的端公吆喝道："时辰已到，准备起灵。"陈师长腾地站起身来，快步走到那口黑土漆大棺材面前，这时候，唢呐声猝然停止，大家的目光都聚集到了陈师长身上。米佳玉赶紧跑上前来，迎请陈师长进屋去坐。陈师长并不理会他，看着几个抬棺的粗大汉子，问道："你们要把这口棺材抬到什么地方去啊？"米佳玉忙不迭地作揖说："抬到城外祖宗坟地里安葬。"陈师长一手扶在棺材上，一手摸出怀表，说道："不是说午时三刻出殡么？时辰还不到啊。"这时候米佳玉撩起长衫，掏出枪来，抵在陈师长的腰板上，陈师长侧眼一看，只见刚才那个做法事的端公，也将一把枪抵在警卫员的腰眼上，警卫员要反抗，陈师长给他使了个眼色。只见顷刻间，那抬棺的，那站在一边的几个唢呐手，纷纷掏出枪来，全部对着陈师长和警卫员。那些看热闹的老百姓，慌忙躲避着。

陈师长挡开米佳玉抵在自己腰板上的枪管，走到吴吹吹端坐的桌子前，拱手道："如果可以，我想借用一下先生的唢呐，吹奏一曲，一来送送

亡人，二来请先生指教指教。"接过吴吹吹的唢呐，陈师长调了调簧哨、气牌、侵子，双手把着唢呐杆儿，脖子一仰，双腮一鼓，吹奏起来。

真是一曲好唢呐啊！先是悲怆激昂，仿佛千万铁血男儿，手执大刀，满腔仇恨，蓄势待发，突然一声号令下，铁血男儿们犹如铁流奔涌，气势如虹，只见手起刀落，血染碧空……

那些土匪一个个听得目瞪口呆，手脚发软，待醒悟过来，解放军已经将他们包围了。

吴吹吹吁了口气，抹抹额头上的汗珠，走到陈师长的跟前，赞叹道："我还从来没见过像将军这样的神吹。"陈师长笑道："算不上什么神吹啊！"吴吹吹说："如果不是神吹，怎么一吹，就吹来这么多天兵天将啊？"

警卫员走过来说："这是咱们首长在一次打小日本的战斗中创作的，当时咱们的小号手牺牲了，首长一急，拔出腰板上的唢呐，唢呐声一响，所有战士都冲出战壕，奋勇扑进敌群，那一仗咱们大获全胜，因此，大家都记得了首长的这唢呐声，今天首长一吹，大家就知道有事，所以都赶了过来，把这些家伙都给逮住了！"陈师长呵呵笑着，上前握着吴吹吹的手说："先生才是真正的神吹啊！你要不吹，我们还抓不了这么多土匪，缴获不了这么多烟土和枪支呢。"说着，陈师长指了指那口黑土漆大棺材，棺材被战士们打开了，里面除了躺着袁寿山的尸体外，还有很多枪支，打开棺材的夹层，里面还装了许多烟土和黄金。

陈师长和战士们押着匪徒往营房走去，这时候身后响起了唢呐声。

陈师长问身边的警卫员说："你知道这个曲牌的名字叫什么吗？"警卫员答道："这个我知道，《百鸟朝凤》！"

(题图、插图：安玉民)

 缘分不分你我，友谊不分先后，感情不分男女，朋友不分贫富，知己不分老幼，爱情不分美丑，喜欢不分新旧，原谅能分对错？1365***4710（0526）

兵行险着

□ 区志光

方凌是一名刚毕业的大学生，他听说东海集团招聘一名总经理助理，决心排除一切障碍加入这家本市最大的民营企业。经过三轮笔试和人力资源部的面试，方凌和另两名竞聘者在几百人中脱颖而出，顺利进入最后一轮面试。面试由董事长陈东海亲自主持，时间定在周日上午九点。

知己知彼，方能百战百胜。方凌打听到，另外两名竞争者，一位来自大型国企，有丰富的管理经验；另一位则是刚刚毕业于名牌大学的MBA。和他们相比，自己的学历、资历明显处于劣势，他不禁忧心忡忡。

周六晚上，方凌躺在出租屋的铁架床上，又紧张，又担心，辗转反侧了大半夜，好容易才合上眼睛。谁知这一睡又过了头，等他醒来，已经八点四十分了。不好，要迟到了！方凌一骨碌爬起床，慌忙跑到洗手间洗脸。谁知他心慌意乱，脚下一滑，整个身体重重地摔到地上。他用手撑了一下，才没有受伤，不过手掌红了一大片。

方凌看看煤气炉，想要不要烧点开水烫烫手来活血，突然记起了以前看过的一则新闻报道：今天要面试他的陈东海原先是煤气站的一名工人，后来站里发生了煤气泄漏事故，他勇敢抢险救灾，本来领导要表彰他，但他没有接受，反而主动承认是由于自己操作失误才导致事故发生，因此被单位开除，由此开始了他的创业之路。

煤气炉……方凌突然灵光一闪，一个神奇的点子跳了出来，反正今天的面试本来就处于劣势，而且还要迟到，干脆兵行险着，来个出奇制胜，说不定可以力挽狂澜呢！

主意想好，方凌也不慌了，洗过脸后，还慢条斯理地煮了碗面条。

吃过早餐后，方凌叫了一辆出租车来到东海集团。他在外面跑了一阵，然后才走进面试现场，一看表，刚好迟到了半小时。

面对在场人员诧异的目光，方凌擦擦额头的汗水，说："对不起，我迟到了，因为今天早上在我的出租屋里发生了一件意外。煤气罐的开关坏了，我以为煤气烧完了，直接旋开输气管的接头准备换另一罐煤气，不料里面还有大半罐气。煤气一下子喷出来，幸亏当时屋子里没有火星，否则后果真不堪设想！"

主持面试的陈东海听说煤气罐出事，果然露出了关注的神情，和蔼地说道："别去碰屋里的电器开关，否则很容易产生火花。你知道吗？我以前也在煤气站工作过呢。"

方凌一听，正中下怀，他就是想通过煤气罐和陈东海套近乎呢，见计谋有了效果，便更加得意地往下编："我当时马上把窗户全部打开，然后用手拼命堵住出气口，尽可能让气跑得慢些，以免四周的煤气浓度过高，发生危险。"他顺势扬起了手掌，"看，喷出的气把我的手掌都撞红了！"

陈东海点点头："对，煤气从罐里猛喷出来，跟自来水冲出来差不多。

小伙子，你这手还有几天要疼啊！"陈东海脸上挂起关切的笑容，又像想起了什么，"对了，我以前那煤气站里的罐都是灰色的，现在的煤气罐是什么颜色的？"

"我那煤气罐是绿色的。"方凌这回说的是真话。

"煤气罐一直都是绿色的吗？你当时拼命捂住罐子，没把它的颜色也磨掉吧？"陈东海也许想缓和一下气氛，打趣地问。

"我的手掌可不是砂纸，怎么能把煤气罐的颜色磨掉呢？"方凌觉得继续扯远有些不妥，现在到底是决定自己职业命运的关键时刻，就认真地回答说，"煤气罐始终都是绿色的。有点可惜，那还有挺满的一大罐气啊！我等煤气跑了大半，用湿毛巾堵住气口，外面还紧紧包上塑料袋，确信不会出危险了，才敢出门。"

陈东海听了，若有所思地笑了一下，不再往下问了。

面试结束，陈东海当场宣布他的录用决定，考虑到集团公司的实际发展需要，除方凌外，另外两名竞聘者都被录用了。他把脸转向方凌，意味深长地说："本来也打算录用你，但我们对员工除了有知识和能力的要求，诚信也同样重要。你今天早上虽然迟到了，可你不该编造这样一个故事来掩饰。"

方凌的心登时凉了半截。他不甘

心，竭力装出一副委屈的表情说："陈总，我说的都是实话，我确实是为了不让泄漏的煤气影响邻居的安全才来迟了！"说着，又扬了扬那通红的手掌。

陈东海笑了："小伙子，只要你真把一罐煤气放跑，就能发现你的故事漏洞出在哪里。不过，一定要注意安全！这也许是你竞聘职位的一个策略，但我们的公司更需要务实的员工。"

方凌垂头丧气地回到出租屋，始终想不明白是哪个细节出了问题，最后一咬牙，决定真的放跑一罐煤气试试。他打开窗户，然后挑了最重的一罐煤气，拧开开关。煤气果真嗞嗞地喷出来了，来势汹汹，把玻璃窗户也震得"格格"作响。

几分钟后，意想不到的事情发生了：煤气罐外表的颜色开始变了！整个变成了白色，仿佛涂上了一层白乳胶。用手一摸，凉凉的，竟然是冰！方凌猛地一拍脑袋，对呀！液化气体瞬间气化是需要吸收大量热量的，使四周温度迅速降低，空气中的水蒸气凝结成冰附在罐上，这其实是很简单的物理常识啊！但是，就算当时能想到又怎么样？没有真正放跑一罐煤气，是无论如何也不会有底气说出来的呀！

方凌跌坐在椅子上，反复回味着陈东海的话，陷入了沉思……

（题图：魏忠善）

2006年《中国最有影响力的故事》征文启事

五大奖励措施　稿酬外追加千字千元奖金

为鼓励多出优秀作品，《故事会》杂志社决定继续举办2006年《中国最有影响力的故事》征文大赛，并对优秀作品实行5大奖励措施：

1. 入选作品除在杂志上发表外，还将收入《〈故事会〉中国最有影响力的典藏故事》（2006年版）一书。2. 入选作品可得两笔稿酬：在《故事会》杂志发表的作品，首发稿酬每千字400元，选入书后再追加每千字1000元。3. 入选作品均颁发奖励证书。4. 本刊将委托有关专家对入选作品进行精彩点评。5. 本刊将邀请有关作者参加5月在上海举办的第十一期"故事创作研讨班"、10月在外地风景区举办的优秀作品改稿会以及年底的颁奖大会，所有费用均由我社承担。

征稿范围：具有现实感、新鲜感且可读性强的中短篇原创作品。超短篇（如幽默故事）的字数一般在1500字以内，短篇（如中国新传说）的字数一般在5000字以内，中篇故事的字数一般在15000字以内。第一次截稿日期：2006年3月31日。

来稿方法：1. 从邮局寄发，请在信封上注明"征文大赛"字样，本刊地址：上海市绍兴路74号《故事会》杂志社，邮编：200020。2. 从网上传递，可发以下信箱：wulun@vip.sohu.net，请在主题上注明"征文大赛"字样。来稿也可直接发至各责任编辑的电子信箱。本期责任编辑的信箱是：keyin118@163.com。

母亲，
□ 谭文春
一个共同的名字

原始森林边缘有个小村庄，住着一个叫巴兹的男人，以偷猎为生。一天，巴兹潜进森林深处，突然，他看见从旁边草丛中蹒蹒跚跚地钻出一只白虎的幼崽，冲他嗷嗷地叫唤。巴兹喜出望外，一把抓住小白虎，装进布袋里，然后飞一般地往回跑。

过了半个小时，母白虎叼着一只獐子回来，不见小白虎，它闻到了有生人的气味，便循着这股气味迅速追赶抓走它孩子的人。

巴兹则一路狂奔到河边，只要过了河，母白虎就闻不到他的气味了。巴兹一口气游到岸上，才发现袋中的虎崽早已溺死。这时母白虎竟仍追了上来，也快上岸了，巴兹连忙把死崽扔下，慌乱跑回了自己的村子。

母白虎撕扯开布袋，看到爱子已死，愤怒地发出了一声惊天动地的悲啸！随后，追着巴兹进了村庄。

丧子之痛让母白虎疯狂了，它长啸着、奔驰着，在村子里见活物就咬，村民们被吓得四处逃避。

突然，母白虎看见了巴兹，那个夺走自己孩子生命的罪魁祸首。巴兹正领着老婆，抱着自己数月大的婴儿，同村民一起向前奔跑。

母白虎一声怒吼，扑了上去。巴兹的老婆被吓得一声惊叫，脚下一软，跌倒在地，怀中的孩子脱手滚了出去，哇哇大哭起来。巴兹的老婆连忙扑过去，想抱起孩子，但母白虎比她更快，身子一下就窜了上去，把巴兹的老婆撞翻几个跟头，张开血盆大口，向地上的婴儿咬去。

巴兹知道，孩子入虎口，肯定保

不住了，便冲老婆喊："快逃！"巴兹的老婆从地上爬起来，却不顾一切地向母白虎冲过去，想把孩子从虎口下救出来，她凄惨地大叫："不要啊，不要！那是我的孩子啊！"母白虎愤怒地抬起头，凶恶地盯着她，血盆大口随时都会将地上的孩子吞没。

巴兹的老婆突然像疯子一样撕扯掉自己的衣服，袒胸露乳地跪在母白虎面前，双手合十，泪流满面地祈求："求求你，请不要伤害我的孩子……求求你，请不要伤害我的孩子……"

她的这一举动，来得那么突然，那些四散奔逃的村民，全都目瞪口呆，停下了脚步，看着这惊人的一幕，甚至忘了逃命。

母白虎似乎也被这个女人出人意料的举动怔住了，它看着这个赤裸着上身的女人，看着她饱满的双乳正一滴滴地滴着芳香的乳汁，看着她泪流满面的脸和恳求的目光，再看看躺在地下、随时都会被自己的利齿结束的小小生命，居然没有再咬下去，但它锋利的尖牙，仍然触及婴儿的头颅。不懂事的婴儿，似乎也感到了危险，哭得更是声嘶力竭。

时间仿佛停顿了，天地间仿佛只剩下婴儿的哭声和巴兹老婆的祈求声。

突然，一个妇女悄悄从人群中走了出来，脱掉衣服，袒露着最神圣的母性，跪在巴兹老婆的身边，双手合十，恳求地望着母白虎，口中喃喃地祈求："请不要伤害这个孩子。"

与此同时，更多的妇女慢慢地走过来，跪倒在母白虎面前，祈求它，不要伤害这个孩子。

只见在妇女们真诚的祈求声中，母白虎慢慢地后退、后退，突然发出一声震撼人心的悲啸，猛地转过身去，消失在莽莽苍苍的原始森林……

也许是冥冥之中，女人的诚意感动了母白虎；又或许因为，虽然是不同的生灵，但她们都是母亲，那种上天赋予的母性，使母白虎突然改变了主意。母爱有情，它使所有的生命充满仁慈。

巴兹的老婆抓住巴兹又撕又扯又咬又骂："你不是人，你不是人！你连禽兽都不如……"

巴兹悔恨难当，"扑通"一声跪倒在地，向母白虎离去的方向一遍一遍地磕头。

（题图：安玉民）

"感动中学生的故事"是本刊新推出的栏目，希望中学生及广大读者能喜欢。本刊热忱欢迎作者惠赐原创佳作，要求：1）题材不限，故事中的人物不限于中学生；2）情感色彩浓郁，故事情节生动；3）篇幅在两千字左右。来稿可从邮局寄发，也可发电子邮件，请在信封或电子邮件的主题栏内注明"感动中学生的故事"字样。本期责任编辑E-mail地址：keyin118@163.com。

鸡腿的
味道 □林承业

老张在巷子口开了间杂货店，卖点香烟汽水什么的补贴家用。孙子爱吃肯德基的炸鸡，可一个炸鸡腿卖七块钱，老张要卖掉一条香烟才赚得到。

再心疼，隔三岔五的，老张还是得带孙子走进那扇明晃晃的玻璃门。有一天，老张趴在柜台上看报，说美国胖子大多与洋快餐有关，炸鸡腿热量高又没营养，还催性早熟，老张看看报纸，又看看孙子一天圆似一天的小胖脸儿，支着下巴出神。

当晚，老张跑到菜市场挑了只新鲜母鸡回家，斩下两只鸡腿开锅油炸。凭当年在部队炊事班做麻油鸡的技术，他做了一道油卤鸡腿。先用油焖两三分钟，鸡腿过了油，却又不炸得干巴，保留了鸡肉的鲜嫩，再浇上熬好的芝麻粉料，放在盘子里，儿子媳妇闻了都直流口水。孙子放学回来，吸着鼻子直奔餐桌："今天买肯德

基了？这么香？"三口两口，连撕带咬，就把鸡腿全吃完了。

老张乐了："这个鸡腿好吃还是洋鸡腿好吃？"孙子立即表态"这个好吃！"连着几天，老张都给小孙子做鸡腿，虽然费事，可钱省下来了，孩子还吃得香。

这一天，孙子领来两个小伙伴："爷爷，给他们吃你做的鸡腿！"原来，孩子们在学校摆谱，孙子不屑地跟同学说："你们那肯德基，我早就不吃了，能有我爷爷做的好吃吗？"一帮孩子抬起了杠，放学就跟着回老张

  昨天做了一个梦：我变成你最心爱的那只小猪，你骑在我的背上，我们开心地玩着，突然我四肢无力，昏了过去，你泪汪汪地对着我说："我不骑（气）了。"1375***0900（0529）

家。老张只得紧急采购，给每个孩子做了一只鸡腿，果然，张张小嘴吃得油光光，小脸笑眯眯的。

这事过了没多久，忽然有个妇女领着小孩找到老张的店里，劈头就问："我们家孩子是在你那吃的鸡腿吗？"老张吓了一跳，难道鸡腿吃出了问题？那做妈妈的赶紧解释："孩子回去唠叨了几回，说你那鸡腿做得好吃极了，我就顺路来问问，你是怎么做的，我回家也学着做去。"老张愣了，眼睛忽然一亮，呵呵笑道："从明天起，我在店门口支个摊子，专卖油卤鸡腿，便宜又好吃，而且准保卫生，你来就是了。"

第二天下午，办理好营业许可证的老张果真架起摊子，专卖油卤鸡腿。别的不说，光芝麻粉料的那股香味，就让下班回家的人纷纷驻足。他卖的鸡腿价格不贵：三块一只。天还没黑，三十只鸡腿都卖光了，连打算留给孙子的那份，都被人硬买走了。

很快地，老张的油卤鸡腿就出了名，菜市的鸡贩子看见老张就说大主顾来了。一个晚上，他能销掉上百只鸡腿，下岗在家的媳妇一起搭手帮忙，两个人都忙得额角起烟，买鸡腿的人多，常常在等候鸡腿出锅的时候买张报纸带包烟的，连杂货店的营业额都提高了许多。三个月下来，老张一家的日子都滋润起来了。给孙子报名上了几个学习班，又练钢琴又学书法，小孙子进进出出，神气了许多。

生意做大了，关于老张的手艺，也传得神了，有的说他是在部队给将军下厨学来的，有的说他是从一个生病的老乞丐那得来的配料……越传越离奇，最后惊动晚报记者当个社会新闻来采访。记者一个劲套问老张的经营秘诀："卖卤菜、油炸鸡腿的不止你一家，为什么你家能卖得这么火呢？听说吃了你的鸡腿的孩子，连肯德基都不吃了？"老张半晌才吐出一句："没什么独家秘方的，就是用料尽心，不信你回家试着做，选新鲜的鸡腿，用选过的芝麻熬油，筛过的香料磨粉，炸油只用一晚，做每个鸡腿的时候，都像给自己孙子做一样用心，出来就是这个味道了。"

记者听得频频点头，临走建议："你这个经营思想真的是太对路了，不如就给鸡腿起个名叫'小孙子鸡腿'。"老张连连说是，第二天，一个醒目的灯箱就挂在了杂货店门口：小孙子鸡腿。而报纸上关于"小孙子鸡腿"这个招牌的来历，一下就在全城传开了，经济学家甚至以此作为一个营销的成功经典个案来分析。

现在，老张家的"小孙子鸡腿"，已经开了六家分店。老张现在有钱请孙子吃任何餐厅了，不过，孙子还是只爱吃他做的鸡腿。

(题图：魏忠善)

恐怖的
复活

□ 游 子

在遥远的地球一端，有一个极为神秘的海岛国。一天，一家旅游杂志的摄影记者罗金斯乘邮轮来到了海岛国。

这天，附近一座村庄的土著人正举行一场葬礼，那诡秘古怪的仪式让罗金斯感到无比新奇。死者是一名青年男子，当这名男子的尸体被放入坟坑后，一个男人突然跳进坟坑，用利刀将他的脖子割断，然后才开始往坑里填土。这一幕更是让罗金斯看得惊心动魄，他实在不懂为什么要割断死人的脖子。由于语言不通，他无法与人交谈，这让他深为苦恼。

罗金斯回到宾馆后，碰到了一个和他同种族的人。这个人个子高大，神情却很忧郁。罗金斯当即和他交谈起来，知道了他叫克拉姆，是个烟草商，负责大东公司在海岛国的烟草种植和收购。他女儿克拉妮娅两个月前从家乡过来看他，却莫名妙地突发高烧死了，具体病因至今没有查明。因为天气炎热，女儿的尸体无法运回去，只好在当地安葬了。女儿之死使他一直闷闷不乐，交谈中得知罗金斯是来自家乡的摄影记者，克拉姆很是高兴，他提议说："咱们找个地方喝一杯？"

"行！"罗金斯爽快答应了。两人

顺着大街来到一家小酒吧，要了两瓶酒，边喝边聊，十分投缘。两瓶酒喝完，不觉有了些醉意。克拉姆建议去洗个桑拿浴，罗金斯连声说好。两人在大街上找到一家名叫"蔓陀萝"的浴室，就走了进去。侍者十分殷勤地把他俩安置在两个相邻的豪华包间。罗金斯洗了澡回到包间，侍者领来了一个女孩替他按摩。

罗金斯惊讶地发现这竟是一个白人姑娘，她一头秀发，眼球像深海一样湛蓝，很像罗金斯家乡的女子。在海岛国，除了土著黑女，一般不会有其他做按摩女的姑娘了。罗金斯试着用家乡话问了她几句话，可她却毫无反应。再仔细一看，这个女孩虽然漂亮，可是神情呆滞，双目无光，一副魂不守舍的模样。见她的按摩动作很不专业，罗金斯知道她主要是从事色情服务的，就不再说话，闭了眼任她在自己身上敲敲打打，不觉竟昏昏睡去。

不知过了多久，他听到克拉姆在门外叫道："罗金斯！怎么了？还没完吗？"罗金斯睁开眼，见姑娘还在慢吞吞地给他揉脚，忙说："克拉姆，进来吧，马上完了。"克拉姆走进包间，一看见那个女孩，眼神一下子僵了，身子发起抖来。这个女孩，不就是他两个月前死去的女儿克拉妮娅吗？"克拉妮娅，是你？"克拉姆试探着叫了一声，女孩没有任何反应。克拉姆猛然拉过女孩，捧起她的头，盯着她的眼睛，问："克拉妮娅，你说话呀，怎么会在这里？"女孩的眼珠一转不转，毫无表情。克拉姆愣了一下，刷地扯开她的衣服拉链，转过她的身子，果然在她的左肩后面找到一小块青色的胎记，胎记上边还有一颗红痣。克拉姆大叫一声，用力摇晃着女孩的肩膀，"克拉妮娅，你说话啊，克拉妮娅！"

就在这时，两个黑人大汉冲进来，像拎小鸡一样把女孩拎走了。罗金斯惊得目瞪口呆："克拉姆，你没认错人吧？她真是你女儿？""我的女儿，怎么会认错？"克拉姆喃喃说，"可她是死了的啊？怎么会到这里？又怎么会成这个样子？"罗金斯想了想说："你马上回去看看她的墓地，有没有异常情况。"克拉姆说："这一点我也想到了。我马上就赶回去，查清事情真相，揭开这个谜！罗金斯，你能帮我监视一下这家浴室吗？"罗金斯说："我尽力，你快去快回。"

克拉姆走后，罗金斯真的负起了监视"蔓陀萝"浴室的责任，时常在这家浴室附近转悠，还偷拍了些外部资料，但没有发现什么有价值的东西。

终于有一天，罗金斯看见那个浴室老板把女孩带了出来，坐上了一辆马车，他连忙悄悄地坐上另一辆马车跟在后边。马车出了城，来到乡下一个农庄。地里是绿油油的烟草，十几个黑人在地里懒洋洋地锄着草。不一会，庄园主走了出来，和浴室老板嘀咕了几句，数出一叠钞票，把女孩带进了屋子。

罗金斯在远处用变焦镜头拍下了这个过程。他惊讶地发现：这些在地里干活的黑人，他们的神情和举止与女孩非常相似，神情呆滞，动作僵硬，有气无力，就像一具具没有灵魂的活尸！罗金斯感到了一种莫名的恐惧。回到城里，他找了家邮局给克拉姆发了封电报，告诉他这一发现。

不久，罗金斯又有了发现：一个当地土著人在训练克拉妮娅剪烟叶，他把一料药丸塞进克拉妮娅口里，念了一通咒语，然后手把手地教她使用剪刀。用对了，他就奖给她一片木薯，用得不对，就给她一皮鞭。罗金斯气得浑身发抖：混蛋！竟敢把我们家乡人当作牲畜！

两天后，克拉姆回来了。和他同来的有海岛国当地警方派出的翻译和两名警官。克拉姆告诉罗金斯，他回去后打开了女儿的棺木，里边果然没有女儿的尸体，于是他便到警察局寻求援助。有了罗金斯拍摄的一系列照片，解救克拉妮娅的事情就变得简单了。可是克拉妮娅被解救后已经没有了记忆和思维，什么事情都不知道，连哭和笑这样简单的表情都没有。克拉姆抱着女儿，欲哭无泪。罗金斯不

明其中原因，就问翻译，翻译简单地告诉罗金斯：克拉妮娅确实是个死人，她只是具被海岛国土著人用巫术制成的"还魂尸"。那些在烟草地里干活的人也一样。

在当地，某些土著人有一种非凡的本领，能从热带植物中提炼出一种特殊的毒素。这种毒素只要沾染到人体的皮肤，就能让人莫名地高烧死亡。人死后二十四小时内，他们又能用另一种毒素让死人"还魂"过来。开始时，这只是出于对仇敌的一种报复，后来因为这些活尸能做一些简单的劳动，就逐渐演变成了一种"人口"交易。这在海岛国，是一个公开的秘密。所以有的人家死了人，担心尸体被偷去制成"还魂尸"，在下葬时就把死人的脖子割断或者用大铁钉把心脏钉穿。

原来是这样！罗金斯明白了：前段时间在土著人葬礼上看到的割断死者脖子的那一幕，原因就在此。罗金斯连连摇头说："这太野蛮，太可怕了！可是，他们为什么要对克拉姆先生的女儿下毒呢？他可是一位友好的外国商人啊！"翻译冷冷一笑，说："是啊，就是这位友好的克拉姆先生的烟草公司，垄断了海岛国的烟草市场，把无数的海岛国人变成了他们的廉价'活尸'，所以，海岛国的土著们就用了这个古老的方法来报复他。"

（题图：魏忠善）

夫妻对对碰

◇ **妻子的脑袋**

妻子对丈夫表示不满，她说："上帝呀！当初答应嫁给你时，我的脑袋哪儿去了？"

丈夫立即回答道："靠在我的肩膀上。"

◇ **鸡蛋和钱的关系**

有一对老夫妻，到了结婚25年的纪念日，妻子发现丈夫的抽屉里有5个鸡蛋和25000元钱。

妻子问其原因，丈夫内疚地回答："我很对不起你，每当对你有一次不忠的行为，我就放进一个鸡蛋。"

妻子想：25年中只有5次，可以原谅。于是又问："那么25000元钱，是怎么回事？"

丈夫答："鸡蛋多了，就拿去卖了，换成钱存在这里。"

◇ **没敢看过别的女人**

妻子发怒道："你实在太不像话了，在街上碰到我妈连头也不抬一下。"

丈夫回答道："亲爱的，自从娶了你，在外面我就没敢看别的女人。"

◇ **精算**

结婚后刚满三个月，妻子就说她要生孩子了。丈夫惊奇地问道："别人家的妻子九个月零九天才生孩子，你怎么才三个月就生孩子了呢？"

"你真有趣，你娶了我已经三个月了，对吗？那么我嫁给你呢？"妻子问。

"也是三个月呀！"丈夫立即回答道。

"那就对了，三个月加上三个月是六个月，再把我怀孕的三个月加上不就是九个月了吗？"妻子说道。

"哎哟哟，这样的精算，我还没学过。"丈夫摇摇头说。

（推荐者：吴存君）

（欢迎读者为本栏目推荐新鲜有趣的幽默格言、俏皮话和顺口溜。来稿请寄：上海市绍兴路74号《故事会》杂志社，邮编：200020。请写明姓名和联系方法，并请在信封上注明"快乐辞典"字样。电子邮件请发 keyin118@163.com）

几乎每年都下的清明雨今年一直没下，但所有经历过这场火灾的人心里都阴雨绵绵，那是他们为烧毁的山林、烧毁的村庄和逝去的亲人，而洒下的悲痛的泪。这泪不是洒给他们要祭奠的祖先，而是洒给自己一手制造的火灾。

清明泪

□ 关　晴

1. 扫墓闯祸

清明节这天，阳光普照，碧空如洗。一早，梅县民政局局长杜斌就去局财务处领了两万块钱，然后开着小车，和妻子一道，回老家肚脐村祭祖。

杜斌老家肚脐村，坐落在四周被山围着的凹陷处，就像一个人的肚脐眼，所以村子叫肚脐村，山叫肚脐山。肚脐山其实是四座山，依照方位，被叫作东肚脐、南肚脐、西肚脐、北肚脐。由于四座山紧紧相连，多少年来，人们出入都得翻山越岭。为了出方便，村里组织劳力，开山凿路，但因为经费不足，路修得很窄。为了拓宽路面，在村长一再要求下，杜斌终于为老家的乡亲们争取到两万块钱的修路款。今天他利用祭祖的机会，正好将这两万块钱带回去。

新开凿的小路的确很窄，杜斌费了好大的劲才将车子开进村里。来迎接他的，除了村长，还有带着一个妖艳女子的杜大为。

杜大为是村里的另一个能人，当过几年建筑包工头，现在在省城开了一家建材公司，据说已是资产几百万的主。杜斌和妻子一下车，村长和杜大为就迎上来，杜大为还拉过那位妖艳的女子介绍说她是他的秘书，他的老婆身体不舒服，所以他就带秘书回来祭祖了。村长还没来得及开口，杜大为又神气活现地开了腔："杜大局长，修路你可得多出点血。我刚刚为村里修路捐了五千呢，你可不能少于这个数！"

杜大为这么一说，杜斌倒不好意思拿出那两万块钱了，一来，这是公家拨下来的钱，不是私人捐赠；二来，这会儿拿出两万，不是明显压着杜大为吗？于是他小声说："先祭祖吧，祭完祖，我们再谈钱的事。"

几个人便准备上山祭祖，杜大为走过去打开他的小车后备箱，里面的纸钱足足装满了一麻袋，惹得围观的乡亲们连声啧啧。杜斌也去打开自己小车的后备箱一看，傻了眼，里面也是满满一麻袋的纸钱。他疑惑地看一眼妻子，妻子则得意地一笑。杜斌知道，这是妻子私底下备下的，他妻子总想和杜大为较个高低。杜斌心想：这哪是祭祖啊？分明是摆阔嘛！

杜大为家的祖坟在南肚脐的南坡，杜斌家的祖坟在北肚脐的北坡。杜斌和妻子背着纸钱上山坡，忽然听到身后的村子里传来叫喊吵闹声。

两个人情不自禁地站定，回头往山下望，但树木挡住了视线，看不到村里的情形，叫喊声越来越大，越来越嘈杂。杜斌感到村里一定出事了，忙对妻子说："你先去祭祖，我回去看一

看就来。"杜斌返身回村。才到村口，就见村里人又喊又叫地在追一个小伙子。小伙子左冲右突，却冲不出村民们的包围圈。杜斌一打听，原来那个小伙子刚才从他的车里拿了东西。一听这话，杜斌大惊，忙奔到自己的小车旁，只见车门大开，他伸手往置物盒里一探，不由倒抽一口凉气，他从民政局领的那两万元修路款不见了。小偷最终被抓住了，人们一搜，只从他身上搜出一万块钱，还有一万呢？任凭杜斌和乡亲们怎么逼问，小偷就是不说。

这个小偷外号叫赖猴，是个惯偷。早晨，杜斌从民政局领钱时被赖猴盯上了，他就骑着摩托车一路跟来，哪知刚下手就被乡亲们发现了。这赖猴也够狡猾，他知道被抓住后钱也会被搜走，所以在逃跑时将其中一万块钱扔到了路旁的草丛里了。

村长见赖猴不肯交代那一万块钱的下落，他火了，就让人将赖猴捆了起来，然后对杜斌说："你先去祭祖吧，等祭完祖，咱们再来逼这小子交出那一万块钱。"杜斌想想，这会儿也只能如此了。

等他重新返身上山，才到山腰，就隐隐看到前面升起了烟雾，顿时，一丝不祥的感觉袭上心头：莫非是妻子祭祖烧纸钱时引发了山火？他立即迎着烟雾升起的方向狂奔过去。

杜斌的猜测一点没错，他妻子在

焚烧纸钱时，突然吹来一阵旋风，引燃了山上的枯草，而她扑火不及，火便很快地向四周蔓延、扩展了。

等杜斌赶到时，火焚烧的范围已扩展到三十平方米左右。他立即从身边的树上攀下一根树枝，一边扑打一边对还站在一旁发愣的妻子大喊："快攀树枝，用树枝扑打！"妻子这才回过神来，够着身旁的一截树枝拼命往下拉扯，不料，树枝没攀下来，她反而被树枝反弹得跌跌撞撞地倒退好几步，一脚踏进火堆里，眨眼间裤腿就着了火，她吓得哇哇大叫，又蹦又跳。杜斌见了，急忙扔下树枝跑过来，脱下上衣，用力扑打妻子腿上的火苗。裤腿上的火被扑灭了，但妻子的腿却被灼伤，痛得她哇哇直叫。经这样一折腾，火势又顺着杂草嗤嗤地往四周扩展了一圈。他妻子望着一蹿五六尺高的火焰，吓得直往后退，结结巴巴地说："杜斌，这火，我们怕是打不熄啦！"

"打不熄也要打！"杜斌急得吼了起来，"你知不知道，这火要不打熄，我们是要承担责任的，焚毁山林，那可是犯法的事！"

听杜斌这样一说，妻子意识到问题的严重性，她咬牙抡起树枝冲了上来。但此刻，熊熊烈火，完全不是他俩所能驾驭的了。望着焚烧的范围越来越大，火焰越蹿越高，杜斌猛地醒悟：得报火警。于是他掏出手机，迅速拨了119，接着又拨通了村长办公室的电话。这时，村长和村民们正在逼问赖猴那一万块钱的下落，一听发了山火，村长立即让人把赖猴锁在祠堂里，然后召集村民赶往北肚脐救火。

村长带了三十多个山民赶到火场，山林焚烧的范围已达半里见方，不但地面的枯草全着了火，就连高达几丈的参天大树也燃烧起来，火焰蹿至几丈高。一看这架势，村长也傻了眼。他清楚，仅凭他带来的这点人，无论怎样也是控制不住火势的。于是，他立即

采一束幽香的野花，捧一泓清澈的山泉，弹一首温馨的乐曲，发一条真情的短信，让勇敢鼓舞你，平安保护你，健康伴随你，愿你分分秒秒都开心！广东 郑广川（0533）

对杜斌说："快，打电话！"杜斌说："我已报火警了，消防队已出动了。"村长摇了摇头说："消防队从县城赶到这里，最快也得两个小时，到时一切都晚了。你快打电话给杜大为，让他就近赶到那边山脚下的南庄去，将南庄的群众都喊过来救火。"

杜斌立即给杜大为打手机，手机是通了，但一直没人接，等他再打时，对方居然关机了。殊不知，此时此刻，杜大为哪有心思接电话？他正和他那妖艳的女秘书在草丛中鬼混呢。他讨厌杜斌的电话打扰了他的好事，随即干脆关机了。就在杜斌因打不通杜大为的手机着急时，忽然山下传来歌声，村长听到是一群小孩子在合唱《少先队队歌》，顿时有了主意，他决定把这群七八十个去祭扫烈士墓的小学生叫过来，加上这里的三十余人，组成一支上百号人的队伍来对付这火。

村长当即找到领队的老师，也就是肚脐村小学的校长，向他说明意图，校长听说要他带着学生去救火，他犹豫了。他说："上级有规定，不能让小学生参加像灭火这样具有危险性的活动，万一出了事谁负责？何况他们都是些孩子，不顶用。"村长一听不耐烦了，大声吼道："出了事我负责！亏你还是校长，你平时怎么教育孩子的？抢救山林，是义不容辞的事！"

村长这一吼，校长也没了主意，杜斌这时也乱了方寸，不知该不该让孩子们去救火。可孩子们听说去打火，都觉得新奇好玩，顿时高兴得欢叫起来。但是，当校长把孩子们带到现场，面对熊熊大火，孩子们害怕了。村长见了，大嚷起来："少先队员们，快动手啊！折树枝，用树枝扑火！"

这时有几个胆大的孩子折了树枝去扑火。可他们毕竟是孩子，人小，折的树枝也小，力气也小，每一下扑打，就像挠痒痒，对比那熊熊烈火，无异于蚍蜉撼树。就在村长继续鼓动学生扑火时，突然有人惊叫起来，杜斌回头一看，只见一个小学生衣袖已经着火，孩子吓得扔了树枝，又蹦又跳，一路奔跑。火，很快由袖及胸，眨眼间衣服全烧着了。

杜斌惊得失声大叫："快，打滚！打滚！"但极度惊恐的孩子，哪听得到他的喊叫，仍是一路跌跌撞撞地往前奔跑。

杜斌率先追上了着火的孩子，把他推倒，迅速脱下身上的衣服往孩子身上扑打了好一阵，孩子身上的火是灭了，但孩子已被烧得面目全非，昏迷过去。校长只得派几个老师，轮流抱了孩子下山送医院抢救。

出了这样的事，校长再也不顾村长的大喊大叫，立即吹响了哨子，把学生集合起来，撤离了火场。

村长原以为动员小学生救火是个

高招，却不料险些出了大事，又见杜斌打不通杜大为的手机，只得派人去南庄喊人前来帮助救火。剩下的人，继续与火搏斗，然而尽管人们奋力扑救，火势仍很凶悍，山林燃烧的范围仍在蔓延扩大。

2．雪上加霜

受命去南庄搬救兵的小伙子丝毫不敢懈怠，他几乎是一路狂奔而去。当他气喘吁吁奔到南肚脐的南坡时，远远看到杜大为和他的秘书正在祖坟前燃烧纸钱，鸣放鞭炮。那堆成小山似的纸钱燃烧起来，火焰直冲半空。刚从火场奔来的小伙子心中不由暗惊，他忙大声提醒道："大为叔，你可得留意点，别引发了山火。斌叔那边已经烧了半个山坡，全村的人都在那里救火呢！"

杜大为听了，也吃了一惊，忙问："那边真的发火了？"但小伙子已经跑出老远。杜大为转头往北望去，透过岭顶，空中烟雾迷漫，他一把拉过秘书就往岭上跑。

两个人来到岭顶，只见对面北肚脐上空，浓烟滚滚，遮天蔽日，火光一直冲出了岭顶。杜大为边看边叹："乖乖，这火烧得，只怕北肚脐的北坡全着了。"秘书更是从未见过这么大的山火，竟兴致勃勃地隔山观火景了。杜大为边看边说："这一下有杜斌那小子受的了，他不像我，他是当官的，引发了这样的大火，还会不受处分？看他日后还牛气？"听那口气，倒有几分幸灾乐祸的味道。秘书娇嗔道："亏你还是他的本家兄弟呢，咋说这话？"杜大为笑笑说："小宝贝，这你就不懂了，俗话说：一棵树上拴不住两叫驴。论出息吧，咱村就我俩行，可我只有俩臭钱，他是当官的，权压着钱，村里人都巴结他，我当然不开心了。你看这火烧得，这里都闻得到烟火味，够他受的了。"秘书刚闻到烟火味，她警觉地说："不对，不对，离这么远咋能闻到烟火味？不会是……"秘书说着猛一转身，脸一下就变了色，惊叫道："你看！"杜大为回过头来，这一回头，他也吓傻了，他只顾着看热闹，忘了自家祖坟前的纸钱还在燃烧，他俩这一离开，纸钱的火随风一飘，烧着了四周的杂草，祖坟周围，几十平方米的枯草，都燃烧起来。杜大为吓得就往着火的地方跑，但跑到半途，他站住了，他知道，这样的火势，仅靠他和秘书，是无能为力的。此时，那个去南庄的小伙子已领着四十多个乡亲赶来了。他们原本是去北肚脐救火的，现在见南肚脐也发了火，大家便一字散开，在南肚脐打起火来。

回头再说北肚脐，此时火已烧过山岭，而此时，南庄的救援群众还没赶到，村长和杜斌急得团团转。

就在这时，县消防队赶到了，来了两辆消防车和十六名消防队员。但消防车无法进山，又找不到水源，只得把车停在通往肚脐村的路口，消防队员们跳下车拿着灭火器投入救火。消防队长一看火灾现场，顿时脸色凝重，立即打电话回消防队，要求向这里增派人手。放下电话，他就大喊道："谁是当地领导？"杜斌和村长一起跑了过去，村长气喘吁吁地说："我就是这个村的村长，事情是这样的，有人祭祖，不小心……"

但他话还没说完，消防队长一挥手，打断了他的话，说："这些以后再说，说重点！你们村的防火带在哪？"

"防火带？"村长愣了一下，吞吞吐吐说："这座山上没有防火带。"

"那么防火带在哪座山上？"

"都，都没有。"

消防队长顿时变了脸色，咬牙怒道："整个山区，没有防火带？那你以为这场火能灭得掉？就是再来一千人，也灭不掉它！这样的火灾规模，已超出了人力所能控制的范围，没有防火带，整个山区将是一片火海！你们到底是怎么搞的，林区要建防火带，这是规定！你们怎么……"

消防队长声色俱厉地责问，问得村长只得嗫嚅着解释："现在乡下人都出外打工了，缺少劳力，防火带就一直没能挖成。"消防队长一挥手，叫道："现在解释这些也没用了。你有多少人？赶快带着你的人，撤到山南去。"他一指肚脐村说，"你们必须在火烧到那里以前，在那里建立一个临时防火带，把树全砍了，铲除植被，不能让火蔓延过去，烧了村庄。"村长听说肚脐村都有可能被烧毁，顿时大惊失色，高声喊叫起来："肚脐村的乡亲们，跟我撤，保村子去！"

村长和杜斌带着乡亲刚走，乡长来了，他的身后跟着二十多名手提山林灭火器的农民，这就是乡里组建才

半年的山林义务灭火队。在组建这支队伍时，乡长可出了大风头，市报省报都登过，说他是未雨绸缪，防患未然，工作扎实。

乡长带着山林灭火队来向消防队长报到，骄傲地说："队长，我的队伍来了，没问题，别看这支队伍里是土包子，但个个是灭火好手。"队长听了，气得无名火直冒，板着脸吼了起来："你们这些人，就只知道玩些虚头滑脑的事，你将装备这支队伍的钱拿来挖防火带，什么事都没有了。"他这一顿训斥，弄得乡长灰头土脸，顿时下不来台。

消防队长继续下达命令："好了，你的这支队伍归我指挥，他们和我的人一起，阻缓火势的蔓延，也只能是阻缓！你，立即召集各村的劳动力，在离火灾现场五百米左右弄出一条防火带，快去！"

3. 烈火包围

尽管南庄的乡亲们奋力扑救，南肚脐的火不但没被扑灭，火势的范围反而越来越大。杜大为知道靠这几十个人是无法扑灭这场大火的，于是他拉了秘书就往村里跑。两人跑到半山坡，秘书挣扎着停下来，问杜大为："这火是我们引起的，就这样跑了，行吗？"杜大为冷笑道："这火太大，再来一百个人也白搭。你看，又起了南

风，风助火势，这火很快就要烧过山岭了。我们去打火，不但解决不了问题，反而让人家知道，这火是我们引起的，到时得承担责任。"

秘书说："我们不去，人家就不知道这火是我们弄出来的？刚才那小伙子还看见我们在那里烧纸钱呢，起火的地方又在你家祖坟那儿，谁都猜得到。"听了这话，杜大为的脸色变了，想了想，对秘书说："你先下山，到村里等我，我去找那小伙子，堵住他的嘴。"

就在这说话的工夫，火在南风的推动下，已由南向北烧到岭顶了。杜大为上了岭，就见那小伙子站在火边，看着火海犯傻。

杜大为拉拉他，让他回村庄，但小伙子不走，他用怪异的眼光望着杜大为，杜大为紧张地说："你看我干吗？你不会以为这火是大为叔弄出的吧？"

小伙子脖子一梗，说："本来就是嘛！这火就是从你家祖坟那儿烧起来的。"杜大为过去揽住了小伙子的肩膀，亲密地说："你别乱说，这火不是我弄出来的。我对天发誓！"说着话，他掏出一千块钱，塞到小伙子手里，说："这些钱，你就拿去花吧。但你记着，这火和我大为叔没关系。"小伙子双眼睁得老大，一板一眼地问："大为叔，这可是整片山林呢，就值一千块钱？这钱我不能要！"说罢头也不回

地下山了。

当杜大为回到村里，刚与秘书见面，就见路上，一个全副武装的消防员狂奔而至，扯起喉咙大叫道："乡亲们听着，队长有令，你们赶快沿这条路往东跑，火就要合龙了！"

他这一叫，正在修隔火带的乡亲们都停了下来，往东一望，南北肚脐山的火已烧到东肚脐上，眼看两股火就要连在一块，再往西望，整个西肚脐全着火了。

大家一下子就明白了，无论他们怎么努力，也不可能在火烧过来前，在村子的四周修好防火带，在两股火合龙之前，必须逃出去，否则，就有被大火包围的危险。

大家立即扔掉了手里的工具，一窝蜂地往小路上狂奔。杜大为赶紧奔过去拉开车门，和秘书钻进车里逃命。

杜斌和妻子也回到村里，杜斌的衣裤扯破了，脸被汗水和烟尘涂成了黑包公。他没有去开车，只是扶着妻子，在人群后面走着。杜大为开着车，夹在奔跑的人群中往前挪。

杜斌跑了几步，突然站住了，他记起了一个人，赖猴还被锁在祠堂里呢，大家都跑了，山火没有阻隔，还不烧到村里去？那么，赖猴只有死路一条！杜斌一下子甩脱了妻子的手，喊了一句："你先走，我去去就来。"说罢就往回跑。

杜斌跑到祠堂门口，就听到里面乒乒乓乓的砸门声，原来，赖猴在祠堂里也闻到了浓烈的烟火味，再加上听到消防队员让人们赶快逃命的喊声，他吓坏了，但双手被绑着，门被锁着，他只能拼命用脚踢门，边踢边叫喊。

杜斌连忙捡起一块石头，三下五去二就将锁砸开，冲进去解开绑在赖猴身上的绳子。赖猴看到山上直冲半空的火光，吓得直朝杜斌作揖："大哥，你是好人！你救了我的命，今后用得着我的地方，我一定……"他的话没说完，杜斌吼了一声："你哪来那么多废话，快逃命吧！"赖猴撒开腿就跑，但见杜斌并没跟上来，而是往村子中间走去，吓得他大叫道："大哥，你去哪？"杜斌说："我看看，村里还有没有人。"

正说着，只见一个妇女抱着个不到半岁的小孩，迎面跑了过来。这妇女杜斌认识，刚才在一起修过防火带。那妇女忙说："没人了，村里人都跑了，只有我，因为孩子在家里，我是回来抱孩子的。"听妇女这样说，杜斌立即转身，和妇女、赖猴一起，往村口的小路奔去。

再说消防队长在通知肚脐村的乡亲往山外撤离的同时，他召集全体消防队员和山林灭火队的队员迅速赶到通往肚脐村的路口，全力阻止大火合龙。但由于火势太大，尽管队员们拼

命喷射灭火剂，也只能减缓火势蔓延的速度，根本不能阻止两股火的合龙。这时，逃生的人群已经接近路口，杜大为的小车也离缺口不远了。就在大家看到逃生希望的时刻，新的情况发生了：路口南边一个小土坡上，堆了一堆木材，被南边蔓延过来的火烧着了。这堆木材原本用绳子捆着，现在，木材着了火，绳子就会被烧断，绳子一断，木材必将滚下坡，堵住路口，那村民们逃生的路就彻底切断了。

队长见此险情，大惊失色，立即

提了灭火器就往小坡上冲，哪知没等他冲到坡上，只听轰隆一声巨响，捆着木材的绳子烧断了，着了火的木材滚了下来，把刚跑到这里的村长压在了下面，杜大为的小车车头也被滚下来的木头砸个正着。

这一变故，加速了两股火合龙的进程，着了火的木材一路滚下来，也一路燃烧了地面的杂草，只听"嘭"的一声，南北两边的火连在了一起，没来得及逃出去的村民吓得直往后退。

这时，一个消防队员赶了过来，见杜大为的小车前半个车身被埋在着了火的木材堆里，惊得冲乡亲们大声叫道："大家快后退，小车随时有爆炸的危险！"他这一喊，村民们一窝蜂地往后跑。消防队员则冒险冲到小车跟前，听到里面杜大为和女秘书的哇哇哭叫声，消防队员只得果断地叫车里人护住头脸，然后用肘子奋力撞破了车门玻璃，把杜大为和他的女秘书拖了出来。就在他们离开小车才十几米远，只听"轰隆"一声，小车爆炸了。

随着小车爆炸，那火势似乎更加炽烈，更加疯狂，本来就惊惶失措的村民更加绝望了。这时，杜斌夫妇、赖猴和抱着孩子的妇女也已赶到，见此情景，也傻眼了。包围圈里的人急，包围圈外的人同样如热锅上的蚂蚁。大家都很清楚，身陷烈火圈内的人，他们跑不出来了，能做的，只有退回肚脐村，而火的包围圈越烧越小，最终，即便肚脐村不会着火，炽热的气浪也会将他们活活烤死，滚滚的浓烟会让他们窒息而亡。

眼瞧着被烈火包围的人，外面的消防队员急得几乎发了疯，他们拼命向路中间的木材堆喷洒灭火剂，希望能给里面的人杀开一条生路。然而，缺口一旦合龙，再想打开，谈何容易！

这时，消防队长急得双眼发红，他目光突然扫过消防车，顿时一个大胆的主意掠过心头，他大声叫起来："云梯车！快将云梯车开过来！"他准备采取在云梯的顶端系上绳子，然后将云梯升高，越过火墙伸进去，让里面的人攀着绳子爬上云梯，再顺着云梯爬到包围圈外。

这是一个万分无奈的冒险行动，很有可能使爬上云梯的人因经不住火烤而掉进火海，但不冒险，里面的人生还几率几乎是零。

4. 生死抓阄

云梯车很快开了过来，八名消防队员围在车的四周，拼命喷射灭火剂，不让火焰逼近云梯车。队长在云梯的顶端系好绳子，让云梯伸了出去，顿时空中出现了如同一座横跨火龙的天桥。云梯刚伸进包围圈内，村民们就冲了过来，争先恐后地抢抓那根垂下的救命绳子，现场顿时一片混乱。

看着这一幕，消防队长急了，他当即喊过一名消防队员，果断命令："我现在到包围圈内维持秩序，你跟在我后面，爬到云梯的顶端，帮有些爬不上云梯的妇女拽绳子。"说完，不顾队员们阻拦，便"噔噔噔"爬到云梯顶端，顺着绳子溜进了包围圈内。他双脚一沾地，立即吼叫起来"所有男人退后，让妇女先上！"他这一声吼，颇具威慑力，几个老实点的男人就退后了几步，但杜大为却抓着绳子不松手。队长火了，上去挥手一巴掌，重重地扇在杜大为的脸上，打得他倒退了好几步，大叫起来："你敢打人？"队长怒骂道："打你是轻的！不听指挥，就在这里等死吧！"

队长首先将绳子拴在抱着孩子的那位妇女腰上，大拇指向上一竖，指挥云梯上的消防员拽绳子，一会儿的工夫，那位妇女和孩子到了云梯的顶端，又在两个队员的接应下，安全逃离了火场。

当第二个妇女抓着绳子被往上拽的时候，队长冲着所有的男人发话了："等妇女们获救后，就轮到你们了，你们排好队！"哪知此话一落音，原本安静的现场又乱了起来，有些人又争先恐后、你推我搡，都想排第一。队长大吼一声："不准推！谁先谁后，凭运气吧，抓阄！"他顿了一顿，问，"谁有纸和笔？""我有！"杜大为和

杜斌同时举起了手。队长指了指杜斌"就是你了,你做阄吧!"

杜斌掏出记事本,撕了几页纸,蹲在地上写号码。与此同时,第三个妇女已抓住了绳子。队长指了指杜斌的妻子,说:"做好准备,下一个,就是你。"杜斌妻子往前走了几步,又站住了,用乞求的眼光看着队长,问:"队长,我能求你一件事吗?""说!""我想与我的男人对换一下,让他代替我先过去,我去代他抓阄。"队长心中一颤,一时间竟作不得声。杜斌妻子见队长没吭声,以为是不同意,忙言辞恳切地求道:"单位里、我家里全靠他挑大梁,不能没他。"

杜斌闻言,立即跑了过来,双手抓着妻子的臂膀,动情地望着她的眼睛,说:"别傻了,别忘了家里还有孩子,孩子没你不行。"这时,绳子已垂下来,妻子不肯去抓,队长急得叫了起来:"没时间让你们推让,快作决定!"杜斌伸手抓过绳子,一下子就缠在妻子的腰上。妻子叫起来:"老公!别!"但杜斌冲云梯顶上的消防员做了个拽绳子的动作,说:"放心吧,我不会死,我会活着出去的。"妻子空中冲杜斌喊道:"你说话可要算数!抓个好阄,我等你!"杜斌拼命点头,尔后咬咬牙,抬头大声道:"要是万一我……你要好好带着我们的孩子!"在场

的人看着这对夫妻,谁都没说话,但大家的心里都是酸酸的。

接着又救走了几个妇女后,轮到杜大为的女秘书了。这时,杜斌的阄已做好,男人们很快便抓完了阄。

杜大为一抓完阄,就走到他秘书旁边,拉了拉她的衣袖,低声说:"刚才杜斌他老婆的事,你都看到了?"秘书诧异地问:"什么意思?"杜大为双手抓住秘书的臂膀,也像杜斌盯着妻子那样盯着秘书,说:"他老婆让他先走。"秘书晃了晃身子,摆脱了杜大为的双手,一字一顿地说:"可你老婆不在这里啊!我只是你的秘书。""可你说你爱我,我也……"他的话还没说完,绳子到了,杜大为和秘书同时伸出了手。

"干什么?"队长吼了起来。杜大为苦着脸求秘书说:"你也学学人家老婆吧。"秘书一掌推开杜大为,骂道:"你去死吧!"便拽着绳子往上爬。此时,火焰已蹿到云梯上来了,女秘书一上到云梯,裙摆便着了火,她吓得尖叫起来,消防队员赶忙向她身上喷灭火剂,将她拉了过去。此刻,云梯几乎处在火的包围中,尽管云梯一再升高到不能再升,火舌已经在云梯上舔来舔去了。云梯顶上的消防员冲队长大叫道:"队长!你快上来!云梯快熔化了,再不撤,车有危险。"队长咬着牙,拽过绳子,拴在最后一名妇女的腰上,大喊道:"快拉!我不

上，就是她了！"

　　妇女得救了，云梯车撤了，包围圈里的十二个男人，再也没有了机会。他们望着紧紧向脚边逼近的烈火，都绝望了。有的哭了，有的埋怨争吵起来。

　　消防队长却一直盯着身边的一棵碗口粗的大树左右看，突然，他大声问道："谁会爬树？爬到这棵树上去！""干啥？"杜斌问。队长说："将树拉弯下来，借助树的弹力，送大家出去。"一听还能出去，大家顿时双眼放光。赖猴大声道："我会爬树！"说着就跑到树边。队长解下腰间的绳子，递给赖猴，说："拴在树的顶端。"赖猴答应一声，"噌噌噌"很快爬到树顶。队长掏出对讲机，同外面联系："我们将利用树的弹力，将里面的人弹出火墙，你们做好准备，用气垫接人。"

　　外面的消防队员接到命令，立即准备气垫，随时准备兜住被弹出来的人。这时赖猴已将绳子拴在树顶，大家拽着绳子，齐心协力一用劲，果然使大树弯下腰来。队长大声说："还是按照刚才抓阄的顺序，叫到谁谁爬到树上，我喊一、二、三，大家一齐松手，让树上的人弹出去。第一号，第一号是谁？"

　　"我！"居然有两个人应答，一个是杜大为，还有一个小青年。

　　队长生气地说："怎么有两个一号？拿出你们的号码！"队长有些生气。杜大为和小青年双双出示了自己的号码，赖猴冲过去，拽住杜大为的衣领，大叫起来："你他妈的真不要脸，居然自己写个号码想蒙混过关！"大家一看，他的纸果然和大家不一样。杜大为又羞又恼，但又做不得声，只得低下脑袋不吭声了。队长一把抓住小青年的胳膊，把他推上树，反复交待要领后，大喊一声："一、二、三，放！"大家一齐松手，树刷地一声弹了起来，小青年顿时飞了出去，外面的消防队员们用气垫接个正着，随即用电喇叭冲着

里面大喊："安全，安全！"

听到喊声，大家受了鼓舞，接着，二号、三号、四号、五号都被安全弹出。

杜斌的号码是六号，轮到他时，他放弃了，他沉重地对队长说："这场火，是我引起的。别人都是无辜者，让别人先逃生吧。"他这一说，队长沉吟了一下，说："现在不是谈论责任的时候，你要承担责任，活着出去承担吧。"但是杜斌把七号推到前面，自己退到了最后面。队长望了他一眼，长叹一声，就把七号送上树，把他弹了出去。弹出去的人越来越多，而包围圈内的人越来越少，人少了，要使大树弯腰就越来越吃力了。大家都清楚，最后几个人是无法被弹出去的。这种恐慌在杜大为的心里最为强烈，因为他是十一号，除了消防队长没抓阄之外，他是最后一号。

包围圈内只剩下赖猴、杜斌、杜大为和消防队长的时候，四个人用尽吃奶的力气才将树拉弯了腰。九号是赖猴，赖猴才松手，准备上树时，其他三人就吃不住劲，树慢慢直立起来。

形势十分严峻，就是说，必须合四个人的力量才能让树弯下来，弹出去一人，其他三个人就无力拉弯树，他们要想跳出火海，已不可能。

四个人只得再次合力，将树拉弯下来，然后，将绳子拴在旁边的一块巨石上。队长气喘吁吁地下令："九号，上吧。"赖猴往前走了几步，还是停了下来，他转身走到杜斌面前，说："大哥，咱俩换一下，你上吧！"杜斌苦笑着说："你看到了，我要上早上了，该你的，你上！"但他俩哪里知道，他们在这里推让，却有人已毫不客气地早上树了。

上树的就是杜大为。杜大为知道，这是最后的机会，不逃就得死，所以，他趁杜斌和赖猴说话时，悄悄捡起路旁的一把斧子，爬上树。等他骑在树上，赖猴才发现，赖猴气得破口大骂："你他妈的算个人吗？"边骂边奔过去，但，已经迟了，杜大为弯腰用斧子割断了绳子。

树"呼"的一声弹起，没等他直起腰，树干就弹中了他的脑袋，弹得他一阵昏眩，哪里控制得了方向，人斜飞出去，落入火海。

剩下的三个人都傻了眼。绳子断了，要想让树弯下来更加不可能。赖猴很快反应过来，急忙解下石头上的绳子，重新爬上树，可是等他系好绳子爬下来，三个人想再次拉绳子的时候，火已烧到树脚下，接着，嗞地一下，火蹿上了树干。

最后的机会没有了。包围圈里的三个人，只能步步后退，步步后退……

（题图、插图：杨宏富）

  元旦时我祝你元宵快乐，少女节我祝你儿童节快乐，情人节我祝你愚人节快乐，我并不在意自己是否搞错，真的，我只在意你是否天天快乐。1313＊＊＊6855（0538）

外国悬念故事

该书汇集的是《故事会》"外国文学故事鉴赏"专栏中的35则精品，其中包括美、英、法、意、俄、日等国的当代有影响的作家的作品，尤以美、日居多，按内容分为"机智过人、如此情爱、自食其果、历尽惊险、光怪陆离、荒唐滑稽"等六类。

历险故事

36则历险故事场面刺激，气氛紧张，情节惊心动魄，人物性格鲜明，叙述过程常常给人以身临其境的感觉。作品通过对主人公聪明才智的展示和坚韧不拔精神的刻划，形象地展现了历险故事特有的魅力。

荒诞故事

50余则故事用啼笑皆非的荒诞手法来鞭挞生活中的假恶丑，用荒诞不经的人物形象来呼唤人世间的真善美，在荒诞的外衣下，包藏着极为深刻的社会内容，长久以来一直活跃在人们中间，口耳相传，历久不衰。

诙谐故事

本书汇集外国诙谐故事精品100则，按内容分为"莫名其妙、洋相百出、针锋相对、随机应变、难言之隐、弄巧成拙、井底之蛙、强词夺理"等八大类，每大类前均有短小幽默引言，从不同角度折射社会面貌。

我的故事

　　《故事会》自1995年开辟"我的故事"栏目以来，日益受到广大读者的认可和欢迎，如今成为保留栏目。它的特点是"真情流露"，作品多是作者的亲历或见闻，并以第一人称叙述故事。本书汇集了该栏目的41则作品，读来备感自然亲切。

外国幽默故事

　　此书选取了《故事会》"幽默世界"中的近百则外国幽默故事，并按内容分为"奇闻趣事、巧言妙计、戏谑嘲笑、鞭挞讽刺、荒诞不经、意味深长"等六类。

武侠故事

　　39则武侠故事，形象地描述了侠义之士扶弱抑强、除暴安良、布善施德、匡扶正义的豪情生活，作品情节设计跌宕起伏，人物形象栩栩如生，每一则故事都是一首武林豪杰的正气歌！

男子汉故事

　　本书共收10则中篇故事，刻画了一群性格各异的青年男子，作品情节性强，极富文学色彩，不仅显示了男性的健壮刚强美，更突出他们面对权势、金钱、爱情以及生与死所表现出来的气质、智慧和英勇。

超速的爱情

一天夜里，男孩骑摩托车带着女孩超速行驶，他们彼此深爱着对方。

女孩："慢一点，我怕！"男孩："不，这样很有趣。"女孩："求求你，这样太吓人了！"男孩："好，那你说你爱我。"女孩"好，我爱你。你现在可以慢下来了吗？"男孩："紧紧抱我一下！"女孩紧紧拥抱了他一下。女孩："现在你可以慢下来了吧？"男孩："你可以脱下我的头盔并自己戴上吗？它让我感到不舒服，还干扰我驾车。"

第二天，报纸报道：一辆摩托车因为刹车失灵而撞毁在一幢建筑物上，车上有两个人，一个死亡，一个幸存。驾车的男孩知道刹车失灵，但他没有让女孩知道，因为那样会让女孩感到害怕。相反，他让女孩最后一次说她爱他，最后一次拥抱他，并让她戴上自己的头盔。结果，女孩活着，他自己死了。

就在一会儿的时间里，就在平常的生活里，爱向我们展示了一个神话。
（推荐者：吴佳佳）

扁鹊的医术

魏文王问名医扁鹊说："你们家兄弟三人，都精于医术，到底哪一位最好呢？"

扁鹊答："长兄最好，仲兄次之，我最差。"

文王再问："那么为什么你最出名呢？"

扁鹊答："长兄治病，是治病于病情发作之前，由于一般人不知道他事先能铲除病根，所以他的名气无法传出去；仲兄治病，是治病于病情初起时，一般人以为他只能治轻微的小病，所以他的名气只及本乡里；而我是治病于病情严重之时，一般人都看到我在经脉上穿针管放血、在皮肤上敷药等大手术，所以他们都以为我的医术高明，名气因此响遍全国。"

（推荐者：梦 飞）

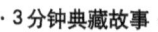

学会站起来

长颈鹿母亲刚生下小长颈鹿，她就抬起长腿，踢向她的孩子，让它翻了一个跟头，四肢摊开。如果小长颈鹿不能站起身，长颈鹿母亲就不断重复地踢，直到小长颈鹿站立起来。当小长颈鹿终于第一次用它颤抖的双腿站起身来，长颈鹿母亲再次把小长颈鹿踢倒，她想让它记住自己是怎么站起来的。

在荒野中，狮子、土狼等野兽都喜欢猎食小长颈鹿，如果长颈鹿母亲不教会她的孩子尽快站起来，那么它就会成为这些野兽的猎物。

在每次被击倒后，我们应该学会尽快站起来。

（推荐者：宋智勇）

一位校友在德国留学期间，在一家图书馆被扒手窃去钱包，里面有二十欧元，他不准备报警，可是图书馆的管理员却报了警。

不到五分钟，一位女警赶到现场，问了情况，便请他做笔录。

维护法律的成本

女警察说："图书馆的自动安全系统已经记录了小偷的样子，警察局今天就可以将小偷的照片贴到全区的各个警察局。如果仍然找不到小偷，我们会把录像带送到电视台反复播放，直到破案为止。"

"我看算了，只有二十欧元，不必劳师动众。即使抓到小偷，所花的代价也太大了。"他对女警说。

"不！我们是警察，不是商人，只有商人才讲值不值，而法律的尊严是不能用金钱衡量的。小偷触犯了法律，就必须受到法律的惩罚。"女警严厉地说。结果，在电视台播放录像的第二天，小偷就落网了。

不计法律成本的国家和地区，付出的成本反而少，而报案难或不易报案的国家和地区，往往要付出更大的代价。

（推荐者：梁泽辉）

缘字有你有我，爱字有甜有苦，情字有思有念，恋字有喜有悲，想字有牵有挂，痴字有好有坏，变字有伤有烦，失字有痛有泪，唯有你字永远是我关心的人！广东 方达俊（0539）

骑虎难下

从前，有一个青年要到一个村庄去办事，途中要经过一座大山。临行前，家人嘱咐他："遇到野兽不必惊慌，爬到树上，野兽便奈何不了你了。"年轻人牢记在心。上山不久，一只猛虎飞奔而来，于是他连忙爬到树上。

老虎围着树干咆哮不已，拼命往上跳。年轻人本想抱住树干，但却因为惊慌过度，一不小心从树上跌了下来，刚好跌在猛虎背上。他只得抱住虎身不放，而老虎也受了惊吓，立即拔腿狂奔。另外一个路人不知事情的缘由，看到这一场景十分羡慕，赞叹不已："这个人骑着老虎多威风啊！"骑在虎背上的年轻人却苦不堪言："你看我威风快活，却不知我是骑虎难下，心里惶恐万分，怕得要死呢！"

我们在工作和生活中切勿盲目地羡慕别人。

（推荐者：聂　勇）

小明邻座的同学每天带到学校吃的便当菜始终都是黑豆豉，而且每次他都会先从便当里捡出头发之后，再若无其事地吃他的便当。同学们私下议论着："他妈妈有多邋遢，竟然每天饭里都有头发。"

一天，他邀小明去他家玩。

"妈，我带朋友来了。"听到他兴

奋的声音之后，房门打开了，他年迈的母亲出现在门口。"我儿子的朋友来啦，让我看看。"但是走出房门的同学母亲，只是用手摸着房门外的梁柱，原来她是双眼失明的盲人。这同学的便当菜虽然每天如常都是豆豉，却是失明的母亲，小心翼翼帮他装的便当，那只是一顿午餐，更是母亲满满的爱心，甚至连掺杂在里面的头发，也一样是母亲的爱。

先入为主的观念，往往会影响人一生，要多观察、多探讨，才会有更多意外的发现。

（推荐者：吴佳佳）

便当里的头发

甘露比暴雨珍贵

从前，有一位富人，由于乐善好施而远近闻名。不管是做生意亏本无钱返乡者还是沿路乞讨的乞丐，只要被富人看到，他都会解囊相助。因此，每年都有人来报答他的恩情。

三年过去了，富人发现有一个人一直不曾来过。那是一个年轻人，三年前因为做生意亏本了，流落到富人的家门口时得到了富人的帮助。富人对那人的印象特别深，认为他没再来，肯定有他的难处，所以连续三年给他寄钱，而且每年都会把资助金额在原来的基础上增加一倍，富人希望那位年轻人能够尽快摆脱贫困而变得富裕起来。

就在富人决定再次将资助的钱让人给那个年轻人寄过去的当晚，年轻人手持匕首站在了富人的床前，他要求富人给他一百万美元。富人不解地问："我总共资助你的钱，已经远远超过了你当年做生意时所亏的钱，为什么你还是不够用呢？"

年轻人冷冷地说："没错，我确实得到过你的帮助，也正是因为你的帮助，让我建了高大的房子，娶了漂亮的妻子，生了可爱的儿子。可是，每当我想起我所得到的这一切全是别人的施舍时，我就想，我什么时候才能像那个施舍我的人一样富有呢？现在，你还是乖乖地将钱交出来吧。"

雪中送炭，会使别人对你充满感激，而炭送多了，便会使受施者习以为常，结果反而会因得不到满足而产生恨意。所以，给予也需要技巧，久旱之后的甘露比暴雨珍贵得多。

（推荐者：凌　风）

（本栏题图、插图：佐　夫）

学写作文，可以从读故事开始

愿早晨的露珠带给你整天的好心情，愿上午的阳光带给你工作上的顺利，愿下午的忙碌带走你整天的烦恼，愿晚上的星星带给你最甜美的香梦！ 1376***5812（0540）

智进医院

□ 苑广阔

岳父的五十大寿到了，大伟随妻子回家去给岳父祝寿。大家围坐在客厅正有说有笑，忽然听见门外一声惊叫，接着就是"唉哟唉哟"的呻吟声。大伟一个箭步冲了出去，一看，原来是外出买菜的岳母一不小心摔倒在楼梯上，看来是摔得不轻，整个人都站不起来了，大家赶紧打医院急救电话。五分钟后，就听见楼下救护车"呜呜"叫着开来了。

大伟连忙跑到楼下去给医生带路，可下了楼一看，竟然有两辆不同医院的救护车停在下面。两边的救护人员正在争执不休，都要上楼接病人。原来，大伟姐夫打的是市康爱医院的急救电话，而妻子打的是市仁爱医院的急救电话。大伟只好和两家医院的人商量，让他们别争，先救病人要紧。可两家医院的人互不相让，说是按照医院的规定，如果急救车出来了接不到病人，医护人员就要自己出汽油费还要扣发奖金。

本来心脏就不太好的岳父看着躺在一边呻吟不止的岳母，心里又气又急，用手指着那两家医院的人，气愤地说："你们，你们……"话还没有说完，人已顺着墙壁慢慢地倒了下去。

这时，两家医院的人立马停止争执，自觉地一家一个，以无比快捷的速度把两位老人分别抬上了救护车。大伟一看，连忙也跟着跳上了拉岳父的那辆车，而大伟的姐夫去了拉岳母的那辆。

救护车一路鸣笛，到了医院门口停下，刚才还躺在车上不省人事的岳父忽然一骨碌爬起来，说："快，快下车去另一个医院看你妈妈。"

大伟吃惊不小，连忙问："您刚才不是也晕倒了吗，怎么现在……"岳父着急地说："傻小子，我要是不这样，你妈现在还进不了医院呢。"

李老实学老实

□李　阳

杯，李老实只好"咕咚咕咚"喝下三杯。几杯酒下肚，李老实再也受不了了，便借着酒兴，摇摇晃晃地搂起一个小姐跳起舞来。

同事们继续笑着谈话，这时只见一个服务员低头走过来，连声说："各位先生小姐，对不起。"

原来刚才她送错了酒，只端来了几杯水。

众人看到桌子上东倒西歪的杯子，又看了看舞池中跳得正起劲的李老实，都说："醉翁之意不在酒，真人不露相啊！"

李老实大学毕业后分到一个办事处工作。

工作以后，李老实为给同事们一个好印象，便表现得很深沉。

他每天都只是勤勤恳恳做事，很少言语，也没和同事们闹过矛盾、红过脸。凡是同事找他帮忙，他都有求必应、尽力而为。

同事们见这样一个文质彬彬的后辈，都夸他人如其名：李老实确实老实。

一日，公司聚会，同事们看到长久以来很老实的李老实独自坐在霓虹灯下，便起哄请李老实唱首歌。

李老实心里一动，但想到长久以来的好名声，又拒绝了。

同事们哪里肯依，便要罚酒三

月光很美，比不上朋友的安慰；星星很美，比不上友情的点缀；夜空很美，比不上友谊的珍贵。愿你夜夜都有好梦相陪，天天都有快乐相随！云南　张海琼（0541）

神机妙算

□ 艾松理

晚饭后，老李到护城河旁散步，看到河边围着很多人，一辆警车停在旁边。

老李十分好奇，挤上前去一打听，原来是一个小青年跳河自杀，正好被人看到便报了警。

民警正准备下河救人，老李连忙阻止道"不用下河，听我的，听我的，我知道怎么处理。"

老李对其中一个民警说："你马上回去带一套衣服过来。"又对另一个民警说："你沿着河岸向西走一百米，那里有一家发廊，老板叫王晓梅，一定要找到她。"

大家听老李这么一说，心里都明白了：原来这个小青年是为情感的事想不开。

不久，有人发现那小青年在二十多米远的地方上岸了。

大家连忙跑上去，只见那轻生的小青年一边甩着头上的污水，一边抱怨道："这水太臭了，比死还难受，我受不了，快帮我找个地方洗洗，顺便给我一套衣服吧。"这时那个回去拿衣服的民警到了，递给他一套衣服，随后另一个民警带着小青年去发廊了。

大家都夸老李神机妙算，老李不无得意地说："其实啊，我也曾经一时想不开，深夜跳了护城河。哪知河水臭得我受不了，还好，河水不深，我自个儿爬上岸来。看看周围只有一家店开门，还是发廊。老板王晓梅见我这么可怜，拿出她丈夫的衣服让我穿……"

老李越说越来劲，他说到兴头上，忍不住哈哈大笑："你们还别说，今天这小青年啊，还真不行，刚跳下河就上来了，当初老子可呆了半个多小时呢。"

夫妻斗法

□ 朱 艳

小三与老婆青梅竹马，从小就叫老婆"姐姐"，到现在也没有改过来，对老婆仍是又敬又畏的。老婆工作很忙，经常要出差。

两个月前，老婆出差，吩咐小三，晚上不要出去玩得太迟。小三答应得很爽快，却是左耳进，右耳出，打牌到深夜才回家睡觉。第二天中午，老婆回来了，一下就把小三打醒。小三问为何用刑，老婆一把揪着他的耳朵，拖到窗边，说："你看看你车子停在哪里？"

坏了！小三一看就明白了。楼下有四个车位，从里到外，谁先下班谁先停里面的车位。停在最里面的一般是201的小张，那是个顾家男人；第二个车位基本是自己的；第三个车位是402的小李，人家还在奋斗中，每天加班到九点多钟；最外面的车位就归502的孙海，那是个烂赌鬼，每天不到凌晨两三点钟坚决不回家。今天自己的车子竟停在最外面，简直是不

打自招地告诉老婆，我比烂赌鬼回家还迟！

一个月前，老婆又出差了，小三犯了同样的错误，而且更迟了，到早上八点多钟才呵欠连天地开车回家。他惊讶地发现，最里面的车位空着，老天对我太好了，小三没细看，连忙就停好。

很不幸，他又被老婆打醒了。他无比委屈地说："我比201的小张回家还早呢，你看我车子停在最里面！为什么还打我？"老婆哼了一声，说："今天小张全家出游，他老婆跟我聊

  在"丁香花"开的季节，我托"两只蝴蝶"问问"当你孤单你会想起谁"，千万"别说我的眼泪你无所谓"，因为我爱你就像"老鼠爱大米"。北京 汪婷婷（0542）

有事你先走

□李美桦

平没掏过腰包。

阿三吃早餐专往热闹的地方钻，找个显眼的地方一坐，专拣贵的要了一大堆，便津津有味地吃起来。

早上来吃饭的多是赶时间的上班族，这不，阿三还没吃上几口，一个夹公文包的人就匆匆进来，他要老板

阿三是个小混混，天生长了张甜嘴儿，就凭这张嘴，阿三捞的好处可不少，别的不说，吃早餐就几

过的，说今天八点钟左右要出发的。他们走后，你回来才停到这个车位。哼，敢在我面前耍花样，别以为我不知道你什么时候回来的！"

小三这个人，承认错误很快，却改不了毛病，这不，又彻夜不归了。这次，不知哪位天使大姐保佑他，自己的车位居然空着！他下车后，东张西望，看到最里面是小张的车子，然后是自己的，再是小李的，最外面是孙海那个烂赌鬼的。没错，一切正常，上楼睡觉！刚钻进被窝，老婆就回来

了。天，真险哪！小三暗自庆幸。谁知老婆一把掀开被子，问小三："你什么时候回来的？"小三理直气壮地说："当然是昨天下班就回来了！你没看到我停在常规车位上吗？"老婆拖着戏腔问："当——真？""当真！"老婆又问："果——然？""果然！"这次小三是斩钉截铁地回答。

"然你个头！"老婆给了他一个响亮的"毛栗子"，看着抱头乱跳的小三，冷笑着说："我刚才上楼前，摸了车子的前盖，还是烫的！"

给他装两块面包，掏出钱包就要付钱。阿三一见，亲切地叫道"兄弟，来来来，一块儿吃吧，啥……忙啊？有事你先走，账我来付！"

还没等人家想起来是什么时候认识的朋友，阿三已经站起来了，手忙脚乱地往身上摸钱包"兄弟，我知道你上班忙，你走你走，账你别管！"

见阿三这么热情，买面包的脸上挂不住了，赶紧对老板说："我来我来，连这个朋友的一起结了！"阿三还没把钱掏出来，人家早争着付了钱。

"你看你看……改天我给你打电话，哥几个抽空聚一聚！"阿三把钱包塞了回去，心里那个美呀：嘿嘿，又遇上一个冤大头！

阿三打一枪换一个地方，每天早上吃得直打饱嗝，几乎用不着花一分钱。

这一天，阿三要了一份饺子，正在细嚼慢咽，急匆匆来了一个戴眼镜的，进门就掏钱。

阿三笑眯眯地又凑了上去："兄弟，一块儿将就吃点！什么……单位上有事？有事你先走，你的账算我的！"

"眼镜"已经把钱包掏出来了，道："这……还是我自己结了吧！""别别别，咱俩谁跟谁呀？老板，你让他先走，他的账我来结！"阿三一边

假惺惺地把"眼镜"往外推，一边忙着在身上到处摸钱包。

没想到，"眼镜"笑容满面地对阿三连声道谢，把那胀鼓鼓的钱包又塞进衣服口袋里去了。

阿三强装笑脸送走了这个人，心里却气得直骂娘：掏出来的钱包又塞回去，没见过这么小气的男人！

阿三气呼呼地把饺子吃完，掏出张一百元的钞票，往柜台上一拍，要老板结账。

老板拿着那张钞票，道："你不是连张所长的账一块结吗？这点钱可不够！"

众目睽睽下，阿三涨红了脸，又拿出了一百元，没想到老板还是说不够。阿三一听，鼻子都快气歪了："什么？二百块钱不够吃顿早饭，你开的是什么店？"

"你跟我装什么傻？张所长的老婆孩子每天早上都在这儿吃早餐，他一年来结一次账，这点钱够吗？"

老板拿出厚厚一叠账单，嘿嘿冷笑道："你小子不是想巴结人家吗，这几个钱算个啥？"

天哪，阿三像被什么咬了一口，老板话还没说完，他就觉得站不稳了。

（本栏题图、插图：李加史琦）

（本栏目欢迎来稿。来稿可从邮局寄发，也可从网上传递。如为电子邮件，请发以下信箱：keyin118@163.com）

国内首部4A景区分类搜索全书
为你收藏31道国内最美的风景

《中国旅游导航》以图文结合、精练浓缩的指南理念，集中评点分析全国673个4A级风景区。

分类介绍每个国家4A级景点最具玩赏与文化价值的精华所在，并包容当地美食、特产、风俗于一体。该书是国内首部以国家认定的4A景点为对象的旅游全景导航，是了解华夏古老文明，感受中国多元文化风采的出行指南，也是可供常备案头，时时翻阅的文化地理收藏精选。

2006年夏，倾情奉献全新理念的旅游大餐。1500幅特色图片，70万精炼文字，打造673个4A级风景的行知指南；精心设计四级分类体系，百科全书式页面设计，景观类别与省份检索双向定位。

私人侦探第一案

本书系《故事会》金栏目"中篇故事"精选，共收9则作品，都是与歹徒、罪犯作斗争的故事。公安人员追捕逃犯，历尽艰险，血洒战场；罪犯遥控杀妻，扑塑迷离；村霸设置黑洞，为非作歹；小偷擒获白色恶魔，仗义可嘉偷盗贪官财物，枪杀情敌后代……作品内容曲折惊险，具有震撼人心的艺术魅力。

妻子要跳交谊舞

本书系《故事会》金栏目"中篇故事"精选，共收9则作品，皆系情爱故事。虽属情爱，却非都是甜甜蜜蜜，卿卿我我，而是充满了喜怒哀乐，恩怨情仇。看这些年轻的男女主人公，既有历经悲欢离合终成眷属，也有历经磨难依然遗恨终生；既有由爱变恨，愤而断情，也有化恨为爱，喜结良缘……

政府大院养老虎

本书系《故事会》金栏目"中篇故事"精选，共收9则传奇色彩浓郁的精品。大老虎走进政府大院，还被委以"保卫"重任，它果然尽职尽责，抓到了坏人，真叫新奇荒唐。两头公牛一碰面就眼红气粗，斗得天昏地暗，当它俩遭遇群狼围攻时，竟捐弃前嫌，配合默契，脚蹬角挑，杀得饿狼嗥嗥惨叫，可谓奇妙。还有鹰猴各为其主，舍命拼斗；小黄牛为救女主人，居然初生牛犊不怕狼；民兵营长独闯野猪沟，杀死红野猪；汽车班长迷路斗公狼，血战沙尘……

黑色人物在行动

本书系《故事会》金栏目"中篇故事"精选，共收9则该栏目之精品，主要围绕金钱这一主题多侧面地拓展故事情节。其中有因钱而污染灵魂，导致亲情泯灭，好友成仇；有见财起意，不择手段冒领他人钱财；有为钱所逼，做了违心之事；更有为发横财，行骗作恶。这些作品的特点是故事情节曲折生动，令人回味无穷。

密访曲家屯

本书系《故事会》金栏目"中篇故事"精选，共收9则有关形形色色的"官"故事精品。或是颂扬清官好官心系民众，为民请命，惩治土顽，巧妙拒贿，秉公施政；或是批评某些干部为创政绩大搞形式主义，弄虚作假，蒙骗上级，苦了百姓；更有一部分作品对那些贪官污吏们以权谋私，仗势欺人，坑害民众，甚至为逃避罪责杀人灭口、销毁罪证等不法行为进行了无情的揭露与抨击。

高原守护神

本书系《故事会》金栏目"中篇故事"精选，共收其9则故事精品，说的是怎么做人的故事。作品通过对人物举手投足的精心设计，形象地描绘做人的道德、原则与气质，展示了人与人之间相互关爱、恪守诚信以及见义勇为的精神。面丑心善的火化工关爱弱女，可歌可泣；好邻里关心失足青年，以情动人；男女青年历尽坎坷，体现了大海可以作证的为人美德，等等。

363

2006
SEMIMONTHLY
下半月刊

3月
STORIES

故事会

2006年3月
下半月刊·绿版

主 编：何承伟
常务副主编：吴 伦
副主编：姚自豪（上半月·红版）
副主编：夏一鸣（下半月·绿版）
本期责任编辑：鲍 放
发稿编辑：
姚自豪 周 吟 吕 佳
夏一鸣 梁宁宁 王雅静
美术编辑：李宝强
电脑制作：郭瑾玮
通 联：归依玲
本社办公室电话：021-64375030
上半月刊编辑部电话：021-64332325
下半月刊编辑部电话：021-64336469
（上海市绍兴路74号 邮编：200020）
主管、主办 上海文艺出版总社

督印 发行：张 凯
电话：021-64313938
广告总代理：上海文艺广告传播中心
（上海市绍兴路74号 邮编：200020）
广告业务：021-34010383
广告投诉：021-64333738
广告经营许可证
沪工商广字3100320050022号
发行：中国图书进出口上海公司

手机阅读器服务商：北京掌讯远景信息技术
有限公司 客服电话：010-51196627

封面插图：于 路

本刊各栏目欢迎来稿。来稿寄上海市绍兴路74号《故事会》杂志社，邮编：200020；请在信封上注明"××栏目"收；本期责任编辑E-mail地址:baofang@vip.sohu.net

二虎相斗

邻居：你爹和你妈昨天晚上闹得够狠嘛!

莎莎：哼，二虎相斗，三头遭罪。

邻居：都遭啥罪了?

莎莎：我爹被我妈骂得狗血淋头，我妈被我爹气得浑身发抖，我吓得做不好作业，今天上课被老师批得满头大汗。

邻居：那可是五头遭罪啊!

莎莎：还有两头是谁?

邻居：我和你楼下那家人，一夜没睡。

（徐海林）

（本栏插图：李 加 史 琦）

语文造句

语文课上，老师让同学们根据范文，学着用"大声"、"小声"和"无声"造句。

小雨第一个举手："每当我妈妈大声训斥我爷爷的时候，我爷爷总是小声说'是……是……'，而我爸爸总是无声地坐在沙发上看报纸。"

（乔素妍）

十分向往

父亲给儿子定下的伙食标准是按考试成绩来划分的：80分吃米饭，70分吃馒头，60分吃面条，不及格的话，那就只能喝稀饭，如果想吃饺子，必须要考到90分以上。

期末时候，儿子的作文考试题目是《理想》，儿子认真地想了想，写道我这学期的理想就是能吃上饺子，但是我清楚地知道，以我常年吃馒头、偶尔还要喝稀饭的水平，离吃饺子的标准还差得很远。

（杨东杰）

  忧愁是可微分的，快乐是可积分的，在未来趋近于正无穷的日子里，幸福是连续的，对你的祝福是可导并大于零的，愿幸福和快乐的复合函数永远取最大值! 黑龙江 彭涛 (0801)

· 笑口常开 轻松一刻 ·

我也是领导

周鹏下乡办事，回来没赶上公车，等了半天，来了一辆马车，一问，也是去厂里的，就商量着坐了上去。

赶车的老头见周鹏一身好打扮，就问："你是领导吧？"周鹏点点头："我是抓全盘的。"

老头肃然起敬："看来你官还做得不小哪？"周鹏笑了："是啊，所以有时候稍不注意，就容易犯方向路线的错误。"

"会有这么严重？"老头好奇地问。

周鹏"扑哧"一声笑出声来："实话对你说了吧，我是厂里开车的司机，和你是同行！"

老头一听，乐开了怀："如此说来，我也是领导了？"

（孟祥慧）

夫妻打架

老胡两口子三天两头吵架。这天晚上，他们又大战起来，闹得四邻不安。

第二天，邻居问老胡"战况"如何，老胡耷拉着脑袋"哼哼"道："唉，上半夜她旗开得胜，下半夜被我扳成平局，加时赛时，我被她多踹了一脚！"

（江 林）

算错了数

妻子怒问酒鬼丈夫"我规定你一天只能喝两小杯，可你为什么每次都要超量？"

酒鬼丈夫立即低头认错："我文化低，算错数了。" （黄家礼）

耳朵与听话

三岁的小羽顽皮过了头，姥姥便教育他说："今后你一定要听姥姥的话，爸爸的话，妈妈的话。"小羽睁圆了眼睛，大声问："姥姥，我只长了两只耳朵，怎么能听你们三个人说话呢？"

（武传巧）

万分后悔

丈夫："初次相约，你眼好看，脸好看，腿好看，腰好看，是我日夜之期盼，我才把你来看上；可现在的你却完全变了样，眼丑脸丑腿丑腰丑，简直就是一小丑，我真是和你牵错了手！"

妻子："呸，追我的那段时光，你烟不沾，酒不沾，嫖不沾，赌不沾，我嫁你以为无忧伤，这才让你把丈夫当；可现在的你地覆天翻，烟鬼酒鬼色鬼赌鬼，简直就是一魔鬼，我真是万分后悔！"

（李桂润）

起名儿

韩先生工作闲暇时就查字典，要给即将出世的宝宝起个好名字，同事们七嘴八舌地给他出主意，可韩先生都不太满意。

过了一阵，同事们关心地问韩先生："宝宝的名字想好了吗？"韩先生笑呵呵地说："想好啦！大名：韩(含)金量；小名：999。"（黄水英）

培训计划

女儿回娘家，向母亲抱怨："我老公好吃懒做，他咋就不能像我爹一样勤快呢？"母亲开导说："你得对他实施培训计划。"

女儿问："怎么培训？"母亲说："先督促他成为烧菜高手，然后鼓励他成为洗衣能手，最后把他打造成像你爹一样能干的多面手。"（许 琳）

延长生命

吝啬鬼得了重病，只能活八个月了，他问医生："我还有希望延长生命吗？"

"有啊，"医生说，"你只要把你所有的财产都分给穷人，就行了！"

吝啬鬼将信将疑："难道这就能让我的生命延长？"

"当然喽，"医生说，"这样一来，你就会有度日如年的感觉，八个月就远远不止八个月了啊！"（陈 晶）

  昨夜下了一场雨，我派雨滴去找你，化在耳边告诉你：夜夜你都在梦里！今日又下一场雨，我派雨滴去吻你，溶在嘴里告诉你：此时此刻好想你！ 广西 温成福（0602）

年　薪　制

甲：听说有的地方干部一年只拿一次工资？

乙：那叫年薪制。

甲：哦，原来我享受的还是干部待遇！

乙：你什么意思？

甲：我进城干活半年多了，每次干完活，老板都说等资金到了，年末一起给。

（顿　河）

最贵的菜

科长升职了，朋友们要他请客，他找了家不错的酒店。大家落座后，科长把服务小姐悄悄叫到一边，说："快，把你们酒店最贵的菜给我报一下。"小姐听了兴奋异常：哇塞，遇到豪客，可以大大提成啦！小姐立即照办，然后激动地问："先生，现在上菜吗？"科长满意地点点头，说："用最快的速度给我上一桌菜！记住，刚才报过的菜就不要上了。"

（墨　泉）

文明赌博

老李平时喜欢跟几个朋友在家里玩牌，小赌寻乐。但是这些人一旦玩得兴起，往往是喧闹不止，还出言粗俗。他老婆很反感，又碍于面子不便明说，便在墙上贴了张纸条："礼貌娱乐，文明赌博。"（黄忠远）

我有多爱你

王明很想向女友表白自己有多么爱她，可又不好意思直说，于是便故意问她："你还记不记得过去我们家隔壁那个捡破烂的老头？"

"当然记得呀！"女友奇怪地看了看王明，"他现在怎么啦？"

王明拖长了音调说："他发啦！你知道他靠什么发的吗？"

"靠什么？"

"我每次给他写情书都要反复打草稿，他就是靠我那么多草稿纸卖得的钱发的呀！"

（袁宜友）

今晚睡哪里

□廖华

阿P到南方，在一个工地上打工，工程队的人全是同乡，工头就是村长的儿子，人称"老怪"。

老怪常常在晚上寂寞无聊的时候，邀三五个工友去发廊享受"特殊服务"，可又怕队里的同乡以后回村里去说这事儿，尤其是阿P，因为阿P嘴上常常关不住门，而且他每天收工回来，就目不转睛地盯着那台只能收中央一套的黑白电视，哪儿也不去。老怪想来想去：得先封住阿P的嘴。

怎么封？这天半夜里，老怪把熟睡中的阿P推醒，发话说："阿P，你和你们家小兰恩爱我知道，你想攒钱造屋我也清楚，可你总是个大活人吧？难道你一点不想要解解馋？不

行，这馋我解你也得解，要不你以后回村里一说，我家里那娘们不得吵翻天？"

阿P还迷糊着呢，好容易弄明白老怪话里的意思，就连忙朝他摆手："你放心，我回去保证不说。"老怪不肯答应，摇着头说："不行，你今晚咋的也要出去找个女人，不然就不许回来睡觉！"说完，就和几个工友一起，不由分说硬把阿P从床上拽起来推出门去，"砰"的一声把门反锁上了。

阿P急了，使劲儿地敲门，里面传出一阵哄笑。阿P说"你们别闹了，明天还要早起干活呢！"老怪不答应："你一天不找着女人，就一天不许回来，这里没你睡觉的地儿！"

 一天两三场，一场三四两；酒场如战场，把胃献给厂；你喝醉我喝醉，医院里面来相会；不必担心不必悔，都是为了本单位，看病还得花公费。 湖南 唐俭松 (0603)

阿P知道老怪的脾气，要真惹恼了他，只怕自己连这份活儿都保不住。怎么办呢？要不就真去找个女人放纵一回？一想到"放纵"两个字，阿P就浑身发热：不行，我怎么能去做对不起小兰的事？他狠狠捶自己的脑袋，一连往地上吐了好几口唾沫。可不去找女人，今晚睡哪儿呢？工棚里是肯定回不去了，阿P只好别转身，漫无目的地朝街上走去。

因为天冷，街上的路灯显得特别昏暗，商店基本上都打烊了，只有车站附近，还有通宵开的小店，不如到那里去找个地方，先混一夜再说。阿P打定主意，于是就朝车站方向走去。

走过一家服装店的时候，突然从店堂里冲出一个人来，几乎和阿P撞个满怀。紧接着，就有个女人从店里追出来，大叫着："有人打劫啊！快抓住他！"阿P来不及细想，冲上去，伸出一只脚就把前面那人绊倒在地上。

只见那人"扑通"摔了个嘴啃泥，几乎是同时，一只小铁箱从他手里飞出来，甩在一边。阿P有点发懵，但那人反应很快，立刻从地上爬起来，恶狠狠地嘀咕了一句"算我倒霉"，就一溜烟地拐进旁边一条黑漆漆的小巷，不见了踪影。

女人紧跟着跑过来，拾起地上的小铁箱，连声向阿P道谢。女人告诉阿P，她是这家服装店的老板娘，刚才正在店堂里清点今天的营业款，一

个男人走进来说天实在冷，想买件厚外套，让她帮着挑一件，谁知当她刚转身要去拿衣服的时候，男人抓起桌上装钱的小铁箱就往外跑，要不是阿P，店里今天这一千多元的收入就打水漂了。

女人拿出三张一百元的钞票，硬要塞给阿P。阿P顿时就觉得自己好像是电视里顶天立地的英雄汉，他胸一挺，对女人说："我一个大男人，帮你这种忙是小菜一碟，你还是赶快把钱收起来吧！"

女人惊异地看着阿P，借着昏暗的路灯光把他从头到脚打量了几番。阿P吃不准这女人要干什么，突然想起老怪刚才对自己说的话，不由心慌起来，拔脚就要走。谁知那女人一把拉住他说："你跟我来！"也不知哪来的力气，拉着他就朝店堂里走……

一夜很快就过去了。第二天一早，阿P回到工棚里，一副心满意足的样子，于是就有人嘲他："你昨晚睡宾馆了？"阿P头一仰："咱睡的那地方，可比宾馆强多了！"那人追着问："找到女人了？"阿P呵呵笑着，故意不出声，于是工棚里的人就轰了起来，说什么的都有。

老怪拍拍阿P的肩，说："你小子摆什么噱头，我敢打赌，你昨晚一准在天桥下蜷了一宿，嘿嘿，这会儿却来摆什么谱。"他对他屁股后面跟着的那几个工友说："你们看好了，今晚

十二点，咱们再把他轰出去，看他咋办！"

可让大家吃惊的是，到了晚上快十二点的时候，阿P没等大家轰，居然自己就开门走了出去。这下工棚里炸开了锅，大家纷纷揣测阿P是不是真有什么艳遇。就有个"消息灵通人士"说："对了，我白天干活的时候听隔壁队里那个粉墙的小李子说，昨晚咱们这工地上有个人在火车站附近救了一富婆，那富婆是个寡妇，独住一幢二层小楼，楼下是她自家开的服装店，莫非说这人就是阿P？阿P真要傍上了富婆，那可是飞来的艳福啊！"

老怪鼻子一哼，不以为然地说："我就不信，他那个穷酸样，会有这样的好运气？我断定他昨晚就睡在天桥底下，今晚还想硬撑呢！哼，我倒要看看他能撑多久！"

可是让老怪觉得奇怪的是，整整一个星期，阿P每晚到点，都会收拾得整整齐齐的，然后神气活现地出门，第二天早上高高兴兴地回来不说，而且白天干活反而比以前更加卖力，嘴里还时不时地哼上几首小曲儿，根本不像蜷在桥洞里过夜的样子。

这一来，老怪沉不住气了。这天晚上，阿P前脚出门，老怪后脚就悄悄跟了上去，他想看看这小子到底每晚在干些什么。只见阿P兴冲冲走过

一个街口又一个街口，最后在火车站附近一家叫"丽莎"的服装店门前停了下来。阿P熟练地敲了敲卷帘门上的一扇小门，那门立刻就开了，一个打扮入时的女人把阿P迎了进去，随后门很快就关上了。不一会儿，盯在门外的老怪发现，服装店底楼店堂里的灯熄了，倒是二楼房间里的灯光亮得刺眼——毫无疑问，阿P和那女人上了二楼。

这一幕可把老怪看呆了，没想到阿P这小子要么不干，要干居然真就干上了富婆？

可老怪哪里知道，其实阿P此刻正舒舒服服地躺在服装店底楼的一堆包装纸盒上，给老板娘的服装店值夜哩！当初就是因为有了阿P勇斗歹徒而又不要回报那一幕，老板娘才看准他是个靠得住的人，于是就雇他来为自己的服装店守夜，每晚报酬二十元。

夜深了。此刻，当老怪冻得抖抖索索地往工棚里走的时候，阿P正睡在暖暖的有弹性的"纸盒床"上，美滋滋地盘算着：守一夜二十元，一个月三十天就是六百元，再加上工地上干活的收入，这样再干两年，自家那幢小楼就差不多可以盖起来了。嘿，小兰该有多高兴啊！哈哈，既赚了钱，又没有干对不起小兰的事，还蒙住了老怪他们，这日子有多美！

（题图：李加史琦）

  雪花之美，在于纯洁；人心可贵，在于真诚。多一位朋友，少一份寂寞，真情相伴的人生才是一种幸福。真挚的心，诚恳的情，即使默默无声也能胜过千言万语。 1399***6758（0604）

自我安慰的若干理由

● 吃了亏的人说：吃亏是福。

● 丢了东西的人说：破财免灾。

● 胆小的人说：出头的橡子先烂。

● 侥幸逃过一劫的人说：大难不死，必有后福。

● 生了女孩的父母说：养儿子是名气，养女儿是福气。

● 没钱人的太太说：男人有钱就变坏。

● 怕老婆的丈夫说：有人管着好呀，啥事都不用操心。

● 夫不下厨，妻跟人说：整天围着锅台转的男人没出息。

● 住在顶楼的人说：顶楼好呀，上下楼锻炼身体，空气新鲜，不会有人骚扰。

● 住在一楼的人说：一楼好呀，出入方便，省得爬楼梯，怪累的。

● 某家装修的木地板处处是疤，主人说：有疤才叫木地板。

● 某人被老板炒了鱿鱼，他对人说：我把老板给炒了。

（推荐者：梁瞻甫）

好想有个太太

好想有个太太，为我做饭烧菜，现实却很无奈，让我仍需等待。
也因寂寞难耐，谈过几次恋爱，谁知屡战屡败，轻轻松松被踹。
其实我也奇怪，为啥总被淘汰，历尽打击伤害，总算知道大概。
嫌我不讲穿戴，嫌我长得不帅，嫌我个头太矮，嫌我没有气派。
熊猫长得不帅，却受世人关爱，丑是自然灾害，矮是因为缺钙。
做人只求正派，讲啥穿戴气派，我们这个年代，呼唤多点真爱。
女人不是太坏，就是心胸狭窄，或许除此之外，还有部分可爱。
只怕等到现在，也已有了后代，面对这种事态，不要气急败坏。
只要相信真爱，她就一定存在，要么咱就不爱，爱就爱个痛快。
爱情也有好赖，绝对不可草率，我是愿意等待，哪怕青春不再！

（推荐者：甘　琳）

（欢迎读者为本栏目推荐新鲜有趣的俏皮话和顺口溜。来稿请寄：上海市绍兴路74号《故事会》杂志社，邮编：200020。请写明姓名和联系方法，并请在信封上注明"快乐辞典"字样。电子邮件请发baofang@vip.sohu.net）

要把清淡的生意重新做活，不是一件容易的事，故事主人公无意之中得来的法宝，相信对你我今后做事做人也有一定的启示。

闻起来香

□ 李 建

下岗三个月，老王一天也没有消停过，和老婆一起筹资金，跑工商，终于开出了一家酱鸭店。刚开始，店里的生意非常不错，每天晚上，夫妻俩数钱都数不过来，可这样的好光景并没有维持多久，三个月不到，店里的生意就渐渐清淡下来。夫妻俩心里着急呀，这人的口味怎么就这么难伺候？

为了招徕顾客，老王动足了脑筋，学人家的法子在酱鸭店门口贴广告海报，拉打折横幅，还专门买来一台摇头风扇，每天开到最强档，对着马路吹，想把酱鸭的香味儿吹得越远越好。可尽管这样也无济于事，每天来店里光顾的顾客越来越少。老王和老婆愁得成天唉声叹气：把铺子关了吧，好不容易折腾到这个地步，就这么关了心有不甘；可继续做下去吧，每个月除去成本还要支付房租和税费，吃什么？

这天下午，铺子里顾客寥寥，老婆索性回娘家去了，老王实在闲得无聊，就在店门口和隔壁的店主闲聊。说话间，他突然发现隔着七八步远，有一个小男孩儿站在那里一直不走，盯着老王店里的酱鸭，口水一直挂在嘴边。

老王不由心生怜悯，问他"你哪儿的呀？怎么不上学？"

小男孩儿指指马路对面的工地，对老王说："我爸爸妈妈在那里干活，

 幸福是什么？幸福＝一间房子＋两个人＋三分灯光＋四分浪漫＋五分期待＋六分关心＋七分宽容＋八分爱护＋九分珍惜＋十分真情＋无限柔情，祝你拥有幸福！ 广西 蒋文星 (0605)

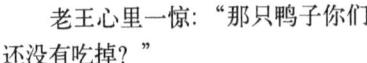

我要等他们赚了钱才能回去上学。我……我等他们下班。"

"等他们下班？"老王脑子里一时没反应过来，这小男孩儿为什么要跑到这里来等他的父母下班？直到发现孩子虽然在回答自己的问话，可两只眼睛却始终没有离开过他店里的酱鸭时，方才恍然大悟：一定是强档风扇吹出的酱鸭香味儿，把这个小男孩儿给引来了！

果然，小男孩儿对老王说："叔叔，我早就闻到香味儿了，我可想吃鸭子了，可妈妈没钱给我买，她说只要闻闻香味儿，就跟真吃了一样。叔叔，这是真的吗？"

孩子这般天真的话，说得老王心里酸酸的，他想了想，从柜台上拿了半只鸭子，装进一只食品袋里，递给小男孩儿，说："拿回家去，和你妈妈一起吃吧！"

小男孩儿没接，咽了咽口水，说"叔叔，我不敢拿，我要是拿了，妈妈会骂我的！"

老王一把拉过小男孩儿的手，把鸭子塞进他怀里，说："你告诉妈妈说，这是叔叔送的，她一定不会骂你。"孩子毕竟是孩子，一听老王这么一说，就揣着鸭子蹦蹦跳跳地走了。

一个星期以后，那小男孩儿又来了，站在店门口兴奋得直朝老王笑："叔叔，我妈妈可谢谢你了，不过她不让我再来拿你的鸭子，她每天下班回来就把鸭子放在锅里煮煮，让我在家里闻香味……"

老王心里一惊："那只鸭子你们还没有吃掉？"

小男孩点点头："妈妈每天只给我吃一点点，妈妈说，多吃一天，就可以多闻一天的味道呢！"

"这……"听小男孩这么一说，老王不禁深深自责起来，因为那天给孩子的半只鸭子其实已经不新鲜了。于是老王赶紧对小男孩儿说："那鸭子放的时间太长，不能吃了，你回家后一定叫妈妈扔掉，要不然会吃坏肚子的。"他一边关照，一边又从柜台上拿了一只鸭腿给小男孩儿，让他当场就吃。

小男孩儿扭捏着身子，怎么也不肯接。老王说："这是因为叔叔喜欢你，才特意给你吃的。你吃了，叔叔才高兴啊！"小男孩儿听老王这么一说，小脸笑成了一朵花，接过鸭腿就狼吞虎咽起来。

吃完后，小男孩咂了咂嘴，老王问他："还想吃吗？"

小男孩儿摇摇头，突然说了一句完全出乎老王意料的话"叔叔，这鸭子吃着没有闻起来香呀！"

"你怎么……"老王的脸立刻就拉长了，店里的生意本来就不好，现在被小男孩这么一说，心情更加郁闷。

小男孩儿吓坏了，不知什么时候

就没了影子。老王一个人孤零零地站在那里，冷静下来后仔细想想：店里的生意不好，会不会真是因为鸭子的味道不到家？

老婆从娘家回来，老王给老婆说起小男孩儿的事，老婆撇着嘴说："孩子的话你也当真？"可老王不甘心，真就拿起一只鸭腿细细品尝起来，可实在因为每天都在吃卖不掉的鸭子，他已经吃不出鸭子味道的好坏来了。

第二天．老王也没了兴致再把风扇对着街上吹，想来想去总觉得要想做好生意，不能光靠风扇来吹味道，于是他下决心关了几天店铺，跑遍城里的酱鸭店，逢上生意旺的店家，就

忍痛花钱买他们的鸭子尝味道，回来以后赶紧试着配置调料。老王看准那小男孩儿不会说假话，就让他做第一个顾客，每试一种新调料出来，就先让小男孩尝。终于，功夫不负有心人，老王的酱鸭店生意又一天比一天好起来，不用风扇吹，门口照样排起了长队。

两个月之后，有一天，有个女人到店里来，进门就要买两只酱鸭，说是要带回去给儿子吃。女人说，她儿子就是以前来闻鸭子味儿的小男孩儿，现在已经回乡下上学去了，一直在家里闹腾着要吃叔叔做的鸭子，说乡下的鸭子没有叔叔这里的香。

老王听女人这么说，心里挺高兴，特地挑了两只酱鸭，包扎好，递给女人。老王说："这两只鸭子是送你的，不要钱。你儿子帮了我很大的忙，我真得好好谢谢他呢！"

女人怎么也不肯，坚持在柜台上留了一百元钱。她对老王说："我儿子以前已经白吃你很多鸭子了，这钱也只是个意思，你无论如何一定得收下。"说完，转身就走。

望着女人匆匆离去的背影，老王满脑子都是那小男孩儿的身影。因为他真的从心里感激那孩子，正是他促使老王去用心做好生意，让他的酱鸭店不用风扇吹也能真正飘出诱人的香味来。

（题图、插图：安玉民）

小猪问妈妈：幸福在哪里？妈妈说：在你的尾巴上。小猪就用嘴咬它的尾巴，却总也咬不到它。沮丧地告诉妈妈：自己总抓不住幸福。妈妈笑笑说：只要你往前走，幸福会一直跟着你。 湖南 高兆霞（0606）

美德故事

本书汇集的是《故事会》相关故事之精品，所选45则作品分类为"见义勇为、扶危济困、真诚待人、洁身自律、亲情似金、夫妇同心、师生谊重、知过悔改"等八大类，生动形象地讴歌了中华民族传统美德。

生意经故事

故事形象地描述了生意人的思维方式和经商才能。他们或巧做广告而振兴企业，或施展其经营绝招而"妙笔生金"，或审时度势掌握顾客心理而销售产品，或运用《孙子兵法》中的战术而出奇制胜。

16岁故事

在人生漫长的旅途中，16岁是一个最展辉煌、最富朝气、最显青春的花季。本集收入的36则故事，是为16岁少年编织的一支支动人的歌谣，一个个扑朔迷离的美梦，一首首催人泪下的诗篇。

口才故事

口才即说话的才能，当今社会人们演讲、论辩、访谈、讲解、教学以至主持节目、说相声、讲故事等等，都十分讲究口才，口才好与不好，其效果大相径庭。此书收入103则故事，集中表现了千百年来中华民族一些帝王贤臣、文人名士和民间机智人物的智慧、幽默以及其思维的敏捷和即兴论辩的才能。

悲剧故事

　　本书所收10则故事是从《故事会》刊登的数千同类作品中精选出来的，主人公的遭遇构成了凄怆感人的故事情节，主人公的命运牵动人心，主人公悲惨的结局更令人心颤。

喜剧故事

　　从《故事会》"幽默世界"栏目中精心挑选成集，按内容分为：谐趣篇、巧计篇、戏谑篇、讽刺篇、荒诞篇、沉思篇。本书的特点是：(1)现代感强。作品均是反映当代生活的各类题材；(2)短小精悍。作品长不过千余字，短只有三四百字，言简意赅，内容丰富。

恩仇故事

　　构成恩仇的因素是多方面的：由爱变恨，由恨成仇；以怨报德，恩将仇报；忘恩负义，寻仇报复；亲人之间，恩怨仇杀……本书这9则中篇恩仇故事矛盾冲突尖锐复杂，有很强的可读性。

怨女故事

　　这是一本关于悲怨女人的故事书，54则作品分为"大祸从天降、魂系狼窝口、扭曲的灵魂、水火当有情、红颜怨恨天、情谊伴君行、三女抗争记、情歌绝唱对、亡灵的哭泣、山村血泪情"等10个篇章。

□ 宾炜

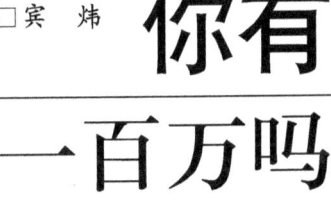

你有一百万吗

白县有位誉满全城的书法收藏家，叫张得梦，是个五十多岁的中年人，收藏的墨宝不下百件。张得梦平时喜欢广结新朋旧友，加上为人又豪爽，所以家里经常宾朋满座，看过他家墨宝的人不计其数。但据知情者透露，张得梦手里其实还有一件藏品，可谓他的镇斋之宝，如果要看，除非你拿一百万来押着，看完了再把钱拿回去。消息传开了之后，大家尽管心里痒痒，可上哪儿去弄一百万哪，所以也就没人再敢提及此事。

这天，张得梦刚送走一批朋友，门铃又响了，开门一看，来的竟然是电视里几乎天天上镜头的新县长李爱华。原来李爱华也是一位书法发烧友，自小就痴迷这东西，调到这里当县长，听说张得梦的大名，就找上门来了。

张得梦不敢怠慢，把李爱华请进门，寒暄过后，便主动请他欣赏自己收藏的那百件藏品，李爱华看得直呼"过瘾"，连连叹说"不虚此行"，张得梦只是呵呵地笑着，并不多话。最后，李爱华见张得梦没有要再挽留自己的意思，犹豫了一下，试探着问："听说您还有一件镇斋之宝？"

"这个嘛……"张得梦面露难色，

吞吞吐吐地说，"李县长既然知道我手里还有一件藏品没拿出来，那么想必也听说我关于看这件藏品的规矩了吧？不过，既然李县长开了口，那我……我要不就破一次例？"

李爱华一听张得梦说得这么勉强，赶紧摇手："不不不，我不能坏了您的规矩，那就以后再说，以后再说吧！"

张得梦似乎松了一口气。李爱华走时，他握着李爱华的手说："李县长，您是一县之长，其实要看我这藏品也不难，快则一二年，慢则三五年，我就在家里等着您再次光临！"

李爱华听张得梦这么说，不由心中一愣：我一个挣工资的小县长，就是拼死拼活做一辈子，也攒不出一百万呀！你这话是什么意思？他只好苦笑着摇摇头。登门没能尽兴，这多多少少有点让他不痛快，但回到单位，接踵而来的诸多工作让他很快就把这件事忘到了脑后。

大概过了半年，县里要对城区进行大规模改造，消息一传出，全县大大小小的包工头都立刻活动起来，跑关系走后门，要给自己拉项目。李县长是这个工程的总指挥，于是每天向他示意的人一拨接着一拨，而且他们似乎一夜之间全都激活了身上的艺术细胞，进门时手里必揣墨宝，都表示要来与李县长交流书法艺术。

李爱华的对策也简单，就是来者统统不拒，他只和对方谈书法，谈完，一概请他们带墨宝走人。其实，李爱华对书法艺术的鉴赏力非常高，这些人拿进来的东西，他一看就知道哪幅值钱哪幅不值钱，但他心里更清楚，如果收下这些东西，就和收钱没什么两样，所以拒收的态度非常鲜明。

有个包工头，人称"王胖子"，已经找李爱华"交流"过好几次了，因为什么名堂都没有交流出来，所以这天晚上又找到了李爱华的家里。王胖子其实是个大老粗，早就不耐烦这种玩文雅的方式了，这次索性"真刀真枪"地上，进门就捧个大纸包，说："李县长，这回我想请您看看这个！"他"哗啦"一下把纸包打开，里面全是一叠叠捆扎得整整齐齐的钞票。

李爱华的脸顿时就沉了下来："对不起，我没兴趣谈这个！"

"李县长，您误会了！"王胖子不慌不忙地说，"我是请您去看张得梦镇斋藏品的啊！听说您去过一次，没看成，所以我想把这一百万借给您，您看完之后把钱还给我不就得了？"

李爱华一怔：借钱看字，这倒是个办法呀！他本来已经把这事放下了，现在被王胖子一提，心里不禁又痒了起来。

王胖子一看苗头来了，赶紧趁热打铁说："李县长，钱留在您这儿，咱们就这么说定了！"说着，就要走。

李爱华点点头说："也好，我看完了就马上把钱还给你，一分都不会少！"

王胖子一听，喜滋滋地走了。

望着王胖子乐颠乐颠的背影，李爱华再瞧一眼他留在桌上的那一大包钱，忽然就感觉不对起来：我去张得梦家的事，他怎么会知道？这会不会是他们串通起来给自己设的套？他一拍脑袋：我怎么这么浑啊！他倒抽一口凉气，拿起桌上的电话就打给王胖子，叫他马上回来。

王胖子还以为李爱华是在张得梦那里出了岔，进门就问："咋的，李县长，您给张得梦打过电话了？一百万还不能看吗？"

李爱华让王胖子把一百万元钱收起来，然后不由分说把他推出了门："对不起，我没兴趣看张得梦的东西！"

第二天，李爱华起了个大早，径直就去了张得梦的家。张得梦见新县长一大早登门，非常惊讶："想不到李县长这么快就来了？"

李爱华当然听得出张得梦话里的讥讽之意，于是就说："我今天是空手来的。不过，我不是来看您的镇斋之宝，我是特地来告诉您，今后，我不会为这个事来了。"

这话让张得梦颇感意外："为什么？"

李爱华语气沉重地说："一来我不想破您的规矩，我一辈子也凑不足一百万；二来嘛，不少热心人知道我没钱看字，变着法子非要借钱给我，我想让他们死了这条心！"说罢，李爱华转身要走。

"慢！"张得梦突然朗声大笑起来，拉起李爱华的手把他请进了屋。张得梦对李爱华说："其实，我这件藏

品最有资格看的，就是你李县长。"

"我？为什么？就因为我是县长？"

张得梦摇摇头。

"那……"李爱华奇怪了，"那是因为什么？"

"因为……"张得梦喃喃道，"因为这幅字是出自你自己的手啊！"

"什么？"李爱华瞪大了眼睛。

张得梦含笑点头，说："当年我是个下乡干部，有一次路过一户山里人家，看到一个八九岁的男孩，正趴在炕上练字。我问他为什么不去上学，他告诉我因为家里穷，爹拿不出钱。但我发现这孩子非常聪明好学，小小年纪已经会写很多字了，而且都写得挺不错，于是就把身上的钱和粮票统统掏出来塞给他，叫他让爹送他去学校。临走的时候，为了鼓励孩子，我说要带一张他写的字回来给城里的孩子看，于是这孩子就挑了一张他认为写得最满意的给了我，这张纸我到现在都保存着！"

张得梦一边说着，一边就小心翼翼地从橱柜里取出一张已经发黄的旧报纸，在李爱华面前轻轻展开来。李爱华的心"怦怦"直跳，因为他看到张得梦展开的旧报纸上面，用木炭写着一行字：我要学好本领，长大为人民服务。他愣住了，小时候那刻骨铭心的一幕立刻闪现在眼前。张

得梦说的这个小男孩就是他自己啊！而且岂止是当年，后来从读小学开始，一直到大学毕业，李爱华上学一直都是这位好心人资助的。可好心人从不张扬，也从不露面，每次给李爱华汇来学费的时候，留的都是"过路叔叔"这个名字。李爱华实在搁不下这份情，参加工作后曾经多方寻找，想当面对好心人说一声"谢谢"，可好心人却就此没了音讯。他怎么也想不到，这个好心人今天会以这种方式，突然出现在自己面前。

刹那间，多年来慈善资助和受助的点点滴滴，犹如汩汩清泉同时流淌在两个人的心田。张得梦乐呵呵地说："你肯定已经认不出我来，当年你还那么小嘛！当我从电视上知道你来做我们父母官的时候，我真打心眼里为你自豪啊！可我不知道这么多年下来，你会变成一个什么样的人，也不知道你以后会做成一个什么样的官。所以我故意用这一百万来试探你。至于这张报纸，这么多年我一直舍不得扔掉，是因为我格外看重山里孩子的这份朴实真情。不过今天我想还是让它'物归原主'更好。你说呢？"

李爱华激动得热泪滚滚，他紧紧握着张得梦的手说："恩人哪，倘若我今天真拿着一百万来，我还怎么有脸见您啊！"

（本篇月月评短信代码：AA061）

（题图、插图：黄全昌）

 给回忆永不褪去的色彩，给思念自由飞翔的翅膀，给幸福永恒不朽的生命，给朋友一生一世的友谊，给生活轻松灿烂的笑脸，给你我所有的祝福！　广西　何声发（0808）

面对凶霸，不要轻易低头；面对强悍，不要轻言放弃。学学这个乡下老头吧，看他最终怎样让自己扬眉吐气！

冤家对头

□ 刘爱国

耿老头最小的闺女出去打工好几年了，这天打电话回来，说是要爹给她办一张未婚证明。耿老头知道，开这种证明无非就是让村长二拐子给写几个字，盖个公章，再到乡里跑一趟，再盖个公章。可就是这样一件简单不过的事儿，却把一向能干的耿老头给难住了。为啥？因为前几天他刚刚和二拐子吵过一架。

二拐子平时做事太霸道，那天他硬把原本应该流到耿老头邻居家地里

的水给截了，引到他自家的鱼塘里，生性耿直的耿老头看不过去，就出来给邻居打抱不平。说起来，二拐子还是耿老头的侄子，可吵起来就什么都不是了，他指着耿老头的鼻子直骂："要你多管闲事？我看你神气多久？你再怎么神气，以后总有要来求我的一天！"耿老头眼一瞪，嗓门也不低"我不吸毒，不犯法，求你小子个屁！"两人就这么结成了冤家。

这一来，耿老头的老伴急了，想想如今闺女这事儿还真非求二拐子不可，村里的公章不盖，乡里的章子还怎么盖得上去？可说出的话等于泼出的水，收也收不回来，怎么办呢？她想来想去，只有开导自家老头子了，于是就对耿老头说："我看你就不如破一回脸面算了，咱自个儿的脸面总

不会比闺女的事儿更要紧吧？你就去给他赔几句小话得了！"

耿老头想想也只能这个样了，只好跺跺脚，来到村东头二拐子家。

敲了好一阵门，没回应，耿老头扯着嗓子喊"屋里有人吗？"喊了好几声，二拐子的婆娘八辣子才磨磨蹭蹭来开门。八辣子有个兄弟在乡政府工作，二拐子就是靠这层关系才当上村长的，所以八辣子平时无论在家里还是村上，都威风得很。

八辣子冷冷地瞧了耿老头一眼，说："几十岁的人也不晓事，有这么喊人的吗，像叫救命似的！"耿老头气得脸色铁青，硬压着火，问："二拐子在家吗？"八辣子鼻子一撅，没好气地说："谁知道他死在哪个角落，要找到村委会去找！"说完，"砰"的一声就把门关上了。

耿老头打定主意今天要把闺女的事办好，于是就在二拐子家院门外的小石墩上坐了下来，一边抽着旱叶子烟，一边等着二拐子回家。旱叶子烟抽了一袋又一袋，直抽到夜深了，露水都打湿了头发，还不见二拐子半个人影儿。这算是怎么回事？耿老头围着二拐子家的外墙走了一圈，这才发现原来他家院子后面还有个后门，准是二拐子从这个门洞悄悄进了家门，故意不理睬他。但现在这么晚了，怎么好意思再去敲人家的门？他只好极

不情愿地打道回府。

第二天，耿老头起了个大早，带了家里的小黑狗直奔二拐子家，他让小黑狗守住院子的后门，自己从前门一脚踏了进去。二拐子在屋里被堵了个正着，于是干脆撒起泼来，洗脸刷牙，拉屎撒尿，就是不给耿老头好脸色看。

耿老头足足坐了半小时冷板凳，二拐子还是一副不理人的样子，耿老头只好开口说："完事了吗？二表侄，叔找你有事呢！"

二拐子板着脸反问道："谁是你表侄？"

耿老头原本还记着老伴要他忍气吞声的嘱咐，脸上硬是挤着一丝笑容，现在二拐子这句话一出口，就像点燃了炮筒子似的，他气得立刻跳起来吼道："那好，刚才算我放屁！咱现在打开天窗说亮话，你是村长，我是村民，村民找村长办事总行了吧？你给我开张我闺女的未婚证明。"

"未婚证明？"二拐子装腔作势地问，"你身份证、户口簿都带来了吗？"

耿老头眼一瞪"都一个村的，还要这东西干吗？以前人家办证咋没见你要这些东西？"

二拐子神气活现地说："那不行，既然是开证明，咱得按规矩办，你东西都不带齐全，还来求我开什么证明？"

谁知耿老头突然就"嘿嘿"笑起来："我说村长，你别以为村里就你一个能，告诉你，村民我今天早把东西准备好了，就防着你这一手哩！"耿老头变戏法似的立刻从怀里把二拐子要的东西摸了出来。

二拐子气得差点噎过气去，只好皱着眉头给耿老头开证明。

眼看事情就要办妥，耿老头正要谢天谢地，却见二拐子突然装模作样地浑身上下翻找起来。耿老头心一紧，问："你总不会对我说把村里的公章弄丢了吧？"

二拐子两手一摊："公章当然不会丢，可……放公章的抽屉钥匙找不到了……哦，记起来了，可能是昨天去乡里开会，把钥匙丢在乡政府了。"

"你……"耿老头明知二拐子这是变着法子在对付自己，可又没辙，只好窝着一肚子气回家，见了老伴就埋怨："不开了，要开让你闺女自己去开。"

老伴问："到底怎么回事，你好好说嘛！"

耿老头胡子翘得老高，愤愤地说："这二拐子真不是东西，把我当猴耍！"

老伴劝他熄熄火："如今他是土地爷，你不求他，难道还要他来求你？刚才闺女又来电话催呢，咱还是想想办法吧！"

"办法？碰上这号无赖，能有什么办法？"耿老头气得饭也不想吃，一脚跨出门，找一帮子老家伙说话散心去了，直到吃晚饭时才回来。

当晚，夜已经很深了，耿老头带上小黑狗要出门，老伴问他干什么去，耿老头说："你不是要我想办法吗？我这就想办法去啊！"老伴骂他说："天都黑了，你去想什么办法？你

这是发神经呢！"耿老头也不说话，转身就出了门。

过一会儿，耿老头回来了，进屋就张嘴笑，老伴觉得奇怪："你这是搞的什么名堂？"耿老头朝她眨眨眼，说："你自己开门去看！"

老伴将信将疑地走过去，把门一开，就见月光底下，自家的小黑狗叼着一只皮鞋，正撒着欢儿地跑回来了呢！小黑狗进屋就把皮鞋往耿老头面前一放，老伴一看，这不是二拐子老爱在人前吹的他那什么牌子的鞋吗？耿老头得意地对老伴说："你等着，那小子待会儿就会乖乖把证明给我送上门来。"

果然过不多久，门外响起一阵敲门声，是二拐子的声音："表叔，表叔，您开门好吗？"

耿老头故意装出一副被吵醒了的样子，打开门，夸张地伸了个懒腰，一瞥眼，看到二拐子果真赤着一只脚，战战兢兢地站在面前。他忍住笑，惊讶地叫道："原来是村长大人驾到，这么晚了，有何贵干？莫非是那证给我办妥了？"

二拐子完全没了往日的威风，急急巴巴地说："都怪侄儿糊涂，我向表叔赔礼道歉，我马上回去把证给您办好，您就把皮鞋还给侄儿吧！"

"皮鞋？什么皮鞋？"耿老头装糊涂，"你白天丢钥匙，晚上丢皮鞋，死人还守着一副棺材板呢，你那皮鞋又没长腿，就是跑也只能跑到村西头去，怎么会跑到我这儿来呢？"

站在一旁的老伴一听耿老头说"村西头"三个字，这才知道准是二拐子刚才到村西头小寡妇家风流快活，被自家老头抓了个把柄。其实这事儿村里也有传闻，只是村民们都怕着二拐子，谁也不想多管闲事。

二拐子一个劲地向耿老头讨饶说："表叔，您就别拿侄儿开涮了。您也知道，这事要捅到八辣子那里，侄儿准会被整得脱层皮。求求您大人不计小人过，可怜可怜侄儿吧，侄儿我一定记着表叔您的话，从今往后堂堂正正做人。"

耿老头见二拐子把话说到这份上，反倒有点不自在起来，罢了，罢了，得饶人处且饶人。他对二拐子说："我也是没法子想出来的馊主意，你不怪表叔吧？"

二拐子见耿老头松了口，灰白的脸色这才渐渐缓了过来，他接过耿老头老伴递过来的那只皮鞋，一边穿一边说："谢谢表叔表婶宽宏大量，侄儿马上就去把证明给您老送来。"

半个小时之后，二拐子果然又折回来了，把证明递给耿老头，附着他耳朵说："表叔，您真的救了我啦！刚才八辣子带了好几个人去小寡妇那里堵我，真是好险哪！"

（本篇月月评短信代码：AA062）

（题图、插图：谢颖）

名医出手

□ 黄 胜

二贵是个专门做假证的贩子，最近由于警方查得紧，为避风头，他偷偷溜到邻近一个小城，躲进前不久刚在那里买下的一套房子里，整天不敢露面。时间一长，他觉也睡不好，饭也吃不香，经常胸口闷得透不过气来，浑身不对劲儿，想想自己会不会得了啥要命的病，只好硬着头皮到医院去看，还特地挂了个专家号。

进门头一眼看那专家，他就觉着眼熟，一打量，乐了："咦，这不是刘喜吗？"

那专家狐疑地看了他一眼，眼睛一亮，也认出来了："二贵，是你？你怎么来了？"

原来十年前，二贵和刘喜一块儿从民办中医学校毕业，因为手里文凭不硬，找工作处处碰壁，连乡卫生院都进不去，两人于是就动起了歪脑筋，千方百计想找人搞一张医科大学的假文凭。后来好不容易找到关系了，不料对方狮子大开口，一张文凭要价三千元。刘喜狠狠心，硬着头皮东拼西凑，买下假证后立刻远走他乡求发展去了；而二贵呢，实在凑不齐这笔钱，只好自认倒霉。不过二贵脑子挺活络，却从这里面看到了商机，既然干这个行当大有赚头，于是立刻自己琢磨着做起了假证生意。

一晃十年过去了，二贵虽说偶尔也听到过刘喜的消息，说是果然在外面混了个医生当当，可因为他一直热衷于自己的假证事业，所以很快就把刘喜给忘了，没想到今天竟然会突然

在医院里碰上，真是太出人意料之外了，所以觉得分外惊喜。

二贵很想问问刘喜这些年是怎么混过来的，可是看看门外排着一长串候诊病人，知道此刻不是说话的时候，于是和刘喜寒暄了几句，就直奔主题说："老兄，真没想到今天能在这里碰上你，就拜托你给我找个医生看看吧，我最近胸闷得很，浑身不对劲儿，不知什么道理？"

刘喜一听，较着劲儿说："你别门

缝里瞧人，让我去找什么医生，我给你查查不就得了？"

二贵心说：别人不知道你底细，我还不知道？读书时你成绩还没我好呢，就你那两把刷子，比我强不到哪里去。于是冲口说："得了，老兄，你糊弄别人去吧，别蒙我了。"

刘喜也不生气，"呵呵"一笑，说"你说我蒙？"他洋洋得意地指指身后墙壁上挂着的锦旗，"你自己看看，不是我吹，这是病家自个儿送来的。"

二贵抬头一看，锦旗上全是"妙手回春"、"华佗再世"、"救死扶伤"之类的赞词。二贵哪里信刘喜这套东西：你文凭都是假的，弄几面假锦旗糊弄景儿，还不是小菜一碟？

不过，毕竟两人分开这么些年，彼此有些生分，二贵不好意思当面把这层纸捅破，便缓了缓口气，说："老兄，你混到现在这个地步，可要比我强多了，你就给我找个妥实点儿的医生吧，我明天来听你的回话怎么样？今天就不耽误你时间了。"说罢，站起来就要走。

"你急什么！"刘喜一把拉住他，"二贵，你别总拿老眼光看人。"刘喜炫耀地拨弄着自己"副主任医师"的胸牌，朝二贵努努嘴，"老兄，你看清楚，这总不是假的吧？"

二贵一愣：莫非士别三日，这小子真当刮目相看了？

二贵不禁羡慕地问刘喜："你后来又去重新深造过了？怎么运气这么好啊？"

谁知刘喜竟越发得意起来："呵呵，什么深造不深造的！"

"不深造？那可不能！"二贵拼命晃着脑袋，"就算当初买的文凭有用，可就你那几下手艺，我看做做乡下小医生还差不多，要在像样一点的地方站住脚，没真本事怎么行？算了算了，我又不来抢你的饭碗，你怕什么，还不肯给我说实话！"

刘喜听罢二贵这番话，竟乐得哈哈大笑起来，附着二贵的耳朵悄声说："你还别信，我实话对你说，像我这号人当医生，越在像样一点的地方越容易当，反而是乡下那种医院，没真本事还真不好混呢！"

刘喜一边说一边直朝二贵眨眼睛，可是二贵越听越糊涂：这话怎么说？

刘喜拍拍他的肩说："行了，行了，别发呆，我给你看看，你就知道是怎么回事了。"

二贵一想也好，看看这小子葫芦里到底卖的什么药，于是就重新坐下来，一挽袖子，把胳膊伸到刘喜面前，哼着鼻子说："请名医出手吧！"

二贵是想让刘喜把把脉，没想到刘喜一把推开他的胳膊，说："你干什么？现在讲究高科技了，你以为我还搞老一套啊？"

刘喜顺手从旁边的搁架上抽出一张单子，在上面"刷刷刷"龙飞凤舞地写了几行字，打了几个勾，说："你不是胸闷吗？先去做个心电图看看。"

二贵说："我有时候还头晕。"

刘喜点点头："那就再做个CT。还有什么症状？"

"肚子也疼。"

"做个腹部B超吧！噢，为保险起见，干脆再给你做个胃镜，做个肠镜，看看有没有问题……"刘喜头也不抬，一张接一张熟练地给二贵开着单子，"另外，再做个血常规检查，再验一下大小便。"

不一会儿，二贵从刘喜手里接过厚厚一摞单子，他胆战心惊地问："这得花多少钱呀？"

"治病还怕花钱吗？钱重要还是命重要？"刘喜语重心长地开导他，"检查完了，你再到我这儿来开药。"

正说着话的时候，前面一个做完检查的病人手里捏着一叠单子，推门进来找刘喜开药。二贵忽然明白了：原来刘喜就是这么给人看病的啊！

二贵顿时心痒难耐，站起来就往外走。刘喜奇怪地追着他问："还没检查哩，你干啥去？"二贵头也不回，兴冲冲地说："我还搞什么假玩意儿啊，整天担惊受怕的，不如想办法改行算了！"

（题图、插图：魏忠善）

最美的音乐
是无声

每天清晨或傍晚，你都会在小城街头看到一个老头儿，推着一辆豆腐车慢慢地走着，豆腐车上的电喇叭里不时发出一个清脆的女声："卖豆腐，正宗的卤水豆腐喽！"那个声音就是我，老头儿就是我爹。我爹是个哑巴，直长到22岁的今天，我才有勇气把自己的声音放在我爹的豆腐车上，替换下他手里摇了几十年的铃铛。

两三岁时我就知道有一个哑巴父亲是多么的屈辱！我在家里排行第三，上面有两个哥哥，村里人从来不喊我的名字，就喊我"哑巴老三"，好像我也是个哑巴似的；我和小伙伴吵架，他们甚至把"老三"这两个字都去掉了，"哑巴哑巴"的喊得震天响，一面喊一面还学我爹比划手势的模样，扮着鬼脸嘲笑我。因此，我从小就恨自己为什么会有这么一个哑巴

爹！有的小孩被大人使唤着来买豆腐，却不给钱就跑，爹急得伸直了脖子也喊不出声来，每逢这时候，我绝不会像哥哥们一样追上那孩子揍两拳，我不恨他们，只恨我爹是个哑巴。所以，每当爹特别无助而我又仇恨般地在一旁冷眼看他时，爹就会一个人伤心发呆，或者把瘦小的身子缩成更小的一团，靠在做豆腐的磨杆或者磨盘旁边，显出更让我瞧不起的样子。

我对自己说：我一定要好好念书，一定要考上大学，一定要离开这个想起来就让我伤心的地方。就是用这样的信念支撑着，我发疯般地读

  星星落下要3秒，月亮升起要1天，地球公转要1年，想一个人要24小时，爱一个人要一辈子，但贴心的祝福只要1条短信：天气冷了，开裆裤就别穿了！ 山西 郭虹 (0612)

书，终于如愿以偿。

可是，以后事情的发展，却是我那时怎么也料想不到的。

记得接到大学入学通知的那天，爹一脸郑重地把一叠还残留着生豆腐腥气的钞票递到我手上，两只手不停地比划着。我当然明白他的意思，他是说这是他多年做豆腐攒下的，早就为我准备了，他知道准会有这么一天。望着他脸上洋溢着的为我而分外骄傲的神情，捏着手里这叠浸透着他血汗的钞票，我的心里不禁颤动起来。随后，我看到他领着我的两个哥哥，把家里养了两年的大肥猪拉出去宰了，他乐颠颠地跑前跑后，把全村的乡亲们都请了来，比划着说要好好庆贺我考上了大学。

此刻，我的心颤动得厉害，有点想流泪，我突然觉得，我以前对爹是不是太不讲父女情分了？吃饭的时候，我第一次给爹夹了一块大肥肉。这时候，我看到爹的眼睛里放出了从来没有的光亮，端起大碗的高粱酒，爹大口大口地喝着，再吃上我给他夹的大肥肉，爹醉了！他的脸那么红，腰杆儿那么直，手语打得那么潇洒，我情不自禁地喊了声"爹——"要知道，十多年了啊，爹从来没有看到过我喊他"爹"的口形。爹愣了愣，站起来，一把抱住我，号啕大哭。

打这以后，爹越发辛苦地做着他的豆腐，用带着生豆腐淡淡腥气的钞票供我读完大学。毕业之后，我在距老家四十里外的一个中等城市找到了一份不错的工作，趁假期，我回去看爹，可谁想就在回乡途中，我乘坐的车子出了事故……

后来发生的一切是大嫂告诉我的：过路的人中有人认出我是哑巴老三，于是赶紧通知我家。腿脚麻利的哥哥嫂嫂先赶了来，看到躺在地上浑身是血的我，他们就乱了阵脚，光是哭作一团，完全没了主意。爹是后来才到的，他拨开人群冲进来，一看到我这个样子，一把就抱起我，也不管人家怎么断定我必死无疑，伸手就硬拦下了一辆过路的大卡车。他用脚支撑着我的身子，腾出一只手来，从口袋里摸出一大把他卖了豆腐的零钱，塞到司机手里，然后不停地比划着手势，求司机把我送到医院去抢救。大嫂说，平时懦弱的爹，在那个时候却显出了完全不同于往日的果敢和镇静。

在初步处理了我的伤口之后，医生明确让我哥哥赶紧替我转院，并直截了当地说，像我这样的情况，只能死马当作活马医，因为当时送到医院的我几乎量不到血压，脑袋被撞得像个瘪葫芦。

哥哥们已经在为我做后事准备了，可是爹坚决撕碎了哥哥们为我买来的丧衣，他急速地打着手势，告诉

他们："你们的妹妹不会死，她今年才22岁，我们一定要救活她！"他要哥哥们把他的意思转告医生。

可是医生听了之后仍然表示无能为力，医生说："这姑娘能被救活的可能性很小很小，你们家属一定要有思想准备，而且这个抢救要花好多好多钱，还不一定能见效。"

哥哥把医生的意思翻译给爹听，爹立刻就跪在了地上，又马上站起来，指指我，高高地扬扬手，再做着种地喂猪割草推磨等等活儿的姿势，然后翻出已经掏空了的衣袋，伸出两

只手使劲地比划着。哥哥把爹的意思告诉医生："我爹说，求求你们救救我孩子，你们一定要救她。我会挣钱交医药费的，我能干各种活儿，我有钱，我现在口袋里就有四千元钱。"

医生握住爹的手，摇摇头，表示这四千元钱是远远不够的。爹急了，他指指哥哥嫂嫂，紧紧握起了拳头："我们家不是我一个人，还有他们，我们全家一起努力，我们一定能做到。"他又抬头指指屋顶，低头跺跺脚，"我有房子，可以卖掉，就算倾家荡产，也一定要把我女儿救过来！"他转过身，对我大哥比划了一阵，大哥哭着对医生说："请医院相信我们，我们绝不会赖账的，我们一定会想办法把钱凑齐。"

平时看惯了生生死死的医生们，此刻都被我爹感动得泪流满面，我终于没有转院，直接被推上了手术台。手术中，爹寸步不离地一直守在手术室外面的走廊上，忍着满腹的焦虑，满嘴起了大泡，却没有掉一滴眼泪。

手术进行了十多个小时，一定是爹的父爱感动了上苍，天也怜我，我终于活下来了！可是在手术后差不多半个月的时间里，我一直昏睡不醒，近乎一个植物人，爹就用粗糙的手轻轻地为我按摩，用不会发音的嗓子一个劲儿地对着我"哇哇啦啦"地呼叫，他是拼命想把我叫醒过来。为了让医生护士对我照料得更好，每次哥哥来

换陪护的空当，他就赶回家去做热腾腾的水豆腐，拿来送给所有的医护人员。尽管医院里有不准收病人东西的规定，但面对如此质朴而真诚的表达，医护人员实在不忍心拂了爹的这片心意。

为了筹齐我的医疗费用，爹走遍了他卖过豆腐的每一个村子，用他大半生做人的忠厚和善良，赢得了足以让我穿越生死线的支持，热情的乡亲们纷纷拿出钱来，而爹也毫不马虎，用记豆腐账的铅笔，歪歪扭扭却认认真真地在小本子上一笔一笔记下：张三柱，20元；李刚，100元；王大嫂，65元……

当半个月后的这天清晨，我终于睁开眼睛的时候，我看到了一个瘦得脱了形的老头儿，张大了嘴巴，因为看到我醒来而惊喜得"哇哇"大叫的神情。我的爹啊，就在我遭遇车祸的这半个月里，他整整老去了二十年。

后来，我剃光了的头发慢慢长出来了，爹抚摸着我的头，慈祥地笑着。曾经，这种抚摸对他而言，是多么奢侈的享受啊！等到半年后我的头发勉勉强强能扎出小刷子的时候，我拉过爹的手，请他为我梳头。爹兴奋得脸涨得通红，那双做惯了豆腐的手立刻变得笨拙了，半天也没梳出一个他满意的样子来。可我不在乎，就跟着爹给我梳的小刷子似的头，坐上他的用豆腐车改成的小推车上街去。有一次，爹半路上停下来，转到我面前，做出抱我的姿势，又做了个抛的动作，然后捻手指表示点钱，他要把我当豆腐卖咯！我故意捂着脸哭，爹就无声地笑起来，我隔着手指缝儿看他，他笑得蹲在地上。

这个游戏，一直玩到我能够站起来独立走路为止。

现在，除了偶尔的头疼外，我已经恢复得十分健康，爹因此得意不已！我们一起努力还完了欠债，爹也搬到城里和我一起住了。只是他勤劳了一生，实在闲不下来，我就在附近为他租了一个小棚屋做豆腐坊，我爹做的豆腐香香嫩嫩的，块儿又大，可受大家喜欢了。我特意给他的豆腐车装上电喇叭，尽管爹听不到我清脆的叫卖声，但他心里一定知道他女儿的声音是这世界上最好听的声音，所以每当按下电喇叭按钮的时候，他就会得意地昂起头来，脸上洋溢着极度幸福和知足的神情。有好多次，我真想好好向我亲爱的爹忏悔我当年对他的歧视和记恨，可是看到他这么快乐，我都不忍再向他旧事重提了。

我常想：人间充满了爱的交响，我们倾听、表达、感受、震撼，然而我的哑巴爹却让我懂得，其实，最美的音乐是无声，那是不可怀疑的力量，把我对爱的理解送到最高处。

（推荐者：庞嘉良）

（题图、插图：安玉民）

铲地皮

□东 流

刘亦守喜欢收藏，平时眼勤脚勤，有工夫就跑偏僻乡下，专门去"淘"自己喜欢的宝贝，俗话把这叫"铲地皮"。数十年来，靠着这铲地皮的办法，刘亦守陆陆续续搜集到了三百多件藏品，其中尤以价值七位数的金胎紫铜香炉为最。渐渐的，他在圈子里有了名气。

这天，刘亦守和往常一样，吃罢早饭就甩腿去古玩市场，在那里转悠。转到一个拐角处时，突然发现那里的地摊上有一块青玉令牌，这玩意儿是自己藏品中没有的，于是便蹲下身来细看。

这是一块民国时候由某省都督签署的一笔上亿资产的解冻令牌。按说民国时候的东西收藏价值应该不是很大，但既然能补自家中藏品的空缺，为何不买下它呢？于是刘亦守便和铺主讨价还价起来，最后居然"杀"到原价的三折，以150元钱成了交。

付了钱，拿过令牌，刘亦守一边悠悠地继续在市场里转，一边不时得意地停下步子，端详手里新觅来的东西，周围人都以为他得了什么宝贝，纷纷拥过来看。有个年轻人也上来凑热闹，谁知只一瞥，就顿时大惊失色道："先生，您这块令牌卖多少钱？您开个价，卖给我吧！"

刘亦守抬头一打量，这个年轻人三十来岁年纪，一脸斯文样，不禁笑道："小伙子，东西自然是喜欢了才买下来的，怎么能转手就卖了呢？我不卖的！"说完，他就把青玉令牌揣进怀里，甩开大步朝市场外走去。那年轻人不死心，跟在后面一路追着说：

遇事忍来不急躁，多谦让来少烦恼；调饮食来莫过饱，身体好来疾病少；心不顺来赏花草，唱山歌来怒气消；短信送来祝福到，愿比神仙更逍遥！ 1387***4547（0614）

"先生，您就开个价嘛，出多少钱我都愿意买啊！"

刘亦守原本买下令牌只是给自己补个收藏的空缺，现在被小青年这么一追，心里不由打起了"格愣"：莫非这令牌有什么来头？那就更不能轻易卖了。他收住脚，回头对年轻人说："你死了这条心吧，我说过不卖就不卖，别缠着我好不好？"年轻人还是不肯停步。

街边正是一家茶馆，年轻人对刘亦守说："先生，您能不能赏脸进去小坐片刻，让我给您说说我为什么非要买您手里这块令牌的理由，好吗？"刘亦守看他的神情，不像开玩笑的样子，心想：也罢，就是不卖给他，听听关于这块令牌的来由，总也没有什么不好啊！于是就跟着年轻人进了茶馆。

年轻人要了两杯龙井，和刘亦守面对面地坐下来，一边品茶一边就开始讲述起来。其实，关于这块令牌的来由并不复杂，这年轻人姓华，叫华为，华为的曾祖父当年就是这个都督手下一个师的师长，很得都督的赏识，后来有一天，都督私下里交给华师长这块青玉令牌，让他去国库提款，孰料返回途中，华师长手下一个军官竟监守自盗，深夜带人窃取令牌和钱款悉数潜逃，于是后来众人都说，是华师长故意伪造都督的令牌去国库提款。华师长蒙受如此不白之冤，只好饮恨自尽……

华为讲完缘由，神情凝重地对刘亦守说："先生，这块令牌对您的收藏来说也许无关紧要，可对我们华家来说，它的意义就不同了。三年前我大学毕业，好不容易在省城开起了一家规模不小的公司，自从手里有了点钱，我就发誓，一定要想尽一切办法找到当年的这块令牌，一定要还我曾祖父一个清白。"说到这里，华为打开随身提包，拿出一张支票，"刷刷刷"填了一个数字，签上了自己的大名，然后把它推到刘亦守的面前。

刘亦守一看，愣住了：支票上的数字是"6"后面加4个"0"，整整有60000！

华为笑笑，说："这笔钱我是早就准备好了的，我做过古玩市场的调查，这种青玉令牌最多不会超过1000元，今天是天老爷让我撞见了您，我用60倍的价买下它，我想您应该不会吃亏了吧？"

刘亦守听了华为的述说，想想自己半天不到的时间，150元居然变成了60000元，这是哪世修来的发财缘分哪！何况这令牌也不是什么真正值钱的东西，这种赚钱的机会谁也不会放弃。于是他嘴里客气几句，就收下了支票，然后把揣在怀里的青玉令牌拿出来，给了华为。

有了这样的机缘，从此刘亦守就主动和华为交起了朋友，常常请华为

到家里作客，给他看自己的藏品，总想什么时候再能从这个有钱人手里讨得便宜。华为呢，也好像渐渐对收藏有了兴趣，刘亦守每给他看一样藏品，他都赞叹不已，拿在手里轻轻地抚摩着，显出爱不释手的样子。每每这种时候，刘亦守就得意得心里要发狂，忍不住给华为一一介绍自己是怎么"铲地皮"把这些宝贝给"铲"回来的。有一天，刘亦守终于把自己的藏品之最金胎紫铜香炉也拿出来给华为看，华为竟惊羡地叫出声来："这么贵重的东西你也能铲地皮铲回来啊？"刘亦守"嘿嘿"一声道："不瞒你说，这是我去宜兴乡下铲地皮的时候，从一个老太婆手里买来的，你猜我花了多少钱？才3000元哪！铲地皮嘛，就是要去铲的啊！"

时间长了，两人的交情一日深似一日。这一天，华为到刘亦守家里来的时候，带了一件明万历款的青花龙纹瓷罐过来，请刘亦守帮着鉴赏。华为有点不好意思地说："这个瓷罐其实是乾隆时期的仿品，是我那年去伦敦考察时，在一个古董商那里买的，当时因为实在喜欢，手里也正好有点钱，所以就花30000英镑买了下来。但因为不是真品，所以一直没好意思拿给人家看，也更不敢向先生提起。现在既然和先生熟了，想来请先生看看也无妨。"

刘亦守接过华为手里的青花龙纹瓷罐，细细打量起来，他越看越发觉手中这个瓷罐其实是真正的万历货，这是一种未载入官方造册的珍贵礼器，起码值1000万!他心里激动得"怦怦"直跳，反复抚摩，断定是华为和那个英国古董商看走了眼。

华为看刘亦守这么神情专注的样子，好像更加不好意思了，说："真是难为情，我这东西和您的金胎紫铜香炉没法比啊！"

看着华为满脸流露出的羡慕神色，刘亦守想到了一步妙棋。他朝华为微微一笑，说："小伙子，你也别小瞧了你的这个瓷罐哪，虽说是仿品，但做工精良，几乎能以假乱真，我看这东西起码也值个80万。"

"啊？能值这么多?"华为简直不敢相信。

刘亦守肯定地点点头："据我所知，这类精仿品存世量非常稀罕，所以升值是早晚的事，说不定数年后会暴涨到和金胎紫铜香炉一样的价钱。"

"真的?"此话出自刘亦守之口，华为惊喜万分，"那我就用这个瓷罐和先生交换香炉了呵！"

一听此言，刘亦守心跳立马加速起来，他紧锁眉头，在厅里来回踱着步。华为顿时后悔不已，吐吐舌头说："冒昧了，先生，我只是给您开个玩笑，您千万别当真……"

"不不不！"刘亦守站停下来，"我……可以考虑和你交换。"

"您说什么？"华为疑惑着问，"先生，我只是开个玩笑而已，绝没有真要和您交换的意思啊！"

刘亦守沉思着说："对我而言，香炉是至宝，对你而言，这个瓷罐同样是至宝。我的藏品虽说五花八门，什么都有，但从内心说，其实我更喜欢收藏的是瓷器，因为我觉得瓷器最能反映我们民族极其精湛的制作技艺，你看，连高仿品都做得这么逼真，所以我乐意和你交换。"

如此出乎意料的结果，华为惊喜的程度可想而知。不过，他还是有点不放心："先生，您真拿定主意要和我换？"

"那还有什么假的！收藏嘛，本来就是做自己喜欢的事，不就图个开心嘛！"

于是，华为惊喜万分地捧着金胎紫铜香炉走了；而刘亦守呢，喜悦的程度绝不亚于华为，因为他心里十分清楚，自己用金胎紫铜香炉换来的，是一件真正的万历货啊！

但奇怪的是，就此以后，华为就再没有来登过刘亦守的家门。起初刘亦守还以为是他怕自己反悔，故意躲着，可打电话过去老是没人接，就觉得挺纳闷。这天，邮递员送来一封信，刘亦守

接过来一看，是华为寄来的，他一边拆信一边嘀咕："这小子，什么事情电话里不好说，还搞得这么复杂？"

等打开信，一看内容，刘亦守顿时脸色灰白！

华为在信里这样写道：刘亦守，我今天是要告诉你，我不叫华为，我讲的故事是假的。你告诉我你在宜兴铲地皮，只花3000元就从一个老太婆手里买到了那个金胎紫铜香炉。你知道吗，你说的那个老太婆，恰恰就是我奶奶！当时你看家中只有我奶奶一个人，就连哄带骗硬把我们传家之宝抢走，你用了什么手法，我后来从爷

爷那里都听说了，我爷爷从此一病不起，半年后就撒手人寰。为这事，我奶奶一直觉得对不起全家，抑郁到现在……

如今，我拿回了本就属于我们家的东西，我想这不算过分吧？至于那块青玉令牌，我为什么要付给你这么多钱，现在你应该明白了吧！至于那个青花龙纹瓷罐，你可以把它放到水盆里浸泡一下，这样就会知道它到底是个什么货，要不要继续收藏，这当然得由你自己来决定了。也许，你会问我是怎么找到你的，我想细节就没有必要在这里一一说了，只想告诉你

的是，我在大学里学的就是考古专业，课余时候，我还是我们学校话剧团的团长……

刘亦守恨恨地看罢信，沮丧地从橱里捧出那只用金胎紫铜香炉换来的瓷罐，盯着它愣愣地呆了半响。随后，他不甘心地走进厨房，小心翼翼地把瓷罐浸入水中，结果真看到了令他恐怖的一幕：瓷罐的罐底接触水之后没多久，就慢慢开始褪色，最后整块所谓的瓷片就剥落下来……

"怎么可能？怎么可能会这样……"刘亦守软瘫在地上，失魂落魄地叫骂着。（题图、插图：刘斌昆）

·本刊信息传真· ─────────────

"优媒杯"《故事会》优秀作品月月评

每期3篇选1　最高奖金800元

为鼓励读者参与，《故事会》决定举办"'优媒杯'《故事会》优秀作品月月评"活动，参加方式如下：1. 每期由初评委推荐3篇故事为候选作品，读者可选择自己最喜欢的一篇，将其月月评短信代码（如AA061，没有短信代码的作品不参加评选）发送到911903（移动用户）或97575631（联通用户）、02838168（广东移动）。每次限选一篇，可多次投票。2. 凡选对本期"最受欢迎的故事"的读者均有机会获得现金奖。每期设一等奖1名，奖金800元；二等奖10名，各获现金100元；所有参加评选的读者均有机会获得参与奖，每期200人，各获精美礼品一份。3. 本期活动截止期为：3月20日。得奖读者在评选结果揭晓后将得到短信通知。用户每投一票收费1元。

本期候选作品：1.《你有一百万吗》（p17）（短信代码：AA061）；2.《冤家对头》（p21）（短信代码：AA062）；3.《上钩的鱼儿》（p54）（短信代码：AA063）

"优媒杯优秀作品月月评" 2006年1月(下)评选揭晓

2006年1月（下）得票前三名的作品分别为：《叫一声妈妈》(954票)、《幸运年关》(586票)、《泼辣老婆可爱妻》(376票)。

经抽奖，下列读者获奖：一等奖（奖金800元）：李畅（139****1950）；二等奖（奖金各100元）：张颖（135****4159）、罗正平（139****7834）、殷海锋（135****0814）、王瑶（135****9013）、高凯（136****7030）、黄民祥（137****0634）、汪莉（138****2314）、杨磊（137****7559）、周军（137****7651）、陈梅英（138****7343）。阅读奖名单略。

捉一只蝴蝶送你，愿你拥有快乐的翅膀；兜一丝清风送你，愿你心情舒畅；采一株小草送你，愿你无比坚强；发一条短信给你，愿你天天与快乐捆绑！　1383***9107（0616）

□张长公

一路同行

赏起来，边欣赏边对小伙子说："福宝，你拍照果真有两下子啊！"

这个叫"福宝"的小伙子是安全科的工作人员，才来科里不久，这次跟胖子出来，是专门给他拍照的。那胖子是他的顶头上司，安全科的科长，叫尤隆昌。福宝见尤隆昌夸赞自己，有点不好意思，连忙说："尤科，不是我拍得好，是你的照相机好。"

尤隆昌心里乐滋滋的，想想前不久，县里一个叫"旺发"的娱乐场开业，他知道这老板有钱，就亲自跑去安全验收，也不管实际情况如何，转一圈就给盖章通过。老板心领神会，不但送他数码相机、中华烟、五粮液，还特地请他出来旅游，吃喝花费，捎带土特礼品，统统包了。尤隆昌得意地瞥一眼福宝："跟我出来怎么样啊？"福宝竖起大拇指说："尤科，不但沾光，还长见识啊！"

尤隆昌听得皮松骨酥，呵呵笑着

这个官有多大

始发车卧铺车厢里进来两个人，大摇大摆走在前面的是个胖子，四十多岁年纪，双下巴，圆肚子，裤带系在肚脐下，腋下夹着一个鼓鼓的包；后面紧巴巴跟着的是个二十多岁的小伙子，两只手提着两只包，前胸后背搭着两只包，嘴巴里还衔着两张火车票。

找到座位后，小伙子忙着放行李，胖子就一屁股坐下来，把腋下的包往车窗下的小桌上一放，从里面抽出一大叠照片，迫不及待地一张张欣

说"还记得灵光寺里我抽的签吗？官路通，财路通，升官发财路路通！看，你给我照的相！"他一边说着，就从照片堆里找出福宝给他拍的那张抽签的照片，照片上的他笑得像个弥勒。尤隆昌越看越得意，点了一支中华烟，吩咐福宝"把五粮液拿出来，咱们痛痛快快喝！"

两人正美滋滋地喝着酒，啃着炸鸡腿，忽听车厢走道上有声音叫着："爷爷，找到了，我们的位子在这里。"

尤隆昌抬头一看，走道上过来一老一少两个人，小的八九岁，老的看上去有七十多了，提着篮子背着包，篮子里是两只自家腌制的鹅。爷孙俩在尤隆昌旁边的座位上落了座，尤隆昌发现老人虽然满头白发，动作却十分敏捷，不由开口道："高寿啊？"老人呵呵一笑："算不上高寿，才七十七。"

老人看一眼尤隆昌手里的烟，桌上的酒，不由问道："你们是出差的？"尤隆昌故意卖关子："你猜猜，我们是干什么的！"老人猜测："做买卖的？"尤隆昌一听自己怎么就成了做买卖的，顿时兴致减了大半，嘴一撇："再猜猜！"

老人的孙子正鼓捣着手里的收放机，这时候就突然转过脸来，冲着尤隆昌说："你一定是贩猪的!"尤隆昌气得眼睛出血："你懂什么！"老人的孙子不服气："我们那里贩猪的就和你长得一个样，还和你抽一样的烟……"尤隆昌气得"砰"把手里的酒杯往小桌上一放，半天说不出话来。老人一看气氛不对，赶紧扯了孙子一把，赔着笑脸对尤隆昌说："对不起，对不起，孩子不懂事，你别和他一般见识。"

福宝看尤隆昌脸红红的，猜想他是酒喝多了，把小孩子的话当了真，万一说下去真要酒劲上来，该如何收场？他脑子一转，立即亮出身份，对老人说："老大爷，我们是国家干部。"

"哦，原来你们是吃皇粮的！"老人不由重重地点了点头。

尤隆昌肚子里的气还没消，看老人的神情，恐怕平时连乡长的影子也难见到，哼，今天得好好让他长长见识。尤隆昌从口袋里掏出一张名片，往小桌上一甩，这是一张烫金名片，做工考究不说，还散发着一股淡淡的香味。尤隆昌问老人："你识字吗？"老人皱皱眉，摇摇头。尤隆昌朝福宝挥挥手："你给他念念。"

福宝便一字一句念起来："某县人民政府安全科，科长：尤隆昌。"老人问："科长有多大？"福宝说："全县的安全问题都归他管，你说他这个官有多大？"老人眨巴着眼睛："这么大的官呀，薪水一定不少吧？要不，这么贵的烟酒，怎么吃得起？"

"哈哈哈，"尤隆昌这才转怒为喜地笑了起来，呷了口酒，说，"实话对你说了吧，薪水不多，外快却不少，这烟这酒，包括我们这次出来旅游，都是人家送的。""你吹牛吧？这么好的烟酒，谁送得起？还让你出来玩，这要花多少钱哪！"老人怎么也不相信。尤隆昌翻着白眼说："人家是老板，不像你种田的，送这点东西，小意思。"可老人还是闹不明白，追着问："人家为啥要这么送你啊？""有事求我嘛！"尤隆昌得意得满脸放着红光。

老人的孙子在旁边捧着收放机起劲地听歌，老人拍拍孙子说："爷爷要听人家说话，你把机子关了吧！"他一边说，一边就从孙子手中拿过收放机，又从包里拿了本书给他。

老实对你说

老人给尤隆昌解释说："我耳朵有点背，被孙子这歌一搅，就根本没法听清你说的话。"尤隆昌心里便越发得意起来：这乡巴佬，为了听我说话，连歌也不让宝贝孙子听了。于是拍着胸脯说："老实对你说，我不吃点喝点，人家还心里不安呢！"老人越听越糊涂了："这么说，你吃了喝了，人家还要谢你了？""那当然！"尤隆昌酒劲十足地说，"有问题没问题全凭我高兴，我说你有问题，没问题也有问题，我说你没问题，有问题也没问题！"

"你有这么大能耐？"老人将信将疑。尤隆昌一挺脖子："哼，这算什么能耐？我丈母娘和你差不多年纪，我给她在鞭炮厂食堂挂个空名，六百元钱月月寄到家，她高兴得天天'哗哗'地搓麻将。哈哈，要说能耐，这才叫能耐哩！"

尤隆昌正唾沫四溅地说着，在一边看书的老人的孙子突然转身问老人："爷爷，你说这回进城，王伯伯和李伯伯还会给我买什么书？我就喜欢他们给我买的书看。"他凑近老人的

耳朵，"爷爷，我还把王伯伯和李伯伯的名字都记住了呢！不信我说给你听——王一亭、李德发！"

没想孩子尖细的声音传进尤隆昌的耳朵，"李德发"的名字没听说过，可"王一亭"这名字却如雷贯耳，县委王书记不正是叫这个名字的吗？尤隆昌心里一震，立刻试探着问："你和县委王书记有关系？""不不不，你想哪去了。""你和王书记是亲戚？""谈不上，谈不上。""那……"尤隆昌吃不准了，悄声问福宝"你看他和王书记会不会有关系？"福宝思忖着说："尤科，我看起码是亲戚关系，要不怎

么会大老远的来看望？"

尤隆昌一听，赶紧让福宝拿杯子："老大爷，咱们一起喝一杯。"老人连连摆手："谢谢，我不喝酒。"尤隆昌硬要往老人杯中倒酒，老人的孙子在旁边叫着："我爷爷不喝酒的！"尤隆昌不好意思强求了，又要给老人敬烟，老人还是摆手："对不起，烟我也不会抽。"老人的孙子又在一边起劲地嚷嚷："我爷爷不抽烟的！"

酒不喝，烟不抽，这门关系还怎么巴结？尤隆昌顿时没了辙。不过他脑子灵光得很，想了想，立刻讨好地对老人说："老大爷，这样吧，你身体这么好，我也给你在城里找份工作，怎么样？我开了口，谁敢不要？"老人搓着两只大手，有点手足无措："那不行，人家要了我，可我却干不动什么活。"尤隆昌赶紧说明："哪会真让你干，像我丈母娘一样，挂个名就行，单位月月给你往家里寄钱。""那哪行，让人查出来，我这张老脸往哪搁？"

"哈哈哈，"尤隆昌忍不住想笑：真正是种田的，胆小如鼠，这点小事谁会查呀。他想着县里的那些个厂子，只要他去检查，人家就爷一样地待他，争着往他口袋里塞钱，有谁会不知好歹地去检举揭发他？

抓住最后的机会

正说着话的当儿，车就进站了。

生命辉煌，健康宝贵，天气寒冷，勿太劳累，革命工作，尽力而为，劳逸结合，避免受罪，此条短信，只收我费，用心良苦，万望领会！1338***8813（0618）

尤隆昌还想抓住最后的机会巴结老人，给自己今后升官铺出一条路来。他殷勤地对老人说："老大爷，我们有车接的，你和我一起走，我送送你们。"老人说："不用，不用，我也有人来接的。"

一定是王书记派车来接他们了！尤隆昌二话不说，赶紧把老人的包往自己肩上一搭，拎起装了腌鹅的篮子，就硬陪着老人下车。一路上，尤隆昌把自己的名片塞进老人的口袋，说："拿工资的事你怕什么呀，你随时来找我，我替你落实，咱们这一路碰上了，不就是讲个缘分嘛！"老人这才终于点了头："那好，我一定来找你。"

就这么说着走着，他们随着熙熙攘攘的人群出了站口，孙子拉着爷爷的手叫了起来："爷爷，快看，李伯伯来接我们啦！"尤隆昌抬头一看，只见接客的人群中，有个五十多岁的络腮胡子正迎着他们跑过来。尤隆昌呆住了，这不是自己单位那条街上摆修锁摊的开锁大王李一开吗？这个李锁王他知道，技术没得说，但充其量也只不过是个下岗的呀！他突然意识到自己其实是犯了一个大错：真要是王书记圈里的人，会在街上摆摊？笑话！自己怎么就没想到世界上同名同姓的人多的是，居然还孝子贤孙似的去拍这个乡下老头的马屁！尤隆昌懊恼得直跺脚：只怪自己火车上酒喝多

了，会这么拎不清。他气呼呼地把手上、肩上的东西"砰"的往地上一放，"哼"了一声，回头对福宝说："走！"甩开大步就独自朝车站出口处走去。

李一开自然不认识尤隆昌，就问老人："蔡叔，这人是谁啊，与你一起来的？"原来老人姓"蔡"！老人望着尤隆昌远去的背影，点点头说："我们是一路同行啊！"老人的孙子立刻在旁边叫起来："李伯伯，这是火车上和我们坐在一起的，他硬要给爷爷喝酒抽烟，还说要给爷爷寄钱呢！"

"寄钱？"李一开奇怪地看着老人，"他为什么要给你寄钱？"

老人没言语，拍拍李一开的肩说："咱们走咱们的，别理他！"

人都是应该有所怕的

再说尤隆昌带着一肚子气回家，一帮麻将朋友已经在家里等着他了，出去一个星期，尤隆昌的手已经痒得不行，于是他立即坐上桌子，"哗哗哗"地和一帮人玩了起来。

一夜麻将搓下来，直到天快亮时才散，尤隆昌迷迷糊糊地上床，刚合上眼，老婆就硬把他推醒了："起来，快起来，县里来电话，叫你马上去集中，扫墓去，今天是清明！""什么？"尤隆昌从床上跳起来，"叫我去扫墓？你没听错吧？"老婆说："哪会听错啊，我都问两遍了，电话里说是特

地来叫你的。唉，这种事叫你去干什么？晦气！""你懂什么？"尤隆昌瞪了老婆一眼，"这种扫墓是要有级别的！哈哈，一定是我抽的上上签应验啦！快，快给我拿衣服。"

五分钟后，尤隆昌穿一身笔挺的深灰色西装，兴冲冲地出了门。外面正下着小雨，尤隆昌也顾不得拿伞了，直冲县委大院，跑到那里一看，果真停着一辆墨绿色的大客车。办公室刘主任一看到他，就着急地招呼说："快，快，书记、县长都在车上，就等

你一个了！"

尤隆昌心里激动啊，三步两步赶紧上车。可是上去一看，奇怪，火车上一路同行的老人和他的孙子，还有来接老人的李锁王也在，而且老人就坐在县委书记王一亭的旁边。"坏事了！"尤隆昌心里惨叫一声，吓得低着头，连招呼也不敢打。

可是老人看到他上车，却主动招呼他："尤科长，你来啦！"尤隆昌心里"别"一跳，要说懊恼，这个时候他才是真正的懊恼啊！因为几乎是同时，他听到旁边就有人在说："蔡老怎么会认识他呀？"能被人家尊称为"蔡老"的，一定不会是普通老头，说不定就是老人点名让自己来参加扫墓的，那就更不是一般的人啦！唉，只怪自己下了火车之后马屁没有拍到底，真正是找死呀！

"蔡……蔡老！"尤隆昌只好硬着头皮上去招呼老人一声，随后就赶紧朝后车厢跑，找了个位置坐下来。他心里像十五只吊桶打水，七上八下的：这老头到底是谁呢？一问旁边人，才知道原来是老地委书记蔡阿三。不得了，蔡阿三的故事他小时候就在学校里听老师讲过，那可是他孩提时代心中的英雄啊，老师说现在烈士陵园里这些牺牲了的烈士，大多都是蔡书记当年的战友。唉，自己真是瞎了眼了，居然把老书记当成了不识字的乡巴佬。

当你手机鸣响时，那里有我最深的问候；当你收到信息时，那里有我最真切的心声；当你翻阅信息时，那里有我无比的牵挂；当你准备关机时，请你记得我深深的祝福！ 浙江 吕渭 (0619)

旁边人不知就里，还在热情地给尤隆昌介绍说："听说李锁王和王书记的父亲当年和蔡老是一个部队的，他们的父亲牺牲后，是蔡老把他们抚养大的，关系比亲父子还亲，蔡老离休后执意要回老家去过平民百姓的农家生活，不过每年清明他都要出来给当年的战友扫墓。"说话的人口气里充满了敬意，尤隆昌却听得心里"怦怦"直跳。

说话间，车子在烈士陵园门口停了下来。细雨蒙蒙中，陵园里的苍松翠柏显得格外青绿，这里长眠着为县城解放牺牲了的一百多位烈士，陵园里已经摆满了花圈，不少学校和单位都已经先后来祭扫过了。一行人下车后缓缓前行，在陵园中心纪念碑前停了下来，默哀、鞠躬、致词……

王书记一定要蔡老给大家讲几句，蔡老缓缓开口道："同志们，我是个快八十的人了，不知怎么，越到这种时候我反而越怕自己犯什么错误，因为我希望自己到时候能堂堂正正地去见我的这些战友。巧的是刚才在车上，王书记对我说，他心里其实也一直有一种怕，就怕挑不好担子，对不起全县人民，所以他时时刻刻在提醒自己，一定要勤勉努力地工作。可是我昨天在来县城的火车上，却碰到了一个什么都不怕的人，大家可以听听他是怎么说的……"

片刻静寂之后，尤隆昌在火车上与蔡老说话的声音突然就响了起来。尤隆昌顿时吓得背上的冷汗直往下流，他万万没有想到，貌不惊人的蔡老其实当时就把自己看透了，所以才会借口什么耳朵听不清，用孙子听音乐的机子给自己录下了音。他又惊又慌，猛抽自己的耳光："我该死，我不是人，我该死，我不是人啊……"

蔡老的孙子看呆了，大声叫着："爷爷，咱们村里贩猪的短斤缺两做手脚，被人家抓住了不就是这个样子的吗？"

（题图、插图：魏忠善）

《青春读本》3

《青春读本——感动中学生的100个故事》第一、第二辑出版后，在社会上引起了巨大的反响，被读者誉为"一本能真正打动中学生心灵的好书"，"一本能让中学生懂得许多道理的教材"。根据广大读者的建议，编辑部继续编辑了《青春读本——感动中学生的100个故事》第三辑，现已完成并正式出版发行。

宝马

□ 文兴传

古时候，江湖上多侠客，侠客们好马，常常把宝马看得比自己的命还重。

有个侠客爱马爱得痴迷，在江湖上遍寻宝马，终于觅得一匹叫"千里雪"的白马。那马不但浑身雪白，没有一丝杂色，而且高大威猛，善登山会泅水不说，日行千里不在话下，它的嘶声更是一绝，平时难得发声，一旦嘶鸣起来，十里之外树叶纷落，百兽皆惊。白马的名声于是在江湖上传了开去，人们就叫这个侠客为"白马大侠"。

白马大侠万分宠爱他的宝马，每到一处歇息，不问别的，先问可有好料喂马，宁可委屈了自己，也决不委屈宝马。那一日，白马大侠来到河南境内，眼看天色渐晚，正好前面有一家客店，门前有一副很生动的对子：

未晚先投店，鸡鸣早看天 横批是 马有困时。白马大侠觉得这对联亲切，就去叩那店门。

开门的是个须发皆白的老汉，白马大侠问："店家，你处可有上等的马料？"

老汉一看白马大侠身后那匹白马，不由倒吸了口冷气，连连摇头说："客官，休说上等的马料了，有了你这

  多一点快乐，少一点烦恼；不论钞票有多少，只要每天开心地笑；累了就睡觉，醒了就微笑；生活是什么滋味，自己放调料；收到我的信息，希望你开心地笑一笑。 山东 田大余 (0620)

匹白马，便是有一根草我也不会给你的，你还是赶快走吧！"

白马大侠很奇怪："此话怎讲？"

老汉说："壮士休要问，问了便是祸在旦夕，只怕走不了你。"

白马大侠再问时，老汉只是摇头，再不出声，那神色极为神秘。白马大侠见问不出个所以然，只好拍马前行。可走了没几步，他就停下了，行侠之人，遇到这种事不问个究竟是不甘心走的。于是他又折了回去，再次敲开那家门。

老汉见还是他，就只开了条门缝。白马大侠说："店家，前面没了人家，今儿就容我住下吧？"

老汉想了想，说："客官要住便住，只是本店只留人不留马，客官这马是不能牵进小店的。"

白马大侠说："我不要你的马料，我吃什么马就吃什么，店家只管把它当人便是，银子我自会给你。"

老汉还是不肯："如此也住不得！"

白马大侠奇怪了："店家，你自开你的店，我自付我的银子，天经地义，有什么住不得？莫非偏要惹我性起，一把大火烧了你这破店不成？"

老汉听得白马大侠如此说道，赶紧开门给他打躬作揖，附着白马大侠的耳朵，如此这般地说了一番。

原来此地有一红脸汉子，人称"红脸天王"，此人上山打得猛虎，下海擒得蛟龙，在地方上颇有威名。后来，红脸天王也迷上了玩马，也在江湖上遍寻宝马，但终无所获，于是便发了狠，称但凡有好马入境，必得先报与他，若有隐匿不报者，必视仇敌不容。

听罢老汉所言，白马大侠指指自己身后的白马问："店家看我这马如何？"

老汉说："体宽嘴阔，气宇轩昂，必是千年难遇的好马。客官恕我直言，有此好马相跟，你还是早早走了便是，若是住店，必出不了此境，怕是早有人给红脸天王报信去了。客官休怪小店不留你，我年老体衰，哪里得罪得起红脸天王，老实人家以安分度日为天，还请客官多多体谅。"

白马大侠一听，仰天大笑道"我虽视此马如命，但若能遇上比我更爱此马者，我又何惜此马？你自当放我和我的马进去，好生款待，人要美酒大肉，马要细面白馍，有人来问时，你就说我特来此地将宝马献于爱马之人，就看他有没有这个福分。"

老汉被白马大侠这番话说得哑口无言，只好让他牵马进店。

当夜，倒也太平无事，不提。

第二天，白马大侠才起来，门外就沸沸扬扬传来一片人马声，白马大侠出去一看，一伙人正围着他拴在院里的白马指指点点，为首的是一个身材魁梧的红脸汉子。

红脸汉子见白马大侠开了门，就迎上来，朝他拱手施礼道："壮士，好马，真是好马，天下少有！"

白马大侠断定这红脸汉子就是老汉说的红脸天王，就回礼说："天王如此夸我的马，不知你意下如何？"

红脸天王迫不及待地问："壮士，此马可换？"

白马大侠说："壮士游侠四方岂可无马？我视此马如命，命是不可以换的。不过，若是遇上有比我更爱它的，我便是把它送了又何妨？"

红脸天王不明白："此话怎讲？"

白马大侠说："你若是比我更爱此马，便牵了去；否则，休想要得！"

红脸天王点点头："但请壮士说个明白，我也好思量。"

白马大侠一字一顿地说："此马于我如同手足，离了它我便是断了手足，天王若是要了它，须先断手足。天王愿意这么做吗？"

白马大侠说完，两道炯炯目光直逼对方，红脸天王愣住了。

"哈哈哈哈！"白马大侠仰天长笑，"原来天王只不过是个叶公，连一只手臂都舍不得断，何以缘求宝马？我的马不与俗人！"

说罢，白马大侠昂首挺胸，牵了白马扬长而去，一路走一路长叹："天下人都说爱马，其实爱的都是自己啊！"

白马大侠走出没多远，忽然，红脸天王在他身后高声喝道："壮士且慢！"白马大侠回转身，只见红脸天王从腰间拔出剑来，朝他吼道："壮士看真切了！""嚓——"手起刀落间寒光一闪，随着众人一声惊呼，红脸天王的左手落在地上。"啊哈哈哈！"红脸天王狂笑着，笑声里充满了浓浓的血腥味。

白马大侠当然看得真切，他先是一惊，好一会儿，脸上浮出一丝淡淡的笑意。红脸天王走过来，要去接白马大侠手里的马缰绳，可是白马大侠丝毫没有松手的意思。

红脸天王说"壮士，我自有大碗的酒与你喝，大把的银子与你花，只是这白马今后该归了我。你若还要索回此马，须拿了你的头来换，如此方可证明你比我更爱宝马。"说罢，他猛地就把白马大侠手里的缰绳夺了过去。

白马大侠捶胸顿足："老天啊，你为何如此不公，既生此马，又何生出一个红脸天王来？你这是要了我的命啊！"他踉踉跄跄地冲出百步，一把拔出佩在腰上的宝剑，往脖子上一抹，顿时血溅三尺之外。

众人再次惊呼，一阵唏嘘。

红脸天王愣了愣，牵起白马要走，只见白马突然挣脱了缰绳，跑到百步之外白马大侠的尸体跟前，仰起脖子一声嘶鸣，只见四周的树木纷纷

  一个微笑可以融化沉重的脸，一句安慰可以鼓舞丧气的心田，一点帮助可以减轻人生重担，一次分享可以激励奋发向前，愿我的信息可以温暖你的疲惫！ 江苏　殷晓峰（0621）

落叶，那嘶鸣声让在场所有的人都心寒腿软。白马如同醉酒者一般，摇摇晃晃地围着大侠的尸体转圈，谁也拉它不走。

红脸天王哪里肯依，就想上去驯服白马，谁知那白马一抖身子，把红脸天王甩出好远，然后扬起四蹄绝尘而去，无论红脸汉子在后面怎么吆喝，都不回头。

眼看那白马就要在远处消失得无影无踪了，站在一旁的店家老汉突然把两个指头放在嘴里，打了一声尖厉的呼哨，就见那白马立刻就在远处停住了，直直地竖起耳朵听着，老汉又打了一声呼哨，那白马仰天长嘶了一声，竟晃着尾巴跑回来了。

白马径直跑到老汉跟前，屈下身子，老汉"噌"的一下翻身跨上马背，连声大叫："好马！好马！真是千载难遇的好马！"一边啧啧地夸，一边就打马向前跑了开去。那白马奋蹄扬鬃，如踏云雾，眨眼之间身后只留下一片纷纷扬扬的尘土，众人这才真叫开了眼。

此刻，红脸天王叫苦不迭，哭丧着脸正想辙要把白马弄回来，却见天边荡起一片尘土。

不一会儿，老汉就策马到了跟前。红脸天王要去牵白马，老汉眼一瞪："且慢！若让你把马牵了去，天理何在？"

红脸天王脖子一挺，说"我断臂换此马，这马理当我牵！"

老汉回答更振振有词："你断臂，壮士却断了性命，论爱马你不如壮士他；白马弃你而去，你不知如何唤回，论御马你不如老汉我。这宝马如何就归了你？"

红脸天王顿时傻了眼："那依你说，当如何？"

老汉道"三十年前，我不惜舍去王侯之位，隐姓埋名专攻驯马技艺，遍寻绝世好马，直到如今鬓发如雪，才寻得这匹宝马。昨日一见此马，我便决定取之，我故意不留大侠住店，乃是欲擒故纵，后来报信与你，无非是再看你的深浅，却原来你等皆不该拥有此马。老汉我本欲今日取之以慰平生，可眼见诸位英雄皆为马所累而忘了根本，方明白天下宝物皆误人矣，不如无宝，不如无宝啊！"说完，老汉一把夺过红脸天王腰中的宝剑，直向白马劈去，只见那白马长嘶了一声，顿时就身首分了家。

眼看着绝世宝马顷刻之间倒在了地上，围观者大怒，都跳起来要向老汉兴师问罪。老汉跳开数步道："罢罢罢，不劳诸位动手！我寻马误了一生，今番才如梦初醒，韶华不再，死又何妨？"说罢他扬剑自刎，扑身倒地。

脚下的黄土，顿时发出轰然的绝响……

（题图：黄全昌）

得失之间

有位七十岁的老先生，携一幅祖传名画参加电视台组织的鉴宝活动。他对主持人说，父亲告诉他，这幅画可能值数百万，所以他总是战战兢兢地收藏着，由于自己不懂艺术，这次有这么好的机会，他想拿来请专家作个鉴定。

专家鉴定结果很快就出来了，非常肯定地认为，这幅画是赝品。

主持人问老先生："这个鉴定结果，一定会让您很失落吧？"

老先生憨厚地笑了，说"这样也好啊，至少以后不会再担心有人来偷这幅画，我就可以放心地把它挂在客厅里了。"

有时侯，失去可以比拥有更轻松。

（推荐者：郑炳焕）

聪明的馈赠

甲中了百万大奖，兄弟姐妹都来祝贺，言语当中都有想借钱干这干那的意思。甲夫妻俩都是大方的人，便作出了馈赠双方所有兄弟姐妹每人5万元的决定，这一来兄弟姐妹皆大欢喜。但由于人多，一赠就赠去了六十多万元，夫妻俩用剩下的钱再买一套商品房就所剩无几了，没多久，甲夫妻俩就只好再靠出去打工来维持生计。

乙也中了百万大奖，兄弟姐妹也来祝贺，也想借几个钱用用。乙夫妻俩双方的兄弟姐妹更多，如果也是一人送几万的话，剩下的钱连买半套房都甭想，可不向兄弟姐妹表示表示，乙夫妻俩心里又觉得说不过去。思前想后，他们就用中奖的钱开了一个超市，送双方兄弟姐妹每人5万元的股份，让他们成为超市的股东，只要超市不倒，大家还可以参加年终分红。

后来的事实证明，这样的馈赠既滋润了大家庭的友爱亲情，又能集中大笔资金办大事，更绝的是，超市的经营状况直接影响到兄弟姐妹每个股东的年终分红，因而大家都想方设法要为超市发展做贡献。没几年工夫，超市的规模就翻了番，还开出了三家新超市，总资产逾千万，众多兄弟姐妹，个个腰缠万贯。

面对棘手的问题，有时换一种思维方式，可以收到意想不到的效果。

（作者：肖小平；推荐者：吕学帅）

亲了亲女儿，这才一脚跨出门去。

看着朋友急匆匆一路远去的背影，拉里的眼睛潮湿了，他走到孩子身边，问："你每天都要在爸爸出门的时候，朝他手里吹一口气吗？"孩子点点头说："是的！妈妈告诉过我，只要每天在爸爸的手里吹一口气，就可以温暖爸爸一整天。"

望着孩子灿烂的笑脸，拉里突然明白自己的担忧是多么可笑。他相信，他的朋友一定会重新站起来，因为他有支撑的力量，那就是：牵挂！

（作者：沈岳明；推荐者：马洪岩）

牵挂的力量

拉里有个朋友，最近妻子忧郁成疾，丢下一个不满六岁的女儿，一个人去了天堂，拉里很为朋友今后的生活担忧，这天特地赶了很远的路去看他。

刚走近朋友家门口，拉里就见他朋友背着一个包正要出门，拉里想起朋友在电话里曾对他说起过下班后还去做推销挣钱的事，不由长叹了口气。拉里正要上去和朋友打招呼，忽然看到朋友的女儿将父亲的双手放在自己嘴边，轻轻地吹了口气，说："爸爸，女儿的这口气会保佑您平安的！您一定要早点回来，女儿在家等着您呢！"只见朋友满脸绽开着笑容，他

苹果怎样分可以得满分

农民工子弟学校一年级数学期中考试，老师出了这样一道题：假如你家里有5口人，爷爷买来10个苹果，每个人能分到几个苹果？题目很简单，但试卷收上来后老师才发现，由于打字员疏忽，把试题中"10个苹果"的"10"打成了"1"。于是这道题变成了：假如你家里有5口人，买来1个苹果，每个人能分到几个苹果？学生们把这道题理解为是老师故意出的趣味题，所以答题的兴致反而很高，答案也五花八门。老师一面阅卷一面

考虑：这道题怎么给分呢？

阅着阅着，老师的目光在一份考卷上停住了。这个学生的答案是这样的：每个人能分到一个苹果。并且，他还在答题旁边画了一个大苹果和五张乐哈哈的面孔。老师觉得很奇怪，就把这个学生找来。学生告诉老师："假如爷爷买来一个苹果，他一定不会吃，因为他会留给生病的奶奶；奶奶也不会吃，她准会把苹果留给她最疼爱的小孙女吃，这个小孙女就是我呀！可我也不会吃掉这个苹果，因为我已经懂事啦，我要把它留给在街上卖报的妈妈吃，妈妈每天在太阳下晒着，太辛苦了；不过我知道，妈妈也舍不得吃它，她一定会把这个苹果留给爸爸，因为爸爸每天都在工地上干很累很累的活，却从来没有吃过苹果。所以，这个苹果最后还是留在家里，我们每个人都可以吃它呀！"

老师听着流泪了，给这道题打上了满分。　　（推荐者：武俊浩）

无价之宝

闹饥荒那年，有个富人把20个穷孩子请到自己家里，对他们说"你们每人可以从这篮子里拿走一只面包，并且以后每天这个时候都可以来拿，一直到灾难结束为止。"

饿极了的孩子们立刻抓住篮子你

愿短信是一支玫瑰，为你带去芬芳；愿短信是一粒红豆，给你带去思念；愿短信是一首诗，带去我的祝福；愿短信是一缕阳光，送给你温暖。　天津　孙运平（0623）

争我夺起来，都想抢最大的面包，而且抢到手之后也没有向主人道声"谢"就走了。唯有女孩费朗西丝一直静静地站在一边，等别人都挑完了，才过去拿起剩下的最小的那只面包，然后恭恭敬敬地向主人道了谢，这才回家。

第二天，孩子们依然还是那副饿狼捕食的样子，可怜的费朗西丝这次拿到的面包竟还没有别人的一半大，可是当她把面包拿回家，母亲把它切开来的时候，却从面包里掉出许多白花花的新银币。

母亲很纳闷："面包里怎么会有钱呢？不管怎么说，我们得马上把钱送回去。"费朗西丝听母亲的话，把钱送了回去。谁知那富人却慈爱地抚着费朗西丝的头说："我的孩子，请记住，肯把好东西让给别人的人，上帝一定赐福给她！"

（编译者：崔鹤同；**推荐者**：莫 磊）

富人和穷人一起到牧师面前诉说自己的苦恼。

富人说"尊敬的牧师，我的钱多得几辈子都用不完，我给我的儿子请了最好的老师，专门到家里来教育他，我唯一的希望就是儿子能够继承我的事业。可想不到二十多年过去了，他现在却害怕面对这个世界，甚至不敢走出自己的书房……"

穷人说："尊敬的牧师，我是一个穷人，一辈子靠捕鱼为生。因为贫穷，我没钱送我的儿子去学校读书，心里十分内疚，所以每次出去捕鱼，我都让我的儿子坐在船舱里，想趁我自己还有力气的时候，让儿子好好休息休息，以后再把船交给他不迟。现在二十多年过去了，我想歇歇了，可他竟然连渔网都不会撒……"

牧师还来不及开口，富人和穷人就互相嘲笑起来。富人笑穷人："你儿子天天跟着你去捕鱼，怎么连渔网都不会撒？难道还锻炼得不够？"穷人也嘲笑富人："你有钱给儿子请最好的老师，让他在家里就可以上学，难道对他的教育还不够好吗？"

牧师笑着打断他们的话说："难道你们还不能彼此从对方的苦恼中明白点什么吗？孩子不怕父母贫穷或者富有，怕的是父母溺爱的心！"

（编译者：沈 湘；**推荐者**：宏 言）

（**本栏插图**：佐 夫）

学写作文，可以从读故事开始

帮老婆看店

□ 赵　凤

这天，老婆要去附近服装城进货，就叫丈夫高智看会儿店。高智平时做事有点木讷，老婆不放心，可是又舍不得店里关门停生意，所以临走前千关照万关照，万一有顾客来买衣服，就按牌价收钱，千万别搞乱了。

老婆走后不久，店里来了一个胖胖的中年女人，在店堂里转了一圈，指着角落里放着的一堆粉色无领衫问："这卖多少钱一件？"

高智一看愣住了：这是老婆昨晚才进来的货，来不及上牌价，而且刚才走得急，怎么卖她也没交代。可高智不好意思说他不知道，眼一瞥，看到旁边有一件有领子的长袖衬衫标价60元，他想：有领子的卖60元，那没领子又少袖子的，总该便宜点才对。于是回答说："50元。"

胖女人眼一瞪："这种无领衫要卖这么贵？30元卖不卖？"

"30元？"高智想想领子袖子都没了，这衣服不就只剩了一半么？"好吧，30元就30元。"

胖女人付了钱，拿着无领衫喜滋滋地走了，可是不到半个时辰又折了回来，后面还"唧唧喳喳"跟着一帮女人，进门就说："老板，你把那些无领衫统统拿出来，老娘们给你全包了，你就等着向你老婆领赏吧！"女人们边说边就嘻嘻哈哈地自己动起手来，只一眨眼的工夫，角落里堆着的无领衫就扫了个精光，她们付了钱，心满意足地走了。

店堂里才安静下来一会儿，高智老婆进货回来了，高智得意地对老婆

朋友，就算我穷得没有一粒米，我的世界至少还有你；就算我富得钱当纸，我的世界还是少不了你；就算我的手机只有一毛钱，最后一条短信也要发给你！　四川　殷铭（0624）

说："你昨天才进的无领衫，我今天就帮你全卖光啦！"

"什么？"老婆急着问："你卖多少钱一件？"

"30元。"

老婆一听，"哧溜"一声坐在地上，呼天抢地地哭喊起来："你这个天杀的啊，我一件无领衫进价就得60元，你却一半的价给卖了，我这是亏死了啊！"

左邻右舍听到高智老婆的哭声都跑来看热闹，高智老婆忽地从地上爬起来，拉起高智就要走。

高智慌了："你干啥去？"

老婆说："找她们补钱去！"老婆在这条街上开了好几年的店，听高智一说那胖女人啥模样，就知道是哪伙人了。

可胖女人才不会轻易买账哩，理直气壮地冲高智老婆说："卖出的货就像泼出的水，哪有再补钱的道理？"

高智老婆不罢休，拉着高智敲开沿街一家家的门，要那些女人补钱，可忙了大半天，不但一分钱没讨回来，反而是高智卖无领衫的事被当作笑话传得更开。

按说高智老婆吃一亏长一智，以后去进货的时候就不会再让高智看店了吧？可是不，高智帮老婆看店的次数更多了！这一来，往往是高智老婆前脚刚走，那帮女人后脚就蜂拥而入——她们平时就相中了自己喜欢的衣服，故意趁高智老婆不在，狠着劲儿从高智那里把价"杀"下来。所以每次高智老婆回来，店堂里总能传出一阵她数落高智的声音，而这时候，那帮买过衣服的女人心里就特别开心。

可她们哪里知道，每天晚上高智老婆和高智关起店门，在家中"哗哗哗"数钱的时候，高智老婆的眼睛就笑得眯成了缝。

高智冲老婆说："你呀，应该去当演员。"

老婆朝他一撇嘴："你啥意思？"

"啥意思？就说那无领衫，你进价一件才多少钱？"

"你说多少钱？"

"嘿嘿，你以为我不知道？我就知道你是拉着我在做不花钱的广告。你以为我真那么弱智？要我说呀，那些买东西的女人，才真正弱智呢！"

(题图：史 琦)

上钩的鱼儿

□王学良

山本是个心理医生。这天，他的私人诊所里来了一个穿戴很体面的男人，山本热情地招呼他："先生，我乐意为您效劳！"

男人脸上没有任何反应，只是冷漠地反问了一句："我能相信你吗？"

根据以往的经验，山本猜测这个男人心中一定是被什么恼人的事情纠缠着，于是便尽量用温和的口气对他说："怎么对您说好呢，我希望您能明白，我的职责只是通过心理治疗，让一些心灵上备受痛苦的人回到正常的状态中来。"

男人踌躇了一会儿，试探着问："如果你的病人是个罪犯，你会把他送到警察局去吗？"

"废话！"山本大声说，"我的病人有绝对的隐私权，在这里，他只是一个患有心理障碍的普通病人，仅此而已。好了，先生，现在您可以放心地对我说说您心里的痛苦了。"

山本话音刚落，男人立刻变得轻松起来，他长长地舒了口气，接着便一五一十把自己的事情说了出来。

这男人叫光田，是个银行经理。不久前的一个晚上，他开车和朋友彼得出去，回来的路上由于车速太快，撞倒了一个人。光田本想下车看看，彼得说反正天黑没人看见，还是快跑吧，光田一想也是，就听了彼得的话。可谁知从此以后，彼得就常常借故向光田借钱，开口就是五万十万的，如果光田不给或是晚给了一点，彼得就以要告发撞车事件来威吓他，前几天，彼得索性一开口就要200万，说是一次性把事情做个了结。光田清楚，彼得绝不会就这么善罢甘休的，可不答应吧，又怕他把事情说出去，迫于无奈，只好把他杀了。

光田对山本说："医生，我从来没有被整得这么糟糕过，自从杀了彼得之后，那家伙的灵魂就老是来纠缠我，晚上我只要一闭上眼睛，就会看到他挥舞着拳头来恐吓我，再这样下去，我肯定会疯掉。拜托了，医生，请你无论如何把我从这种痛苦中解救出来吧！"光田一面说，一面双手拼命按着胸口，全身不住地颤抖。

看到光田这么痛苦的样子，山本心里却禁不住暗暗叫好。其实山本是个惯用病人的隐私来为自己敛财的家伙，他一听说光田是银行经理，如今杀人犯下了案子，就知道这种人是最好摆布的了，得好好把这个有钱又有把柄的客户留住，赚他一笔钱出来。

山本喝了口水，故作轻松地安慰光田说："先生，我很理解您不能做正常人的痛苦，但事情还不至于那么糟糕，请您冷静点儿，犯不着为您朋友彼得那样的混蛋而自责，以我的眼光看来，您的行为其实很勇敢……"

"勇敢？"光田惊愕地问，"难道你认为我该杀他么？"

"如果换成我，可能也会这么做，真的。"山本说，"站在常人的角度，我和您一样，对彼得的行为深恶痛绝，彼得应该要为他可恶的行为付出代价，也许死亡是他最好的归宿。"

"真的？"光田像个孩子似的天真地问道，脸上的表情已经比刚才开

朗了许多。

山本点了点头"所以从今天开始，您再也不需要有任何罪孽感，您应该振作起来，开始崭新的生活，忘掉那些不堪回首的事情。请相信我，我会帮助您渡过这一关的！"说完，他领着光田走进了他的心理治疗室。

从这以后，光田就经常到山本的诊所来。在山本的治疗下，光田的精神状态恢复得极快，当然，山本也从光田那里得到了大把大把的钞票。

这天，山本正在琢磨该如何继续从光田身上赚得更多的钱币，突然光田匆匆跑来找他，脸色很差，精神也不好，进门就对山本说："医生，我又遇到难缠的事儿了。"

山本一愣："什么事？"

光田说："又是敲诈。"光田告诉山本，光田原先并不知道，其实在杀死彼得的同时，没想到彼得其实还逮到机会敲诈了另外一个叫小山的人，彼得让自己送去200万的时候，小山也给彼得送钱来，是光田先到，所以光田干掉彼得的情景就完全落到了小山的眼里。小山现在就趁机敲诈起光田来，要光田今晚一次性把500万送到指定的地方，否则就把他干掉彼得的事告发到警局去。光田苦恼而又无助地朝山本两手一摊"唉，我怎么这么倒霉哪！"

山本问他："您知道小山是怎样

一个人吗？"

光田摇摇头："不知道。"

山本神情严肃地说："被人勒索确实是一件棘手的事情，不过在没有弄清楚对方的身份之前，您最好不要轻举妄动。我看，您还不如先把钱给了他再说。"

"你说什么？"光田愤怒得浑身直打颤，"我绝不能这么便宜了他！"

"那您怎么办？"山本不由提高了嗓门，"难道您再把他也杀了？"

光田一听"杀"字，浑身就像被抽去了骨架，立刻瘫软在沙发上。

山本看了他一眼，缓和了一下口气，说："根据我个人的分析，敲诈者

一般有两种，一种是像彼得那样永远会纠缠下去的，另一种是达到目的见好就收的。毕竟两种都是犯法，所以现在你还是等一等的好，如果他是属于后一种，那就权当您500万买个断，总比被抓到警局去的好。"

光田一面听着，一面嘴里喃喃自语着："看来也只有这么办了。"

看着光田失望地走出诊所的背影，山本又在背后叫住了他："这样吧，我给您出个主意。您在给他钱的时候，再给他一个警告，您可以在放钱的袋子里放一把刀，他若是肯收手的话，应该会明白钱上放刀的意思。"

光田想了想，点了点头。

当晚，按照约定的时间，光田把钱送到了指定的地方，然后迅速离开。大约过了一个小时以后，就有一个黑影摸了过来，拎起一整袋的钱，晃晃放在钱上面的那把刀，忘形地笑了。可就在这时，"晚上好，山本医生！"一声问候从背后传来，吓得那黑影差点跌倒在地上。不错，黑影人确实是山本医生，喊话的竟是光田。

没等山本从惊愕中清醒过来，光田就开口说："你也太狠了吧，一开口就是500万。"山本一脸迷茫："你怎么知道是我？"

"哈……"光田笑了，"为了让你上钩，我足足花费了两个月的时间。"

山本摸着脑袋，不明白光田这是什么意思。

轻轻地，我的短信来了，钻进你的手机，钻进你的世界；慢慢地，你睁开眼，看到我的关怀，看到我的祝福；悄悄地，你笑了，笑得那么甜，天天笑哦！　1358***7736（0626）

光田说："你还不明白吗？这只是个圈套。"

山本神色大变："圈套？难道你说的所有的事情都是假的？"

"哈哈哈！"光田大笑起来，"是真是假你以后自然会明白。可是山本医生，你也未免太粗心了吧，你不看看你手里的这把刀和这个钱袋？"

借着月色，山本低头仔细一看，这才发现自己手上握着的这把刀上沾满了鲜血，再扒开铺在钱袋上面的钱，下面居然是一颗血淋淋的人头。山本不禁失声尖叫起来："这……这就是被你干掉的彼得？"

光田"嘿嘿"冷笑一声："你很聪明，对，他就是彼得，我让他多活了些日子，把死期延迟到了今天。"

"你想怎么样？"山本显得有点惊慌。

光田说："现在这刀和钱袋上都有了你的指纹，刚才我又给你拍了照，只要把这些证据交到警察局，那么明天全市的人都会知道你山本医生是个杀人凶手……"

山本感觉自己掉进了一个冰窟窿里，他挣扎着问："告诉我，你的目的究竟是什么？"

光田冷冷地说："彼得几乎让我变成了穷光蛋，现在我身上除了一只照相机和一把手枪，什么也没有了。你可以借我500万吗？你放心，我不是无赖，我不是靠敲诈过日子的人，你我的交易是一次性的，因为你说过，第二种敲诈者达到目的见好就收，我心里非常清楚，毕竟敲诈是犯法的。"

山本一听，彻底瘫倒在了地上……

(本篇月月评短信代码：AA063)

(题图、插图：安玉民)

保姆和保安

□ 杨 维

杨子应聘到一个老板家里当保安，职介所的小姐领他去面试。

老板不在家，家里只有一个二十出头的女孩，正在拖地板。女孩上上下下仔细打量了杨子一番，看过他的材料，又问了许多问题，之后便对职介所小姐说："行，把他留下，先试用一个月。"

小姐走了，杨子问女孩"你叫什么名字？这家的主人呢？"

女孩说："我叫王薇薇，是这里的保姆。以后你叫我小薇吧！主人生病住院去了，现在这里归我管。"

当晚，杨子就留下来开始守夜。他觉得这家人真奇怪：这里的门窗都做得很坚固，窃贼轻易是进不来的，用得着专门雇个人守着？就算要守，怎么就不可以睡觉呢？睡在厅里，等听到有什么动静时再起来也不迟啊！

守到第二天凌晨两三点钟的时候，杨子的两个眼皮直打架，厅里有沙发，杨子真想躺到沙发上去美美地睡上一觉，反正主人不在家，小薇也在保姆房里睡觉，不会知道，怕什么？可他正要躺下去，一想又觉得不对：既然人家花了钱雇你，你就该按人家的要求去做，你在这里偷懒睡觉，对得住人家给你的那份工钱吗？对得住自己的良心吗？这么一想，杨子就打消了想睡的念头。为了抵抗睡意，他就在客厅里来来回回不停地走动，一直坚持到天亮……

  山与山之间，云是距离；树与树之间，风是距离；人与人之间，心是距离；你与我之间，没有距离。因为梦你、想你、爱你，尽在我心里！ 四川 刘勤（0627）

过了一个月。这天守完夜，杨子正准备回家睡觉，出门的时候，小薇交给他一个封了口的厚厚的牛皮纸信封，说让他小心拿着，因为里面装着一万元钱，小薇让他送到某某街某某号，交给某某人。杨子问清楚了地址，接过信封就去了。

一路上，他越想越觉得奇怪：这家人是有钱，可那么多钱就放心让一个小保姆管着？小薇胆子也忒大了，就敢让我一个人去送？不怕我拿着这一万元钱跑了？杨子按小薇的吩咐找到那条街，挨个数过去，却怎么也找不到那个号，就更别说交给那个人了，他只好转回来，把信封交还给小薇。小薇点点头说："哦，也许是老板说错了，下次我去医院时再问，我自己去送。"

又过了一个月。这一个月里，小薇几乎天天在医院里伺候老板，小薇告诉杨子，老板的情况很不好，果然没多久，老板在医院里死了。杨子帮着小薇料理老板的丧事，越发觉得这家人奇怪了，简直无法理解：老板在医院里躺了那么久，就从没见他儿女来看过，现在死了，他们居然也连面都不露一下。这算怎么回事呢？就算以前有天大的怨恨，到现在这种时候也该了结了吧？再说了，老爷子留下那么多钱，还有这套房子，他们也不要？

杨子忍不住问小薇，小薇叹了口气，说："老板有个儿子在国外，可是已经好多年没有音讯了，这段时间怎么想办法联系也联系不上。我想过了，我暂时就帮老板看这个家，只要他儿子回来，我就走。"

"那……记得有一次你曾经给我说起过，好像老板还有一个女儿？"

小薇笑一笑，说："我就是他女儿呀！"

"你？"杨子惊呆了，"你不是他家的保姆吗？"

"没错，我是来这里做保姆的，做了很多年，后来老人喜欢我，加上我是个孤儿，他身边没有儿女，就认我做他女儿了。"

"原来如此！"杨子点点头，"这么说，你现在是这里的主人了？那老板走了，你还用不用我这个保安？"

"这要看你的意思了。"小薇的脸上飞起一片红晕，"喜欢，你就留下；不喜欢，就走呗！"

杨子想了想，问小薇："在我之前，有没有人来这里当过保安？"

小薇说"当然有，老板知道自己身体不好，就特地想了几招，要挑一个靠得住的保安，帮帮我。这里前前后后来过七个，不过都被辞退了。四个是因为守夜时睡觉，他们以为我不会知道，其实客厅里装了闭路电视探头，厅里发生的一切都有录像；两个是因为挺不规矩的，见家里没人，就

江西读者徐国庆：我非常喜欢"3分钟典藏故事"，经常把里面的作品讲给我读中学的孙子听，他听得是有滋有味，还把它们用在作文和演讲比赛中，弄得老师一直夸他。不过，有句话我憋得很久了，不知该说不该说，就是：这里面的有些作品我在其他地方也看到过，这算不算是抄袭呀？

绿版编辑部：感谢您对我们编刊工作的关心、鼓励和支持！您在信中提及的问题，我们平时也接到过不少有关的询问电话和来信。近几年，本刊陆续开出"3分钟典藏故事"、"情节聚焦"、"点击网络故事"等受不少读者欢迎的推荐性栏目，目的就是用故事化的手段引进其他文学样式中的精彩内容，以进一步扩大《故事会》读者的阅读视野。这不能算是抄袭。当然，为尊重原作者的权益，我们希望推荐者尽可能提供原作者的姓名。

上海读者刘志忠：今年我订了几本杂志，也经常上网，看到不少让人捧腹的笑话，请问，能不能摘录一点推荐给你们？

绿版编辑部：最近，确有一部分读者从其他报刊甚至从网上直接下载笑话，然后就转发给我们，应该说，这些读者的出发点是可以理解的，因为，这对相当部分没有上网条件和平时阅读面相对较小的读者来说，可以起到一个资源共享的作用，但这个做法编辑部不提倡，我们要求这个栏目的稿件尽可能是原创性作品，或演绎性作品，比如翻译或编译一类。

想占我的便宜，被我赶走了；一个都差不多要做满月了，可他拿着我给的牛皮纸信封出去以后，就再没有回来……"

杨子一听叫了起来："那里面一万块钱不就……"

小薇"呵呵"笑着直摇头："其实里面只有一千元钱，只当是我结清工钱让他走路了！"

杨子大惑不解，小薇朝他眨眨眼，说，"这是老板教我的。我刚来这里当保姆的时候，他也让我去送一个这样的信封……"

哲学先生评曰：这则故事写得朴实无华，但其中的道理却不能等闲视之，它渗透着一个基本的生存思想：诚信。中国有一句老话，叫做"诚信为本"，在我看来，这个"本"，可视为做人的成本。其实每个人在开始时都有一定的诚信积累，在生活中，需要你不断地持续地投入，你投入的可能是资金，也可能是体能，甚至是你的痛苦，于是，你在一天天积累着你的诚信。但你也可能在挥霍，用上苍给你的一点本钱换取享乐，换取金钱，于是，你的诚信就在一天天"摊薄"。总有一天，以上的两种人生态度会有所回报的，而这就是所谓的收益。明乎此，在实际行为中采取何种态度，也就不言而喻的了。　　　　　（题图：刘斌昆）

 看不到你，我才知道夜的黑暗；拉不到你的手，我才感觉到世界的寒冷；听不见你的声音，我才知道什么叫寂寞；等待你短信的心情，我才知道什么叫相思！　贵州　赵力佳（0628）

棋高一着

□ 裴文兵

明朝末年，弋江古镇出了两位象棋高手，他们是一对兄弟，老大人称"活棋圣"，老二人称"棋胜天"。兄弟俩仗着自己一手高超的棋艺，傲气十足地开了家棋院，规定逢棋必赌，不赌免弈。他们专吃这"棋"饭，几年来从没在棋场上失过手，"杀"败了无数慕名而来的各地棋手，更从这些人身上赚取了大笔银两。

这天下午，兄弟俩正在花厅里和一帮当地的绅士喝茶聊天，忽然一棋童进来禀报："两位老爷，门口有位小姐求见，说是要找老爷下棋。"

活棋圣一听是位女子，挥挥手说："你赶快打发她走，就说这儿不教棋。"

棋童领命而去，可是不一会儿又折了回来，说："老爷，那位小姐不肯走，她说她就是专门来棋院与老爷赌棋的，还说请老爷不要坏了自己立下的规矩。"

活棋圣一听乐了：这小娘们居然还知道棋院有规矩？于是就让棋童把她带了进来。

小姑娘看上去只有十五六岁的样子，活棋圣自然不会把她放在眼里，所以出口很轻慢："你……叫个啥名？"

小姑娘朗声答道："本姑娘姓陈，家住宣州府，自幼就跟着爹娘学棋，

还一直没遇到过对手，听说两位院主的棋下得不错，今日特来会会。"

小姑娘的这副模样，把活棋圣和棋胜天气得够呛：这是哪家的黄毛丫头，居然这么不知天高地厚？活棋圣气哼哼地说"到这儿来赌棋，须得五两银子起注，你有吗？"

小姑娘眉眼一挑"当然有，我今天带了五十两银子哩！"她边说边就晃了晃手里的一张银票。

活棋圣心想：我棋院开到现在，倒还真没碰到过这样的对手，今天非得给小姑娘点厉害尝尝。于是，他吩咐棋童立刻打开棋室的门，让小姑娘入席，又对棋胜天说："你陪各位仁兄喝会儿茶，我去会会这丫头！"说完，就要朝棋室走。

谁知小姑娘朝他喊了一声："慢，我刚才说了，我今天是来会两位高手的！"

活棋圣哑然失笑："怎么？你一个黄毛丫头想同时下我们俩？"

小姑娘说："那当然！不过你们俩不能互相商量，所以得一人一个棋室和我下。"

"一人一个棋室？那你呢？"

"我当然是两个棋室来回跑啊！"

棋胜天一听，脸红脖子粗地吼道："你这个不知天高地厚的黄毛丫头，你以为你是谁啊！"

小姑娘却轻轻一乐"怎么，两位院主不敢了？"

活棋圣冷笑道："我们有什么不敢的！只是你这样胡闹，以后传出去了，不知内情的人还以为是我们两人联合起来欺负你一个呢！"

小姑娘笑了，摇摇头道："哪能呢，是我自己愿意这么赌的嘛！"

话说到这个份上，小姑娘愿意把银子送上门，那又何乐而不为呢？活棋圣和棋胜天于是便分头进入棋室，活棋圣还吩咐棋童说："去，温儿壶酒，待会儿我请客！"与这种黄毛丫头对弈，活棋圣胜券在握。

活棋圣进棋室后执红先行，棋胜天进另一个棋室后执黑后走，小姑娘呢，就来往穿梭于两个棋室之间，左右开弓，轮番下子儿。就这么下着下着，没多久，一个棋室里的活棋圣托起了下巴，另一个棋室里的棋胜天瞪圆了眼睛，而小姑娘却是一副轻轻松松的样子。

棋越下越慢，酒温了又温。花厅里，一帮绅士们等急了："怎么还没下完？"

就有人走到棋室门口去观望，发现活棋圣和棋胜天汗流满面，窘迫不已，而小姑娘却是一副轻松自在的样子，他们傻眼了："难道两个高手今天遇上克星了？"

酒热到第二十二回时，只见活棋圣脸色苍白地从棋室里出来，勉强冲大家笑了笑，说："让各位久等了，

隔山离水不隔心，友情不管远和近；好花真想季季开，朋友真想天天在；只能机上传信息，不能天天见到你；但愿幸福永跟你，我在这里祝福你！1386***8703（0629）

我……我赢……"话音未落,"扑通"一声栽倒在地。原来他虽然赢了棋,却耗尽了神,费尽了力。

小姑娘一言不发,转身跑进另一个棋室。只一会儿的工夫,就一蹦一跳地从棋室里出来,后面跟着出来的棋胜天却是一副垂头丧气的样子。

栽倒在地的活棋圣一见棋胜天就着急地问:"结果如何?"

棋胜天叹了口气,声音小得像蚊子:"唉,输了。"

"输了?"活棋圣吼起来,"你怎么会输了呢?"

这时候,小姑娘冲众人一抱拳,笑吟吟地说:"今天大家都看见了,两位高手的棋果然下得不赖,一胜一负,竟然能与我打个平手,输赢相抵,两不相欠,本姑娘告辞了!"说完,一步蹦出棋院。门外,一辆马车载着小姑娘疾驰而去……

活棋圣和棋胜天尴尬得恨不能马上找个地缝钻进去:从不失手的兄弟俩今天跟斗栽大了,居然被一个乳臭未干的黄毛丫头杀了个平手,人家小丫头还是一人下俩哩!再说了,活棋圣虽说是赢,可赢棋时那如灰的面色,能与小姑娘轻松自若的神情相比吗?难道还有脸说,这也是打了"平手"?

一帮人见状,纷纷摇头,那摇头的意思很明显:原来,高手的棋艺不过如此啊!

众人离开后,活棋圣把棋胜天骂了个狗血喷头。末了,两人越想越不对劲,就到棋室复盘。

复着复着,发现他们分别与小姑娘下的那两盘棋,其实只是一个棋局:小姑娘只不过是利用老大之"矛"在攻老二之"盾"而已。活棋圣长叹一声:"我们被这丫头当猴耍了!"

活棋圣说得一点没错,小姑娘确实是有备而来的。

小姑娘是宣州人氏,其父姓陈,陈父是做布匹生意的,也迷下棋,并且好结圈中高手,三个月前来弋江古

2006年《中国最有影响力的故事》征文启事

五大奖励措施　稿酬外追加千字千元奖金

为鼓励多出优秀作品,《故事会》杂志社决定继续举办2006年《中国最有影响力的故事》征文大赛,并对优秀作品实行5大奖励措施:

1. 入选作品除在杂志上发表外,还将收入《〈故事会〉中国最有影响力的典藏故事》(2006年版)一书。2. 入选作品可得两笔稿酬:在《故事会》杂志发表的作品,首次稿酬每千字400元,选入书后再追加每千字1000元。3. 入选作品均颁发奖励证书。4. 本刊将委托有关专家对入选作品进行精彩点评。5. 本刊将邀请有关作者参加5月在上海举办的第十一期"故事创作研讨班"、10月在外地风景区举办的优秀作品改稿会以及年底的颁奖大会,所有费用均由我社承担。

征稿范围:具有现实感、新鲜感且可读性强的中短篇原创作品。超短篇(如幽默故事)的字数一般在1500字以内,短篇(如中国新传说)的字数一般在5000字以内,中篇故事的字数一般在15000字以内。

来稿方法:1. 从邮局寄发,请在信封上注明"征文大赛"字样,本刊地址:上海市绍兴路74号《故事会》杂志社,邮编:200020。2. 从网上传递,可发以下信箱:wulun@vip.sohu.net,请在主题上注明"征文大赛"字样。来稿也可直接发至各责任编辑的电子信箱,本期责任编辑的信箱是:baofang@vip.sohu.net。

镇采购布匹时,打算顺道与两位仰慕已久的棋界高手切磋棋艺,交个朋友,没想却被棋院"不赌免弈"的规矩碰了个壁。为了过把瘾,陈父就硬着头皮把原本准备采购布匹的一百两银子,五两一盘五两一盘地和活棋圣和棋胜天赌起棋来,兄弟俩一看来了个大主顾,就使出浑身解数轮番上阵,结果连赢陈父二十盘,把陈父用来采购布匹的银两赢了个一干二净,末了两人还把陈父大大嘲讽了一番,陈父又羞又气,回到家里就病倒了。

弄清了事情的原委后,人小志大的小姑娘便暗暗发誓,一定要替父亲出这口气。她虽说从小就跟着母亲琴棋书画无所不习,但要论起棋艺来,肯定远远不是这两个棋界霸王的对手。怎样才能做到棋高一着呢?

小姑娘想了一夜,第二天当机立断坐上马车直奔弋江古镇,就用一人先后对俩的招数,让蒙在鼓里的兄弟俩互相"厮杀"……下完棋回家,小姑娘把经过给父亲一说,父亲的病当场就好了。

活棋圣和棋胜天呢,这一回知道自己脸面丢大了,从今后再也无颜继续开棋院,只好关门改做生意去了。

(题图、插图:蔡解强)

碧血姐妹花

□ 龙新霖

女人，除了美丽，除了善良，除了温顺，除了眼泪，还有勇敢，还有不屈，还有智慧，还有坚强……这是一个真正认识女人的故事！

1. 两兄弟娶两姐妹

1937年初春的一天，肖家镇肖家祠堂前的广场上灯火通明，人头攒动，县师范学校的抗日宣传演出活动在这里拉开了帷幕。戏台前的贵宾席上，坐着肖家镇镇长肖何和他的两个儿子肖政坤和肖政德，兄弟俩原本在省城念大学，日本人占领省城后学校西迁了，兄弟俩就多次对肖何嚷嚷着要去当兵抗日，可肖何不答应，两个年轻人就只好闷在家里。

此时演出已进行了一个多小时，最后一个节目是新编歌舞"抗日进行曲"，只见戏台上帷幕徐徐拉开，一个身穿白色长裙的姑娘怀抱古琴端坐在台上，随着她纤纤玉指的拨动，高亢的旋律立即在全场激荡开来，随后数十名身着戎装的同学作舞刀骑马状出场，飒爽的舞姿，激昂的歌声，使台下的观众们心潮澎湃，群情激愤。

肖家兄弟俩也激动得热血奔涌，演出一结束，他们就不约而同地对父亲说："爹，您就让我们去当兵吧，我们要杀敌报国！"

肖何两眼一瞪："瞎胡闹！我对你们说过多少次了，这事儿我绝不同意！"

"为什么？"二少爷肖政德急了，

"爹，您平时不是常常教育我们说'国家兴亡，匹夫有责'吗？如今日本鬼子占了我大半个中国，杀我同胞，奸我姐妹，每一个有血性的男人都不能无动于衷啊！"

肖何怒眼回道："你们懂什么？我从来不反对抗日，但抗日不一定要去当兵，蒋委员长养了那么多兵，轮不到你们去瞎起劲。当兵的事，以后休要再提。"

其实肖何的心里话是：当兵上前线，刀枪不长眼，万一儿子有个三长两短，家业谁来继承？眼见两个儿子不服气地嘟囔着走出祠堂，肖何对站在一边的管家吩咐道："你给我盯紧点，别让他们自说自话跑了。"

管家附着肖何的耳朵说："老爷，崽大不由爷呀。我倒有一计，保证让两位少爷乖乖地呆在家里。"

肖何瞥了他一眼："什么妙计？说来我听听。"

管家说："老爷，您只要马上给两位少爷娶媳妇，就等于拴住了他们的手脚。刚才在台上弹琴的姑娘不错吧？她是朱家屯朱三渭老爷的小女儿朱云香，她还有一个姐姐，叫朱海香，这姐妹俩不但容貌出众，而且棋琴书画无所不通，我看刚才两位少爷听朱家小姐弹琴时，眼睛都瞪得直直的，就让他们兄弟俩娶了朱家这俩姐妹，到那时，你就是拿大棒撵也撵不走他

们了。"

肖何一听：这倒是个好主意！"俩兄弟娶俩姐妹？太好了！你马上备一份厚礼，明天就去朱家提亲。"

于是第二天，管家就奉命去了朱家，把来意一说，朱三渭鼻子眼睛笑作一堆，满口应承。精明过人的朱三渭自有他自己的算盘：攀上镇长家这门亲，不但自己脸上有光，更重要的是如今这兵荒马乱的时候，靠上这棵大树好歇凉啊！再者，朱三渭的这两个女儿性子也有点烈，尤其是小女儿朱云香，让她们早点出嫁，自己做父亲的也好省点心。

朱三渭把肖家来提亲的事儿对两个千金一说，朱海香和朱云香其实早就芳心暗许，对肖家公子很有好感，于是当下就把婚期定在一个月之后。

2. 红布逼婚劳燕分飞

就在婚期将近时，这天中午，通往朱家屯的官道上驰来十几骑快马，马背上是清一色的壮汉，个个脸上杀气腾腾，敞开着怀，示威似的高举着驳壳枪。只见马队狂风骤雨般卷到朱家大门口停下，两个大汉抖开一卷红艳艳的五尺长布，一扬手挂在门楣上，其中一个大汉朝天放了两枪，高声道："朱家的人听着：我们是南山王的人，我家大王看上了你家二小姐，一个星期后来要人，如果不答应，杀你一家，灭你九族！"吼罢，一行人便

打马绝尘而去。

朱三渭早已在厅堂里吓得软瘫在地上，因为这伙人说的"南山王"，就是朱家屯到肖家镇必经之地南屏山上的一个土匪头子，真名叫李凤仙，他原来也是一个少爷，后来父亲被人暗杀，于是就上山为匪做了大王，红布订亲是他们的规矩，看中了哪家姑娘，只要在她家门上挂一绺红布，报上名号，那姑娘就算是他的了。恰恰那晚肖家祠堂的演出李凤仙也悄悄去看了，回去后夜难成寐，相思若渴，于是就叫人订亲来了。

朱三渭想来想去，实在舍不得把宝贝女儿嫁给一个土匪头子去糟践，看来要躲过劫难，唯一的办法就是赶在李凤仙之前，让肖家提前来迎娶，李凤仙虽然来势汹汹，可到时女儿已是肖家的人，他总不能再硬抢了去吧？

主意一定，朱三渭亲自赶到肖家，把情况一说，肖何立即点头答应："咱们还怕他不成？"他把两个儿子叫来，如此这般说了一番，兄弟俩立刻领命而去。

再说那个李凤仙，自认为迎娶朱二小姐是十拿九稳的事，正吩咐喽啰们忙着布置新房，采办东西，不料一个小喽啰气喘吁吁地奔进来报告："大王，不好了，朱家小姐嫁到肖家去了。"

李凤仙惊得从虎皮椅上跳起来："此事当真？"

小喽啰道："大王，千真万确，我们刚才按您的吩咐去山下采办东西，亲眼看见肖家迎亲的队伍吹吹打打往朱家去了。"

李凤仙气得眼睛发绿，拔出插在腰上的驳壳枪就要带人往山下冲。

这时候，他的军师牛玉温一把拉住了他，附着他的耳朵轻声说"大王且慢！肖家明知大王你已经订了亲，还如此大张旗鼓，我看这里面肯定有名堂。"

李凤仙"嘿嘿"冷笑一声，说"任他千般花样，我自有妙计在胸。你马

上给我带一队人马直接到朱家去，等接亲的人一走，你就把朱家的人统统给我带来。记住，要活口，不准伤了一人！"随后，他自己就带着大队人马下山，在路口埋伏起来。

中午时分，肖家兄弟的迎亲队伍已经接了亲，簇拥着朱家俩姐妹的两乘花轿往回走了，经过南屏山的时候，藏在坡后的李凤仙仗着自己的队伍人多，一挥手喝道"弟兄们，上！"霎时间，只听得枪声大作，几十个匪徒端起枪一面扫射一面就朝肖家的接亲队伍冲了上去。

肖家兄弟其实早有准备，他们带的这支队伍说是迎亲，实际上队伍里的人都是肖家镇护院队的团丁，所以见得动静立即操枪迎战，长短枪一齐开火，那些冲在前面的土匪被一个个撂倒在地，后面的匪兵便不敢再贸然往前冲了。

大少爷肖政坤得意地冲着坡上喊："姓李的，快投降吧，你们被包围了，跑不了啦！"

可是李凤仙却不慌不忙道："姓肖的，你别得意得太早，你看看，这是谁？"

肖政坤抬眼一看，顿时傻眼了，只见南屏山山脚下的土岗上，一字儿排着一行人，竟然是朱三渭一家老小，而且每个人的身后都站着一个手提鬼头刀的土匪。李凤仙说："姓肖

的，你听着，你把朱二小姐的花轿留下，让开一条路。要不，就让你岳父一家统统去见阎王！"

李凤仙话音刚落，站在朱三渭小妾身后的土匪"啪"的手起刀落，那小妾的脑袋就掉了下来。肖家兄弟万万没想到李凤仙会来这一手，顿时手足无措。

这时候，坐在花轿里的朱海香和朱云香俩姐妹一头从花轿里蹿出来，大叫着："爹——"不顾一切地要朝土岗上跑，肖政坤和肖政德一把拉住她们，回头直骂李凤仙："你无耻！"

李凤仙仰头哈哈大笑："姓肖的，我再无耻也没有你们肖家心毒手狠。我问你们，你们到底留不留朱二小姐？不留我可就大开杀戒了。我数三，一、二……"

眼见家人就要惨遭杀戮，朱云香断然朝李凤仙喊道："慢！你放了我的家人，我跟你走。"

肖政德闻听此言，悲怆地大喊道："云香！"

朱云香从怀中抽出一把防身用的剪刀，"咔嚓"剪下一缕头发，递给肖政德，说："少爷，青丝作证，我的心永远属于你，请你相信我！"

肖政德的脸痛苦地扭曲着，嘴唇咬出了丝丝血痕。

朱云香见状，既感动又难过，迸出珠泪两行，神色凝重，声音铿锵，凛然道："少爷，如今山河破碎，国难当

头。国将亡，家何在？好男儿志当请缨，少爷若能杀敌报国一展鸿鹄之志，云香此心足矣！"说罢，毅然转身向土岗上走去。

李凤仙得了朱云香，喜不自禁，一声呼啸喝令放了朱家人，然后在众匪的簇拥下退上了南屏山。肖政德愤恨难当，大叫一声之后就跳上马背，策马狂奔而去，从此不见踪影。只留下肖政坤带着伤心欲绝的朱海香和一干团丁们，垂头丧气地回到肖家镇。

肖何丢了儿媳走了儿子，奇耻大辱不能不报，他一狠心索性变卖了大部分田产，购置枪支弹药，打出"肖家镇自卫大队"的旗号，到处招兵买马，还让肖政坤日夜操练，发誓到时候一定要剿灭李凤仙。

3. 约法三章爱恨分明

话分两头。李凤仙将朱云香带上南屏山，当即下令杀猪宰羊摆宴席，要与新娘拜堂。他迫不及待地跑到朱云香的房间，试探着和朱云香说话。朱云香仔细打量着眼前这个土匪头子，发现他相貌清秀，眉宇间竟然还透着几分文人气质，从外表看根本不像一个土匪。她怀疑地问道："你真是李凤仙？"

李凤仙点点头："鄙人姓李名凤仙，南山王是自封的。那天路过祠堂，在戏台下一睹小姐芳容之后，就相思若渴，我愿与小姐同生共死，白头到老！"

朱云香看来是早有所思，开口道："我听你手下都叫你'大王'，我也就这么称呼你吧！大王，我既然答应嫁与你，自然就是你的人了，不过，你若想跟我圆房，须答应我三个条件，否则你还是趁早杀了我！"

李凤仙赶紧问："什么条件？你说，只要我李凤仙办得到，哪怕三百个条件我也答应你。"

"那好！"朱云香说，"这话可是

你说的！我的三个条件是，第一，你教会我骑马、打枪；第二，从今后你不能再去劫良家民女；第三，等打败了日本鬼子，我们再圆房。"

李凤仙听罢，半天出声不得，心里暗自思忖道：这第三条也太苛刻了，这得等到猴年马月啊？他嘴里喃喃道："前面两条倒没什么，只是第三条是不是太……"

朱云香冷冷看了他一眼："大王，我只恨自己是女流之辈，而你堂堂一个男子汉，难道现在这种时候还能心安理得地寻欢作乐过自己的小日子吗？我宁为玉碎，不为瓦全，如果你不答应我这三个条件，我马上就死在你面前！"说完，朱云香"刷"地从怀里抽出那把防身剪刀，扬手就朝自己喉咙里扎。李凤仙大惊，眼疾手快地扑上去，夺下剪刀说："我答应你！答应你还不行吗？"

李凤仙没料到这个外表懦弱的姑娘，性格居然这么刚烈，他心想：姑且还是先答应她吧，以后日子长了，她就是块铁也会化成水。于是就从这一天开始，李凤仙和朱云香各居一室，李凤仙每天除了教朱云香骑马打枪，不敢去扰她。

这天晚上，皓月当空，朱云香不禁倚窗思念起自己的家人来，想到伤心处，潸然泪下。突然，她耳边随风飘过一阵凄切的古琴声，细细听，好

像是李白的《长相思》旋律。土匪窝里居然能有人弹得如此一手好琴？她不觉愣住了，于是好奇地走出房间，循着琴声走啊走，走到了不远处的一栋小屋前。

此时此地，流淌的琴声在夜空中变得更加如丝如缕，委婉处似泉水回旋，哀伤处似顽石垂泪。没有伤心事弹不出伤心曲，难道这个弹琴的人也有像自己一样的伤心事？朱云香心里暗自猜测着。

突然一声脆响，小屋里的琴声戛然而止，传出一声："弦断为知音，窗外何人？"紧接着，房门开处，李凤仙站在门口："我说琴弦怎么断了，原来是朱小姐来了。"

朱云香怎么也没想到这个弹琴的人竟会是李凤仙，愣了半晌，不好意思地说："打扰大王的雅兴了，没想到大王能把《长相思》弹得如此美妙。"

李凤仙的脸上掠过一丝不易察觉的惊喜，故意摇摇头说："我这是班门弄斧，让小姐见笑了，和小姐比起来，那可是天壤之别啊！"

朱云香也不客气："我原以为大王只会舞刀弄枪，没想到还有这一手。不过，可惜呀，可惜！"

李凤仙惊讶地问："可惜什么？"

朱云香说："可惜大王你误入歧途，成了人人不齿的草寇。"

李凤仙听了，竟然大笑起来。

朱云香愕然："你笑什么？"

李凤仙说："我走的是歧途，那你说什么是正途？如今这世道，那些当兵做官的人，和我们有什么两样？"

朱云香一时不知作何回答，李凤仙顺势说："外面冷，小姐如果不介意，能否进屋一叙？"

强烈的好奇心，促使朱云香不由自主地抬腿走进了李凤仙的房间。只见屋里布置得非常雅致，长几上摆着古琴，墙壁上挂着字画，其中一幅，画面上是一位正在抚琴的绝色少女，竟和朱云香有几分相似。朱云香不由问道："她是谁？"

李凤仙对空长叹道："她……她是我的心上人，叫彩霞，死了已经整整十年了。十年生死两茫茫，睹物思人空断肠啊！"

朱云香不由点头应道："难怪大王能把《长相思》弹得如此凄婉动人，原来是相思无处诉，弄弦悼故人啊！那她是怎么死的？"话一出口，朱云香就觉得自己可能问得太唐突了。

只见李凤仙凝视着那幅画像，说："十年前，我大学毕业以后带着彩霞回家完婚，正逢我父亲与肖何在争肖家镇镇长的位子，结果我父亲当上了。家里双喜临门，父亲特别高兴，忙着吩咐家人为我筹备婚庆之事，没想就在这天晚上，他却在家门口遭肖何手下的人枪杀了。年少气盛的我当即就拉了彩霞去投奔南屏山上的土匪头子，想借他的势力把肖何杀了，替父亲报仇，可万万没想到结果仇没报成，彩霞却被那家伙给强暴了。后来，那家伙虽然被我给收拾了，可彩霞到底还是用一条丝巾结束了自己的生命……"

说到伤心处，李凤仙泪如泉涌："小姐的音容笑貌实在和彩霞太像了，所以我才动了要娶你为妻的念头。你就是我这辈子要重新寻觅的知音，不过我不想强迫你，强迫你就是强迫彩霞啊！小姐，你就答应嫁给我吧，我保证一生一世对你好！"

朱云香听得唏嘘不已，她怎么也料不到李凤仙还有这么一段身世，与肖家还有这么一段怨结，只是在听到李凤仙说"我保证一生一世对你好"这句话时，才蓦然醒转，不由戚然变色道："请大王别忘了约法三章啊！"

朱云香凛然不可侵犯，李凤仙只好继续信守诺言。不过，自打这一次交谈之后，两人的关系倒是缓和了不少，天天结伴而行，到山下宽阔处跑马练枪。朱云香天生聪颖，一段时间下来，她的枪法已经到了炉火纯青的程度，无论是天上飞鸟还是地上走兽，百步之内弹无虚发；她骑马的技术也是日益长进，纵马越沟如履平地。

4. 劫亲姐救狼出虎口

转眼春去冬来。一场大雪过后，这天，李凤仙接到探报说，肖何请来戏班，要在肖家镇搞抗日募捐义演。

李凤仙冷笑道"什么义演，还不是借抗日之名行中饱私囊之实，咱们今天就去肖家镇趟了这个浑水。不过，这事儿千万别让朱二小姐知道。"

傍晚时分，李凤仙带着一行弟兄乔装打扮悄悄下了山，来到肖家祠堂，只见演出才刚刚开始，戏台前摆着的两只募捐箱已经被塞得满满的了。李凤仙原来打算抢了募捐箱就走，可是四下里一看，发现祠堂内外戒备森严，明里暗里都是肖何那个"自卫大队"的人。李凤仙暗想：既然肖何把自卫队的力量都集中在这里，那么他自己家那一头肯定防守薄弱，不如端他的老窝去。于是一摆手，鼠窜蛇行地带着一行人悄然来到肖家。

果然，肖家大门前连个岗哨都没有！李凤仙立刻让手下搭起人梯翻进大院，悄悄把院门打开，众匪兵鱼贯进门之后蹑手蹑脚地穿过大院，才见甬道一端的走廊上站着两个哨兵。李凤仙命一匪兵悄悄摸上前去，手中的匕首只一扬，那哨兵就直挺挺倒了下去，李凤仙伸手一摸，竟是个草人，吓得大叫："不好，快撤！"

哪里还来得及？院门早已"咣当"一声关上了，院子里顿时灯火齐明，只见窗洞里、屋顶上，到处是黑洞洞的枪口。肖何得意地大笑着从屋子里走出来，站在李凤仙面前，说："我就知道你狗改不了吃屎，总有一

天会自投罗网来的！哈哈哈！姓李的，你还是快让你的兄弟们把枪放下，否则顷刻之间我就让他们变成马蜂窝。我实话对你说了，祠堂那边是我原先护院队的团丁，我们自卫队的人都在这里候着你们呢！"

此情此景，李凤仙无奈至极，只好把手里的枪往地上一丢。他带去的那班兄弟见他都那样了，也纷纷把手里的枪丢在了地上。

李凤仙被捉的消息传到山寨，山上顿时乱成一锅粥，军师牛玉温立刻对大家说："弟兄们，大王被捉了，肖何肯定不会放过我们。你们说咱们现在该怎么办？"

匪兵们乱哄哄地嚷道："我们听军师的！军师，你说咋办咋办！"

牛玉温手一挥"要我说，用不了多久，咱们这儿就都是日本人的天下了，咱们不如趁早投奔日本人去。谁愿意的，站我这边来！"

匪兵们犹犹豫豫的竟有一大半都站到了牛玉温这边。牛玉温嘻嘻笑着说："好，弟兄们，有我吃的就饿不着你们！不愿意的请自便，愿意的就跟我走吧！"

说着话，这拨人就开始骚动起来。就在这时候，忽听一声"站住！"只见朱云香腰插双枪，满脸怒容地挡住了他们的去路。朱云香厉声道："牛玉温，你好大胆！大王不在，你竟敢认贼作父当汉奸卖国贼，还要拖弟兄

们一起反水？"

牛玉温根本不把朱云香放在眼睛里："朱二小姐，你别说得那么难听，我小小一个牛玉温能卖得了国？大王被肖何抓起来，肯定活不成了，鸟无头不飞，我只只不过是带弟兄们找碗饭吃罢了。"

朱云香不理睬他，转向匪兵们说："弟兄们，咱们都是有血有肉的中国人，难道你们真的要去当日本人的走狗？大家手拍胸口想一想，这样做对得起生我们养我们的父母吗？对得起天地良心吗？大王平时待你们不薄，现在他出事了，你们不想办法去救他出来，反而要背叛他，你们还是人不是？"

匪兵们面面相觑。牛玉温急了，冲着朱云香吼道："你一个女人家，站着说话不腰疼啊？救大王怎么救？肖家现在肯定戒备森严，而且他们除了护院队，现在还有那么强的自卫队，我们去了也是白白送死。"

这时，匪兵中有人说："朱小姐，只要你能救出大王，我们就听你的。"

"好，这话是你们说的，"朱云香断然道，"那咱们就一言为定！今天中午如果我救不出大王，你们再请自便！"

她一回头："勤务兵，备马！"

勤务兵小心道："朱二小姐，你要去哪里？"

"下山，救大王！"

勤务兵一愣，眨着眼睛迟疑道："这……大王吩咐过，你不准离开山寨半步！"

朱云香大怒，抬头扬手一枪，一只飞鸟应声落地。她掉转枪口对准勤务兵："去不去？"勤务兵吓得面如死灰，慌忙备马。朱云香跳上马背，快马加鞭，直奔山下而去。

朱云香飞马来到肖家大门前，跳下马大喊道："我是大少奶奶的妹妹，快快去报大少奶奶知道！"

朱海香自打妹妹跟着李凤仙上了南屏山之后，一直为她的命运担惊受怕，现在听说朱云香来了，她喜不自禁连声道："快快领她进来！"一边喊着，一边也不顾自己已经身怀六甲，直朝大门口奔去，一见朱云香就扑了上去，泣不成声。

朱云香却冷着脸，对朱海香说："姐，请你上马，我有话要对你说。"

朱海香不解："你不是来了吗？咱们进屋说吧。"

"不！"朱云香坚决地摇头，"姐，对不起，请你上马，跟我去山寨！"

朱海香大惊失色："你要干什么？"

朱云香掏出一把锋利的匕首，抵住朱海香的胸口说："姐，你上不上马？不上的话，我可要得罪了！"

朱海香气得浑身发抖："你……"

朱云香不等朱海香回过神来，就把她推上了马。随后赶来的肖政坤见妻子被朱云香挟持，又惊又怒，正想往腰里拔枪，朱云香甩手就先打了过来，把他头上的帽子给打飞在地。

肖政坤愣了，团丁们拥上去，想开枪又怕伤着大少奶奶。

朱云香给肖政坤扔下一句话："你中午之前到南屏山下换人，别耍花招，否则休想再见你老婆！也休想再见到你就要出生的儿子！"说罢，策马扬鞭而去。

到了南屏山下，朱云香把朱海香扶下马，"扑通"一声跪在地上，放声大哭道："姐，对不起，让你受惊了，原谅妹妹吧，以后你会明白妹妹为什么要这么做的。"朱海香呆呆地看着妹妹，什么话也没说。

果然，不到一个时辰，肖政坤就押着李凤仙来了，双方互换人质。朱云香始终提枪在手，盯着肖政坤的一举一动，肖政坤领教过她的厉害，哪里敢乱来？

李凤仙死里逃生！他紧紧拉着朱云香的手，动情地说："云香，谢谢你救了我！可是你明明不喜欢我，为什么还要来救我？其实，你完全可以趁这个机会自己脱身的呀？"

朱云香瞪眼看着他，一字一顿地说："不救你出来，兄弟们就会散伙。我救你，是为了救这支队伍，留下它可以用来打日本鬼子啊！大王，我劝你以后别再为自家恩怨劳神了，带兄弟们打日本鬼子吧！"

李凤仙顿时羞愧满面，说："朱二小姐，我李凤仙枉为男子，实在不及你一个女流之辈啊！你这席话让我幡然醒悟，今后我听你的，弟兄们也都要听你的，谁敢不听，我绝不饶他！"

5. 她放下复仇的刀

再说，朱海香回家后身体一直不适，肖政坤特地请

如果心是近的，再远的路也是短的；如果友情是蜜做的，再苦的海水都是甜的；如果短信是发给你的，今天再无聊也是快乐的！ 江苏 孙国庆（0635）

来郎中给她号脉，亲自拿着处方到"百草堂"药铺给她抓药，没想就在药铺柜台上，肖政坤一眼瞥到一张药铺里用来包药的旧报纸上，有一张熟悉的照片，他抓过来一看，是几个月前的《中央日报》，头版头条上一则黑体标题新闻："我昆仑关大捷授勋英雄谱"，肖政德的照片和名字赫然在目：肖政德，某军某团某连某排排长，在昆仑关战役中率全排固守四四一高地，打退了日军二十四次进攻，最后抱起炸药包冲进敌群，英勇献身。

肖政坤抓起报纸跌跌撞撞往家跑，直冲父亲肖何房里，进门就哭着喊道："爹，政德他……"

肖何吃惊道："他怎么了？"

肖政坤把报纸递给肖何，肖何慌慌张张地一看，两行老泪就流了下来。肖政坤见爹如此伤心欲绝的样子，禁不住放声大哭。

肖何猛地把文明棍往地上一顿，朝肖政坤吼道："别哭，你弟弟是好样的，有种就学他！传话下去，给你弟弟设灵堂，我要为他招魂！"

肖家上上下下顿时悲悲戚戚地忙开了，搭灵棚，设祭坛，请道士，雇僧侣，香烟纸灰四下飘荡，铁炮声声，哭声哀哀。

消息传到南屏山，朱云香得知肖政德为国捐躯，便急着要去肖家祭奠。李凤仙心里自然不痛快："朱二小姐，你以为你还是肖家的什么人啊？

我告诉你，你这是去送死！"

朱云香闻听，两眼一黑，一头栽在了地上。她睁开眼睛的时候，已经是晚上了。李凤仙焦急万分地守在她床前，见她醒转过来，悬着的一颗心才放了下来："云香，你可把我急死了！"这一声"云香"的称呼，足见李凤仙对朱云香的绵绵情深！

朱云香眼角溢出两行清泪，嘴里念道："生当作人杰，死亦为鬼雄。肖政德没有负我，而我却不能为他上一炷香。"

李凤仙心里顿时嫉恨交加，冲口道："这是肖家的报应！"

朱云香立刻"呼"翻身坐起来，冲着他说："你这是什么话？他死了你心里高兴是不是？他是为抗日而死的，他是流芳千古的民族英雄！你算什么东西？土匪！草寇！"

李凤仙恼羞成怒："住口！不许你侮辱我！"

朱云香冷笑道："我侮辱你？有本事你杀几个鬼子给我看看！怎么样，你不敢了吧，你怕死了吧？你这个窝囊废，我根本看不起你！"

李凤仙一张白脸涨成了猪肝色，暴跳如雷道："好，朱二小姐，你等着，明天我杀几个鬼子给你看看！我李凤仙绝不是孬种！"

第二天，李凤仙果然带着十几个弟兄下山进城，恰好鬼子的大队人马都进山扫荡去了，城里兵力空虚。李凤仙他们来到城门口，正好是中午开饭时间，门口只站着两个鬼子，李凤仙他们佯装接受检查，忽然扑上去一刀一个就结果了这两个鬼子的性命。随后，李凤仙又掏出双枪直扑城门岗楼，几个鬼子正围在一起吃饭，李凤仙双枪齐发，猝不及防的鬼子应声倒了一地。李凤仙让弟兄们把那些鬼子的枪都收了起来，又把一个已经吓昏过去的小鬼子捆着带上。

临离开时，李凤仙灵机一动，沾着鬼子的血，重重地在墙上写下"肖

家镇自卫大队"九个大字。他的一个手下不解地问："大王，鬼子是我们杀的，为啥要替肖何扬名？"李凤仙"嘿嘿"冷笑一声，得意地说"这就叫'借刀杀人'！我也懒得动手，就让日本人帮我们去收拾那伙吧！"

夕阳西下时，李凤仙一伙个个头戴钢盔，肩扛三八大盖枪，押着那个小鬼子，喜气洋洋地回到了南屏山上。朱云香一看，脸上露出了上山以来从来没有过的笑容，吩咐立即杀猪宰羊，摆酒庆贺。席上，李凤仙眉飞色舞地对朱云香讲袭击岗楼痛杀鬼子的经过，最后他得意地一挥手："我还逮了个活的来，给你开心开心。来人，把那小子给押上来！"

小鬼子即刻被押到朱云香面前。那小鬼子看上去年纪不过十六七岁，稚气未脱的脸上惊恐万状。朱云香猛地端起李凤仙的酒碗灌了一大口酒，站起来大吼一声："把刀给我！"

李凤仙递过马刀，朱云香一步一步逼近那小鬼子，她心里喊着："肖政德，云香今天为你报仇雪恨！""嚓"她把刀高高举了起来，朝着小鬼子的头就要砍去。

那小鬼子吓得"哇"一声大哭起来，用中国话喊道："饶命……姐姐，饶命啊！"

朱云香的刀停在了半空中："你是中国人？"

小鬼子战战兢兢地回答说："我

父亲是日本人，我母亲是中国人。我父亲和哥哥原来都是医生，后来都硬被抓来当了兵，都已经被打死了，他们又硬把我抓来。姐姐，我没干坏事，我恨战争，求求你别杀我，你要杀了我，家里就只剩我母亲一个人了！"小鬼子跪在地上，一边说一边头磕得"砰砰"响，额上血流如注。

朱云香的心颤栗不已，高高举起的手放了下来。

"云香，你下不了手，让我来!"李凤仙要把刀接过去。

朱云香挡住他说："不，放了他吧!"

李凤仙惊讶道："云香，你不是恨日本人吗，你为什么要放了他？"

朱云香摇头："不管国仇还是家恨，我不能杀好人泄恨。"

"你相信他是好人？"

"我愿意相信他，给他松绑吧！"

这小鬼子从朱云香手里捡得一条命，后来成了一名反战同盟战士，这是后话，不提。

6.碧血弥合萧墙恨

肖家镇的肖何万万没有想到李凤仙会打着他的旗号杀鬼子。这天天刚麻亮，肖家镇东头忽然响了几枪，紧接着四面八方就传来炒豆般的枪声。"不好了，鬼子来了!"一名自卫队员慌慌张张闯进肖何房里报告，"老爷，我们被鬼子包围了！"

肖何手忙脚乱不知所措，肖政坤冲进来架起他就往外跑。这时，鬼子的骑兵已经冲上了大街，飞蝗般的子弹向人群倾泻着，要撤退到山上是肯定来不及了，肖何急命自卫队员们赶紧退到祠堂，一场惨烈的自卫战就这样开始了。

鬼子里三层外三层把祠堂围得水泄不通。肖何和肖政坤父子俩指挥自卫队员们顽强抵抗，打退了鬼子的一次又一次进攻。肖家的祠堂是用青一色的青石砌成的，别说子弹，就是小钢炮轰上去，也只能炸飞几块石片，墙头和门楼还设有各种机关暗孔，所以鬼子攻了几次，都没有拿下。

鬼子大队长山本太郎眼见连一座小小的祠堂都攻不下，他恼羞成怒，马上命令把肖家一门老小二十几口全部押到祠堂前的广场上，然后让翻译官朝祠堂里喊话，要肖何投降。

肖何怒发冲冠，甩手就一枪打过去，子弹尖啸着从山本太郎头顶飞过。山本太郎大怒，转身就一刀砍下了肖何大姨太的脑袋。肖何在祠堂里看得真切，恨得咬牙切齿，狂吼一声"给我打！"一阵排枪射出去，几个鬼子如同被拦腰斩断的麻秆倒了下去。

山本太郎歇斯底里地狂吼起来："死了死了的！"又一刀砍下肖何二姨太的头颅，指着肖家剩下的人，让翻译喊话："肖何，你再不投降，他们的通通的砍死！"

肖政坤在垛口上看到家人惨遭杀戮，脸都白了，浑身颤栗着对肖何说："爹，仗不能这么打，咱们不能眼睁睁看着一家人被他们杀光呀！"

肖何两眼血红，怒斥儿子道："你这个没出息的东西，被他们斩尽杀绝的何止我肖何一家，我就是不能向他们低头，给我打！"

山本太郎见肖何宁死不降，又把刀子架在朱海香的脖子上："肖政坤，我给你五分钟的时间考虑，再不投降，我就杀了她！"

面对鬼子的刺刀，肖政坤吓得腿都软了，谁知朱海香竟毫无惧色，朝着祠堂的方向大声喊道："政坤，你不要管我，你……"

山本太郎又惊又怒："你喊？我让你喊！"他挥起战刀，抵在朱海香挺起的大肚子上，朝祠堂里喊"肖政坤，我给你最后一次机会，你不投降，我就让你儿子替你出来！哈哈哈！"

山本太郎的笑声，在肖政坤的耳朵里是显得那么恐怖，眼看自己的爱妻和未生的孩子就要惨遭毒手，肖政坤的精神完全崩溃了，他跪倒在肖何面前，涕泪交流："爹，咱们就先投降吧！国家已经亡了，咱们可不能再亡家了啊，不能让咱家断根绝后呀！爹——"

肖何浑身抽搐着，痛苦万分地闭上了眼睛："随你吧！"话音未落，他抬手对准自己脑门开了一枪，一个高大的身躯轰然倒地！

"爹！"肖政坤扑到肖何身上呼天抢地，随后，他摇摇晃晃地站起来，脱下身上的白衬衣，用竹竿挑着，从祠堂一个豁着的垛口上伸了出去。

朱海香看见墙上摇出一面白旗，脸"刷"地就白了，她怒骂一声："肖政坤，你这个孬种！"就奋不顾身地朝身边一个鬼子身上扑去，抓住他别在腰间的手榴弹猛一扯，只听"轰隆"一声响，火光中腾起一股浓烟，弥漫在整个天地间。

"海香——"肖政坤发出撕心裂肺一声喊，抓过身边的一把机枪吼道："给我打！狠狠打！谁再说投降，老子毙了他！"

那些自卫队员早就沉不住气了，一个个高呼："为大少奶奶报仇！""誓死不当亡国奴！"纷纷举起手里的枪，猛烈地扫射起来。

肖家镇这边打得惊天动地，南屏山上却浑然不知，朱云香和李凤仙结伴跑马练枪回来，刚踏进厅堂，山上放哨的卫兵突然押着一个披头散发的女子匆匆进来，报告说："大王，这女人说有事要见。"

未等朱云香发话，那女子便叫了起来："小姐，鬼子围了肖家镇，快、快去救大少奶奶……"话未说完，人就昏了过去。朱云香一看，来人是朱海香的贴身丫环小菊。原来，鬼子兵一围祠堂，朱海香就意识到在劫难逃了，她让小菊快快上南屏山求救。

朱云香一看小菊这模样，就猜测到事态的严重性了，立即下令："弟兄们，集合上马，跟我去杀小日本！"

"慢！"李凤仙拦住她道，"日本人打肖何关我们什么事？肖何是你什么人，值得你去为他卖命？"

"你？"朱云香吃惊地瞪着李凤仙，"我只知道你我他都是中国人！难道你要我见死不救？"

李凤仙说："十年来，我无时无刻不在想着为我父亲报仇，无奈肖何势大，我的计划难以实现。那天我去城里杀鬼子，用的是肖何的旗号，我的目的就是要借日本人的手除掉肖何。现在果然……"

"啪！"李凤仙话没说完，朱云香抬手就给了他一记响亮的耳光。朱云香怒不可遏，痛骂道："李凤仙，你这个卑鄙无耻的小人，彩霞在九泉之下也会为你感到耻辱！好啊，现在你不去我去！你不从背后开枪把我打死，我就要去战死疆场！"朱云香说完跳上马背，手提双枪，又一次单人独骑飞马下山。

牛玉温望着朱云香的背影，骂道："大哥，这婆娘太嚣张了，看我毁了她！"说着，举枪就向朱云香瞄准。

可谁知随着"砰"一声枪响，倒在地上的却是牛玉温。

牛玉温手指李凤仙："你……"

李凤仙吹了吹还在冒烟的枪口，抢前一步从牛玉温贴身的口袋里掏出一张纸，抖开一看，是日本人封牛玉温为肖家镇镇长兼治安大队长的委任状。李凤仙冷眼瞅着他说："你这个吃里扒外的家伙，我早就怀疑你了，今天是你自己跳出来的，正好，了却了我的一桩心事！"

李凤仙飞起一脚把牛玉温踢到一边，转头对手下的弟兄们说："我身为大王，却没有好好带你们干过一件真

正有意义的事。从今天起，我要带大家跟日本鬼子干，你们怕不怕？"

"不怕！"

"那好，我们立刻上马去追小姐，一起去肖家镇杀了狗日的小日本！"

此刻，肖家祠堂前的战斗已经到了白热化的程度，肖政坤已经中弹身亡，鬼子放火烧了祠堂的大门。眼看整个祠堂就要被鬼子占领，就在这时，鬼子屁股后面突然响起了阵阵枪声，"冲啊！杀啊！"李凤仙和朱云香带着弟兄们赶到了，喊杀声震天动地。

山本太郎知道情势逆转，额头上渗出一颗颗豆大的汗珠，急忙命令手下："撤，快给我撤！"慌慌张张带着队伍四下逃窜。

李凤仙和朱云香带着弟兄们一路冲到祠堂前，突然发现从左侧冲出一支三百来人的队伍，朱云香眼尖，发现为首那个骑在马背上的人，正是她日思夜想的肖政德。原来肖政德并没有死，当时他抱起炸药包扑向鬼子的一刹那，巨大的爆炸气浪把他震昏了过去，半夜里，他从死人堆里爬出来，部队已经开拔了，他辗转半月才归队，因战功显赫，很快被提升为连长，不久又升为营长。这次，他奉命率队伍到老家这一带执行任务，行进途中听说鬼子包围了肖家镇，立即带队前来解围。

此时此刻，肖政德见朱云香和李凤仙在一起，仇人相见，分外眼红，肖政德举枪就朝李凤仙扣动了扳机。

朱云香大惊，急忙扑身上前护住李凤仙，只见"砰"枪响过后，朱云香倒在了李凤仙的怀里。

"云香！"李凤仙一把抱住朱云香，发疯般地叫着。

"云香！"肖政德也大喊着跑来。

李凤仙盯着他怒吼："你为什么要杀她？为什么？为什么？"说着，举枪对准了肖政德。

朱云香忽然睁开眼，看着自己面前的两个男人，嘴里喃喃道："求求你们，别、别打了！"她挣扎着把肖政德的手拉过来，又拉起李凤仙的手，眼望着肖政德说："二少爷，我还是清白之身，你相信吗？"

"我信，我信，云香，你不能死啊！"肖政德悔恨交加地喊着，泪珠滚滚。

朱云香断断续续道："我知道你们都爱我，那就听我一句话，别闹了，好好齐心协力打鬼子……好吗？"

李凤仙和肖政德泪流满面，连连点头。朱云香笑了，笑着闭上了眼睛……

人们把朱云香、朱海香姐妹俩安葬在一起。不久，在姐妹俩的坟头上绽放出一簇簇灿烂如火、红艳似霞的杜鹃花，人们都说，那是姐妹俩用鲜血染红的胜利花。

（题图、插图：杨宏富）

阿P故事

　　阿P是一个社会群体的缩影，他独特的对事对人的处理方式，使这些故事充满了情趣。不过洋相百出的阿P，他的内心世界又是复杂的，他的所作所为留给读者的思索是多层次多元化的。阿P故事不仅仅是消遣作品，还有着揭示社会矛盾、启迪人生和思考未来的认识和教育作用。

滑稽故事

　　滑稽是一门引人发笑的艺术，被称之为生活和艺术中一种特殊的"调味品"。本书所选故事均取材于社会生活，作者想象力丰富，倾向性鲜明，作品内容极具口传性，诙谐色彩浓郁，是人们茶余饭后上佳的精神伴侣。

芝麻官故事

　　芝麻官故事旨在全方位地展示这一特定社会角色的思想境界和人格境界。他们或两袖清风，为民请命；或贪赃枉法，假公济私；或昏庸糊涂，装腔作势；或廉洁奉公，兢兢业业。由于他们同老百姓的距离最为接近，因此他们的故事就更具现实意义。

打赌故事

　　古今中外73则打赌吹牛故事，按内容分为"逗趣、斗智、惹祸、戏丑"等四大类，多为表现人们的诙谐与机智，有的立意鲜明，寓有讽刺味，而较多的则是娱乐与逗笑。

哲理故事

生活中处处有哲学，57则作品无不通过曲折生动的故事情节与矛盾冲突，揭示丰富和深刻的哲理内涵，让你从中看到智慧的闪光与思想的火花，并由感情的激荡而升华为哲理的思索，从中悟出事物深层的蕴含与人生命运的真谛。

打官司故事

"打官司"这个词具有强烈的民间语言色彩，官司一打起来，各种矛盾冲突就无可回避，无法隐藏。本书共收集涉及法制的故事30则，分6大类，它们是：精彩个案，愚昧法盲，弄权枉法，道德法庭，回头是岸，法永道恒。

校园故事

一生最好是少年，一年最好是青春。

这是一本充满活力的书，学生的时代，校园的生活，如花盛开般奔放，如火焰般热烈，全书34则故事，也许能唤起您少年时代最美好的回忆。

愿这本书能成为学生和老师的朋友！

打工故事

随着改革的不断深化，打工的观念将会成为社会普遍认同的一个观念。本书收编的24则故事，就是生活中打工仔、打工妹们打工生活的真实写照与缩影，它们是同类故事中的精品，相信能引起您的阅读兴趣。我们祝愿打工者们：明天会更好！

□ 王世超

开学
第一天

今天是新学期开学的第一天，也是我大学毕业之后，走进这所寄宿制中学上课的第一天，领导让我担任高一（3）班的班主任，并当他们的语文老师。为了缓解初登讲台的紧张心情，我想提前到教室里去，和同学们熟悉熟悉。

走到教室门口，我看到里面闹得挺欢，其实这些同学从报到到开学上课，彼此认识才没几天，可逗趣打笑，谁跟谁都已经没了生分的感觉。我在教室门口站停下来，侧着身子笑眯眯地望着同学们，想给他们一个和蔼可亲的班主任形象。

就在这时候，突然教室里好几个

手机音乐铃声同时响了起来，我听出其中有一首是时下非常流行的网络歌曲"两只蝴蝶"，我看到一个坐在后排的高个男生跳起来，得意地冲着满教室的同学喊道："怎么样，我刘小光的彩铃比你们的都要好听吧？"

"刘小光？"我心里一惊，直直地看着他，难道这个晃着款式新颖手机的同学，就是刘小光？

校长曾经专门给我介绍过刘小光的情况，说他来学校报到时，他父亲还没有把学费凑齐，父亲要给校长下跪，求学校让孩子入学，在核实了他家的具体情况之后，学校立即给刘小光办理了减免申请。校长从我的应聘材料上了解到当年我是从贫困山区考出来的尖子生，就特地安排我到这个班级，因为像刘小光这样的贫困家庭，这个班级还有好几个。可让我不解的是，为什么眼前看到的情景却和校长介绍的大不一样？

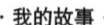

我决定就从刘小光身上开始，对我的学生做进一步深入了解。回到办公室，我查出刘小光家的地址，一看，还挺远，在郊区，不过今天正好没有我的课，于是当机立断去他家做一次家访……

待晚上夜自习的时候，我已经赶回学校。走进教室一看，大部分同学已经开始了自习，但也有个别同学还趴在课桌上玩手机游戏，刘小光就是其中的一个。想起家访时刘小光父亲拉着我的手，那种把儿子托付给学校

的感激神情，我的心揪了起来。我尽量克制住自己的感情，走上讲台，对同学们说："今天的夜自习，我要求大家写一篇作文，至于作文的题目……"我说到这里故意停了下来。

同学们的眼睛都齐刷刷地盯着我，只有刘小光还在埋头玩他的手机游戏。我走到刘小光身边，轻轻点了点他的课桌，然后抬头对全班同学说："不知道同学们平时注意了没有，从我们教室临街的窗子望出去，正前方街中心花坛那儿有一棵大榕树，我要求同学们就这棵榕树写一篇短文，议论也可以，抒情也可以，文体不限。如果平时没注意的同学，现在可以到窗前去观察。"

说完，我弯下腰，附耳轻声对刘小光说："老师知道你的作文写得挺棒，去，好好观察观察，写一篇出来给老师看看。"

我说这话的时候，同学们已经纷纷从座位上站起来，一轰而起往窗前拥去。刘小光听我这么夸他，很兴奋，站起来说："老师，你知道吗，我的作文还得过大奖呢，我今天一定好好写一篇给你看看。"他边说边就朝窗前挤了过去，嘴里还嚷嚷着："闪开，快闪开，看我刘大将军来也！"

我也随即来到窗前。夜色里，只见那棵枝繁叶茂的大榕树在花坛里巍然挺立着，就像一个巨人似的，撑起一片硕大的天空。我沉吟着，对同学

我希望今天的你是快乐的，今晚的你是舒心的，今夜的你是甜蜜的，今生的你是幸福的，今世的你是健康的，看完信息后的你是微笑的。1397***1759（0639）

们说:"请大家尽量观察仔细一些,写好作文,观察是第一步。"

看来,同学们对我这种宽松要求的作文练习兴致还挺高,立刻七嘴八舌地边观察边议论起来,有的描写榕树的形状,有的形容榕树在花坛里的位置,但这时候我发现,刘小光却显得异常沉闷。

有个同学突然叫起来:"你们发现树下躺着个老头儿吗?"

同学们纷纷嚷起来:"是啊,是啊!我看见了!""我也看见了!"有声音说:"这老头儿一定是在这儿乘凉的!"但更多的声音说:"不对,不对,现在天又不热,这老头儿肯定是个要饭的,没地方睡,才睡在这里呢!"

一阵议论过后,同学们就先后回到了自己的座位上,这时候,刘小光哑然无声。

不知怎么,教室里的空气显得有些沉重,我望了一眼同学们,说:"既然大家都观察得差不多了,那就抓紧动笔吧!"

两个小时的夜自习很快就结束了,同学们交卷之后就陆陆续续地离开教室,回寝室休息去了。我特地把刘小光的卷子挑出来先看,我想知道他刚才为什么突然沉闷起来。

刘小光在卷子里这样写着:有一位郊区来的新生,家庭非常困难,母亲是残疾人,父亲常年在地里劳作,土里刨食供这位新生上学。

后来,新生考上了市里一所有名的中学,父亲高兴极了,兴冲冲地送他上学,可是因为还没有凑齐学费,眼看着别人都进教室了,新生却还不能踏进校门,于是新生的父亲就去给校长下跪……为了节省每一分钱,新生的父亲实在舍不得住旅馆,就露宿街头,就像今晚睡在榕树下的这个老人……

刘小光的作文,字里行间处处流露着他对自己父母的真情实感,看着看着,白天家访刘小光父亲对我描述的当时他送儿子入学那些日子的情景,又出现在我的眼前。我的眼睛模糊了,同时也想起了我自己的父亲!

我收起卷子走出教室,往街中心花坛那里的榕树下走去。要知道,那个睡在树下的老人,就是我爹啊!为了我的这班学生,为了激励这个刘小光,我今晚是特地把爹请来,一起演的这出戏啊!

我轻轻推醒已经熟睡了的爹,说:"爹,儿子让您老遭罪了,快回屋去睡吧!"

爹佝偻着坐起来,拉着我的手说:"啥遭罪哩!我娃大学毕业了,参加工作了,爹高兴还来不及哩!"

爹一个劲地问我"娃呀,你那课上得咋样呀?现在教学生,是要多用用心思啊,有用得着爹的时候,尽管说!" (题图、插图:安玉民)

情调靠培养

□ 林 伟

眼看情人节就要到了，同事给张丽开玩笑说"你不是老嫌你男朋友不懂情调吗？情调也要靠培养嘛！听隔壁花店的老板娘说，情人节当天，玫瑰卖50元一支，但如果现在预订，每支只要5元钱。不如让你男朋友给你预订几支，趁这个机会点拨点拨他，学着浪漫一回！"

张丽的男朋友在工商局上班，是专门搞网络的，人非常不错，就是书生气十足。张丽从来就没指望男朋友会给自己送花，现在被同事一说，不由动了心。

张丽拨通了男朋友的电话，委婉地把同事的话搬了过去："我们单位隔壁那家花店，老板娘说，情人节那天玫瑰要涨到50元一支，现在预订的话只要5元，你看……"

"什么，真有这事？"张丽的男朋友在电话那头表现出了异乎寻常的热情，这太出乎张丽的意料了，张丽兴奋得放下电话之后，一整个上午都沉浸在浪漫的憧憬之中。

没多久，张丽的手机铃声欢快地响了起来，张丽一看，是男朋友打来的，张丽激动地叫了起来："你这么快就把花订好了？"谁知她男朋友在电话那头说："小丽啊，刚才我把你说的事情向执法队汇报了，人家说情人节期间玫瑰涨价属于正常的价格波动，不违法。不过执法队说，还是要感谢你的举报……"

一丝真诚胜过千两黄金，一丝温暖能抵万里寒霜，一声问候送来温馨甜蜜，一条短信捎去我万般心意，忙碌的日子好好照顾自己！ 1381***5300（0640）

贼来了

□ 赵迎光

半夜里，睡得迷迷糊糊的刘三突然被老婆推醒。老婆紧张地咬着他的耳朵说："你听，啥声音？"刘三一惊，竖起耳朵，果然听到从后院传来一阵"咕咕咕咕"的鸡叫声。他赶紧跳下炕，对老婆说了声"我去看看"，就掀开门帘走了出去。

月光下，果真有一个贼，正蹲在后院鸡棚前，把一只只鸡从棚子里捉出来，往带来的大口袋里装。刘三大叫一声冲了上去，那贼慌得口袋也顾不上拿，站起来拔脚就攀上院墙，纵身跳出院外，朝村西的菜市场方向逃去。刘三不罢休，随手抢起一根扁担追了上去。

眼看就要追上了，忽然那贼一弯腰，从地上捡起一把明晃晃的刀，恶狠狠地对刘三喊道："你再追，我就用刀捅死你。"

刘三是个本分的农民，胆子本来就不大，一听这话，脑袋"嗡"的一声，就吓得没敢再往前追。一看刘三被镇住了，那贼便又赶紧向前逃，一面逃一面还不放心地回头看，看刘三真歇了脚，他突然大笑起来，转眼拐了个弯，就消失在夜幕之中。

发愣的刘三这才长长地出了一口气。这时候，老婆和几个邻居扛着扁担铁锨追上来，老婆焦急地问："你没事吧？吓死我了。"

"才吓死我了呢，"刘三把扁担往腋下一夹，用手比划着给老婆看，"那贼娃子手里有刀，这么长啊！"

"你不是有扁担吗？"邻居王大胆晃晃自己手里带着的铁锨问他。

刘三摇摇头，苦笑着说"扁担哪有刀管用？他用刀捅我一下，搞不定我就死了！"

"那他人呢，跑了？"王大胆不甘心地问。

吃烧饼

□ 张玉国

王五上县城卖完菜已过晌午，肚子饿得咕咕叫，于是狠狠心在街边买了三个肉馅烧饼，往怀里一揣，准备带回去和老娘、闺女一块儿吃。王五老婆死得早，闺女十岁刚出头，家里全靠他老娘帮他撑着。

王五急着往家赶，一路上那三个烧饼香味儿直往他鼻子里钻，王五心想：反正带回去也是吃，不如先把自己那个吃了？于是三口两口下了肚。

不一会儿问题来了：王五的肚子比刚才不吃烧饼更难受，留给老娘和闺女的那两个烧饼老在他眼前晃。

王五忍不住想：要不我就再吃一个？可是吃谁的呢？自己平时没什么东西孝敬过老娘，给老娘的这个绝对不能吃，那么就吃留给闺女的那个吧，就当她提前孝敬我爹了吧！于是，王五三口两口就又吃了一个。

吃完了，王五抹抹嘴，把给老娘的那个烧饼重新在怀里揣揣好。现在没什么想头了，那就赶紧赶路吧，老娘这个是说啥也不能动了。

王五心里是这么想，可一路走着一路心里就是怪痒痒的。走到下坡的地方，王五再也走不动了，一屁股坐在地上，把给老娘的烧饼从怀里掏出来，对自己说："听天由命吧，我把烧饼从坡上滚下去，如果它站得住，就该老娘吃；如果站不住，那我就把它吃了。"他朝家的方向一抱拳："娘啊，不是儿子不孝，是天意啊！"随后，他把手一松，那烧饼就"扑扑扑"地朝坡下滚去。烧饼又不长腿，哪能站得住呢，王五这是生着法子在找借口给自己解馋呀！

可没成想，那烧饼在坡上滚了一段路之后，还真就直挺挺地站在那儿了！这是个土坡呀，前两天下雨时坡面被车轱辘压出道道车辙，烧饼正好滚在车辙道上，被挤住了，所以就站得笔直。

王五顿时火冒三丈，跳起来冲下去，抓起烧饼张嘴就咬："老天爷啊，求求你不要管我们家的私事了吧！"

"跑了，我……我怎么追得上他！"刘三有点不好意思，顺着那贼拐弯的方向指了指。突然，他的手在半空中停住了：拐弯处的地上，有把刀在那里泛着青光，刘三知道，是那贼丢下的刀。

于是一群人赶紧奔过去。奔到那里一看，刘三的脸变得通红，这哪里是什么刀，明明是一张冻白菜叶子嘛！

  又是一年落叶黄，一层秋雨一层凉；整日奔波多辛苦，天凉别忘添衣服；爱惜身体加餐饭，珍惜友情常想想；短信情长言未尽，唯愿朋友多健康！ 1395***9197（0841）

老实交代

□ 聊　君

妻子出差回来那天，正巧丈夫在单位里开会。丈夫到家时天都黑尽了，看到妻子回来了，好想和她亲热亲热，可妻子却拉长了脸问他："你老实说，我出差这些天谁来过咱家了？"

丈夫看看妻子的脸色，小心翼翼地回答说："隔壁芳芳来过呀，你在的时候，她不也三天两头的来找娟娟玩？"

妻子还是唬着个脸不开心："咱不说小孩，说大人！"

"大人？"丈夫一拍脑袋，"对了，芳芳她爸阿杰也来过，来还我们家的碟片。"

"你别给我贫嘴，咱说女的！女的有谁来过？"

"女的？没事女同事上门来干什么？"

丈夫回答得很干脆，可妻子还是死盯着要丈夫老实交代，丈夫没了辙，不知道说什么好。妻子看丈夫不肯说，眼泪就下来了："那天你在洗澡，来了一个女的，她和你说话，看你洗澡。你老实说，这事儿有没有？"

丈夫一听，哈哈大笑起来"这是你听岔了啊！你怎么也不想想，我会是那样的人吗？那天我买了许多红枣在盆里洗，你二姐来了，就站一边看我洗枣，和我说话。准是娟娟说的吧？她把'二姨'说成了'阿姨'，你呢，居然把'洗枣'当成了'洗澡'。你像话吗？"

妻子顿时破涕为笑。

装电话

□ 崔书君

农村小学的设备很简陋,校长、教导主任和老师都在一个大办公室里办公。办公室里只有一部电话,虽然校长没说不让大家用,但这么多人互相盯着,谁也不好意思用公家电话办私事,所以这部电话实际上就成了校长一个人的专用电话。后来学校有了钱,搞了一个校长室,校长搬出去,就把电话带过去了。

再后来,学校给教导主任新盖了一间房,教导主任也搬出去了。可是教导主任没有电话,于是就去对校长说:"教导处对外联系的工作也不少,你不在的话我也不能随便到你那屋去……"教导主任话没说完,校长就点头说:"我懂你的意思,行,也给你屋装部电话吧。"

教导主任是刚提拔的年轻干部,平时和教师们关系很随便,于是教师们就时不时地到他那屋去打电话,他不好意思多说什么。结果到月底一结账,他办公室的电话费500元出头。

这下教导主任傻了眼:第一个月就这么多电话费,比校长室还多,怎么向校长交待?他偷偷找到校办工厂的王厂长,把这500元拿到厂里给做个账报了。教导主任对校长说:"这个月没几个话费,就不用报销了,下月再说吧。"

下个月,教导主任吸取教训,不再让老师随便来打电话,或婉言谢绝,或找借口躲避,经常把门关起来,只有自己真正有需要时才打。结果,第二个月的电话费还不到30元。

教导主任高高兴兴地拿着电话缴费单去找校长报销,谁知校长拿过单子一看,说:"我看你业务也不多,装个电话月租费还挺贵,干脆你以后到我那屋打,你这电话撤了吧!"

月走我不走,痴心等挚友;忽听手机响,短信暖心头;路远情谊在,事多分先后;两心若相印,何必常聚首。辽宁 钟庆石(0642)

二癞子求爱

□ 杨　碑

　　二癞子不学好，平时专门干下三烂的勾当。一天深夜，他尾随一个单身女子到"半截巷"胡同，趁人家在院门口摸钥匙开门的时候，抢了她的包就跑。回去一看，收获还真不少，钞票一沓子不说，还有三部不错的手机，估计卖个千儿八百的不成问题。

　　二癞子得意地数完钱，准备把空包往垃圾桶里扔，突然看到从包里掉出一张照片，捡起来一看，眼珠子就直了：这姑娘长发披肩，长得非常漂亮。二癞子心想：这么漂亮的女人，又有钱，要能做自己老婆该多好！他翻来覆去想了一夜，最后决定把抢来的包还回去，借此和姑娘笼络感情。于是第二天，他重新把包原封不动地装

好，还在里面留了一张纸条：请原谅我昨夜的冒昧，我决定将包原物奉还。我很喜欢你，希望我们有缘再见！二癞子把自己的手机号也留在纸条上，到了晚上，他趁着夜色又去了半截巷，把包挂在这个姑娘家院门的门把上。

　　他刚回到住处，姑娘的短信就跟过来了：你这人还算有点良心。不过，昨天夜里你把我吓坏了，这笔损失怎么办？二癞子一看姑娘有了回应，激动万分，赶紧回复：明天中午请你吃饭，怎么样？姑娘很快就回短信过来说：恭敬不如从命，明天中午11点半，你在公园雕塑前等我。

　　二癞子兴奋得不知如何是好，第二天特意换了一身行头，又去美发店做了头发，钱包里塞足了抢来的钞票，还买了一大束玫瑰，然后打车直奔公园。找到雕塑地方，二癞子一看表，才刚10点钟，他笑自己是不是心

情书的经历 （文：王　旭；图：包丰一）

1. 一男生想追一女生，就写了一封肉麻的情书，托女孩的弟弟转交。

2. 次日，男生问信转了没有，弟弟说："姐不在，我让爸给她了。"

3. "啊？"男生很紧张，"你爸说什么了没有？"

4. "我爸说你很无聊，让我把信还给你。你不在家，我给你爸了。"

里太急了点，反正时间还早，昨天晚上也没好好睡，于是便坐在雕塑前的椅子上打起了瞌睡。

正睡得香时，突然有人从背后搂住了他的腰："告诉我，你什么时候到的？"二癞子吓了一跳，回过头一看，是一个浓妆艳抹的漂亮女子，但好像和照片上看到的不大一样。

那女子看到二癞子一愣，张口结舌地说："对不起，我认错人了。"她解释说，她和男朋友约好在这里见面的，因为背影太像了，所以错把二癞子当成了自己的男朋友。她边说边就不好意思地红着脸走开了。

看着她跑远的背影，二癞子不禁心猿意马起来，等会儿约会的姑娘要

也能这么大胆开放就好了！可是他伸长脖子等啊等啊，一直等到中午12点，姑娘还没来。二癞子挺着急，就发短信问：你怎么还没来？我买的花都要谢了！一分钟后，那姑娘的回复短信就来了，二癞子低头一看，差点没把鼻子气歪：傻瓜，谁说我没来？我已经把你给我的压惊费拿走了。你接着做你的美梦吧，姑奶奶我没报警就算不错的了。拜拜！

二癞子一摸上衣口袋，钱包不知何时已不翼而飞。想了半天，突然醒悟：那个说自己认错男朋友的女子，其实就是那姑娘，她原来是个高明的小偷。

（本栏题图、插图：李　加　史　琦）

  唉！生活就是这样：听听电话抽抽中华，吃吃龙虾洗洗桑拿，开开宝马送送鲜花，喝喝人头马泡泡酒吧，会会刘德华见见周润发，发发短信逗逗傻瓜。　山东　胡振江（0643）

最具人气短信推荐3月(下)：关于短信的短信

● 一壶老酒，绵香醇厚；一首老歌，余音悠悠；一段岁月，天长地久；一个朋友，知心牵手；一句祝福，伴你左右；一条短信，真诚问候：祝你天天快乐！ 1352***3132 (0645)

● 买辆奔驰送你，太贵；请你出国旅游，太费；约你大吃一顿，伤胃；送你一枝玫瑰，误会；只好短信祝你天天快乐，实惠！ 1332***2299 (0646)

● 水不孤独山孤独，所以水把山围住；树不孤独鸟孤独，所以鸟在树上住；人不孤独心孤独，所以心被梦牵住；我好担心你孤独，所以发条信息给你读！ 任勇 (0647)

● 这条短信，收到就行；要是在忙，不回也行；我在想你，知道就行；今天的你，快乐就行；记得call我，偶尔就行；看完之后，笑笑就行！ 浙江 沈怡 (0648)

● 手机可换，心中的朋友是你，不换！信号常断，牵挂的是你，不断！铃声心烦，短信是你的，不烦！一生生、一年年、一天天，祝你健康、幸福、平安！ 1330***0636 (0649)

● 短信天上飘啊飘，幸福的朋友会收到；信中有棵幸运树，树下一棵无忧草；草上开着温馨花，树上结满幸福桃；只需轻轻许个愿，所有愿望会实现！ 山东 曹作波 (0650)

本期特别征集

生日短信。当你的亲朋好友过生日而你无法亲自前去祝福的时候，你最想通过短信对他(她)说什么？请把你的短信发给我们，还有机会赢取3000元奖金哦！ (详情见P57)

咖啡一杯代美酒
献给知心与好友
(图：江慧娟)

1月份短信王揭晓！

经过读者下载投票，1月份位列前十名的短信编号分别为：0123、0144、0119、0145、0105、0213、0220、0223、0233、0214，它们的作者（推荐者）各获奖金100元，1月份的短信王中王将从以上10条短信中产生，奖金3000元。谜底下期公布！

为广大故事作者提供免费进修机会

本刊第十一期故事创作研讨班开始报名招生

为了培养故事创作的骨干力量，本刊将于2006年5月在上海举办"《故事会》第十一期故事创作研讨班"，会议期间，我们将组织各类富有针对性、实践性、实效性的学习活动，使与会作者在故事创作方面获得新的认知、新的起点、新的成效，从而缩短作为一个故事作者的成熟周期。**凡录取者，差旅食宿等费用均由我刊负担。**

报名办法如下：1. 提供本人创作简历一份；2. 提供至少一篇既富有时代气息、又有新奇情节的故事作品，篇幅不限；3. 需注明真实姓名、单位及联系方式；4. 即日起开始报名，至4月15日截止。来稿可用电子邮件的形式直接发给我刊的各位责任编辑（各编辑的电子信箱见各期《故事会》），也可从邮局寄发，地址是：上海市绍兴路74号《故事会》杂志社（邮编：200020），信封上须注明"研讨班报名"字样。4月底发录取通知，未录取者稿件恕不奉还，请自留底稿。

《解读〈故事会〉》

一本揭示 故事会 40年发展历程的传记

欢迎评说

亲爱的读者，为体现与时俱进、求实创新的办刊思想，本刊在《故事会》创刊40年之际，特推出《解读〈故事会〉：一本中国期刊的神话》一书。关于《故事会》这本杂志，你可能有过这样那样的疑问：为什么《故事会》能几十年长盛不衰？高考满分作文与读《故事会》有什么关系？为什么卖《故事会》杂志就能赚钱？……看完这本书，相信你会揭开所有的谜底。

送你几朵花，愿你命运如桃花，财运如浪花，爱情如玫瑰花，生活如幸福花，拍拖如牵牛花，事业如攀藤花，有了爱情不要霸王花，有了钱财不乱花。 四川 何宣芳（0644）

364

2006 SEMIMONTHLY 上半月版 4月 STORIES

故事会

2006年4月 上半月·红版

主　编：何承伟
常务副主编：吴　伦
副主编：姚自豪（上半月·红版）
副主编：夏一鸣（下半月·绿版）
本期责任编辑：姚自豪
发稿编辑：
周　吟 吕　佳 郑继文
夏一鸣 鲍　放 梁宁宁 王雅静
美术编辑：李宝强
电脑制作：郭瑾玮
通　联：归依玲
本社办公室电话：021-64375030
上半月刊编辑部电话：021-64332325
下半月刊编辑部电话：021-64336469
（上海市绍兴路74号 邮编：200020）
主管、主办：上海文艺出版总社

制作发行部主任：张　凯
电话：021-64313938
广告总代理：上海文艺广告传播中心
（上海市绍兴路74号 邮编：200020）
广告业务：021-34010383
广告投诉：021-64333738
广告经营许可证
沪工商广字3100320050022号
发行：中国图书进出口上海公司

手机阅读器服务商：北京掌讯远景信息技术
有限公司 客服电话：010-51196627

封面插图：谢友苏

本刊各栏目欢迎来稿。来稿寄上海市绍兴路74号《故事会》杂志社，邮编：200020，请在信封上注明
"××栏目"收；本期责任编辑E-mail地址：yaotongzhi@vip.sohu.net

· 笑话 ·

家庭健身术

丈夫领了单位发的"五一"过节费，回到家后便如数上交给老婆大人，老婆接过钱，"噼里啪啦"地点了点，说："就这点？举起手来，让我搜搜，留没留小金库？"

丈夫一边嘻嘻哈哈地分辩，一边乖乖地举起双手，任老婆搜身。

这时，丈夫的老爸突然推门而入，丈夫连忙把手放下来，尴尬地笑笑，老婆忙解释说："爸，我最近刚学了一套健身操，这，我正在教他呢，爸，要不您也学学？"

老爸咧开大嘴，腼腆地笑了笑，说："不用学，三十年前我就学会了，还是他妈教的呢！"

（吴金瞠）

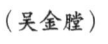

（本栏插图：李　加　史　琦）

蛤蜊的气味

一个面色苍白的男子捂着肚子走进了诊所，他一见医生就哭丧着脸说："医生，我昨天吃了些蛤蜊，今天早晨起来胃就特别疼！"

医生问："你把那些蛤蜊掰开的时候没有闻到什么难闻的气味吗？"

男子惊诧地问："需要把它们掰开才能吃吗？"

（陈明智）

开　门

午夜过后，约翰喝醉了酒踉跄着走出迪斯科舞厅，走了几步之后停下来，开始敲打一根路灯杆。一辆巡逻的警车停了下来，走下来一个满嘴喷着酒气的警察，问道："你在那里干吗？"

醉汉说："我敲半个小时的门了，就是没人给我开门。"

警察朝上看了看，说："你太太肯定在家，上面还亮着灯呢！"

（陈明智）

何为贵？山以青为贵，物以稀为贵，月以明为贵，人以正为贵，友以挚为贵，情以真为贵，我以宝贝你为贵！　青海　尚青（0701）

小姐要车

有一位在公司做事的小姐想要车，于是打电话到出租车公司："你好，我要车……"

接电话的人问："你在哪里啊？"

小姐说："我在皇天大酒店。"

为便于辨认，接电话的人又问："你穿的是什么裤子？"

小姐说"我不穿裤子，我穿的是一条裙子。"

接电话的人又问："到哪里啊？"

小姐说："到膝盖。"

（石 宏）

猜 谜

老师正在教学生猜谜，老师说："一个长来一个短，一个快来一个慢，短的生来懒得动，长的忙得团团转。猜猜看，这是什么？"

小明答道："爸爸和妈妈。"

（付虹杨）

骗女人太难

一只狼敲着兔子的门，嘴里亲昵地说道："小兔子乖乖，把门儿开开。"

小兔："来喽！"

兔妈妈："不许开！是狼！"

狼叹了一口气："唉，骗一个女孩容易，骗一个女人太难！"

（李 培）

服 务

牛大款来到美容院，站在一溜服务小姐的照片前，眼珠贼溜溜地乱转。一会儿，他指着一幅玉照对服务台上的小姐说："就让她为我服务！"

服务员为难地说："你——能不能换一位？"

牛大款神气地甩出一大把钞票，说："哼，敢瞧不起大爷？"

服务员被缠得无奈，就指着照片说："你自己看看吧。"

牛大款凑到照片底下，这才看到了一行小字：已故国际影星玛丽莲·梦露。

（胡明宝）

吻 哪 里

公园里，一对男女青年在聊天，男的对女的说："可以吻你吗？"

女的说："不要脸！"

男的说："那就嘴吧！"（小 冰）

什 么 坏 了

一位女议员在议会大厅的楼梯上不小心摔倒了，正好遇到总统，总统便将她扶起来，她感激地说："总统先生，要我怎样感谢您呢？"

"下次表决时投我一票就好了。"

女议员赶忙说："哦，总统先生，我摔坏的是膝盖，可不是脑子。"

（波 顿）

结婚须知

年轻的国王问他的大臣："为什么我14岁就可以统治整个国家，而到18岁还不允许我结婚？"

大臣答道："因为照顾妻子比照顾国家难多了！"

（秦茂媛）

求 职

有一个瘦小的男子去应聘门卫，老板打量了他一会儿，说："我们需要的是一个以小人之心度君子之腹的人，他要有强烈的疑心病、锐利的目光、高度的警觉心、机警过人的听觉，还要有健壮的身材、杀气腾腾的个性，谁惹了他，他马上变成恶魔般的人物，你觉得你自己符合吗？"

那个瘦小的男子轻声说："我恐怕不行，不过可不可以让我老婆来试试？"

（湘 情）

谁 急

张先生三十岁了，还没找到对象，这可急坏了他娘，他就安慰说："娘，你生我时，冥冥之中老天爷也为我生了一个老婆，你不用急。"

张先生的娘说："就算是这样吧，你也该去找人家啊，你不急，人家姑娘着急啊！"

（关明基）

  清茶一盏代美酒，献给知心与好友；此香不比鲜花浓，却是真诚出我手；愿您家人都平安，一生一世无忧愁；真情真爱相伴您，永永远远到尽头。 河北 刘扬（0702）

意外收获

大学生总喜欢新鲜、刺激的事物，譬如打牌，输的要喊"我是猪"，或是抱着电线杆子喊"我的病有救了"。有个宿舍玩的花样更新：谁输了，就要在半夜十二点独自上后山抄十块墓碑的碑文回来，最要命的是第二天早上大家还要一起上山找墓碑核对！

一学期下来，有一天，宿舍的几个哥们在一起聊天：

"现在倒好，英文单词没背上几个，后山的216块墓碑的碑文倒是全背得滚瓜烂熟了！"

"我的古文字水平提高了！"

"我的书法水平提高了！"

上铺一个哥们一声大叫："我现在还能用小篆签名呢！"

（耿人健）

问题

一个女人发狂一样地奔进了诊所，喊道："医生，快给我看看，今天早上照镜子时发现我的头发枯黄、皮肤多皱、眼球充血、眼窝下陷，天啊！我的脸看起来像死尸一样惨白！医生，快告诉我究竟出了什么问题！"

医生给她检查了几分钟，说："夫人，我可以告诉你，你的视力并没有什么问题。"

（瀚　森）

出不来

小刚写作文，碰到要写一个"屎"字，一时卡了壳，挠破脑壳也想不起这个字该怎么写，于是他就去请教爸爸大刚，不料大刚电脑用多了，也不知怎么写，他一边挠脑壳，一边讪讪地说："明明就在嘴边，可怎么就是出不来了呢！"

（吴国志）

本栏欢迎来稿，读者、作者可将有新鲜感、有精彩细节的笑话佳作投寄给我们。来稿一经采用，最高稿费为一则100元。本期责任编辑电子信箱：yaotongzhi@vip.sohu.net

案发现场

□ 邓耀华

星期一早晨刚上班，襄州市公安局刑侦处黄处长就接到报案：星海公司办公楼下发现一具男尸，离男尸不远处有一把砍刀。黄处长立马带着助手前往案发现场，经勘察，死者是从空中坠地而死，也就是说，死者是从星海公司办公楼上坠地而死的；又经确认，死者名叫刘一武，大家都叫他"大刘"，为人本分，至今独居未婚，住在星海公司对面的一座公寓楼里。

是自杀？还是他杀？黄处长脑子里急速地思索着，自杀？为什么不从自己住的公寓楼上跳下去，而要从星海公司办公楼上跳下去呢？他杀？又没有他杀的迹象，还有，死者旁边为什么会有一把砍刀呢？死者身上并无刀砍的痕迹呀？

现场勘察以后，黄处长带着助手打开了大刘的住房，想先从他的居室内发现一些线索。屋内一切东西摆放整齐，没有被人翻动或偷盗的痕迹，临窗的书桌上放着一架照相机，桌上有一叠照片，照片全是同一个女孩子的，女孩临窗而坐，或双手托腮，或凝神沉思，或伏案书写，黄处长脑子里灵光一闪：大刘的死可能和这个女孩子有关！

黄处长很快就查清了女孩子的身份，她叫小丫，漂亮、文静，是个非常讨人喜爱的姑娘，在星海公司经理办公室做秘书，于是，黄处长就直接

  你变了，真的！变得那样陌生，再也不是记忆中那熟悉的你了！看着你陌生的面孔，我的心都碎了！你怎么就能不打个招呼，便从可爱的小蝌蚪变成癞蛤蟆了呢！ 山东 刘秀（0703）

跟小丫进行了正面接触，他拿出大刘的照片，问小丫："你认识这个人吗？"

小丫看了一眼照片，说认识这人，他叫大刘，昨天她从外地出差回来听说他死了。这时，黄处长从包里拿出一大叠小丫的照片，摊在她面前，小丫看到这些照片后脸上显得有点惊异，说："我从来没给他送过照片，也没让他拍过。"

黄处长接着问："你们之间很熟吗？他向你说过什么吗？"

小丫说："我们并不很熟，仅仅认识而已，不过，有一次他在路上遇到我，跟我说过一次话，他说我很漂亮，还说要我做他的女朋友，可我已有男朋友了……"

黄处长接着又问那人是否纠缠过小丫，小丫说没有，还说那个人似乎很知趣，以后路上遇到时，连话也不说了，只是眼睛久久地看着，很深情的样子。

接触小丫以后，黄处长又对其他方面的情况进行了调查，排除了情杀、仇杀、谋财害命等可能，经过对案情的多次分析，初步认定为殉情自杀，但大刘尸体旁边为什么会有一把砍刀？怎么解释都不太能自圆其说，为此，大刘一案一直困扰着黄处长。

一天，黄处长的表弟回到了襄州，他在省作协工作，并擅长写侦破小说，这次回来是采风的。黄处长在跟表弟喝酒时说了大刘的事，表弟说要看看大刘的那些照片，黄处长拿了出来，表弟把照片一张一张地摆弄着，过了一会儿，他欣喜若狂地叫了起来："我知道了！"

黄处长忙问："你发现什么了？"

表弟指着照片说："你看，这些照片都是临窗的，窗口的外面有一棵大树，大树的一根枝干伸向窗口，逐渐地枝叶茂盛，都快要把窗口遮住了，而大刘的这些照片，上面都标有时间，这最后拍的几张，那枝叶都快要把小丫的脸遮住了……"

黄处长问："这又能证明什么呢？"

表弟胸有成竹地说："可以肯定，这些照片都是大刘偷拍的，就在大刘最后一次偷拍时，季节变换，那枝叶把窗口里面的小丫遮住了，大刘偷拍不到，于是，他就在一个夜晚，拿了砍刀，悄悄地爬上那棵大树，想砍掉那根树枝，可一不小心，他从树上摔了下来。如果我的判断没错的话，那根树枝上肯定有刀砍的痕迹。"

黄处长似信非信，立即前往星海公司，爬上那棵树一看，果然，伸向小丫办公楼窗口的那根树枝上有明显的刀砍痕迹。黄处长从树上下来，站在大刘摔死的地方呆了好长一会儿，感慨地自言自语道："全为一个情字哟！"

（题图：安玉民）

 · 短信王中王 ·

最具人气短信推荐 4 月（上） 关键词：善意的玩笑

● 报纸上说抽烟对肺不好，所以我把烟戒了；报纸上说喝酒对肝不好，所以我把酒戒了；报纸上说交你这样的朋友对心脏不好，所以我把报纸给戒了。 辽宁 郑浩 (0744)

● 减肥大绝招：大兴安岭耍大刀，长白山脉抢铁锹，乌苏里江畔跳健美操，松花江底把王八捞，特效泻药一天五包，夜深人静房上逮猫，长此以往绝不长膘。陕西 诸雁容 (0745)

● 传说看见流星许愿很灵，我每天等流星，那天我终于看见流星，在它落下前闭眼许愿，希望你从猪转世为人，我睁开眼睛惊奇地发现：星星顺着原路飞回去了！ 山东 王鑫 (0746)

● 耳朵痒吗？那代表我在想你；眼睛痒吗？那代表我想见你；嘴巴痒吗？那代表我想吻你；身体痒吗？那代表……别瞎想！肯定是被蚊子咬了，快挠挠吧。 1396***2784 (0747)

本期特别征集

问候病人、健康提示的短信。健康是生活和事业的根本，但是人吃五谷杂粮，难免头痛脑热。病情虽然有轻有重，各不相同，不过有一点很重要——那就是良好的心态是战胜病魔的关键。如果你的亲朋好友不幸患病，你会通过怎样的短信带去问候和关怀，或者送上体贴的健康提示呢？让病中的亲友感受到你的心意，带着你的祝福早日康复！（详情见P43）

● 告诉我，昨天那个和你在一起的男的是谁，我一眼就看出他不要脸，居然还打你的屁股，可把我给气坏了！我当时就大叫一声："前面那个赶驴的给我住手！"山东 秦静 (0748)

● 请你在桌子上放一个笔记本，然后把你的下巴放在笔记本上。好了，这就是我送你的礼物——笔记本垫脑！ 江西 廖炜 (0749)

1月份短信王中王最终优胜者揭晓！

编号为0213的短信下载数最高，成为1月份的"短信王中王"，推荐者江林强（北京）获得奖金3000元！（您可以下载此条短信，详情见P43）本刊下一期将公布2月份下载数前10名的"本月短信王"，敬请关注。

接头暗号：愚人节快乐！（图：江势）

 10 听说很多恋人有了钱就吵架，所以我急忙把钱买了烂股输掉了；听说长得英俊是恋人猜忌的根源，所以我急忙去整容——你问我为什么又穷又丑，这就是答案。1392***3558 (0704)

金蝉脱壳

□ 孟子萍

惯窃在谋划脱身之计

吉娜是个惯窃，她偷了好多好多的贵重财物，可这一次她失手了，她再一次被关进了监狱。这一次再也不像以前那样只是拘留数月，她被判了十年，听到这消息，吉娜差点疯掉，她过惯了自由放荡的生活，这种重刑可比判她死刑还要痛苦!

但吉娜是精明的，在被关的头几个月中，除了劳教外，吃饭、户外活动的时候，她会观察周围的一切人和事，她思念着外面的生活，早就产生了要逃走的念头，她暗中和监狱后勤人员维持着关系，这些后勤人员中有一个叫布迪的黑人老头，吉娜平时最爱和他搭讪。老布迪一直在监狱里工作，孤身一人，监狱就是他的家，他

把自己的工作做得很精细，每个人都夸奖他的手艺，他的这份工作很特殊：给在监狱里没有家属而死去的犯人做棺材。在这所监狱里，每当一个人死了，当天夜里12点时就会响起钟声，紧接着这个人就会被安放到老布迪做的棺材里，放在停尸房里等待安葬……

老布迪就要退休了，虽然他做棺材的手艺精湛，但是他的眼睛得了严重的白内障，看东西已经模糊不清了。

一天下午，吉娜在户外活动的时候又来找老布迪，一见面，吉娜就问："你今天看上去气色很好，有什么高兴的事吗？"

"我的快乐都写在脸上了吗？"老布迪的手里紧紧攥着一封信，激动得双手在微微颤抖，"知道吗？孩子，再过几个月我就要退休离开这里了。半年前，我向政府申请了一笔数目不小

的医疗保障金，希望用来治疗我的眼睛，等了这么久终于收到答复了。"老布迪激动地说着，表情就像一个刚受到上帝赏赐的信徒。

"哦，真的吗？那真是太好了，我真为你高兴！"其实吉娜才不会关心他呢，卖弄表面功夫是她最拿手的表演，她走上去给了老布迪一个深深的拥抱。

"吉娜，快帮我看看上面说了什么，上面的字我已经看不清楚了。"老布迪把信递给了吉娜。

"孩子，快告诉我，他们打算给我多少钱治疗我的眼睛？我知道那笔钱数目很大，其实少一点也可以的。"

吉娜的眼睛一直盯在信上，但是她并没有马上回答，一个坏念头出现在她的脑中，她突然显出了一副无奈的表情："哦，布迪，我真不知道该怎么回答你……"

"信上到底写了些什么？"

"上面说……"吉娜顿了顿，"上面说现在资金短缺，还不能满足你的要求，也许一两年内，他们能拿出给你治病的钱，信上还说……"

"别说了。"吉娜没有说完就被老布迪打断了，他的脸上露出了失落和痛苦，"我早就该想到他们会这么说，只是我太天真了，以为给我回信就能带来好消息。吉娜，你知道吗，对于一个木匠，眼睛是他的心呀！我在这个监狱里勤勤恳恳工作了大半辈子，

可现在医生告诉我，如果治疗的时间再推迟，留给我的世界就只有黑暗了。"

吉娜在心里偷偷笑了，老布迪上当了，其实那封信上已经表明政府打算给老布迪治疗的费用，并对这么久才给予回信表示了歉意，但是吉娜在读信的时候，突然想到了一个利用老布迪逃走的计划。接着，吉娜假装安慰老布迪，说了许多宽慰的话，还破口大骂政府没良心，然后她话锋一转，悄悄地在老布迪耳边说："我能帮你治好眼睛。"老布迪擦了擦眼泪，呆呆地看着吉娜，似乎并没有明白她的意思，于是，吉娜再一次重复了自己的意思："我能出钱治好你的眼睛，在到这里之前，我继承了一大笔遗产，但是在这该死的地方，我根本无法享用它，布迪，现在只有我们能互相帮助了。"

魂飞魄散的一瞬间

老布迪抹了抹眼角里的泪水，说："我还是不明白你的意思。"

"只要我能离开这里，你的医疗费就有了，但前提是你必须帮助我逃出去。"

老布迪吃惊地问道："你是说要我帮你越狱？"

"听着，这对你来说是相当容易的，如果有人死了，我躲在棺材中和他一起下葬，然后你再把我从坟中救

爱人要选温柔似水甜如蜜的，对手要选聪明能干强有力的，同事要选埋头苦干没脾气的，朋友要选猪头猪脑流鼻涕的……别看了，快把鼻涕擦了！内蒙古 高恺 (0705)

出来，那么……"吉娜狡猾地看了看老布迪，笑着说，"那么我们就都解放了。"

老布迪不愿接受吉娜的想法，吉娜说了好多说服的话：政府对他做了些什么？在他最需要帮助的时候抛弃了他！为什么不为自己想想？眼睛对一个人这么重要，再不治会是什么结果？

老布迪低着头，陷入了长久的沉思中，空气好像都凝固了一样，四周显得那么安静，终于，老布迪抬起头，嘴唇微微地动了动："我同意……"吉娜兴奋地抓住了老布迪的胳臂，甜言蜜语地许诺着："我们是好朋友，只要我出去了，一定会给你一大笔钱治好你的眼睛！"说完，她偷偷地把那封信塞到了自己的口袋里。

随后的几天里，吉娜和老布迪在一起制定了周密的计划：她让老布迪给她弄了一把万能钥匙，还要他在做的棺材中留出一个能让她呼吸的小孔，她特别提醒老布迪：关键是要及时把她从坟中救出来，这样她就可以金蝉脱壳了！

一切准备好后，吉娜就盼望着那12点的钟声快点响起，快点有人死去，但是等待一个人的死亡并不是随心所欲的，就这样慢慢过去了两个月，老布迪受了上次的打击后眼睛好像越来越不好了，同时也变得消沉了，而吉娜也更加焦躁不安起来……

终于在一个夜里，吉娜听到了12点钟声的响起，她兴奋得像找到回家路的小鹿一样跳了起来，但她还是很镇定的，两个小时后，等周围一切都安静下来，吉娜用那把万能钥匙打开了牢门，悄悄地溜到了停尸房。到了那里，她看到了一具安放尸体的棺材，这一刻，吉娜开始犹豫了，和尸体躺在一起是需要足够勇气的，但是为了自由，吉娜还是闭上了眼睛，躺了进去。四周一片漆黑，只有棺中的死人与她做伴，身下发出的丝丝凉气正在渐渐包围着她……

天蒙蒙亮的时候，有人来打开了门，吉娜马上警觉起来，凭感觉，她知道自己躺着的那具棺材被抬了起来，并在慢慢升高，接着又被放下，随后耳边响起了汽车马达的轰鸣声。没过多久，灵车开到了墓地，在那里已经有人挖好了坟坑，又过了一会儿，这个载着两个人的棺材缓缓地被下葬，到了此刻，吉娜的心才完全放松了，她听到了铁铲拍打沙土后触动棺材的"沙沙"声，还有树枝上乌鸦的哀鸣声，她都听得十分清晰，这时，她还听到了上面人的说话声："这个人怎么突然就死了，连个亲人也没有，真是可怜。""是呀，世上可怜的人太多了！"

说到"可怜人"，躺在棺材里的吉娜心想："布迪就算一个可怜人吧，他的眼睛也许以后要瞎了，我哪有什么财产，一切都是骗他的，等我金蝉脱壳后，谁去管他的死活！他只是我利用的工具罢了，我快自由了！"

吉娜为自己能想出这样一个妙计而高兴，她想着想着，慢慢的，吉娜在等待老布迪的救援中睡着了……

好像过了很久，吉娜突然被惊醒了，那是棺材中的氧气渐渐稀薄了，她的呼吸有点艰难了，"该死！这老东西怎么还没来？"吉娜开始诅咒起来，她打起精神，想听听外面有没有脚步声，但是一切都那么安静。时间就这么慢慢过去了，老布迪的脚步声还是没有响起，吉娜使尽全力呼吸着那点仅有的空气，她的意识在慢慢模糊，冰冷的空气也渐渐渗透到她的身体里，她从口袋里掏出了一个打火机，想暖和一下，就在她打着火的一刹那，微弱的火光照亮了狭小的空间，吉娜清楚地看到了身下的那张脸，不是别人，就是那个需要钱治疗眼睛的老布迪……

（题图、插图：安玉民）

·本刊信息传真·

《青春读本》3

《青春读本——感动中学生的100个故事》第一、第二辑出版后，在社会上引起了巨大的反响，被读者誉为"一本能真正打动中学生心灵的好书"，"一本能让中学生懂得许多道理的教材"。

根据广大读者的建议，编辑部继续编辑了《青春读本——感动中学生的100个故事》第三辑，现已完成并正式出版发行。

俺人很丑，一米四九，小学文化，农村户口，房子没盖，存款没有，四处流浪，打工糊口，闲来无事，喝点小酒，发个信息，逗逗小狗。1350***1974（0706）

大羊和小羊（文：李 杰；图：包丰一）

1. 两个城里的学生到草原体验生活，他们找了一份牧羊的工作。

2. 每天清晨两人把牧民的两千只羊赶到草地上让它们吃草，傍晚再赶回羊圈。

3. 两人很快就不肯干了，说是大羊倒很听话，可小的羊到处乱窜，很难关进羊圈。

4. 牧民家其实没小羊，牧民听了觉得奇怪，跑去一看，羊圈角落里多了一群吓得直打哆嗦的野兔子！

狗的趣话

2006年是狗年，关于狗的趣话很多，你不妨看看……

◆ 狗在跳高上有一技之长，因为狗急能跳墙；

◆ 狗有见义勇为的美德，因为狗拿耗子并不是多管闲事；

◆ 狗对医学有贡献，因为有狗皮膏药、狗宝为证；

◆ 狗有军事头脑，"狗头军师"的牌子多少年一直没倒；

◆ 狗善于交际，连狡猾的狐狸都成了它的朋友，所谓"狐朋狗友"；

◆ 狗是继猫之后画家画虎的模特，有道是"画虎不成反类犬"；

◆ 狗是继鸡之后，倡导夫妻和睦相处的动物，有"嫁鸡随鸡、嫁狗随狗"之说；

◆ 狗是不撒谎的动物，因为它一直向喜欢象牙的人们表示它的嘴里吐不出象牙来；

◆ 狗是第一个提出打假的动物，因为它反对挂羊头卖自己的肉；

◆ 狗是最自信的动物，就连万物之灵的人，在它眼里也要矮上三分，因为"狗眼看人低"；

◆ 狗是最早实践"大丈夫当借力而行"的动物，因为有"狗仗人势"之说；

◆ 狗最倒霉的时候是落水的时候，因为有人会"痛打落水狗"。

（推荐者：徐 邑）

警匪故事

　　本书汇集五则中篇故事精品，描写公安人员深入虎穴，与潜伏的敌特土匪斗志斗勇，最后使之落入天罗地网。故事情节曲折复杂，悬念性特别强，敌我之间关系扑朔迷离，错综复杂，人物命运特别牵动人心。

红色间谍故事

　　7则中篇故事，描写一群置生死于度外，出生入死在敌巢魔窟中，机智勇敢地与敌特匪首周旋，进行地下斗争的革命者。故事情节曲折，人物形象鲜明，具有震撼人心的艺术魅力。

捣蛋鬼故事

　　本书收入的"捣蛋鬼"，是一批头上长角的油子、懦夫、贪者、莽夫、偷儿、怪徒，他们大多性格怪异，但在激变的环境中却展现出了人们意想不到的美丽人生。书中也描写了另一类罪错者，故事往往以轻喜剧的风格来处理人物之间的矛盾冲突，让你饱览社会生活的丰富多采。

怕老婆故事

　　怕老婆现象古今中外均不同程度存在，汇集出书这是第一本。作者均取材于实际生活，有古代代表性作品，更多的是描写当代人的这类夫妻关系。他们怕老婆的行为，离奇古怪；怕老婆的动机，五花八门。

说大事、小事,普通人的身边事
讲闲话、实话,老百姓的心里话

生与死的

故事

生与死,那是天差地别的两个世界,鲜活的一个人,眨眼之间就走了,看着生命的终止,谁都会潸然泪下,但是,这世上的事总有疙疙瘩瘩的,天灾人祸,难免要死人,天灾怨不得,人祸最可恨。近几年来,一些生产事故多有发生,特别是那些私营矿主,还有一些矿上的当家人,为了赚钱,忘了安全生产,可每当灾难发生的时候,我们的党和政府总是急群众所急,想百姓所想,各级领导亲临灾难现场,在第一时间指挥救援,处理善后,春风送暖,拨云见日;更令人痛快的是,党和政府严肃法纪,违法的人,该抓的抓,该罚的罚;违规的矿,该停的停,该封的封,让死者安息,让生者宽慰。

生与死变换于瞬间,而生与死给人们的警示却是永恒的,今天,我就来说几个矿难中有关生与死的故事……

•第一个故事•

十四声炮响在生命极地响起

这天,老万又下矿了,干完这趟活,他就可以领到工钱,打点年货,跟老婆孩子吃顿像模像样的团圆饭了,可就是在这么一个年关前的祥和日子里,突然,"轰"的一声,天崩地裂,矿难发生了!

等老万从昏厥中醒来时,四周已是一片漆黑,他手忙脚乱地找来手电一照,只见巷道里一片狼藉,幸好他

们这个工作面上的六个人全都好好地活着，也没有受太严重的伤。事故发生在主巷道中段，大伙被堵在巷道尽头的工作面上，插翅难飞，只能盼着外边来救了！

一停下来，大伙的心里只有绝望和恐惧，首先是渴，喉咙冒火，没办法，就喝尿，最后连尿也喝尽了，越饿就越觉得冷，越冷就越觉得饿。老万强撑起身子，摇摇晃晃地去转了一圈，挖回一块晶体石膏，这东西虽不解饿，至少吃不死人，弄进肚里好歹算有点东西。说真的，老万在这石膏矿上干了好几年，还从没想到有一天会把石膏塞进自己嘴里。其他几个工友也都咽下了石膏，肚子里好歹填了点东西，于是大伙又默默地钻进了两个罐斗里，这罐斗是平时用来运矿石的，此刻被翻过来扣在地上，成了大伙保暖的"小屋"，三个人一个斗，互相抱着，多少顶点事。

忽然，一个罐斗里传出一声惊叫，矿工老陈在用电线勒自己的脖子，正使劲拽呢！大伙赶紧扑过去，松开了那根电线。老陈哭着叫道："早晚是个死，你们就让我先走一步吧！"这话触到了大伙的心坎上，矿工们有哭的，有叫的，有骂的，有撞岩壁的，直到耗尽最后一丝力气，大伙躺着再也动不了啦……

不知过了多久，蒙蒙眬眬之间，一排炮声猛然响起，老万从昏迷中惊醒，其他工友也惊醒了，大伙齐刷刷地坐起来，听着，想着，一致认定是矿外在放炮。老万说，这是要救大伙出去，别的办法都不灵，只有放炮炸才管用。

老陈不信，他说放炮挖一条巷道少说也要几十万，矿上不会花这么大

别人有大捧的玫瑰花送给你，可我囊中羞涩，只有一盆仙人掌，我捧着它鼓起勇气对你说三个字："坐下去！" 广西 梁坤 (0707)

代价的，大伙一听顿时泄了气，全瘫在了地上。

不久，炮声又传了过来，老万高兴得爬了起来："弟兄们，十四炮，是十四炮啊！"

大伙全明白了：如果是正常开采，至少要放十九炮，否则会亏本的，而十四炮正是开辟巷道的炮量，这肯定是冲着矿下的人来的，老万当即喝道："大伙现在最关键的是要保存体力，坚决挺住！"

这以后，每当炮声响起时，大伙就清醒一会儿，炮声响过后，就又昏睡过去，在隐隐约约的炮声中，父母、妻儿仿佛离他们越来越近了……

后来，老万躺在医院时才从工友的口中得知：矿下出事后，省里、市里、县里都派人到矿上组织抢救，但大伙在巷道里听到的那十四声炮响，却是小孩过年放爆竹的声音，抢救队的排炮把掩盖在巷道上的岩土炸松了，这才使他们得以听见外面的爆竹声，也就是这碰巧的十四声爆竹，才让大伙有了希望，有了坚持下去的勇气。当抢救队打开巷道时，他们已是奄奄一息了……

•第二个故事•

矿难后一个出人意外的尾声

兴隆煤矿发生了矿难，矿难数天后的一个下午，来了两个人，一个姓丁，一个姓吕。两人来到矿上，出示了记者证，说是要采访。矿上的工作人员小陈，立即殷勤地迎上来，把他俩请上一辆吉普车，随即离开矿山，向县城飞驰而去。

车子来到了县城里最好的中亚宾馆，这里已经住着十几个记者了。两人在一个双人间住下，往床上舒坦地一躺，小声地商量了起来。其实他俩是道上的骗子，弄了个假记者证，到处敲诈勒索，骗吃骗喝。这一次兴隆煤矿出了事，他们像苍蝇嗅到了血，便想乘机捞点好处。

这时，姓丁的开了口："这一票你打算拿多少？"

姓吕的伸出一只巴掌，说"没有5000块，甭想把老子给打发喽！"

天渐渐黑下来的时候，那个小陈推开了门，说是矿上办公室的主任请吃饭。两人随着小陈来到二楼餐厅的一个包间，一个自称是"郭主任"的人在那等候着。四人围着餐桌坐下，酒菜上来，郭主任不紧不慢地开了口："煤矿出了事，老板都在现场，只好由我和小陈来陪两位大记者啦！"

姓丁的一本正经地说道："郭主任，我们是来采访的，不是来吃饭的，你能不能尽快派辆车，送我们去矿难现场采访？"

姓吕的连忙在一旁帮腔："是啊是啊，要不回去报道怎么写？"

郭主任干笑了几声，说"两位都

是走南闯北、见多识广的人，我也就不兜圈子了！"说着，他掏出两个红包推到两人面前："报道嘛，就不要写了。我们这穷山恶水的，也没什么好玩的地方，所以，两位明天就请回吧，我们付给两位每人3000元的车马辛苦费。"

3000元，两人嫌少，所以就耷拉着脸没应声，席上冷场了。其实，出了矿难，一下子拥来了十多个记者，矿老板也怀疑其中可能会有假冒的，只是非常时期，多一事不如少一事，万一惹恼了真记者，麻烦就更大了，所以，矿老板要郭主任他们"以礼迎送，平安打发"，现在，郭主任见两人嫌给的钱少，便又笑嘻嘻地敬起了酒，绵里藏针，话里有话。两个假记者毕竟做贼心虚，于是顺水推舟，就势下坡，接着，郭主任和小陈一人对付一个，将红包硬塞进了两人的口袋。酒宴散后，小陈又把两人送回客房，第二天上午，他又亲自把两人送到了火车站，亲眼看着他俩上了火车，又等到火车开动，他才放心地离去。

这趟车乘客不多，空座位不少，有个乡下小伙子，趴在靠窗的小桌上正打瞌睡，小桌上放着一个包袱，他的对面没人坐，那两个假记者就在小伙子的对面坐下了。

姓吕的一坐下就发起了牢骚："妈的，跑了几百里路，才弄了3000块钱！"

姓丁的不紧不慢地说了起来："要怪，就怪这次兴隆煤矿死的人数不合适。根据我的经验，矿难死人，如果死得太多，咱们绝对不能去搅和，因为高层会派人来，一竿子插到底，咱们去不是自投罗网吗？死得太少，最好也别去，没什么油水。这次兴隆煤矿死的人，说多不多，说少不少，如果能再多死几个，这样最妙，那时咱们要多少他们就得给多少，敲他们5000块钱都是少的……"

姓丁的正侃得得意，对面趴着打盹的那个小伙子突然霍地跳了起来，瞪着血红的眼珠，指着他的鼻尖就骂："你这个吃人饭不拉人屎的东西！你再敢放一个屁，老子就要了你这畜生的狗命！"

姓丁的吓了一跳，不过他又不甘心在这个小伙子面前太丢面子，何况在他眼里对方只是个外地口音的乡巴佬，于是他壮起胆子，吆喝道："你这个乡巴佬、土老帽，活腻了？敢在你爷爷面前放屁！"

小伙子一听，顿时万丈怒火平地起。这小伙子叫包银砖，他的哥哥包金砖，是这次兴隆煤矿矿难的死难者之一，他这是处理完了后事，带着哥哥的骨灰回家乡的，放在小桌子上的包袱里包着的就是骨灰盒，他哥哥原本下月就要结婚的。包银砖正伤心着呢，现在听眼前这两个家伙说着没心没肝的混账话，肺都气炸了，二话没说，抓起小桌子上一只盛满了茶水的大号玻璃罐，高高举起，照着姓丁的脑袋狠狠砸去……

·第三个故事·

30 天，生命的最后期限

　　万鑫煤矿出事了，造成了多人死亡的恶性事故，这个矿的矿主黄老板立即启动了应急预案，很快，几名死者就被附近其他矿老板的煤矿"消化"掉了，因为国家规定：一次死亡3人以上者，就要上报，没准就会被吊销许可证，不许你再开矿了，所以，多

年来，矿老板们已经达成了默契，不管谁的矿出了事，大家就把死亡名额分摊一下，这样，哪个矿死人也不会超过3个，煤矿就可以继续开下去了。

　　当然，这几名死者每人20万元的赔偿金都由黄老板掏，这点钱对他来说不过是毛毛雨。死人的事搞定了，伤的这个则比较麻烦，那伤的叫赵家喜，31岁，来自农村，矿难中，他的双腿小腿部分被砸得血肉模糊，不得不从膝盖部位截肢。黄老板托人，让赵家喜住进了县医院住院部三楼最好的单人病房，又派自己的小舅子大贵亲自看护。

　　这天，赵家喜乡下老家的弟弟赵家悦来了，他今年28岁了，因为家里穷，至今还在打光棍。他哥有一对龙凤胎儿女，一个叫狗娃，一个叫二丫，哥哥出了事，嫂子拉扯着俩娃脱不了身，父亲又常年瘫痪在床，赵家悦只好独自一人心急火燎地乘火车赶来了。兄弟相见，抱头痛哭了一场。

　　黄老板听说是赵家喜老家来人了，心又"咚咚"跳了起来，因为按照有关规定，凡是矿难后30天内因伤而死亡的，一律算作矿难死亡，哪怕你用呼吸机维持着，只要拖过30天再死，就不算矿难死亡了，所以，黄老板不能让赵家喜现在死掉，得拖，只要熬过了30天，立马让赵家喜出院，给上3万5万，打发他滚蛋！黄老板

难熬啊，这度日如年的滋味简直比躺在病床上的赵家喜还要难过，现在听说赵家喜的弟弟来了，立刻要大贵送去5000元的红包，让他零花用，另外必须看护好赵家喜，不能让他在30天内出意外。

再说病房里，赵家喜沉吟了好久，对着弟弟开了口："大夫说，哥这个伤，万一弄不好伤口感染了，得个败血症啥的，命就没了，有一件事，我琢磨好久了……你嫂子人不错，万一哥有个三长两短，你要是不嫌弃，就娶了你嫂子吧……"

赵家悦愣住了："哥，你这是讲啥话呢？你不会有事的！"

赵家喜苦笑一声，说："开个玩笑么，唉，两条腿没了，躺在这就爱瞎寻思。"

这时，大贵推门进来了，递上了5000元的红包，转达了黄老板"慰问"的意思，赵家喜说："大贵兄弟，这些天真辛苦你啦！今晚我做东，可我动不了，就让我弟陪你去喝酒，算是我的心意！"

大贵自然巴不得，不过他又担心赵家喜出事，赵家喜说："你放心去吧，反正床头有电铃，有啥事我按铃叫护士就是了。"

大贵转了转眼珠，决定再给赵家喜吃颗定心丸，就骗他说："老赵啊，刚才我姐夫讲了，现在他有钱了，你又在他手下干了三年，是老部下了，他一定要对得起你，等你伤好利索后，准备至少给你个30万50万的，让你这辈子都没有后顾之忧。"

赵家兄弟听了，连声道谢。

晚上六点半，等赵家喜输完最后一瓶液，赵家悦拉着大贵去酒店了，他们一走，赵家喜按铃叫来了护士，说是想睡一会，要片安眠药吃，于是护士给他拿来药，侍候着他服下，心想该不会有什么事了，就关了病房里的灯，轻手轻脚地出去了。

不管风风雨雨，你总在门前苦苦等候，见到我就温柔地笑，总是祝福我，赞美我，从不计较我的粗暴无礼。终于，我被你感动了，在你的破碗里放了点钱。1382***3693（0709）

病房门一关上，赵家喜立即"呸"地吐出了压在舌底的药片，拧亮床头灯，在一张纸片上匆匆写下了几行字："家悦，娶了你嫂子，给爹养老送终，把狗娃、二丫还有你们自己的孩子抚养大。哥留。"然后，赵家喜关了灯，忍着钻心的剧痛，支撑着下了床，朝几米远的推拉窗爬去……

赵家喜是个老矿工了，这一带有十来家私营煤矿，年年出事故死人，其中的猫腻他早就一清二楚：矿工在矿难中受了伤，矿老板就许诺要给多少多少钱，可过了30天，矿老板就把脸一翻，许诺的都不算数了。赵家喜的心中早就谋划好了一个"伟大计划"：自己必须要在30天内死掉！如此一来，黄老板的矿在这次矿难中的死亡人数就达到了3个，上面就会派人来查处，他的矿就会被封了，这样，不仅为以往矿难中的受害者讨回了一个公道，也为方圆几百里地上十多个矿的千千万万矿工们挣得了一份安全保障！赵家喜计划得很好，无奈大贵这些天来一直死盯着自己，想自杀也不可能，如今弟弟来了，才找到了机会……

赵家喜跳了楼，黄老板得到消息后急死了，心急火燎地赶了来，搭搭脉，摸摸心，还好，没死，他算了算日子，对医院的人说："只要再让他拖过10天，我赞助你们医院30万元！"可天下人的耳目难以一手遮掩，赵家喜的事还是传开了，这天，一个干部模样的人走进了病房，来到赵家喜的床边，亲切地说："黑心的矿主要把你逼死，但政府会让你好好活着的，矿主会得到应有惩罚，你也会得到妥善安置的！"

说这话的人是中央工作组的一个领导，他率队到此地，为的就是整顿那些违规开采的小煤矿，风尘仆仆，今天刚到……

"十四声炮响在生命极地响起"作者：何　川；"矿难后一个出人意外的尾声""30天，生命的最后期限"作者：老　三。

下期话题：城里的几个有钱人　　　　　　　（题图、插图：刘斌昆）

　　　《百姓话题》是我刊精心打造的一个经典栏目，我们热忱欢迎广大作者来稿。该栏目题材不限：社会热点，人间冷暖，街谈巷议，家事国事，古今中外，天南地北，尤其欢迎富有时代新鲜感、为老百姓所喜闻乐见的题材内容。

征稿

　　　来稿要求短小精悍，一般在2千字以内；每篇都需要有一个新鲜、奇巧的核心情节。

　　　本栏目优稿优酬。来稿可从邮局寄发，也可发电子邮件（E－mail地址：yaotongzhi@vip.sohu.net），请在信封或电子邮件的主题栏内注明"百姓话题"字样。

钱包说话

□ 许申高

傍晚，正是下班的时候，公交车的站头上聚满了候车的人，其中有一位姑娘，她的肩头斜挎着一个皮包，皮包搭在臀部上，非常扎眼，而这时人群中正好有两个伺机行窃的扒手，是一对老搭档，他俩很快就盯上了这位姑娘。

两个扒手装作乘客，来到了姑娘身边，其中一个剃平头的家伙负责望风，另一个染黄发的负责下手，他用一张报纸遮住自己的右手，然后悄悄伸向姑娘身后的挎包，一眨眼的工夫，他就得手了，顺利地从包里掏出了一个小巧玲珑的钱包。

谁知这时，站头上有个穿红茄克的小伙子无意中目睹了这一切，就在"黄毛"要将钱包装进自己的口袋时，

他毫不犹豫地冲了上去，一把抓住了"黄毛"的手，夺过钱包，嘴里低声吼道："你胆儿不小啊！"

"黄毛"着实吓了一跳，竭力想挣脱小伙子，于是两人就扭打了起来，与此同时，姑娘闻声转过身，她惊异地盯着眼前扭作一团的两个人，随即大叫起来："抓扒手啊！"就在这时，在一旁望风的"平头"蹿了上来，一把攥住那小伙子的手，叫嚷起来："就是他！我亲眼看见的！"小伙子一惊，还没等他反应过来，"黄毛"已经挣脱了他的手，并反过来一把抱住他的腰，叫道："是他！我也看见了！"

这一闹，站头上等车的人都纷纷转过了头，眼光齐刷刷地盯着小伙子，小伙子现在是有口难辩了，钱包

在他手上，那两人又死死地抱住了他，他不是扒手还有谁？

众人都说要把小伙子送到派出所去，小伙子一听，赶紧转过头来望着那姑娘，以求助的口吻说："你说话啊，究竟谁是扒手？"姑娘摇摇头，说"我、我没看清，还是让钱包说话吧，钱包在你手上，这点大家都看见了。"

"平头"和"黄毛"这下乐了："怎么样，还想抵赖啊？乖乖认了吧！"小伙子一听这话，又气又恨，拼命地和两个扒手扭打着，"平头"和"黄毛"也拳脚相加，恨不得把小伙子打趴在地上才好：谁叫你多管闲事、在关键时刻坏了我俩的好事？

姑娘一看打了起来，急了，对"平头"和"黄毛"说："别打了，打出事来你俩也脱不了干系，还是送派出所吧！"他俩这才住了手。

姑娘立即拦下一辆的士，让"平头"和"黄毛"跟她一起把小伙子送派出所，两人有点犹豫，说是有事，不想去，姑娘恳求道："拜托两位了，你俩都是目击证人，不去哪行啊？再说，今天这事，我总得谢谢你们吧？"旁边也有人说："是啊，好事做到底，去一趟也花不了多长时间。"

这时，小伙子开始不安分了，一边挣扎，一边嚷道："放开我！谁说我是扒手？凭什么要把我送派出所？"说着就往"平头"脸上啐了一口，这下可把两人激怒了，于是就连推带搡

地把他塞进了的士。

到了派出所，小伙子安静了下来，办案民警开始询问案情，先问姑娘，姑娘说："我没什么可说的，当我听见叫声转过头来时，他们三个已经扭在一块儿了。具体情况，这两位先生比我更清楚，他俩亲眼目睹了事发经过。"

于是，"平头"和"黄毛"便把小伙子如何作案、如何被他俩发现、他俩又是如何路见不平的经过说了一遍，当然是编的，但编得天衣无缝，最后他们还强调了一点："不信您看，钱包还在他手上。"

警察转头来盯着小伙子，说："轮到你了，说吧，老实点！"小伙子把事情经过说了一遍，说完后把手中的钱包递给警察，说："他俩说我是扒手，我说他俩是扒手，至于究竟谁是扒手，还是让钱包说话吧。"

警察打开了钱包，发现里面有一张合影照，是一对亲密的恋人，女的自然是被扒去钱包的那姑娘，而男的正是那小伙子……

警察一下就明白了是怎么回事，他招呼"平头"和"黄毛"过来看照片，两个家伙一看，当即瘫在了椅子上。

警察对这对恋人的做法大加赞赏："你俩真有心计，要不这样，在当时的情形下还真难对付他们。"

（题图：刘斌昆）

□ 风 快

我

是点菜师

结识了一位阔绰的老板

我是一名"点菜师"，我工作的这家四星级酒店以经营粤菜为主，虾，是我们的特色风味，吸引了众多食客。

那天我正在酒店一个无人的小客厅里休息，一个四十多岁的中年人来找我，笑着说："听说你是这里最有名的点菜师……因为生意多，我经常请客，以前花了不少冤枉钱。"说到这里，他掏出一张名片，双手递给我，我接过名片，知道他是本地一家有名的电器商行老板，名叫俞大明。

俞大明随后又掏出一张纸，那是一张菜单，他大概是看到我脸上有微微的诧异表情，便笑着说："下月我们商行酬宾，宴请几位知名的演员和歌

手，我想在贵店开八桌，每桌定价在一万五千元，这是菜谱，请你看一看。"

这明显是在考我了！干我们这行的，只要客人报出了就餐标准，我们就要根据不同的口味进行搭配，安排最合理的菜谱。我接过俞大明递过的菜单，有点不太高兴，便淡淡地说："俞老板是想问价格吧？"他抽了一口烟，微笑着没答话。

我扫了菜单一眼，菜的安排凌乱不堪，印象比较深的有蚝油凤爪、姜丝焗肉蟹、生炒麒麟鱼、虾胶龙凤卷、太子参百合田鸡汤等等。我把菜单放到旁边，笑着说："一桌一万块钱就足够了。"他有些惊喜地望着我，就连面

 某人去化验科，看见门牌上写着：非本科人员不得入内。来人大怒道："不就是化个验嘛，还要本科文凭！"浙江 金传兵（0711）

颊上那几颗麻子都放出了光彩。

"一桌可以省五十块？"俞大明站起身，手指敲着脑门，"哎呀，以前我花了多少冤枉钱呀！"我也站起身说："我还有事，如果你有了安排，尽管来我们酒店。"他忙不迭地朝我点头，并一直目送我消失在楼梯拐角。

俞大明果然把宴席摆在了我们酒店，经理很高兴，表扬我拉来了这么好的客户。那几位演员和歌手的出席还招来了记者，又是采访，又是拍照，还上了电视。做我们这行的都知道一个真理：谁征服了人们的胃，谁就征服了世界，在这一点上，我是成功的。

宴会之后的第三天，俞大明又来酒店找我，把我叫到休息厅，厅里没人，他从包里掏出一个红包，塞进我怀里，说是我给他省了钱，这是提成。我无法拒绝，晚上回家打开红包，整整五千块钱，是按百分之十的比例给我的，我十分开心，我没做亏心事，这钱是应得的。

三个月后的一个傍晚，俞大明又来酒店找我。我们走进一个包厢，他关起门，从包里掏出一个菜单，老规矩，他是让我再做一下评估。我随意扫了几眼，把菜单放到桌上，笑着说"一共三十六种菜品，十道广东风味，十道扬州风味，十道四川风味，还有六种风味很杂。"他两眼放光地说："你全记住了？"我点了点头，他竖起大拇指，在我面前使劲晃了晃，然后把那份菜单收了回去。

一个星期之后，俞大明在我们酒店大宴宾客，席间，他照例把我请出来，借着酒兴一个劲地夸我。点菜师这个行业在内地兴起不久，能得到这种赞誉真是连想也不敢想，渐渐地，我成了明星。俞大明每次宴会之后都给我红包，一般是几千块钱，我欣然接受。

自从我出名以后，酒店的生意越来越好，很多人都冲着我的名气来就餐，希望"名师"亲自为他们推荐菜品。酒店抓住这个机遇，推出了很多新菜品，其中有一道"乳酪爆虾仁"，是我和厨房的大师傅特别开发的。俞

大明特别爱吃虾，据说他老婆也是爱虾如命，下个月十八号是他们结婚二十周年纪念日，庆祝宴会就安排在我们酒店，而且一定要有这道"乳酪爆虾仁"。俞大明的老婆多年前是一位有名的话剧演员，据说很漂亮，这几年很少出门，如果她能亲自来，肯定会吸引一大批老食客。

好日子说来就来，十八号这天，酒店大堂特意装饰了一下，还打出一条横幅——"庆祝俞大明、周丽红伉俪结婚二十周年"。下午五点，一列小型车队来到门外，老远就听到俞大明爽朗的笑声。没想到的是，看相貌周丽红比俞大明年纪大，她面容很严肃，甚至有点威严的感觉，冷冰冰的，让人不敢接近。

落座以后，俞大明把我介绍给他老婆，我很有礼貌地给周丽红鞠躬，她好像对我很感兴趣，专注地打量我几眼。她的妆很浓，但仍然难遮脸上的疲倦和苍老，她对我勉强笑了笑，说话的嗓音有点沙哑："大明经常在家里提到你，我们对专业人士都是很敬佩的。"到底做过演员，嗓音虽然低沉、沙哑，但语调起伏有度，讲出的话也是恰到好处。

闲聊几句，我就告辞去了厨房。六点三十分，庆祝宴会正式开始，八十名客人显得兴致勃勃。

瞩目的焦点当然是这道"乳酪爆虾仁"，我亲自端出第一盘，径直走到俞大明夫妇面前，微微鞠躬，宣布道："我代表本酒店，特别奉献新式菜品——乳酪爆虾仁！"

俞大明双眼放光，周丽红也有些兴奋。按照我和俞大明事先约好的，由周丽红首先品尝这道菜，我在旁边进行推荐说明。此刻，大厅里所有的客人都停下筷子，眼巴巴地瞅着这道传奇菜品。我抓住这次表现机会，不但充分介绍了"乳酪爆虾仁"的风味特点，就连主料、辅料，甚至调料的来源都进行了详细说明。在满堂喝彩声中，周丽红姿态优雅地吃了起来。

俞大明注视着老婆吃虾仁，大家也都看着，就等周丽红说出一个"好"字，再一起享用这道美味。我站在旁边等待着，等待着全体客人惊喜的感觉，最好让他们一辈子都忘不了。

事实果然按照我的预想发展了，只不过带来的不是惊喜，而是极度的惊恐：周丽红吃着吃着，突然手按胸口仰靠在椅子上……

酒宴上风云骤起

我愣了一下，正要过去询问，周丽红的脸竟然扭曲了，汗水直淌，看样子十分痛苦，紧接着，周丽红紧咬牙关抽搐起来。俞大明惶恐地伸出手，刚要搀扶老婆，周丽红的身体却向前扑倒，前半身撞到桌面上，掀翻了碗碟，紧接着俞大明嘶喊一声："丽

春天我想你想得花儿都开了，夏天我想你想得阳光都暖了，秋天我想你想得果实都熟了，冬天我想你想得雪花都飘了，短信发出后，我想：哥们，钱也该还了吧！ 河南 张磊（0712）

红！"这一声就像给沸腾的油锅里撒了一把焦盐，立时炸开了，大厅里的碗碟碎裂声响作一片，惊叫声乱成一团，有人拨打110，有人夺门而出，等经理闻讯赶来时，大厅里早已狼藉不堪。

一切发生得太快，我的精神近乎要崩溃了，这时，俞大明抓起一只破碎的酒瓶，把我逼到墙角，他像换了一个人，瞪着血红的眼睛，牙齿咬得"咯咯"直响："你……你毒死了我老婆！"我退在墙角里，不敢乱动，除了惊异，更是恐惧，我怯懦地申辩着："我怎么会毒死你老婆呢？我们无冤无仇……"

也就在这时，我突然在俞大明的眼睛里看到了一丝狡诈的冷光，我相信自己的直觉和判断力，我掉进了一个圈套，这个圈套很深、很大，有很多弯弯绕，杂乱的记忆全部涌上心头：俞大明用安排好的菜单引导我，慢慢跟我拉近了距离；他每次都把我领到没人的地方，每次都把菜单收回去，不留下证据；他每次都让我大声宣布这些菜是我推荐的……这一切我怎么向警察解释？我是点菜师，还收了人家的红包，这些红包怎么解释？没有人可以给我证明！

俞大明的眼睛里闪过一丝得意的冷光，他冷冷地笑着说："所有的人都看到了，你给我老婆推荐的菜里有毒，你眼睁睁地看着她被毒死，这就是事实！"

我还能说什么？等着警察来抓吧，我彻底绝望了！

"你怎么知道菜里有毒？你怎么知道我是被毒死的？"突然，身边响起了女人沙哑的声音，我猛地睁开眼睛，只见在一片惊呼声中，周丽红竟然慢慢从桌边站了起来，她用手绢擦拭了一下额头上的汗，向俞大明投去了冰冷的目光，俞大明根本没想到会出现这样的局面，手一抖，酒瓶掉在地上，发出清脆的碎裂声……

周丽红扫了一眼地上的酒瓶，用讥讽的语气对俞大明说："咱们的婚姻就像这只酒瓶，被你无情地摔碎

了！"俞大明立刻换了一副笑脸说："你没事就好，没事就好，我还以为……"周丽红狠狠地瞪了他一眼，说："这一天你等了很久吧？我很佩服你的策划水平，可惜你忘了，我曾是一位话剧演员，假装被毒死很容易。"

警察走了进来，迅速控制了局面。周丽红来到我面前，说："俞大明安排了这一切，让李师傅受惊了，很对不起。"我喃喃地说："为什么扯上我？"周丽红说"其实我知道俞大明早晚要走这一步，他希望我快点死，但他失算了，真正的幕后策划其实是我。"我愣了一下，直盯着她看。周丽红冷笑几声，说："我有意在我家的客厅里放了一本书，上面有一句话是——'吃虾的同时，严禁服用大量维生素 C，否则会生成三价砷，迅速致死。'他看见了这句话，多次琢磨了这句话，认为这个办法简单易行，如果巧妙策划，他可以不受一点怀疑。"

我不知道该说什么，只是听周丽红继续说了下去："早年因为露天演出，我落下了风湿病，很少出门。今天他利用结婚纪念日的理由让我出来，而且事先想骗我服用大量维生素 C。我跟他结婚二十年，知道怎样引导他。他当年不过是街上的小混混，到了今天，他的弱点还是没有变，耍小聪明，喜欢冒险，侥幸心特强。"

我气愤地打断了周丽红的话头，冷冷地问："我还是这句话——为什么扯上我？"

周丽红笑了笑："我需要一个证人，不是你，就是别人，反正我需要一个能证明俞大明有罪的人！"周丽红说完以后，我们都跟着警察向外走，她又回头对我说："只有你可以把俞大明计划中的全部细节串联起来，告诉警察。"

我低着头，麻木地走着，出现这样的结局，不知道算不算我的幸运？

(题图、插图：魏忠善)

·本刊信息传真·

敬 告 作 者

1.本刊拒绝重发稿、抄袭稿，一旦发现，编辑部将视情节轻重严肃查处，如和当事人单位联系、在刊物上公开曝光等，并保留向司法部门起诉、追究法律责任的权利。2.所有来稿务请注明是否为原创、翻译、改编、推荐、搜集整理等，以及需要说明的其他事项（包括该作品是否已投其他报刊）。3.三个月未接到通知者，作者可将稿件另投他处，编辑部将不另行退稿。

  给你讲个故事，说的是：一个饿坏翻拿着暜畨郉糒半气酸斖叿，突然戴鬆馪龔繫貌鼕臋簲腛醛鷠臹夷髭蒅，于是就死了。这个故事名字叫《没文化真可怕》。江苏 徐晓静（0713）

一个地痞，在一幢居民楼下摆了个烤羊肉串的摊，烟熏火烤，声音嘈杂，楼里的住户不得安宁，叫苦不迭。这天夜里，一块石头从天而降，砸中了这个摆摊的主，而且，这竟然是一块天上砸下来的陨石……

老哥儿们

□ 李元奎

他连寻短见的心思都有了

何老汉这一阵子可闹心了，他是个孤寡老人，心脏不好，失眠得厉害，可他那幢住房的楼下新近有人摆了个烤羊肉串的摊子，摆摊的主叫常省三，这人在十八岁时因聚众斗殴出了人命，被判了无期徒刑，后来减了刑，等出来时已经三十八岁了，生活无着，他瞅着小区马路边的地方不错，来往人挺多的，就在路边烤羊肉串，摆了几张桌，录音机开得山响，做开了买卖。他那摊子紧挨着何老汉那幢五层住宅楼，成天烟熏火烤、歌声嘹亮，弄得整个单元的人没法开后窗户，吵得半宿还睡不着。

何老汉住在三楼，更是深受其害，他也曾找过几个管事的单位，但人微言轻，加上常省三这种身份背景，谁愿意招惹他？因此一直没给解决。这天下午，何老汉实在受不了啦，下楼和常省三吵了起来。常省三把何老汉骂了个狗血喷头，何老汉哆哆嗦嗦地爬上三楼的家就气倒了，躺在床上直哼哼，连寻短见的心思都有了。

傍晚时分，来了个老头，姓李，他是何老汉当年的工友，退了休后闲着没事，周游列国，来到这座小城。他知道何老汉是个老光棍，做饭麻烦，就买好了酒肉，这才登门拜访。他见何老汉躺着，以为病了，忙关切地询

问，何老汉晓得对方是个火暴脾气，没跟他说，但等到一瓶"黄河大曲"下肚，何老汉再也憋不住了，竹筒倒豆子，全告诉了对方，一边说一边委屈得直掉眼泪。这时李老汉也喝多了，他拍案而起，就要下楼找常省三算账，何老汉忙拦下他，说："你打不过那地痞的，何必去鸡蛋碰石头！"

酒壮人胆，等第二瓶大曲下去一半时，俩老汉都飘飘然了。李老汉"嗨嗨"笑了起来，因为他想出了一个好主意：他准备爬到楼顶上去，先扔下块小石头砸常省三一下，再撒下一把石灰，砸了这小子今晚的生意，教训教训这个欺人太甚的王八蛋！醉醺醺的何老汉直夸这个办法妙，还让李老汉一干完就马上来，给他留着门，然后来它一个一不做声、二不认账，谁也奈何不了他们老哥儿俩！

何老汉的阳台上有以前刷墙时剩下的一小袋石灰，还有块半截红砖。李老汉提着石灰和红砖要走，何老汉不安地叮嘱他：千万要把砖弄成小块的，别砸坏了人，李老汉连连点头。

李老汉走后，何老汉一直提着颗心，心窝里像是揣了个小兔子，"扑腾""扑腾"跳个不停，没一会儿，楼下突然大乱，有人高叫："砸死人啦！""快报警！"何老汉吓得酒全醒了，他跑到厨房"砰"地开了后窗，向下一看，只见常省三倒在地上，一动不动，周围全是忙乱喊叫的人影，炸了营、开了锅一般。

所谓无巧不成书，正巧这时，新上任的市委李书记在警局领导陪同下，检查评估治安状况，途经这里，他们闻讯立即赶了过来，一边把常省三送医院，一边挨家挨户查问，搜查扔石头的嫌犯。何老汉听到楼道里有人嚷着："这个单元五层十户人家都要查，另外还有楼顶！"接着就有人"噔噔噔"往上跑。

何老汉只犹豫了几秒钟，他就毅然开了门，站到楼道里吼道："不用搜了，常省三那王八蛋是老子砸的！"

话音刚落，立刻有几个警察围了上来，一个警察打量了一下何老汉，问："常省三是你砸的？"

何老汉毫不含糊："是我砸的！砸死那狗东西！"于是警察就带着何老汉下了楼。

再说李老汉，刚才他提了石灰和红砖到了楼顶，两脚打颤，眼皮耷拉，酒喝多了，加上今天坐了一天的火车，不由直犯困，他心里嘀咕着：先躺下歇会儿，等一会儿长了精神再扔小石头。谁知往地上一条破席上一躺，片刻工夫，他已"呼噜呼噜"鼾声大作，楼下常省三挨了砸、警察搜查、满楼里吵吵嚷嚷的都没吵醒他。

等李老汉一觉醒来，天都蒙蒙亮了。他走到楼边朝下一看，下面烤羊肉串的摊子早散了。他下到三层，敲

世界各地，谈禽色变，鸡鸭鹅鸟，无一幸免，上面通知，防患未然，二腿动物，一律开斩，四肢着地，才能安全，切记切记，爬着上班，千千万万，别嫌麻烦。1331***1102（0714）

了敲何老汉的屋门，门锁着，对门一个邻居听到声响开了门，说："昨晚何老汉用石头砸死了下面烤羊肉串的那个孬种，被警察逮去了！"

李老汉顿时大吃一惊，只觉得头皮发麻，他记不清自己昨晚到底扔没扔石头，也许扔了，砸死了人，他却忘了？对，一定是扔了，然后自己睡着了，警察来搜查，何老汉为保护自己，挺身而出，这才被抓的。好汉做事一人承当，怎么能让何老汉去背黑锅？李老汉问清了派出所的地址，决定马上投案自首，把何老汉救出来。

李老汉一到派出所，就对值班警察说，石头是他扔的，和何老汉无关，把他放了。

那警察鼻子里"哼"了一声，说："你们俩老头倒很勇敢很仗义嘛，争着顶罪。告诉你们吧，常省三没死，只是把一条膀子砸坏了，不过，你们已经触犯了法律，等着治安处罚吧，哼！"

这石头到底是谁砸的

李老汉和何老汉一听，全都耷拉下了脑袋。

这时，电话铃响了，那警察上去接电话，刚听了几句，他就一个劲地答"是"，搁下电话后，他十万火急地拨通了派出所所长的电话，急促地说道："所长，我是小周，请您立即过来，市委李书记要来……

好，好，我再通知政委！"

没一会儿，一阵喇叭响，一辆皇冠轿车驶进了派出所的院子，市委李书记带着秘书到了。刚才在路上，李书记吩咐秘书：通知区委、区政府、公安分局、城管、工商等单位的主要领导马上赶到这里，他这一道令，哪个敢怠慢啊！

李书记进了屋，没往别处去，只问那个老汉关在哪里，进了那间屋，李书记上前热情地和两个老汉握手，还把两位老人让进会议室，请他们一左一右坐在自己的两边。

不到一刻钟，所有相关领导已全部赶到，派出所的院子里停满了小车，看得出他们走得匆忙，有的连脸

都没洗，下了车才一边用警员递上的湿手巾擦脸，一边往会议室跑。

李书记见人到齐了，对何老汉说："老人家，常省三在您那幢楼的窗户下烤羊肉串，您上访过没有？"

何老汉来了气："怎么没上访过？工商、城管、派出所、区委、区政府，我都去找过，可到处给我踢皮球，没人管！"

李书记的目光往下面扫视了一遍，口气变得不客气了："太不像话了！这么点小事就解决不了，逼得老人家急了眼，要用石头砸人自己解决！啊？原本可以通过正常渠道圆满处理的事情，非要闹到出人命，才能触动你们吗？啊？我还听说出事后，两位老人家争着要当'凶手'，啊？姑且不论他们的做法对不对，但他们这点勇于承担责任的精神，比起我们这些人的'不作为'来，我们难道不应当感到羞愧吗？啊？"

这一顿训，训得一帮人大气也不敢出！

会散了，李书记要别人先走，他说要陪两位老人家说说话，于是参加会议的那些领导都识趣地坐车离去。到了这时，李书记才开始埋怨李老汉了："爹，我是昨晚接了我娘的电话，才知道您来看何伯伯了！爹呀，不是我说您，您怎么越活越倒退了？明明知道我在这当书记，有什么事给我打个电话不就成了？您老人家倒好，要拿石头去砸人！"

话说到这里，何老汉才知道李书记竟然就是李老汉的儿子！

其实事情也并非这么简单：那块砸了人的石头后来由天文台鉴定了，那是块从天而降的陨石，是老天爷砸的常省三！天文学家说了，陨石砸中人的几率，跟买彩票中大奖一样难，常省三那个倒霉蛋，还真就中了！唉，大概是那个家伙太坏了，连老天爷都看不下去了！

常省三是被陨石砸的，这没错，但是这陨石不是从天上砸下来的，而是从楼上砸下来的：何老汉那个单元的五楼有一名男子，他的女儿要参加小学升初中的考试，自从常省三这个摊子开张以来，他女儿就没法复习了，孩子的妈妈只好带着女儿回娘家住。他本人也是个倒三班的工人，因为休息不好，上班时好几次差点出事。昨晚他实在是忍无可忍了，这才顺手抄起了一块石头，这石头是他回乡下老家时在河滩上捡的，样子挺古怪。他拿着石头，拉开黑咕隆咚的厨房的纱窗，朝下面的常省三砸去，居然被他砸中了，多日来郁积在心头的这口恶气终于出了，然后他蹑手蹑脚地摸黑脱衣上床，心里想道：今晚终于可以睡个安生觉了！

（本篇月月评短信代码：AA071）

（题图、插图：魏忠善）

 嘿嘿，有时间把你的一寸照片给我两张好吗？一定要拍得特清晰的那种，我想做永久的纪念，我要把它贴在袜子上，这样别人就会以为我穿的是鳄鱼牌的了！湖南　文敏（0715）

家中有狼

□ 黄自林

山间小屋里的怪事

　　——天，刚刚从警校毕业的大学生王小丹到一座名山去游玩，不料迷了路，天黑时分，来到一座陌生的大山山脚，人生地不熟的，不知往哪走了。正好此时，她看见远处有一丁点灯火，便向灯火处走去，想求一地方借宿。

　　走近一看，这是三间老瓦房，单门独户，在黑夜里显得格外的孤寂。王小丹上去敲了几下门，一会儿，门"吱"地一声开了，一个老大妈从门里探出一张老脸，看了一下，见门外站着个漂亮的大姑娘，一看就知道是城里人，便吃了一惊，王小丹连忙说："老大妈，我是到山上旅游的，迷路了，想在您这住一晚。"老大妈一听，吓得身子打了一下哆嗦，说："不行，我家里有狼，住不得，你快走吧！"她说罢，便慌慌张张地关了门。

　　听说有狼，王小丹吃了一惊：莫非这老大妈是个怪人，养了一头狼？和狼同居一室？说到狼，王小丹就更怕了，这深山野岭的，要是真的蹿出几只狼，不把她连骨头都吃了？于是，她干脆连脚步都没挪，就坐在门外，她认为这里是个最安全的地方。

　　谁知屋里的老大妈又"吱"地打开门，说："你不能坐在这里，这里真有狼啊！"这时，门又"吱"地开大

了一点，一个小女孩从门里探出头来，看着这个陌生的漂亮姐姐，小女孩说："奶奶，还是让姐姐进来吧，她在外面更危险。"这小女孩少年老成，说话像大人。老大妈想了一下，把门打开，伸出手，把王小丹拉进屋里，把大门关上。

王小丹还来不及仔细看，就被老大妈拉进了一间房子里，房子里有一盏电灯亮着，看得见房里有一张床和几件陈旧的家什。老大妈拉开床上的蚊帐，把王小丹往床上推，又把房门关上，如临大敌一样。老大妈和小女孩随后也上了床，熄了灯，不敢弄出一点动静。

这是大热的暑天，三个人挤在一张床上，王小丹哪睡得着？好在这大山里空气好，晚上也不显得闷热，可王小丹从没在大热天里没洗澡就上床睡觉的，而且像是有蚊子"嘤嘤"地在耳边飞，叮着她咬，这样，王小丹就更想洗澡了，她小声地对老大妈说想洗澡，老大妈嘀咕道："城里人就是事多。"说完，便摸索着起床，对小女孩说："凤儿，去，你去大门口开一条缝守住，听到动静，你就咳两声。"

那个叫凤儿的女孩就应声去大门望风，老大妈对王小丹说："你先等一等，我去烧水。"王小丹说："大妈，我洗冷水。"于是老大妈便带王小丹去厨房，厨房里接了山上流下的泉水，王小丹脱了衣服便洗，正洗着，凤儿

忽然咳嗽了两声，老大妈也顾不上王小丹洗没洗好，拉上她就往房里藏，凤儿也进房关好门，这样神神秘秘、躲躲闪闪的，难道真有狼？但是，看这一老一小的神态，也不像是对待真狼的样子，到底是怎么回事？王小丹心里"怦怦"直跳，连衣服也不敢穿，吓得躲藏在床角，不敢出声。

过了好一会，没有动静，老大妈才松了一口气，对凤儿说："凤儿，你听错了。"凤儿说："我怕嘛！"王小丹这才穿好衣服，睡在床上，她肚子不饿，口也不渴，走了一天，累了，她真想好好睡一下，可是她睡不着，怕狼。

山里的蚊子真是多，也不知它们是怎么进来的，反正蚊帐里全是蚊子，老大妈也睡不着，一会儿，她坐了起来，坐在床头，慢慢地脱了上衣，裸露着上身。窗外夜色朦胧，王小丹看了一眼老大妈，看见她干瘪的身子，想到女人老了便是这个模样，心里不觉酸酸的。

原来是这样的一只狼

又一会儿，老大妈推了推凤儿，说："凤儿，睡着了吗？"凤儿被推醒，说："奶奶，什么事？"老大妈说："你也把衣服脱了。"凤儿说："奶奶，我睡觉从不脱衣服的啊！"老大妈说："叫你脱你就脱。"凤儿只得脱了上衣，露出白嫩嫩的身子。王小丹想，老

只要和我亲过嘴的都被我一一甩掉，绝不手软，也许你会说我很无情，其实我也很留恋亲嘴的一刹那，感觉很美。可是我也没办法，吃田螺嘛，就这样，是吧？ 湖南 陶军 (0716)

大妈可能是有什么怪癖吧？王小丹心想，该轮到她脱了，便动手脱上衣，老大妈拉住了她，说："你别脱。"

凤儿脱了衣服，一会也睡着了，偶尔也梦呓几句，用手拍拍身子。又过了一会，王小丹也蒙蒙眬眬地睡着了，只有老大妈没睡，一夜坐在床头。

天亮了，王小丹才看清了老大妈的长相，这是个满脸皱纹的慈祥老人，背驼得厉害；凤儿长得瘦小，蛮精灵的。要走了，王小丹给了老大妈五十元钱，老大妈说什么也没要，她对凤儿说："凤儿，去，你送姐姐一程，你要把姐姐一直送到前面的村口，村口人多就不怕了，路上要是看见狼来，你们就躲，狼昨晚一夜没回来，说不定今早回来。"凤儿应了一声，和王小丹上路了。

路上，王小丹有好多话要问凤儿：昨晚她们为什么要脱衣服？狼是什么样的？凤儿倒是口齿伶俐，她一一道来："山里蚊子多，那长脚的花蚊叮人又疼又毒，床上三个人，姐姐是城里来的，皮肤又白又嫩，肯定被蚊子多叮咬，奶奶脱了衣服，是吸引蚊子多

叮她的，可是奶奶毕竟老了，皮肤都打皱了，所以蚊子不大会咬她，奶奶就叫我脱，我的身子和你的一样嫩，我脱了，蚊子就只咬我了……"

王小丹一听，眼眶热了，泪珠儿直打转，她也不管凤儿愿意不愿意，扒开了凤儿的上衣，这下她看清了，凤儿的身上有一道道伤痕，有的还有血痂，除此之外便是蚊子叮咬的红斑斑，密密麻麻的。王小丹一把搂住凤儿，呜呜地哭了，她从没这样感动过，山里的人家，真是太好太善良了。

过了好久，王小丹抚着凤儿身上的伤痕，问这伤是怎么来的，凤儿咬了咬嘴唇，说："狼爪子抓的。"说到"狼"，凤儿说，其实那狼不是山上的狼，而是她的父亲。父亲？王小丹大吃一惊，父亲怎么变成狼了？

凤儿说，她父亲好赌，家里的东西都被他赌光了，她一岁半的时候，妈妈被他"赌"跑了，妈妈跑了以后，他干了见不得人的事，犯了强奸罪，坐了十年牢，去年才出来。出来后，他仍不悔改，老是去赌，奶奶说他，他就打奶奶，还打她，因为妈妈不回来，父亲拿她出气。凤儿说，父亲的坏没有改，前些日子，在路上拦了一个女人，女人又哭又叫，惊动了村里的人，才没有出事。村里人都叫他"狼"，她和奶奶背地里也这样叫他。奶奶昨晚不想留王小丹住宿是因为怕"狼"回来，"狼"可是什么事都干得出来的，到时候谁也救不了她，但奶奶怕不留她又会在路上遇上真狼，那就更坏了，所以最终奶奶还是容留了。

原来是这样的啊，王小丹全明白了……

说话间，两人走了二三里路，过了山弯，前面有个村子，村子旁有公路，王小丹可以坐车回城里去了。凤儿把王小丹送到村口，就告了个别，回去了。

谁知凤儿刚回到家，王小丹又回来了，她说今夜还想住一晚，她要等"狼"回来，"狼"毕竟是人，她要劝他痛改前非，重新做人。老大妈吃惊地说："我的儿子我知道，你一个大美人劝他，这是羊入虎口啊！万万不可，你趁早赶快走吧！"可王小丹就是不走，她很自信，她能劝回这头"狼"，老大妈和凤儿这么善良，王小丹认为她应该冒这个险。可老大妈着急得不行，说："要是狼回来把你糟蹋了，这可怎么好？这个没人性的畜生，他可是什么事都干得出来的！"

最后，王小丹还是留了下来，可不知什么时候凤儿不见了，一直到天黑，凤儿还是没有回来，这一夜王小丹怎么也睡不着，她想着凤儿，等着"狼"回来，可是，这个晚上竟是出奇的平静，"狼"没有回来，凤儿也没有回来！

天亮了，老大妈把王小丹送出门口，对她说："你放心地走吧，路上不会遇到狼了。"王小丹和老大妈道了别，走了。

走到山弯，王小丹忽然看见一个熟悉的身影，凤儿，是凤儿在路上等她！王小丹快步跑上去，问凤儿："昨晚你去哪了？一夜没回来！"凤儿说："我奶奶不愿你冒险，怕我爸回来伤害你，叫我去找我爸，我在我爸赌钱的地方找到了他，对他说，有个女警察找上门来了，怕是有什么事，我爸一听怕了，就躲起来了。"

王小丹的眼眶里湿漉漉的了，她说："凤儿啊，你们真是好人！"

半年后，王小丹当了警察，她把从警后的第一张照片寄给了老大妈和凤儿，她在照片背面写着："我会回来的。"

（题图、插图：黄全昌）

很想约你到美丽的海边看夕阳西落，一起漫步沙滩感受黄昏的宁静，看那点点浪花接触海的浪漫，再和你爬上最高的石头，然后一脚踢你下海："叫你不想我！"安徽 葛菲菲（0717）

丁老板，在深圳开公司，一家人都搬到深圳来住了。三天前，丁老板来找陈厚德，说是父亲搞了一辈子收藏也没有找到一个好瓶子，心愿一直未了，所以委托陈厚德留意弄一个好瓶子。老李听陈厚德这么一说就催着他快联系，电话打过去，恰好丁老板因为老父病危，正准备从外地赶回深圳呢，听到这消息就退掉了机票，约定第二天一早赶到此地见面看东西。老李见女儿动手术的钱有了希望，千恩万谢地走了。

第二天早上，小乐揉着眼从卧室里出来，一眼就看到他爸和老李正在看一个大花瓶呢，这花瓶真是太漂亮了，足有一尺多高，小口鼓腹，画的是一只只翩然而舞的彩蝶，活灵活现的，简直就要从那瓶身上飞起来了!

这时，老李问陈厚德"你看它能值多少?"陈厚德肯定地说:"这是康熙五彩中的官窑精品，能值200万。"听说这花瓶能值这么多钱，一旁的小乐一撇嘴，他才不信呢，他的心里只有斗蟋蟀这档子事儿。

这时，陈厚德又给丁老板打了个电话，详细说了这瓶的情况，并担保这是件难得的好东西，丁老板一听欣喜若狂:"一个小时后我带现金来提货。"

这事已经成了七分，老李感激不已，早上走得急，他还没吃早饭，于是就让陈厚德和小乐一块儿去吃早点，小乐要等一个玩蟋蟀的朋友，两人约好今天上午要赌一局，所以他不想去，于是陈厚德就小心翼翼地把花瓶放到桌子的最里端，和老李一起出门了。

两人走后，小乐端出了蟋蟀罐，放到桌子上，掀开一条缝儿，想再观赏观赏自己的宝贝疙瘩，不料一看，那蟋蟀竟然蹲在罐里，一动也不动。这下小乐急了，一下子就把罐的盖子给掀起半边，就在他伸手想去碰蟋蟀时，只见那蟋蟀"嗖"地蹦了出来，小乐吓得魂儿都飞了，定睛一看，那蟋蟀落到了桌子上，小乐怕惊了蟋蟀，就慢慢地凑过去，一点一点地伸出手，想捂住它，就在他的手离蟋蟀还有几寸远的时候，却见那蟋蟀又是一蹦，竟然落到了那只五彩瓶子的瓶口上! 天哪，小乐又急又怕，这下，他不敢再轻举妄动了!

时间一分一秒地过去，小乐的心里七上八下地跳着，也就在这个时候，又见那蟋蟀轻轻一跳，竟然一下跳进了花瓶里，小乐心里一轻松，心里念道: 这下看你往哪里跑! 他伸出左手把花瓶抱在怀里，右手就往瓶口里掏，可这一伸手才知道瓶口有点小，刚插了半截手就进不去了，于是，小乐就把蟋蟀罐对住瓶口，然后把花瓶倒过来，用力抖动花瓶，想把蟋蟀抖出来，但抖了半天，那只蟋蟀好像粘住了瓶子一样，就是倒不出来……

剁掉一只手能拿到100万

小乐估摸着爸快回来了，他一回来，看到令他恼火的蟋蟀竟跳在价值200万的瓶子里，肯定又要骂，心里一急，小乐就把手再次伸进了瓶口，可伸到一半时还是进不去，他歇了口气，定了定神，一咬牙，手猛地向瓶内一探，手掌一阵剧痛，他的手可就进去了，五个手指头一划拉，蟋蟀就让他捏到了手里，接着，他就赶紧往外抽手，可就在这时，意外的情形出现了：不要说是拿着蟋蟀，就是空着手，他的手也抽不出来了！

这时，陈厚德和老李说说笑笑地进了屋，一看，那个花瓶正在小乐右手上套着呢，这一下两人可吓坏了，也就在此刻，一辆高级轿车开到了院门外，丁老板来了，他一进门就把一个密码箱"叭"地放在桌子上，说："我和陈先生交往多年了，他看好的东西，我不说二话，我只有两个小时的时间，回深圳的机票都买好了。"

陈厚德叹了一口气，用手一指小乐，丁老板刚才进门时走得急，没注意一旁的小乐，现在见瓶子套在小乐手上，不由一愣，但他马上就被那只花瓶吸引住了，于是他便打手机告诉家人，说买到了一个十分珍贵的五彩花瓶，他马上就能回去了，无论如何要让他父亲在临终之前一饱眼福，满足他老人家的最后心愿。

打完电话，丁老板又急了：总不能让这小子套着这么个花瓶上飞机到深圳吧？他点了一支烟，猛抽了两口，想了想，最后一咬牙，说："眼下只有一个办法了……"

三个人异口同声地问："什么办法？"

"剁手！"

"剁手？"这怎么成啊！陈厚德和小乐说啥也不同意，丁老板说："我是不会亏待你们的，据我所知，在内地，因伤失去一只手掌，最高的赔偿是10万元左右，现在，剁掉小乐的手，我出50万！医疗费也算是我的，怎么样啊？"

"50万？这……"小乐深深吸了一口气，有点动心了，可陈厚德霍地站了起来："小乐，你才18岁啊，没有手今后可怎么办啊？"小乐一听低下了头，这时，老李上前一把拉住陈厚德，说："老陈，我求求你，我们可是一辈子的交情啊，没有钱我女儿可怎么办啊？"

"老李，我知道啊，可是，小乐这么年轻……"

老李急了："老陈，这样吧，反正200万我也用不完，我就再拿出50万元给小乐！他小乐这一辈子也挣不了这个数啊，有了这100万，往后你也不用为他操心了啊！"

一听说剁掉一只手能拿到100万，小乐抬头看了看老爸，陈厚德狠

狠地瞪了他一眼，小乐又低下了头。

就在这时，丁老板的手机响了，他一听电话，脸色"刷"地就白了，连连说道："好好，我马上带花瓶回来，你们一定要想办法照顾好父亲啊！"丁老板合上手机，上前就抱住了陈厚德，眼泪汪汪地说："陈师傅，我父亲只剩一口气了，你知道我是个孝子，老人家临终前看不到这个瓶子，我这下半辈子是不得安生的……你就劝劝小乐，让他同意了吧！"

面对这种情况，陈厚德再也无话可说了，他的眼泪"刷"地下来了，他抚了抚小乐的头："孩子，祸是你惹出来的，爸现在没法再帮你了，你自己拿主意吧……"说完，他就站到了院子里，默默地抹起了眼泪……

不想失去我的手啊

小乐想想自己希望渺茫的前途，又想想那轻而易举得到的100万，便流着泪咬着牙点了点头，于是，丁老板立即写下了两份协议，内容是小乐自愿被剁下右手，他和老李各出五十万元作为补偿，写好之后，老李转身进厨房，只听他"哗啦哗啦"磨了一阵子刀，一会儿就拿了把亮晃晃的菜刀出来了，他又找来了一瓶酒精消毒，丁老板叹了一口气，说了声"我来吧"，丁老板看起来很在行，他让陈厚德站到院子里随时准备拨打120，自己用尼龙绳在小乐的右胳膊弯处紧紧缠了几道用来止血，然后又让老李死死扶住了花瓶……

这时候，小乐往院子里一扭脸，看见他爸爸正蹲在地上，背对着屋门抽烟呢，这当儿他才发现，原来他爸爸的头发都已经花白了，他想起在以往的日子里，爸爸为他付出了多少心血，心里不禁一阵难过，眼泪"滴答""滴答"直淌，但事情已经到了这份儿，他也只能豁出去了，他右手连带着花瓶往桌子上轻轻一搁，就等着挨刀了。丁老板把小乐右胳膊上的袖子往上挽了挽，低声说了句："孩子啊，对不住了！"接着，他双手把刀高高举过头顶……

这时的小乐两眼直勾勾地看着丁老板手里那锋利的菜刀，片刻间，只听丁老板嘴里猛地"嗨"了一声，手里的菜刀带着一股风声就向小乐的右腕子砍了下来，在这千钧一发之际，小乐忽然狂叫一声"不"，身子猛地往后一缩，右手竟然硬生生地从瓶口里拔了出来！刀锋从小乐的右手食指上掠过，刚破了一点皮肉，鲜血直淌，那只蟋蟀也倏地从花瓶里蹦了出来，三蹦两蹦就没影儿了。

小乐死死地捏着自己的手指，又哭又笑地说："爸爸，你快来看哪，我的手……我的手抽出来了啊！"

陈厚德跑进屋来，一看这情形，上前捏住小乐的手指，爷儿俩抱在一起痛哭起来，陈厚德哭着问小乐："孩子，刚才你为什么要抽手啊？"

小乐痛悔交加地说："我……我不想失去我的手啊……"

"是啊，孩子，一个人失去手已经很可怕了，更可怕的是为了换取一时的财富而甘愿失去手！"

小乐放声大哭："爸爸，我错了，我知道错了啊！"

丁老板把钱付给老李后就抱着花瓶走了，老李也拿着钱去救他的女儿了，这以后，小乐因为玩蟋蟀剁手的事儿就在古城里传开了，于是，玩蟋蟀的人越来越少，玩古董的人倒是越来越多了……

（本篇月月评短信代码：AA072）

（题图、插图：魏忠善）

"按揭"离婚

□ 郑光春

乐明工作的文化馆来了一位年青漂亮的女同事，叫傅晓雯，这本没什么稀奇的，可自从这位靓女调来之后，乐明的心理和行为悄悄发生了变化，这就引起了他妻子薛莉虹的警觉。

渐渐地，薛莉虹察觉丈夫的行迹越来越异常，有一天夜里十二点多了，乐明还没有回家，也没有打电话回来说明情况，薛莉虹赶到文化馆，看到乐明和一位漂亮的女青年同在一室，女的在电脑前打字，男的坐在女的身边说着什么，乐明说是在赶写一个剧本，又介绍说这个姑娘是馆里的打字员傅晓雯，当天晚上虽没有发现什么，但薛莉虹心里已是投下了一片阴影，女人的第六感觉告诉薛莉虹：傅晓雯与丈夫之间会有故事发生！

薛莉虹的这种感觉在三个月后便得到了证实，这天，乐明回来得很晚，一进房间，他就语气坚定地对薛莉虹说："我们离婚吧！"

听了这话，薛莉虹心头一震，但还是尽量保持着一种冷静的语气，问道"你爱她吗？"乐明的脸上立刻精神了起来"当然！和她在一起，我感到自己年轻了许多。"薛莉虹竭力克制住自己的醋意"她也爱你吗？"乐明沉浸在美好的回想里："肯定！她说跟我在一起，吃萝卜白菜都愿意。"

薛莉虹又咄咄逼人地问道："你们相互了解吗？"回答这问题，乐明底气不足，他说："这不用你操心！""离婚毕竟是件大事，你让我考虑两天再答复你。"乐明同意了："行！"

这天晚上，薛莉虹和乐明开始了婚内分居，他睡书房的单人床，薛莉虹带儿子睡原来的房间。让薛莉虹想不通的是：这年头，"男人有钱会变坏"，难道没钱的男人也会起异心？乐明身处"清水衙门"，兜里没几张零花的票子，而偏偏却有"初生牛犊"的小靓妹爱上他，图什么？图他能码几部戏剧小品？图他成熟有男人的魅力？还是图他生性浪漫？

离薛莉虹答应乐明的两天时间快到了，说心里话，薛莉虹不想离婚，她很自信地预测乐明和那位"小甜心"的所谓爱情，纯属一时的"荷尔蒙"冲动，不会天长地久的，因为这种风花雪月的事，在男人堆里，乐明不是第一个，也不是最后一个，他只不过是别人"失败"的复制品！

两天后的晚上，薛莉虹正式答复乐明："我同意离婚。"乐明没想到薛莉虹会这么爽快，但紧接着薛莉虹提出了一个条件："你是知道的，我们买下这套房子，是以你的名义亲手借了我哥哥15万块钱，至今还有5万块钱没还。我想，等你把这笔钱还清后，我们再离婚。"乐明急了，他哪来钱还呢？经过和薛莉虹协商，从这个月开

始，乐明每月拿出1500块钱还薛莉虹的哥哥，什么时候还清，什么时候离婚。

一个月过去了，这天是乐明发工资的日子，傍晚时分，他回到家里，一进门，便走到薛莉虹面前，把一个小牛皮纸信封交到她的手中，薛莉虹不解地望着乐明："这是什么？"乐明开了口，话里不带丝毫感情色彩"还你哥哥的钱呀！"薛莉虹拆开信封，从里面抽出票子，公事公办地一张张点着票子，末了，她瞟了乐明一眼说："没错，你还挺守信用。"乐明面无表情地回答："不守信用，我就离不了婚，请你代写一张收条吧。"薛莉虹叫了起来："我还要代写收条？"乐明不容商量地说："那当然，到时候，你不认账，我找谁去？"薛莉虹随即按他的要求写了收条。乐明接过后，藏进公文包里，他特别提醒道："别忘了把钱给你哥。"

第二个月发工资的日子又到了，可乐明那边迟迟不见动静，直到晚上，乐明才吞吞吐吐地开了口，他说这个月消费挺大的，手头有些吃紧，等下个月一起还。薛莉虹很宽容，答应了。接下来的三个月里，每到发工资，乐明都以种种借口来拖延还款，而薛莉虹则一让再让。

转眼到了第六个月，又是乐明发工资的日子，这天深夜十二点乐明才回来，一进门，薛莉虹就发现他满脸

红红的，好像喝了许多酒，走进客厅后，乐明一屁股坐在沙发上，从公文包里掏出一个大牛皮纸信封，说里面是5000块钱，是这个月的工资，还有他写小品得的稿费。薛莉虹关切地要他留下点钱，和傅小姐谈朋友，有时需要买些什么。薛莉虹的话刚一出口，乐明涨红着脸暴跳起来："你别跟我提她！"薛莉虹闹不明白了："你们不是交往很密切吗？"乐明愤愤地说出了一句脏话："密切个屁！哼，我原以为她真的能跟我吃萝卜青菜，谁知她也是个俗不可耐的女人！"

接着，有些醉意的乐明便把薛莉虹当成了倾诉对象，毫不掩饰地吐露了"婚外情"的经过：刚开始时，他觉得和傅晓雯交往挺开心的，她也挺纯情的，后来，傅晓雯开始要这要那了，时髦衣服、金项链、彩屏手机，而且还要数码的相机；再到后来，胃口越来越大，要买手提电脑了，还说是为乐明打剧本，说的比唱的还好听。在遭到乐明的拒绝后，傅晓雯大发脾气，说是一个穷编剧根本不配搞婚外恋，还说土老帽不懂得享受现代生活……更让乐明可气的是几天前的一个晚上，他亲眼看见傅晓雯和一个穿戴新潮的中年男人搂着逛大街，第二天，乐明找傅晓雯理论，她竟然说出了这样的话"跟你玩玩浪漫可以，跟你过没钱的日子我受不了！爱情是要物质做后盾的，你懂不懂？"

乐明一下傻了眼，他一直认为自己找到了像当年一样的纯真爱情，没想到浪漫过后，同样离不开柴米油盐的物质化，而且现在的这种物质化比当年要高出十倍百倍！

其实，这种结果，正是薛莉虹预料之中的，她想给乐明留个"回心转意"的机会，这才想出了这么个"按揭离婚"的招儿……

（题图、插图：魏忠善）

近日强冷空气将袭击我国大部分地区，温度疯狂下降，最低温度将达零下N度，请同志们做好御寒工作，该换毛的换毛，该南飞的南飞，实在不行就冬眠吧。1367***5920（0721）

神奇的木楔

□ 麦洁

传说中的鲁班是个能工巧匠，做的木匠活巧夺天工、精妙绝伦，他盖过屋、修过桥、造过船，可没听说他造过"人"，可有这么一个俞师傅，他居然会用木头造"人"，而且他造的人竟然是活的，你信不信？

一个"田螺姑娘"的故事

俞师傅是这方圆百里内最好的木匠，八十年代那个时候，别说是农村，就是城里人要个家具什么的也都是请木匠上自己家做的。俞师傅手艺极好，一般的木匠，一做活就离不开铁钉，但俞师傅一般是不用铁钉的，他做活，都是用木楔，让木板和木板死死地咬合在一起；俞师傅有一门最绝的手艺，那就是做木偶，他做的木偶，手脚都能动，五个手指就和活人一样，木偶关节的紧要处都是用木楔咬合的，做得就像人的关节一样，一边是个圆头，一边是个凹窝，两

个咬合在一处，可以 360 度地转。

村里有一个传说：俞师傅年轻时生活境况不好，母亲早逝，父亲接着又亡故了，家里只有他一个人。他年龄也不小了，眼看着村里的同龄人都成家了，他却还是光棍一个。俞师傅夜夜睡不着觉，看着屋子里堆放的一些上好木料发呆，那本来是父亲打算给他结婚时做家具的，现在也用不上了。有一天晚上，俞师傅把木料拿出来左看右看，忽然心生一念，他拿来了工具，又砍又刨，又雕又琢，几个月的时候，居然做出一个和常人一般大小的木偶。

这个木偶显然是个女性，凹凸有致的身材，椭圆的小脸蛋，精细的鼻眼。俞师傅拿出自己吃饭的钱，给这木偶买了一个假发，还有一身衣服，然后就让"她"坐在堂屋里。谁知道过了几个月，这木偶居然沾染了人间的气息……后面发生的事没有谁亲眼看见，可能是村里人加了些臆想，编了一个"田螺姑娘"的故事：俞师傅有一天早上起来，发现家里打扫干净了，饭也做好了，水也挑满了，他心生疑惑，第二天夜里就偷偷地装睡，看到底是怎么回事。到了夜里，俞师傅听见外面有声音，于是爬起来一看，只见一个大姑娘正在屋里打扫呢！俞师傅再细细一看，堂屋里的木偶不见了，原来这大姑娘是木偶变的，后来这姑娘就给俞师傅做了老婆。

这件事传出去后，俞师傅的生意一下子火了起来，甚至很远的村子做家具什么的，也来找俞师傅，一时间名声大振。

其实村里人真正看见的，不过是俞师傅做的一个真人大小的木偶，还有俞师傅后来娶的那个如花似玉的老婆，至于俞师母是否真是木偶变的，并没有人看见。后来大家问起俞师傅，他"嘿嘿"地笑着解释："木偶哪能变成人呢？都是大家传说罢了，那种手艺，只有神仙才有啊！"

可是，好景不长：俞师傅和俞师母结婚后，好几年都没有生育，就在这时，有人说哪里哪里的送子观音很灵，让俞师傅去拜拜。这一拜，也不知道是神仙显灵还是撞了巧，俞师母真的怀上了。许了愿是要还的，在俞师母有了三个多月身孕的时候，她选了一个非常好的日子去还愿，没想到她这一走却再也没有回来，谁也不知道发生了什么事情，俞师母就此失踪了。俞师傅去庙里问过，那里的和尚都说俞师母还完愿就回家了，就这样，一晃

二十几年过去了……

女人的手上捧着一颗心

俞师傅现今已是人到中年，这二十几年来，村子里发生了翻天覆地的变化，田都分给乡亲们自己种了，村里的小伙子都到城里打工去了，日子好过了，可俞师傅还是孤身一人，没再找过别的女人。

这天傍晚，俞师傅吃过晚饭，看了一会儿电视就上床睡觉，刚睡着没多久，忽然被一阵很响的敲门声惊醒，俞师傅披着褂子起来，问门外的人："谁啊？半夜三更敲什么门啊？"

"我有急事，师傅，听说您是这方圆百里最好的木匠，我求您做个木匠活。"俞师傅一听门外是个女子细细的声音，心也就软了，他打开门，一看，只见外面黑暗处站着两个人，一个是二十来岁的女子，搀着一个年纪大些的女人。那年轻的女子看见俞师傅开了门，忙搀着年纪大的女人走进院子里："师傅，我妈她年纪大了，心脏不好，想请您帮忙换个心脏。"

俞师傅吓了一跳："我只是个木匠，你们要换心脏找医生去啊！"

"求您了，您就给她做个木头的心脏先用着，我们娘俩出门在外，这也是没有办法的事情。"女子苦苦哀求，十分可怜，年纪大的女人却一言不发，她的脸藏在阴影中，用手捂着心口，嘴里呻吟着，那呻吟声令俞师

傅觉得耳熟。

俞师傅觉得这事简直是荒唐，心脏不好怎么可以做个木头的替代呢？但他心软，禁不住那女人的苦苦哀求，最终还是答应了。他拿出工具，把二十几年前做木偶剩下的最后一块木料拿出来，用了半夜的时间，终于做好了一颗心脏。俞师傅的手艺精妙绝伦、巧夺天工，这颗木头心脏，用了九九八十一个木楔，将一百块小木条镶嵌起来，组合而成，这小木条大如指甲，薄如瓜仁，这"心"中间是空的，可以像真正的心脏一样扩张和收缩。

俞师傅把木心脏递给女子，女子面露喜色，接过木心，往年纪大的女人怀里一揣，一会儿那颗木心不见了，捧在女子手里的却是一颗还微微跳动的、血糊糊的心脏，这心脏已经扭曲变形了，看上去就像一团肉块，仿佛被什么巨大的力量捏过，再用力地压过，然后扭成麻花一样。

年纪大的女人安了那颗木头做的心脏后，神态顿时安详了，不再用手捂在胸前，忽然间也变得年轻了，她向俞师傅连连道谢："谢谢师傅。"就这一句话，却像炸雷一样响在俞师傅耳边：这声音好熟悉呀！

时间已经很晚，母女俩向俞师傅借宿，俞师傅便留她俩过夜。

当天夜里，俞师傅想着这一晚上发生的怪事，躺在床上翻来覆去睡不

着，好不容易迷糊起来，忽然看见门外走进来一个人，那是一个女的，细看有点像母女俩中的母亲，只是感觉年轻了许多，先前由于她一直被女儿搀扶着，俞师傅没有看清她的脸。

女人走到俞师傅的床头坐了下来，然后低低地哭泣起来："二十几年了，你还记得我吗？"女人幽幽地说着话，借着窗外的光，俞师傅看着女人的脸，不觉连眼睛都发直了：她分明就是失踪了二十几年的老婆啊！

俞师傅从床上一下翻身坐了起来，抱住老婆，哭喊着："这二十几年了，你去了哪里？"

老婆看着俞师傅花白的头发，用

手摸着，泪眼婆娑"我那年去庙里还完愿，被一个女人骗了，她说我肚子里的孩子不好，要带我去检查，谁知道我跟着她一走就走了好远，最后被卖给一个山里人当老婆。我这么多年一直想回来，可是那个山里人看我看得紧，况且我也不认识回来的路。这么长时间，我真想你啊，你看我这颗心，就是想你想成了这样……"

老婆的手上捧着那颗换下来的扭曲的心，俞师傅看着，一边长叹一边抹着泪花"都怪我啊，当年要是陪你去还愿就好了。"

老婆还是不停地哭泣着："我这次是趁着那个山里人对我放松一些才出来的，我骗他说要出去散散心，其实就是想回来见见你。"老婆哭得像个泪人似的，俞师傅紧紧抱着她"别回去了，就留在这里吧。"

"不成啊，我跟那个山里人生活二十几年了，也生了两个孩子，我放不下孩子啊！"老婆抽泣着，"还有，我给你生了个女儿，这次我带回来，是让你看看自己的女儿。"俞师傅明白了，原来那个年轻的女子就是自己的女儿！

木偶的脸上挂着淡淡的笑容

两人抱着头说说哭哭，哭哭说说，不知不觉外面的天已经亮了。

"我要走了。"老婆擦擦眼泪，站了起来，"你要好好保重身体，如果以

林中，落英缤纷；天边，夕阳若虹。我屈膝而坐，轻抚瑶琴；你静立一旁，凝神聆听。你是我唯一的听者和知音，你成就了一段流传千古的佳话——对牛弹琴。广东　蔡明熙（0723）

后有机会，我还会回来看你的。"说着，老婆就要向门外走去，俞师傅哪舍得让她走啊，他大喊一声："别走！"一边伸手就去拉老婆，却没拉住，俞师傅爬起来向外追，却被门槛绊了一下，这一绊，梦也醒了，外面天已经大亮，俞师傅想着刚才的梦，忙跑到隔壁房间去找母女俩，只见床上的被子叠得整整齐齐，母女俩已经走了。床头上放着一个小布包，打开布包，里面却是那颗因为思念而扭曲的心！

自从这事后，俞师傅终日茶饭不思，寝食不安。两天后，有警察找上门来，让俞师傅去交警大队认领尸体，俞师傅心里"咯噔"了一下，他小心地问："你们是不是搞错了？"

警察解释说："死者坐的是长途客车，结果路上翻车了，我们从她身上找到的地址就是你的；另外，还有个年轻女孩，是和死者一起的，现在正在医院里抢救，还处于昏迷状态。"

俞师傅听了警察的这番话，眼泪不由得淌了下来。

警察还在向俞师傅解释着："唉，这些开大客车的司机啊，不把人命当回事，严重超载，这一起交通事故就是十几条命啊！"俞师傅随即就跟着警察去领回了尸体，然后去医院看了自己的女儿，看着女儿如同睡着一般的脸，俞师傅又落下了眼泪。

村里人都说俞师傅真不幸，有了老婆没多久，老婆就被人拐跑了，二十几年了，老婆刚找回来，就在路上出了车祸，唉……

俞师傅没把老婆送火葬场去，而是给老婆打了个上好的棺材，然后偷偷找了个山清水秀的地方葬了，可这是不允许的，果然，没多久，也不知道是谁把俞师傅给告了，说他破坏殡葬改革，乡里来了人，让他去把埋在地下的老婆给挖出来，再送去火葬。

俞师傅不情愿，可也没办法，他挖开老婆的坟，几个一起来的小伙子跳下去，把棺材弄了上来。一群人围着棺材唧唧喳喳的，乡里的领导挥手说道："把棺材给撬开！"抬棺材的小伙子互相看着，谁也不愿意干这种事情，可是，不撬是不行的呀，最后，几个小伙子还是撬开了棺材，就在这时，四周一下子安静了下来，乡里领导也没了声音，俞师傅也停止了哭泣，大伙都抬头向棺材里看去……

棺材里根本就没有什么尸体，只有一个真人大小的木偶，木偶是个女性，脸上还挂着淡淡的笑容，这不正是俞师傅当年做的那个木偶吗？木偶的头上还留着当年俞师傅省下吃饭钱买来的长长的假发，那发髻整齐地梳在后面，但那鬓角上别着的一朵小绒花，还有木偶身上穿着的衣服，却分明是俞师傅前不久给老婆下葬时戴的、穿的……

（本篇月月评短信代码：AA073）

（题图、插图：谢 颖）

小偷的
抉择

□ 李善平

———个小偷大胆地撬开了锈迹斑驳的门，进到屋内，把门关严，撬开抽屉，发现了两张五十元票子，他拈起钱，下面压了一张纸条，上面写着：

　　假如你和我一样，这100元钱你偷走好了；假如你还剩一只手，请为我留下50元，以便我失业那天用它到职介所去登记谋职；假如你是四肢健全的贼，请用第三只手把你良心掏出来放在里面，并替我锁好这个柜子，谢谢！
　　　　　　　　一个失去双手的残疾人

　　小偷看完纸条后不以为然地

"哼"了一声，又用两根手指头夹着钱在阳光里照、弹，心里嘀咕着："瞧你多缺乏幽默耶，你把'偷'说成'捎'字多文雅！'贼'这个称谓也太不时尚，你叫我'衣兜清洁工'不行么！"

　　小偷拿着钱正准备出门，忽然看见柜子上端挂着一张残疾人证书，屋里空荡荡的，唯有证书上那个残疾人的眼睛雪亮又锐利，小偷看着照片，不觉有点儿如芒刺背的感觉。

　　小偷想了又想，犹豫再三，琢磨着是否将钱还回去，却又不甘心自己空手而归，要知道，刚才翻过屋外那道院墙时，他的大腿被玻璃碴划伤了，一双皮鞋也蹬破了。

 52　为缓解今年就业矛盾，有关部门出台新学位制度：博士学位毕业后可继续攻读壮士，壮士学位毕业后可攻读圣斗士，毕业后如果还找不到工作，请攻读烈士学位。吉林　明菲（0724）

小偷又踢开鞋柜，一双崭新的大路牌皮鞋赫然入目，四十码，就像是给他定做的。他穿上鞋在地板上走，感觉脚尖处憋得紧，伸手一掏，便掏出一个纸团，上面写着：

这是我用替人看门积攒的钱买来的一双皮鞋，假如你的脚残疾又没有工作，不妨穿上这鞋到街上碰碰运气；假如你仅仅没有工作，你也可以穿走它继续你现在的偷盗，但你的路会越走越窄。

　　　　　　一个左脚安了假肢的人

小偷看完纸条，立刻像被烫了一般缩回了手，妈的，这人真恶毒！你咒我残疾吗？我咒你灭亡！贼将鞋放回原处，走到厨房，决定打开天然气阀，关紧门窗，他要让这屋的主人回来休息时在瞬间"羽化成仙"！他把手伸向气阀，却看见气表上早贴着一张令人毛骨悚然的纸条：

贼先生，这封信上有个秘密，请你务必读完——

你可能是第一个也可能是最后一个进这屋子的人。我的天然气管年久失修，有点儿漏气，你只需在沙发上一躺就一了百了。告诉你，我暗设了机关——你不要以为我失去了双手不可能做这样的事，我的嘴、脚，都是灵巧的人体机械，告诉你，所有的门

窗你都已经无力打开！如果仅仅是因生活所迫偶尔做贼，你偷了这一次后，愿意狠下决心金盆洗手，那么请你立即拨打我写在这纸条背后的电话，本话机还有一元话费可打。谢谢你看完了这封信。

　　　一个凭嘴巴在电台谋生的人

小偷惊悸片刻，嗅了嗅鼻子，果然闻见了很浓的异味，他恐惧了，急着去开门、推窗，然而都无济于事，紧接着，他的身子忽然绵软下来。屋里很暗，他在后悔的同时又感觉似乎心中有一盏明亮的灯在闪烁，他咬着牙自问：一个身体健全的人为什么不能走另一条路？

强烈的求生欲望支撑着小偷抓过话机，他决定给这位在电台谋生的残疾人打个电话，向他诉说一个自小失了爹娘、到处流浪、处处遭人白眼的小偷的那些屈辱和忏悔。

他抓起了一旁的电话机，电话是通的，他费力地拨完那个号码，"叽呷"一阵响，所有的门窗突然自动打开，与此同时，他也昏倒在地……醒过来后，借着明媚的阳光，他再次拨通了这个神秘的电话，随即一个浑厚的男中音直捣耳膜，撼人心扉"我感谢你拨了这个电话，告诉你，这个电话机实际上是个带遥控装置的特设留言机，不过，不是这个貌似电话的留言机救了你，而是你决心痛改前非的

诚意拯救了你自己，光明与黑暗，生存与死亡，往往是在瞬间决定下来的。谢谢！"

电话突然挂断，再拨，是一个女人温柔的声音："尊敬的用户，你的话费已经消费完毕……"然后是一串他无法听懂的英语。

显然，房主人将话费设置到刚刚够打一分钟。望着墙上那张相貌睿智的残疾人照片，已经神清气爽的小偷始而害怕，继而敬佩，再生感动，怜悯之情油然而生……

决心洗心革面的小偷记下了房主人的电话抬脚出门，猛然间却又想起

应该写几句什么话留下来，写啥呢？他再次看那照片，圆滚滚的脸盘真的像屋外圆圆的太阳，他的心里便热起来，眼里也涨了潮。他找不到笔，便在屋外捡了块石灰在木门上写下了这样的话：

这屋的主人没手没脚但有良心、戒心，有梁上君子擅入者，请准备好骨灰盒带上，或者你请人修好天然气管道再进吧。苍天在上，阿门！

衣兜清洁工：浪回头

（题图：魏忠善）

2006 年《中国最有影响力的故事》征文启事

五大奖励措施 稿酬外追加千字千元奖金

为鼓励多出优秀作品,《故事会》杂志社决定继续举办 2006 年《中国最有影响力的故事》征文大赛，并对优秀作品实行 5 大奖励措施:

1. 入选作品除在杂志上发表外，还将收入《〈故事会〉中国最有影响力的典藏故事》(2006 年版) 一书。2. 入选作品可得两笔稿酬: 在《故事会》杂志发表的作品，首发稿酬每千字 400 元，选入书后再追加每千字 1000 元。3. 入选作品均颁发奖励证书。4. 本刊将委托有关专家对入选作品进行精彩点评。5. 本刊将邀请有关作者参加 5 月在上海举办的第十一期"故事创作研讨班"、10 月在外地风景区举办的优秀作品改稿会以及年底的颁奖大会,所有费用均由我社承担。

征稿范围: 具有现实感、新鲜感且可读性强的中短篇原创作品。超短篇（如幽默故事）的字数一般在 1500 字以内，短篇（如中国新传说）的字数一般在 5000 字以内，中篇故事的字数一般在 15000 字以内。

来稿方法: 1. 从邮局寄发，请在信封上注明"征文大赛"字样，本刊地址: 上海市绍兴路 74 号《故事会》杂志社，邮编: 200020。2. 从网上传递，可发以下信箱: wulun@vip.sohu.net，请在主题上注明"征文大赛"字样。来稿也可直接发至各责任编辑的电子信箱，本期责任编辑的信箱是: yaotongzhi@vip.sohu.net.

茫茫人海中，为你怦然心动，你好似不在意的表情，却让我隐隐作痛，你的漠然让我不敢表白心迹，可我不能自拔，现在我要你明白——你踩着我脚啦！山东 孟波（0725）

伸进花瓶里的手

□ 许铭君

一场的输赢达上千元，连警察都注意上他们了。

这天，陈厚德正在为儿子的事生着闷气，门一开，好友老李一阵风似的闯了进来，一进门就向陈厚德借钱，说是后天他女儿要做肾脏移植手术，得十五万元，可陈厚德只有五万，即使全给老李也成不了事，怎么办呢？老李的眼泪早"刷"地淌下来了，一会儿，他想了想，说："对了，老陈，我还有件家传的瓷器，你给看看，如果能出手，钱就不愁了。"

陈厚德问："什么瓷器？"

老李压低了声音说："五彩花蝶瓶。"接着，他又把这瓶的样子细说了一番，陈厚德一听就知道这是个好物件，不觉又惊又喜：他有个香港朋友

这个花瓶值200万

豫东有座古城，不大，但名气不小，因为这里一是搞文物收藏的多，二是斗蟋蟀的多，三是出了个全国有名的文物鉴定专家陈厚德。陈厚德性格开朗，爱说爱笑，可是，最近他时常皱着眉头，心事重重，这都是因为他儿子小乐的缘故。

自从老伴病死后，陈厚德对小乐百依百顺，可小乐不争气，今年高考落榜后，竟和城里几个痞子混在一起，学会了用蟋蟀赌钱，几个人一凑，

根据菲立普·夏普[美国]作品改编

□ 龚昊 改编

聪明的人

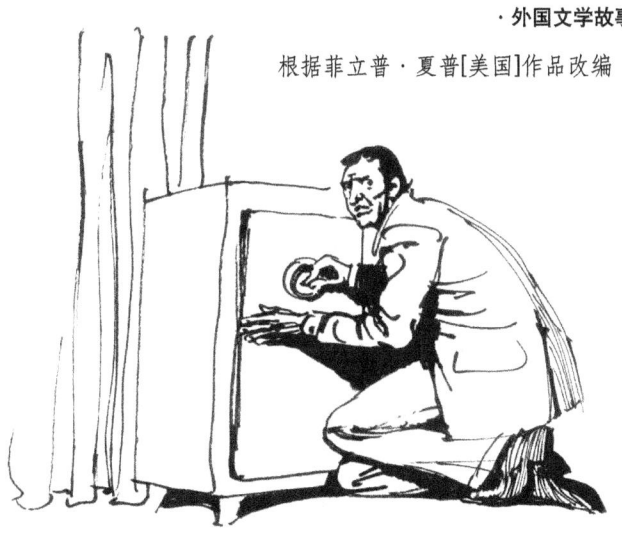

这天，安德生在离公司不远的一家临街小餐厅里用午餐，突然，有一个人端着托盘走了过来，一看，是公司的同事普菲尔，普菲尔和安德生打了个招呼，在他对面坐了下来，吃了几口饭，脸上立刻显出一副忧郁的表情。安德生觉得不该冷落对方，就随口问道："你怎么了，看起来不大高兴。"普菲尔犹豫了一下，凑近安德生，小声说道："朋友，我有麻烦了……公司里就数你聪明，帮我想个办法吧。上午，我听见老板布雷克先生对会计师说，后天公司要查账，天哪，我该怎么办？"

安德生震惊了："怕查账，为什么？等等，难道你……"

普菲尔的额头上渗出了细细的汗珠"上星期，我私自从公司的保险柜里弄了一笔钱，没想到竟然会突击查账，这事如果被发现，我就死定了。"

安德生安慰道："如果真是这样，倒也好办，你悄悄把钱放回去不就得了。"

"来不及了，"普菲尔的声音里带着哭腔，"我已经把钱花得差不多了，更何况，那阵子我胆战心惊，竟搞不清楚自己弄了多少，一万三？一万五？反正我忘了，现在，你有没有办法帮我摆脱困境？"

安德生以幸灾乐祸的目光注视着普菲尔的窘相，心里很是快意，在对方的一再催问下，他慢吞吞地开口了："听着，朋友，你知道本州是以法律的严酷而闻名全国的，假如被抓住，就真的完了，所以，你只能选择逃跑，离开这个地方，更何况你是单身，连你的房子也是租的，他们又不能查封。"

"谢谢你，安德生，这个建议倒真不错。"普菲尔站起来，将一盒上好的古巴雪茄塞进安德生的口袋，然后急匆匆地走出了餐厅。

下午上班的时候，普菲尔办公桌的座位空了，据说，他请了事假，安德生想：这家伙真的逃跑了，请假只是他的缓兵之计。

这天夜晚，安德生躺在床上生着闷气，原来，他在下班回家途中给车

加油的时候，一个打扮入时的女郎居然对着他偷偷地笑，她还能笑什么呢，准是耻笑自己开的那辆花一百多元买的破车。妈的，要是我也能从公司弄点钱……嗨，我在想什么呢，那不是在犯罪吗？

等等！安德生的脑子里突然闪现出普菲尔的话："……那阵子我胆战心惊，竟搞不清楚自己弄了多少，一万三？一万五？反正我忘了……"这个傻子，竟忘了自己究竟偷了多少钱，如果保险柜里再少两千元，大家会怀疑谁呢？当然还是这个逃跑的蠢家伙，哈哈……

总之，到了第二天下班的时候，安德生的腰包里已经多了两千美元，他在二手车交易市场如愿以偿地买到一辆八成新的蓝鸟轿车，接着，他驾车来到本市著名的城市俱乐部，这是个高档的娱乐场所，吃着美味的东方菜，品着香醇的美酒，安德生惬意极了。

第三天上午，安德生来到公司时已经八点半了，老板布雷克先生的女秘书对他说："刚才布雷克先生找过你，让你去他的办公室。"于是，安德生赶紧来到了老板的办公室，到了那里一看，布雷克先生正心神不宁地来回踱着步，突然，安德生的眼睛瞪直了：办公室里还有两个人，一个是普菲尔，还有一个是警察。安德生想：是不是公司报了警，抓住了普菲尔？不

孟姜女千里寻夫是为了夫妻团圆，梁山伯十八相送是为了早日重逢，白娘子断桥报恩是为了再续前缘，而我对你苦苦追寻是为了——让你快快还钱！河南　张丹（0726）

大可能，还没有查账呢！要么是普菲尔主动投案自首了？这个胆小的白痴！

这时，布雷克先生板着脸开口了："安德生，你知道吗，公司发生了一件不愉快的事。"

"真遗憾，"安德生同情地瞟了一眼普菲尔，又转过头去对老板说，"布雷克先生，可以告诉我吗？"

布雷克冷冷地"哼"了一声，一旁的普菲尔也怯生生地开口了："安德生，你当然清楚这件事，我认为你能处理好的。"普菲尔说着竟掩面抽泣起来。布雷克先生走上前去，轻轻地拍了拍普菲尔的肩膀："别哭了，这事你无法帮他，不过我保证，只要安德生痛改前非，我会从轻发落的。"说着，布雷克转过头，冷冷地说："安德生，或许你是一时糊涂才干傻事的，如果你肯把偷拿的钱如数交出来，我就不追究这事了，当然，从现在起，你被解雇了！"

安德生觉得嗓子发干，他意识到自己的事情败露了，张了张嘴，却说不出话来。

"怎么样？你打算还钱吗？"说着，布雷克先生把一张单据递到安德生手里，"一万五千美元，我给你三天时间。"

安德生懵了："什……什么？一万五千美元？您弄错了，我只拿了两千，其余的都是普菲尔拿的，我发誓！"

那位警察摇摇头，说："我们有证据的，昨晚，普菲尔和另一位同事偶然看见你从财务科慌慌张张走出来，出于对公司的负责，他向布雷克先生和会计师报告了这件事，经过查账，发现保险柜里少了整整一万五千元，布雷克先生随后报了警，我们通过技术手段，在保险柜上找到了你的指纹。"

布雷克先生厌恶地转过身，说："安德生，你太过分了！明明偷了钱，还百般抵赖，最后竟咬到善良的普菲尔头上，公司为有你这样的人感到羞耻！"

普菲尔的表情显得十分悲戚，眼圈也有点微微红了，他抹了抹眼角，似乎是要把渗出来的眼泪擦去，一会儿，他走到布雷克面前，说："布雷克先生，恳请您给安德生一次机会吧，或许他真有说不出的难处……"

到了这时，安德生才明白自己落入了普菲尔设下的圈套，他愤怒地向普菲尔扑去，一旁的警察利索地抓住了他的双手，用手铐铐住。

"放开我，你们这群蠢猪！普菲尔，你偷了钱，还陷害我，我要杀了你这个该死的！"安德生拼命挣扎着，但很快被警察押走了……

安德生说的这一切谁都不会相信……

（题图、插图：佐　夫）

魂断
□廖樊顺
苍龙寨

救命的粮食

滇藏交界处，有个苍龙寨，寨外有一条奔腾不息的金沧江，这里是横断山脉的深处，地势险要，四百多人的寨子临江立在山脚处。寨子里都是汉人，相传是明末时一支明军的部队被清军一路追杀，一些散兵游勇逃到这里避难，以后就繁衍子孙，自成村寨。可这里是穷乡僻壤、蛮荒之地，种不了什么粮食，好在天无绝人之路，山寨的下面有一条商道，是那些由滇入藏的马帮的必经之道，于是，寨子里的人就干起了收"过路费"的营生，凡是经过这里的马帮都要留下一些财物或粮食，但寨子也有规矩：万不得已决不杀人，劫下的东西只要够寨里温饱即可，违者将受严惩。多少年来，世世代代，寨子顽强

地生存了下来，虽说朝廷也派兵征剿过他们，寨子也遇到过天灾，但各种灾祸最终都被化解，似乎有神灵相助。

眼下已是1942年的春季，寨主已经老了，有个叫"朱龙"的后生是众望所归的"接班人"，朱龙这几天心里愁得慌，因为寨子遇到了百年未有的危机：储存的粮食已经用尽，可开春以来，竟没有一支马帮从此地经过，这一切都源于日本人的侵略，他们吞并了缅甸，切断了中缅公路，国外的援助运不进中国来，国内天灾人祸不断，粮食歉收，物资缺乏，经济萧条，物价飞涨，入藏的马帮大大减少。

  暮色浓浓如酒，秋风轻轻吹柳，菊花败了许久，你在何处奔走？天气热了许久，你减衣服没有？城市不让养狗，主人打你没有？平安可要来电，免我一直挂念。广东　吴映抛（0727）

这是寨子彻底断粮的第二天，天空阴沉沉的，乌云阵阵，雷声隆隆，不一会儿就下起了不大不小的雨。朱龙站在寨子的碉楼上正在发愁，突然，远处传来了一阵马铃声，有马帮！朱龙心里一惊，立刻下令吹响了急促的牛角号，寨里的男人们操起家伙蜂拥而至，跟着朱龙出寨，在商道上设好障碍等待着马帮。他们要把希望带回寨子，养活他们的女人、孩子！

马帮临近了，这是一支有五十多匹骡马的马帮，从藏区过来的。朱龙看着马背上那一袋袋沉甸甸的货物，禁不住兴奋起来，他走上去，掏出腰间的匕首在一包货物上划开一个小口，里面淌出的竟是饱满的麦粒，朱龙大喜："粮食！"

这时，队伍中一个男人走上前来，递上一包用蓝色印花布包裹起来的银圆，说："少主，在下是个排长，姓霍，这是过路费五百大洋，请笑纳。"

朱龙这才注意到押送这批粮食的不是一般的民间武装，而是穿着军装的部队，那个霍排长的脸上微微有一点惊慌之色，他偷偷地在观察着朱龙。

朱龙没有接银圆，说："我不要银圆，寨子的粮仓空了，我要你的货！"

霍排长急了："这是送到前线的军粮，你不能动啊！"

朱龙有点不高兴了："前线不是有国家拨的粮食吗？"

"上面拨下的军粮都被那些当官的扣下，拿到市场上换钱去了，前线的弟兄们是饿着肚子在跟日本人干啊！这批粮食是藏区几个活佛捐的，弟兄们信得过我，才让我来押运的，我不能空着手回去啊！"说到这里，霍排长声音都有些嘶哑了。

朱龙没有见过日本兵，但他知道这些杂种都是吃人不吐骨头的畜生，在中国烧杀抢掠，奸淫妇女，他还听人说日本人在南京屠城，杀了几十万人，要不是前线军队拼死抵抗，日本人很有可能已经把苍龙寨从地面上抹掉了。老辈人常常说要忠君爱国，虽说大明已亡国三百多年，但中国这个国家还在，苍龙寨不能要这批军粮！

朱龙想到这里，不由得抬起头来望了望山上那古老的山寨，想到了那里几百号饥饿的乡亲，他犹豫再三，最后把手一挥，示意手下搬开障碍，放马帮走。

不料随朱龙来的那帮男人们却一齐呐喊起来："不能放！你放他走，眼看着寨子里的人都饿死吗？留下粮食！"

愤怒的大地

"放马帮过去，这里我说了算！"朱龙的手下被迫移开障碍，放马帮上路。

霍排长和随同的弟兄们眼眶都湿

了，在这深山之中却还有这么通晓国家大义的人！他们抹着眼泪，赶着骡马，"叮当叮当"，一路而去。

早有人将这件事禀报给了老寨主，寨主召集了几个德高望重的长辈，在祠堂里议事，并叫来了朱龙，让他给大家一个合理的解释。

朱龙跪在地上，含着眼泪申辩着："那是运往前线的军粮，关系着抗日，关系着国家的命运，抢军粮会遭报应的啊！"

几个老长辈听不进朱龙的话，他

们眼里只有寨子，他们不知道日本人的凶残，也想不到前线将士的悲惨，最后众人作出决议：立即派出人马去追马帮，截下粮食，带回山寨！

第二天凌晨，派出去的人就把那霍排长的五十驮粮食全带回了寨子，整个寨子沸腾了，寨民们用最盛大的仪式欢迎英雄归来，五千响的爆竹被点燃了，声音震彻山谷……也就在这时，突然间，大地摇晃起来，整个山谷都在战栗，金沧江里溅起了巨大的浪花，有人叫了起来："地震！"人们惊慌失措，趴在地上一动不动。不知道过了多少时候，好像是好久好久，大地不动了，山寨里一片安静，人们这才察觉地震已经过去了，于是站了起来，没一个人受伤，只是那存世三百多年的祠堂倒塌了，这没什么，地震每隔几年就会有一次，祠堂塌了是因为年久失修，塌了可以造新的，只要有了粮食，只要能活下去。寨民们很快又狂欢了起来，苍龙寨被一阵阵的酒香给陶醉了……

第二天，有人发现金沧江的水少了很多，少得已经不能把它叫"江"了；过了几天，金沧江好像被一道水坝把源头给拦腰截断了，水更少了，有人赤脚蹚了过去；又过了几天，江彻底断流了，干涸的河床里有许多肥美的鱼儿在挣扎……

于是苍龙寨再一次欢腾了，寨民们纷纷下河捞鱼去了，他们都把这满

  那天站在阳台上，你享受着细雨的朦胧，想到坎坷的人生……你的脸湿了，一种酸苦咸涩的味道……是雨水？还是泪水？你抬头仰望天空，哇！谁家的拖把？ 1369***5527（0728）

地的鱼看成是上天的恩赐。这一天，朱龙到十里外的龙山寨买盐巴去了，第二天才能回来。

晚上，人们早早入睡了，守着满柜的粮食入睡，他们睡得很香甜。突然，大地摇晃起来，山寨在晃动，河谷在晃动，从河谷方向传来"隆隆"的轰鸣声，越来越响，像千军万马奔腾而来。

寨子的哨兵最先发现了情况：一弯冷清的月牙下，从河谷的远方涌来一片白茫茫的东西，铺天盖地，扑向寨子，哨兵哪里知道那是几十米高的浪头呀，它像条饿龙，所经之处只剩下一片光秃秃的石壁，苍龙寨也未能幸免……

第二天，朱龙回到苍龙寨，寨子已经从人间消失了，"报应啊！"朱龙一声哀号，一口鲜血喷涌而出，再也没有醒过来。

后来，人们都说苍龙寨抢军粮惹怒了上天，天神把天上的瑶池捅破，放水冲走了苍龙寨。

解放后，当地新修的县志记载："1942年，本县金沧江流域发生里氏7.2级地震，余震数次，致使山体滑坡，截断金沧江形成天然水坝，导致上游形成巨大湖泊，中下游断流十天。在又一次6.5级余震后，水坝断裂，江水大量下泻，形成超大流量的洪峰沿江而下，江边数十山寨被毁。"

（题图、插图：安玉民）

手机版《故事会》新功能免费体验

赞助20万

□黄西华

有一座古庙叫"般若寺"，是明朝时建造的，寺内大雄宝殿里供奉的三尊花岗岩石雕佛像在国内极为罕见。这寺庙的香火从民国以来逐渐衰败，这一次，为了重振山门，省市有关部门决定重修寺庙，拨下了一笔款项，还决定在三月三这天举行佛像开光仪式。寺庙的修缮工作进展顺利，但到了最后，寺庙是修好了，但连接省道的那段山路还是坑坑洼洼的，别说汽车进不来，就是步行也很费劲，这样，烧香拜佛的香客就来不了，而要修好这段路，还需要20万元，这钱从何而来呢？

住持智明禅师犯了愁，就在这时，他的俗家表弟熊成明突然来到了"般若寺"。熊成明这些年在省城做生意发了财，是全省有名的民营企业家，当初动议修缮"般若寺"的时候，智明禅师曾数次去省城找熊成明，想要他布施一笔修缮费，不料几次都吃

了闭门羹，现在他不请自来，倒让智明禅师纳闷起来。

熊成明见了智明禅师，一改以前那副冷面孔，恭恭敬敬地抢先开了口："我是无事不登三宝殿，今天是专程给'般若寺'送赞助款的。"

智明禅师闻言一愣，心想：这熊成明葫芦里卖的是哪门子药啊？以前找上门请他布施他都不肯，怎么今天却主动来送赞助款了？这里面只怕有什么名堂，于是便存了戒意。这时，熊成明微微一笑又开了口："不过，我给

62 那天我去北海看你了，真的，我也不敢相信我的眼睛，你站在蔚蓝的海边，我还拿小棍捅了你一下，嘿，这个小王八，壳还挺硬！1390***8433（0729）

这笔钱可是有条件的哟！"

"你有什么条件说来听听，只要我能做得了主的，我都会答应你。"

熊成明说："这条件嘛，说起来很简单，只要你答应把'般若寺'后院那棵山核桃树卖给我，我就赞助20万块钱修路。"

智明禅师一听，不由得倒吸一口凉气，一时间居然不知如何开口。

"般若寺"后院的确有一棵三人都合抱不拢的山核桃树，据说，这树已有近五百年的历史，寺里的历代僧人对这树都呵护有加，使它历经数百年的风霜仍然枝繁叶茂，可令人惊奇的是，这树结的山核桃虽然个大，果仁却奇苦无比，令人难以下咽，但它对治疗肾功能衰退具有特殊疗效，不过，这山核桃的神奇功效，除寺里的僧人外，一般人都不知道，这熊成明也不知从哪里得到的消息，现在居然要用20万块钱来买这棵树！

智明禅师十分为难，20万块钱能使他修好直通省道的那条山路，但后院那棵山核桃树却又是万万卖不得的，它可是镇寺之宝啊，他智明禅师若是卖了这树，纵然能使"般若寺"香火旺盛，可他又有何面目在圆寂之后去见本寺的历代僧人？

智明禅师思量半天，最后还是对熊成明说了声"抱歉"，熊成明"呵呵"一笑，说："其实，我早就知道你不会卖那棵树的，我也压根儿没想去买

它，我只不过是想买那棵树上的山核桃罢了。"智明禅师一听，不觉疑惑起来：那山核桃虽然有医疗效用，但再有效也值不了20万块啊，再说，即使熊成明个人身体上有这方面的需要，也用不了这么多山核桃呀！心里有疑惑，于是他就说道："树不能卖给你，但树上的山核桃倒是可以卖的，不过，这棵树上的山核桃充其量不过两三百斤，你用20万元买这区区几百斤山核桃划算吗？"

熊成明忙不迭地掏出一张银联卡递给智明禅师，说："划算不划算你就不要管了，这里面有20万块钱，你拿着吧；另外，你们必须在明天下午把那棵树上的山核桃全部摘下来，不要去皮，直接送下山，我的车就在省道边等着。"说完，熊成明便向智明禅师告辞。

第二天，智明禅师就安排人从树上摘山核桃，摘下了三百多斤，没去皮，全送到了省道边，那里早有一辆三菱越野车等着，熊成明让人把山核桃装上车，什么也没说，就开车走了。

智明禅师用熊成明给的那20万块钱，请来施工队，赶在三月三以前修好了寺庙通往省道的那条山路。三月三这天，"般若寺"佛像开光仪式如期举行，四方香客纷至沓来，百年古刹的香火终于又旺了起来。

到了第二年山核桃收获的季节，智明禅师惦念着熊成明，他命僧人把

后院树上的山核桃全部摘下来，叫了辆车，自己亲自押送，来到省城，见到熊成明后，便关切地问熊成明肾功能衰退的毛病治好了没有。熊成明听后笑弯了腰，他乐呵呵地把事情的经过说了一遍：

有一次，熊成明无意中在一本清代刻印的典籍中看到一段记载，说是"般若寺"后院有棵山核桃树，这树每隔九九八十一年，就会结出奇异的山核桃，这一年结的山核桃，外表看起来和平常年景结的一模一样，但去掉外面的那层果皮后细看一看，就会发现在山核桃的硬壳上有着十分美妙的图案，这些图案有的像栩栩如生的各种动物，有的像正在诵经念佛的僧人，还有的居然像形态各异的佛像，而且，一般年景里结的山核桃果仁奇苦无比，唯独隔了九九八十一年的这一年，山核桃的果仁却分外甘甜。

看了这段记载，熊成明起初不以为然，觉得这是天方夜谭，后来转念一想，这世上的事无奇不有，说不定还是真的呢。他根据典籍上记载的时间推算下来，发现去年刚好是那棵树要结出奇异山核桃的年份，于是，他派人偷偷地翻墙进了寺庙，从树上摘下了一个山核桃，剥掉果皮一看，发现典籍上说的果然不差，熊成明惊诧之余，脑中突然灵光一闪，顿时捕捉到了一个绝妙的商机。他从智明禅师手里弄到了那批山核桃后，立即在繁华闹市打出英语广告，并展示了部分已经去掉果皮的山核桃，那些外国人被上面的图案倾倒了，每一对山核桃的价格居然被炒到了50美元，熊成明稳稳地赚到了一大笔美金！

说到这里，熊成明停住话头，起身从保险柜里取出几颗山核桃递了过来，智明禅师接过一看，这硬壳上果然有着形形色色的图案，其中一个竟然像是菩萨，而且越看越像是他智明禅师自己，活灵活现，令人叹为观止，他惊得一句话也说不出来……

（题图、插图：黄全昌）

你长得那么耐人寻味，那么令人百思不解，就是过了这许多许多年，你依然不改往日的容颜。啊，在初中课本上好像有你的照片，旁边有一行字：北京猿人头像。江西 江爱民（0730）

一颗珍罕无比的红宝石随着开采的一声炮响惊现人世，于是，一双双眼窥视着它，一只只手伸向了它。宝石价值连城，可比宝石更为珍贵的还有别的……

血色红宝石

□ 罗蜀疆

1．矿主得宝

北疆的一座大山里盛产多种宝石，于是便有许多当地人和外地涌来的人，干着与宝石有关的活计，山间小镇桦树镇的季福山就开了一个宝石矿，挖一种叫做"碧玺"的宝石。

季福山这两年运气不错，矿上时不时地能挖出一点东西，他的腰包一天天鼓了起来。季福山二十年前曾有过一段婚姻，但那段婚姻令人不堪回首，他是抛弃了妻子、离乡背井到这里来的，如今他早已过了不惑之年，又在打了十多年光棍后，新近娶了一个三十来岁的小媳妇，这个叫张小芳

的是个小美人儿，季福山在办完喜事后，便把工地交给张小芳的弟弟张顺管理，跟张小芳缠绵了好几天。之后，季福山把张小芳安顿在家里，重新回到离家十几公里的矿上，孤零零地住进了阴暗、潮湿的地窝子，每天带着工人到离地窝子一公里外的矿上干活儿。他认为没有什么比挣钱更重要了，不说别的，如果没有钱，能娶上张小芳这样的美人儿吗？

就在季福山回到矿上不久，遇到了一件怪事：

这天，矿上来了一个小伙子，要在这里找活儿干，季福山不想招人，

小伙子急了，说是跟家里闹别扭了，现在没地方去，硬缠着季福山，季福山想到眼下是七月天气，日长夜短，正是出活的时候，添个人手也不是坏事，于是就收留了，小伙子说他叫杨坚。

小舅子张顺悄悄对季福山说："这小子来历不明，姐夫您还是要多防着点。"

季福山想了想，便暗自多了个心，其实他对谁都不放心，在宝石行当里挣钱，一不小心就会被人暗算，况且这两天他的矿线上一种叫"纳长石"的东西越来越多，中间还有一条红泥土缝，这就是"碧玺"宝石将要出现的兆头，而且有点儿出大窝子的迹象，他得多留点神。

一天上午，季福山在矿上正准备放炮，却见张小芳爬上山来，他便迎上去，把脸一沉："说过不让你来，忘了？"张小芳笑吟吟地看着季福山，说："人家特意跑十几公里山路来看你，你还不高兴？俺是来看看你咋挖宝石的。"

"不行！"季福山说，"矿上有忌讳，女人来了宝石就出不来。"

"不来就不来，俺才懒得管你的事呢。"张小芳说着嫣然一笑，"俺在地窝子等你，晚上早点回来。"

一排炮响过，工人们照例清理矿渣。季福山仔细查看了矿渣后，就自己动手用摩托钻打了两个炮眼，然后

亲自装好炸药，按常规，这时候大伙儿该去避炮，但季福山却让工人全都回地窝子休息，下午不要来了。

季福山让所有的矿工撤离现场是有道理的，因为他查看了打出来的粉末后，预料将会有东西出来，果然，两次药量极小的爆破后，纳长石中间出现了一个小的泥窝子，把泥土轻轻一扒，一颗宝石便露了出来，季福山连忙跪在地上继续掏这个窝子，大大小小的宝石不断出现，不一会儿，手中的袋子已沉甸甸的了，他大致估算了一下，少说也值十几万。不过，那泥窝子正在变窄，好像就要掏完，这使他欣喜之中又隐隐有点失望。

可就在这时，意想不到的事情发生了：当季福山再一次扒开泥土的时候，一颗极大的红宝石猛地出现在眼前！他疑心自己看走了眼，揉揉眼睛再看，那真真切切地是一颗比鹅蛋还要大的红色碧玺！大且不说，那形状也恰如一个鹅蛋，光滑极了；更令他吃惊的是，这么大的一颗宝石，晶体却十分完整，没有一条裂纹，甚至没有一点絮状的东西，颜色鲜红鲜红的，比他见到的任何一颗红色碧玺都要漂亮，晶莹剔透，毫无瑕疵，这还不算，更绝的是那宝石中央，竟然有一滴水珠，摇一摇，红红的水珠就在里面晃动，这实在是颗罕见的珍宝，季福山和这座大山打了近二十年的交道，见过许多出类拔萃的宝石，但这

么大、这么完美的红宝石，他做梦还没有想到过呢！

季福山掏完宝石，又放了一炮，目的是不让别人看到这里出过大窝子。忙完这些，天渐渐黑下来，季福山决定去藏宝石。和许多宝石矿主一样，季福山一般不将宝石带回地窝子，也不轻易带回家，因为相比之下，藏在人迹罕至的山上更安全一些。在确信视野所及的范围内再无他人后，季福山躬身蹿进几百米外的桦树林，在里面摸索了一阵子，又突然溜进一片灌木丛，半个小时后，却从一边的松树林里钻了出来，在夜幕和丰茂的植被掩护下，他分三处藏好宝石，最后带了一小部分往回走。正在这时，忽然听到不远处"轰隆"一声响，像是一块石头滚下了山谷，激起了巨大的回音，季福山连忙追过去，只见有个黑影在前面一闪，紧接着便消失在树林里……

2. 疑云密布

季福山心里发毛了，于是，他又转回去把那几处宝石重新藏了一遍，这才急急忙忙往回赶。走到半路，却见一个黑影迎面而来，季福山喝道："谁！"远处传来了答应声："姐夫，是俺。"季福山一听是张顺的声音，很不高兴，便瓮声瓮气地咕哝着："你来干啥？"

"俺姐见你这么晚还不回来，不放心，让俺来找你。"

"没事，下午出了点儿东西，耽误了一会儿时间。"季福山故意轻描淡写地说，"回吧，早点休息。"

季福山有两个地窝子，一个住工人，一个他自己住。季福山回到自己的地窝子里，张小芳忙关上门，问道："宝石出来了？"

"出了一点儿。"

"值多少钱？"

季福山将手中的东西塞给张小芳："就这些，值七八千吧。"

"你自己收起来吧，俺才不愿管这些东西呢。"张小芳说着，又给季福山盛来了饭，"山上条件太苦了，你还是早点收手吧。"

季福山一听，胸口暖暖的，心里酸酸的，眼里湿湿的，别的女人嫁丈夫，好多是冲着钱来的，而张小芳从来不提钱的事，再说，她又是他季福山自己看上的：半年前，张顺来季福山这里干活，混熟以后，张顺谈起他老家有个姐姐，被发了财的前夫抛弃了，想在这边成个家，于是季福山便让张顺拿来了张小芳的照片，他一眼就看上了。张小芳不仅心眼好，模样儿也俊，想到张小芳的好处，季福山忍不住一把将她拥在怀里……

第二天，季福山让张小芳回了桦树镇，然后，他背地里问工地上做饭的老汉：昨天晚上谁离开过地窝子？老汉回忆说："张顺出去了一趟……

哦，还有杨坚，他出去了好长时间。"季福山一听，心里禁不住打起了小鼓：自从杨坚来到矿上后，季福山就发现他时常在偷偷地注意着自己，神情诡异，躲躲闪闪的，便觉得这小子有点异常，听说杨坚昨晚离开过地窝子，他就疑心昨晚跟踪自己的是杨坚。

季福山决定试探一下，午饭时，他趁杨坚单独坐在一旁，就过去搭话"听说你昨晚半夜才回来睡觉，在外边睡着了？"

杨坚脸上"刷"地红了："我……我到外边去随便走走，没想到……就睡着了。"

季福山又说："睡到半夜冻醒了，才跑回来？"

"嗯……就是。"

季福山看出杨坚在撒谎，冷冷地说："别睡错地方，当心着凉了，山上可没有药。"

晚上，季福山对张顺说"替我盯着一点杨坚，要是他晚上单独出去，给我讲一声。"

张顺说："咱自家的事情，俺一定会尽心的，姐夫您就放心吧。"

当晚，季福山躺在地窝子里难以入睡。昨天宝石出来，他虽尽量不动声色，内心却一直处于高度兴奋之中，既因为突发横财，又担心出什么事。他反复想过，藏好的宝石应该不会出问题，他相信自己藏得非常巧妙，即使杨坚或者别的矿工偷看到藏宝地点的大致方位，但是花上十天八天也未必能找出来，何况这帮人基本上是同出同归，根本没有多少可以自由支配的时间。晚上虽然有机会出去，但黑灯瞎火的更不可能找到宝石，可是，在这些东西变成现款前，季福山总感觉那还不是自己的，听说以前有一个淘金客，干了三年也没挣上钱，垂头丧气地回家时，被路上一条树根绊倒，他气急败坏，要把树根挖出来，不料竟挖出一大包金子。季福山心想：自己的宝石会不会也像这样意外地落入他人之手呢？这事难说，还是尽快出手的好，可脱手也不是件易事，宝石好坏要从个头、晶体、形状、颜色、透明度等方面综合来看，交易双方完全是凭感觉讨价还价，单说那颗大宝石，个头大，颜色是碧玺中最好的"双桃红"，其他方面都无可挑剔，而且还十分奇异，不卖上二百万元是不甘心的，但要找一个肯出大价钱、又拿得出这么多现金的买主，还真得好好琢磨琢磨，而且宝石交易都是在暗中进行，还要考虑对方是不是可靠。

季福山就这么想着，想着，这时，月光正从门缝里透进来，季福山无意中看见门口有一团白色的东西，不知道是本来就有的，还是什么时候别人丢进来的，他跳起身来，走上前去，见是一个纸团，打开一看，上面写着一行字："当心，有人算计!"

看到这字条，季福山马上想起一件案子：几年前，有座宝石矿的工人早晨起来，好久不见老板催他们出工，走进老板的地窝子一看，地上横着两具尸体：一个是破了脑袋的男人，正是他们的老板，身边撂着一柄沾着脑浆的铁锤；还有一个没穿衣服的女人，是老板的姘妇，同时，矿上有两位民工不知去向，据说，那个矿上刚出过宝石……想到这些，一股凉气"嗖"地蹿上季福山的脊梁!

谁写的字条？是善意的提醒？还是故布疑阵？如果真的有人在算计自己，这人又是谁？是不是杨坚？会不会写字条的就是要算计自己的人？会不会那人知道他季福山藏了东西，又没办法找到，故意打草惊蛇，促使自己做出什么举动，然后伺机下手？

俗话说"穷汉发财如受罪"，季福山虽不是穷汉，但此刻的心情正是如此，他越想越心虚，怎么也睡不着，就连肚子也难受起来，想去大解，于是他就提着一根钢钎出了地窝子，顺着东边一条小路，到他平时方便的一条沟里去。走到半道上，不知是他运气好，还是他特别警觉，在月光下，他竟然注意到嵌在小路边的一块石头有点异样，上前仔细一看，立刻惊出一身冷汗：那石头居然被人从下面掏空，要是谁的脚在石头上一踩，石头就会掉落下去，而下面却是十几米高的陡坡……

此时的季福山十分紧张：他住的地窝子在东边，工人住的地窝子在西边，东边这条小路通向一条土沟，这路是他一个人时间长后"走"出来的，也只有他在方便时才会走这条路。这块石头他踩过无数遍，一直都稳稳当当的，但假如今天晚上他再往前走一步，就可能随着石头一起跌下陡坡!

3. 投石问路

季福山意识到有人开始对自己下手了，他害怕之余，忽然有了心灰意冷的感觉：自己一生中最年富力强的

这二十年，都交给这矿山了，一开始跟别人打工，后来自己当老板开云母矿，吃苦不少，挣钱不多。改行挖宝石后，也没有几天开心过，有时几个月不见东西，急得牙疼；出了东西也担惊受怕，说不定什么时候就惹祸上身。他想来想去，决定先为那颗价值昂贵的红宝石找到买主，尽快出手，其他的宝石慢慢处理。现在矿脉好，再干一段时间看看，到了矿脉不好时，干脆洗手不干，离开桦树镇，选个安稳地方过日子，手中有了一大笔钱，还怕这日子不滋润？

季福山前些天听张小芳说县城的卫老板到家里来过，见季福山不在，就留了话，说他急需为南方一个大老板找一点好的碧玺，愿意出高价，让季福山有了东西去找他。这个卫老板，季福山以前和他打过交道，印象还可以，同时考虑到成交这颗稀世珍宝非同小可，要出得起价，拿得出现款，所以这次他打算直接去县城找卫老板，当然，第一次得先去探探路。

天快亮的时候，季福山趁工人们还没起床，便带着给张小芳看过的那一点宝石，悄悄下山了。他多年来养成一个自我保护的习惯，就是不将自己的行踪告诉任何人。到了桦树镇，他没有回家，直接"打的"去了县城，来到了卫老板家，那是一幢独门独院的小二楼。

"稀客！稀客！"卫老板笑容可掬地说，"这两年老兄发财了，也不到小弟这儿走动走动。"

季福山很随意地往沙发上一靠，跷起了二郎腿："一直没有像样的东西，哪里敢来打搅你这样的大老板？"

卫老板看季福山这架势，心里有了点谱，笑道："这回看来有大货了？"

季福山笑而不答，将随身带来的宝石撂在茶几上。

卫老板看了一遍，说："颜色还行，废料不少，够戒面的不多，多半只能磨耳环，最多不超过两万。"

季福山看他出的价比自己预计的还要高一些，就爽快地说："取钱吧。"

交易完毕，卫老板说："小弟出的价咋样，老兄心里有数，有了大货可别忘了小弟。"

季福山知道这是宝石贩子常用来揽生意的话，但今天他等的就是这话，于是说道："万一有了大货，不知道老弟的票子凑不凑手？"

卫老板愣了一下："老哥看来打埋伏了？"

季福山紧逼了一句："三五天之内准备二百万现金，有没有问题？"

卫老板吃了一惊："老哥没开玩笑吧？"

季福山把手上的钱往茶几上一拍："这钱留下，我拿不来东西，这钱就算你的。实话跟你说，我那东西，不出桦树镇，三百万抢破头。"

卫老板寻思了一下，说"不好意思，我手头还真没这么多现钱。"季福山正有些失望，卫老板又接着说："不过南方一个朋友急着要货，可以借他的钱周转一下，但只能用几天时间，你最近几天就得把货送来。"

"没问题。"

"好吧，咱们一手交钱，一手交货。这两万你还带回去，兄弟百分之百相信你。"

事情办得挺顺当，季福山高高兴兴地回了家。张小芳忙去街上买了一只大公鸡，不一会儿就弄出来一盘香喷喷的大盘鸡。季福山取出一瓶酒，给张小芳也斟了一杯。张小芳夺过酒瓶，说："俺来倒酒，只能女人侍候男人，不能弄颠倒了。"季福山喝过两杯，见张小芳杯子里才下去一点，便要她也喝干，张小芳说："俺喝酒不行，要是醉了，咋侍候你呀？"季福山听张小芳一句一个"侍候"，心里特别畅快，说："一个人喝酒没意思，我要你一

块儿喝。"张小芳说："俺这两天有点不对劲儿，大概肚子里有了。昨天晚上俺还梦见在这院子里盖新房子呢，记得老家人说，梦见盖房子要生男孩，为了孩子，再好的酒俺也不敢喝了。"

季福山听了这话，眼眶有点发热："小芳，你给我生个儿子，你要什么我都给你办到。"

"那你就不要去矿上了，一直在家陪俺。"

"我也想多陪陪你，可是我得多挣点钱，让你，还有我们儿子好好享福呀！"

"还是不要挣得太多，能过日子就行了，俺还害怕你的钱多了就变心呢，俺可是有过教训的。"

"你不嫌我大你十几岁，给我生

儿育女,我知足了,绝不会有其他想法。"季福山这么说着,然后递给张小芳两千元钱,让她买点吃的穿的。

张小芳把钱放好,说:"俺过惯了苦日子,可不敢大手大脚地花钱,这样吧,俺帮你存起来。"季福山听了心里又是一阵感动,禁不住又一把将张小芳揽到了怀里……

4. 飞来横祸

张小芳想留住季福山,让他第二天再上山,但季福山担心自己不在山上宝石会出事,吃完饭和张小芳亲热了一阵子,又赶回矿上。

张顺晚上收工回来告诉季福山:昨天后半夜,他睡梦中醒来,看到杨坚刚回地窝子睡觉,不知道什么时候出去的,也不知道干什么去了。季福山今天在回到矿上之前已经暗地里查看过他的宝石,全都安然无恙,旁边也没有任何异样,但第一次藏宝石的附近,有动过的痕迹,现在听说杨坚晚上又出去过,心想不管这小子是不是去偷宝石、能不能偷走宝石,还是趁早把他赶走的好。

第二天早饭后,季福山把杨坚叫到面前,拿出了几张百元大钞,说:"小兄弟,你也在这儿辛苦十来天了,这三百块钱拿上,回家去吧。"

杨坚脸上涨得通红:"我……还想再干几天。"

"那就再给你加二百块钱,我这儿也没啥油水,再干几天,也只能给你这么多了,你还是早点儿回去吧。"

"我不是……不是这个意思。"

"你既然是赌气跑出来的,你父母一定急着到处找你,万一急出个好歹,我也成罪人了。"

"我家里……不要紧,您……就让我多干几天吧。"

季福山见杨坚竟然缠着不走,火气憋了上来:"在这儿是你说了算还是我说了算?你什么也不要说了,说什么也没有用!"季福山将手中的钱往杨坚脚下一扔,转身走了。

杨坚不得不走了,等他走后的第二天,季福山取出了那一颗大红宝石,下山了。他左手提着几个面粉袋子,像是下山买面粉的样子,那颗红宝石就藏在袋子里面;右手提了一根木棍,这既可当作在山上行走时的拐棍,又可作防身之用。这次他走得更早一些,走了一半的山路,天还没亮。

季福山一边匆匆赶路,一边警惕地观察着路上的动静。这条路上一般很难见到人,可当他走到一块巨石边的时候,石头后面突然闪出一个蒙面人,向他扑来,他连忙站定,举起木棍,喝道:"干啥!"就在这时,身后早蹿出一人,朝他头上就是一闷棍,他眼前一黑,栽倒在地……

季福山苏醒过来的时候,已经是烈日当空,他感到头痛欲裂,浑身没有一点力气，好像有人背着他在缓缓移动。他回想起昏迷前发生的事情，发现手中空空的，知道那颗红宝石已经被人劫走，心里立刻像是被人捅了一刀。

"您不要……乱动。"季福山听到一个声音，说话的人大口大口喘着粗气，季福山听出这是杨坚的声音，他慢慢睁开眼睛，看到杨坚头上大汗淋漓。此刻他们正走在一段上坡路上，杨坚每走一步都显得十分吃力。

季福山有气无力地问："你不是已经走了吗？"

"我到了县城……想来想去，还是打算……告诉您一个秘密，又回来了，路上……就遇见您了。"

"秘密？有人算计我？"

"嗯。"

"是谁？"

"是……等您的伤好一点再说吧。"

"那天晚上的字条是你写的？"

"嗯。"

"你为啥帮我？你究竟从哪儿来？来干什么？"

"以后……告诉您吧。"

季福山见杨坚不愿意讲，说话也越来越费劲，就没有再追问。他见杨坚这个时候来救自己，心想以前可能误解杨坚了，但此刻他顾不上想这些，他最关心的是那颗红宝石，他断定抢宝石的事情跟卫老板有关，因为

没有别的人知道他这两天要出手价值昂贵的宝石。

季福山感到杨坚的步子有点不稳，便说："放我下来歇一会儿吧。"

"再……坚持坚持，争取早一点……到……医院。"杨坚咬着牙，一步一步往前挪，然而，在一段下坡路上他踩上了几粒石子，腿一软，就滑倒了，两个人一齐滚落到坡下，幸运的是有一个牧民恰好从这里路过，发现了季福山和杨坚，便将他们送到了桦树镇医院……

季福山除头痛外，又受了几处外

伤，但没什么大碍，在医院住了一晚上，天亮时他想好了一个夺回宝石的计划。季福山起床后就向护士打听杨坚的情况，护士说杨坚摔断了左胳膊，已经做了手术，现在睡着了，季福山说："他的医药费我全包了，我这就回家取钱去。"

季福山回到家里，张小芳见他头上缠着纱布，大吃一惊，忙问发生了什么事，季福山说不小心摔了一跤。趁张小芳在屋里忙碌的时候，季福山快步走进院子边上一个贮煤的房间，揭开一块铺地的红砖，扒出一个铁匣子，顺手拿出一沓钱后，又原样放好，之后，又进了另一间堆放杂物的房子，出来时，手里握着一个小包……

5. 螳螂捕蝉

季福山对张小芳说要去办点急事，便急急出了家门，出门后正巧碰见一辆出租车过来，那司机叫小王，是熟识的，于是坐上他的车，到医院交了一些钱，就直奔县城，到了后，季福山让司机小王将车停在卫老板家的大门口，然后摁响了门铃。

卫老板看见季福山时吃了一惊，有些尴尬地笑着说："老兄你……"

季福山一看卫老板的表情，更证实了自己的判断，便冷笑道："前两天说好的事，老弟就想不起来了？我给你送货来了！"他说着大步走进卫家

的客厅，把小包往茶几上一放，"钱拿来吧！"

卫老板脸上青一阵白一阵，勉强笑道："我……我得先看看货。"

季福山攥住小包，说："就在里面，这不是一般的东西，我要见到钱，才能给你看！"

卫老板"哈哈"大笑："你不让我看货，我怎么知道它值多少钱呢？"

季福山再也忍不住了，两眼圆睁，喝道："别装蒜了，把东西还我！"

卫老板也拉下脸来："你这是什么意思？我听不懂！"

季福山额上暴出了青筋："你找人劫走我的宝石，还想要赖吗？"

卫老板说："没有的事，你别诬陷好人！"

"既然这样，我就不客气了！"季福山打开小包，露出一捆炸药，"这点东西足够炸倒这栋楼房，我们一块儿到阎王爷那里讲理吧！"说着，季福山用手点燃了打火机，与此同时，卫老板也以迅雷不及掩耳之势从抽屉里取出一把手枪，对准了季福山的脑袋，恶狠狠地叫道："赶快放下手上的东西，不然一枪崩了你！"

"哈哈！"季福山笑道，"你开枪吧，枪声一响，大门外面我的司机就会打110的。"

卫老板手中的枪抖动起来……

"给还是不给，你赶快想好。"季福山说，"我这导火线只够三秒钟，你

打我一枪，我也能把它点燃，说不定你连见警察的机会都没有！"

房间里寂然无声……

"我等烦了！"季福山吼道，"现在开始，我喊三声，三声喊完就点炸药！"

屋内空气仿佛凝固了，只有时钟"滴答滴答"走动的声音，卫老板额上大颗大颗冒着汗珠。

"一……二……我点了！"

卫老板见季福山真的要玩命了，一下泄了气，气恼地说："算你狠，我服你了，拿上你的东西滚吧！"卫老板走进内屋，取出一个小包袱，放到了桌上。季福山不敢大意，仍然摆着要点燃炸药的架势，十分警惕地一步一步走到桌旁，小心翼翼地打开包袱，见里面确实是那颗红色碧玺，而且完好无损。

这时，卫老板又咬牙切齿地说了一句："这回你收好了，再丢了别来找我！"

季福山觉得卫老板好像话里有话，疑惑地扫了他一眼，卫老板发觉自己只顾赌气，有点失言，连忙用话遮掩过去："你还不走，等我管饭吗？"

季福山夺回宝石就回家了，路上，他看看放着炸药的小包，不免暗自好笑：其实他没有在炸药里安装雷管，看这卫老板的熊样，哈哈……说实在的，他还不想死，因为有张小芳，还有她肚子里的孩子。

季福山回到家里，张顺也在。张小芳说，张顺见他昨天不在矿上，晚上又没有回来，有些放心不下，就专门下山来看看。季福山说："我没什么事，矿上还得自家人操心，兄弟最好下午就回去吧。"然后，他又偷偷地在院子的一个角落里埋好了宝石。

吃过午饭，张小芳便催季福山到医院好好看看，季福山说："只是一点头痛，休息两天就没事了。"张小芳说："头上的伤可不是小事，万一以后

病倒了，俺靠谁去？孩子出生后又靠谁去？"

季福山好生感动，就和张小芳一起去了镇医院。张小芳张罗着让医生给季福山做全身检查，折腾了好长时间。医生说季福山有点脑震荡，应住院治疗。张小芳眼泪汪汪地要季福山住在医院里，说："你要听医生的，别乱走动，俺回去给你炖鸡汤，送来时要是找不到你，俺就再不理你了。"季福山拗不过她，便留在医院里，他在病床上没躺多久，忽然想起去看看杨坚，就进了杨坚的病房。

杨坚的精神好多了，他告诉季福山："护士说我们两个来医院的时候，都在昏睡，她看到我的电话号码本，就给我家的人联系上了。我家的人要来接走我，现在正往这边赶……有一件事情，我反复想过，还是告诉您吧。"

"啥事？"

"要算计您的人，就是张顺他们。"

"什么？你怎么知道？"

"矿上出宝石那天晚上，张顺在跟踪您。"

"你看到了？"

"我也在跟踪他。"

季福山问杨坚为什么要跟踪，杨坚吞吞吐吐地没说下去，季福山脸一板，说："你不要瞒我，有啥说啥！"

"他们两个……您知道我说的是谁……他们根本就……就不是姐弟！"

季福山一听，脑袋"嗡"地炸了，他已经隐隐预感到"他们"是什么人了，季福山强迫自己镇定下来，喝道："你接着说，把话说清楚！"

"您让工人们休息那天下午，也就是那女人上山那天下午，他俩说是去拾柴火，我到树林去玩，无意中却看见他们在一起……在……我实在说不出口！"

"你说的是实话？"

"是的。我一直不愿意讲，怕您受不了，但如果不讲，又害怕您受到更大的伤害。我想，他们一定有什么阴谋！"

季福山像是挨了当头一棒，险些晕倒，他忽然想起什么，便跑出医院，急如星火地赶回家去，不料到家一看，屋里已经没有了张小芳的身影，中午藏好的那颗红宝石不翼而飞，煤房子里埋着的铁匣子已空空如也，十几万元现金和几张存折也已不翼而飞！

季福山明白了：这一对狗男女是"放鸽子"的！

原来，张顺和张小芳本是一对夫妻，多年来以美色为诱饵到处骗取钱财，还害得一人被骗后自杀身亡，因为被警方通缉，他们才从内地逃到西北边陲，投靠他们的亲戚卫老板。卫老板指使他们改名换姓重操旧业，去骗宝石矿的老光棍季福山，但他们不知道季福山在哪里藏了宝石、藏了钱，于是就由张顺把路上的石头掏空，好让季福山摔伤摔残，只要季福山在床上躺上十天半月，他们就有时间寻找了。卫老板说是愿出高价买宝石，其实是诱饵，是为了试探季福山手上到底有多少宝石。张顺那天晚上跟踪季福山，就是为了知道季福山把宝石藏在哪里，后来他知道杨坚也出了地窝子，害怕杨坚察觉他、告发他，或者比他先偷走宝石，就先发制人，在季福山的面前说杨坚的坏话，想赶走杨坚。后来，卫老板得知季福山有了大货，本想独吞，所以半道夺宝的事没有让这两口子知道。季福山夺回宝石后，这两口子发现了宝石和钱财的藏匿之地，于是就借着季福山的伤情让他住院，乘机将宝石和钱一锅端了……

6. 苦涩结局

此刻的季福山，就像感到天崩地裂一般，"不能就这样便宜了他们！"他这么想着，随即就冲出门去，往公路上赶。有人告诉他说，张小芳姐弟刚才坐一辆夏利出租车往县城方向去了，季福山心急火燎，便站在公路中央，想拦一辆车追赶，这时，恰巧看到一辆面包车开来，于是急忙拦住，上车后，却见杨坚左手吊着绷带，坐在后排，季福山听杨坚说过他老家要来人接他的事，估摸这车就是来接他

的，也顾不上多问，对司机说："麻烦你开快一点，我到县城有急事！"

开车的是个女的，背对着季福山，没有回头，也没说话，只是加大了油门。司机旁边坐是一位白发老汉，端坐不动，像在闭目养神。

杨坚说："他们已经动手了？"

季福山说："是的。小兄弟，你帮了我，还为我受了伤，追上他们后，我要好好谢你！"

杨坚一下子满面通红，不再说话。

季福山也不再说话，两眼紧紧盯住窗外。面包车一路超车，但都没见到张小芳他们。快进县城时，季福山看见了上午用过的小王那辆夏利出租车，说来巧了，张小芳和张顺坐的就是这辆出租车，这才是不是冤家不聚头呢！季福山连忙探出头去，高声叫道："小王，快停车！你车上的人偷了我的东西！"

小王看到季福山，便踩了刹车，张小芳和张顺一看势头不妙，打开车门就要跑，小王见张顺手上提着一个箱子，就一把拉住他："等一会儿，说清楚了再走！"

正拉扯时，季福山赶了过来。张顺被小王拉住脱不开身，赶紧把箱子递给张小芳，张小芳抱住就跑，季福山紧追几步将箱子夺了下来，张顺又扑上来抢。这时，季福山的位置正在

面包车旁边，他就顺手把箱子扔进面包车，转身堵住车门："你们两个不知羞耻的东西，还有脸来抢吗？"

张小芳抓住季福山："姓季的，你不能让俺竹篮打水一场空吧，好歹咱们还做了一场夫妻！"

季福山一把推开了张小芳："呸！你们这对狗男女，设下骗局来害我，还好意思说什么夫妻！"他越说越恼怒，指着张小芳，大声痛斥："你这个不要脸的娼妇，还说什么怀上了我的孩子，我不知道你怎么说得出口！"

张小芳被揭穿老底，反倒没了顾忌，振振有词地说："不管咋样，俺不能空手走人！俺老公给你干了大半年，你总得给工钱吧？俺也侍候你这么长时间，你就是逛窑子也要按钟点付钱的，你想让俺白忙活一场，没门！"

季福山让这些话噎了个哭笑不得，没想到世界上还有这样一种不知廉耻的人！这时，张小芳和张顺又扑过来夺箱子，几个人乱成一团！

"住手！"杨坚从开车的女人身上拿过一个手机，在车窗口喊道，"你们再不住手，我就叫警察了！"

张小芳和张顺一听这话，全都停了下来，知道现在事情已经败露，而且杨坚还要报警，想到自己还背着人命案，这两口子互相看了一眼，无可奈何地转身溜了。

季福山松了一口气，这才想回到面包车上取箱子，并和杨坚他们告别，走到车门口，和车上的那个白发老者四目相遇，季福山十分惊讶：这老者不是别人，正是他多年不见的二叔！

"二叔，您咋在车上？"

老者气呼呼地说："我不是你二叔，我们季家没有你这样的人！"

季福山一听这话，脸上火辣辣的，往事涌上了心头：二十年前，季福山在老家结了婚，当时季福山跑了几趟买卖，赚了一些钱，可有一次他准备大捞一把，却因上当受骗，不仅赔光了老本，还将多方借贷的十万元钱也搭了进去。

季福山受不了银行的催款和债主的逼债，便和新婚妻子杨秀英商量，准备远走他乡，躲掉这笔巨额债务。杨秀英说："还债不怕，丢了做人的尊严最可怕，我没想到自己的丈夫是这种人！"

季福山被妻子抢白了一顿，一气之下离开了家乡，悄悄去投奔解放初期支边来西北的二叔，二叔介绍他到山里当矿工，让他挣钱还债。季福山当时算了账，靠打工挣钱，二十年也还不清欠款，他不愿一辈子在还债中度过，便索性做了矿主的上门女婿。二叔知道后十分生气，从此再不让季福山登门，季福山也断绝了和老家的

如果今天晚上有颗星星掉下，砸到了你头上，请不要担心，这是我托幸福之神送给你的礼物。从此，你就会过着无忧无虑的幸福生活，因为，砸瘪了。河北　白银芳（0737）

任何联系。

季福山的生活一直不顺心，第二个妻子后来也跟别人跑了。他虽然摆脱了债务，羞愧和痛苦却在心里扎了根，为了逃避债务，他伤害了还在蜜月中的杨秀英，丢尽了家人的脸面，有家难回，有亲难投，在背叛、欺骗和处处设防中生活，一想起这些他心里就苦不堪言。

此时，面对二叔，季福山忍不住流下了眼泪……

"你还知道哭吗？我以为你早就没心没肝了呢！"二叔骂道，"你当初就没想想，你一走了之，人家秀英一个弱女子怎么办？好在秀英有志气，自己搞养殖，几年下来就把你的欠债还掉了，后来还办了食品公司，干得红红火火。你看看你现在，处的什么人，过的什么日子，你是怎么混的？我真为你害臊！"

季福山"扑通"一下跪在地上，泣不成声："二叔，您狠狠地骂吧，你骂狠一点，我心里才会好受一点。"

"你更想不到，秀英还生下了你的儿子，培养成了大学生。你儿子这次放暑假，想见见你，她才从老家开车带着儿子来找我，让你儿子为你打工，见你一面。秀英还再三叮嘱儿子，千万不要捅破这层窗户纸，免得你这个当爹的下不了台，心里难受。儿子倒是见上你了，还因为你弄断了胳膊！你说说，你咋有脸面见人家！"

二叔说到这里，已是老泪纵横。

原来开车的是杨秀英！

原来杨坚是他的儿子！

季福山心里涌起一股说不清什么味道的东西，它如同狂潮翻腾，几乎要将五脏六腑击碎，泪水犹如洪水破堤……

车上，杨坚和他母亲抱在一起，失声痛哭。

过了很久，二叔把箱子递给季福山："你走吧，我们也该走了。"

季福山顾不得多想，打开箱子，看见那颗大红宝石和存折、现金都在里面，便取出宝石，沉沉地捧在手里，

递给了杨秀英"我确实对不起你们,你把这个带回去吧。"

杨秀英擦干眼泪,平静地说:"我不需要这东西。"然后她就发动了面包车……

季福山望着渐渐远去的面包车,忽然发现这辈子失去的东西,是无论什么宝石也不可比拟的,是无论花多少钱也买不回来的,想到这里,他突然"哇"地一声大叫,一口鲜血从他嘴里喷出,手一松,那颗宝石"砰"地砸到了地上,在坚硬的地面上摔成了

几块,和溅在地上的殷红殷红的血粘连在一起,熠熠的阳光下,宝石上透现着血一般的颜色。

几天后,张顺和张小芳在这个县城落网,卫老板也因一桩涉枪案件被捕。不久,杨坚给季福山来了一封信,想给父亲一些安慰,季福山回想起自己过去的所作所为,无法面对杨秀英母子,便对邮递员说:"我不是信上这个人,麻烦您给退回去吧。"于是那封信被写上"查无此人"四个字,又被退了回去……

(题图、插图:杨宏富)

如果你是流星我就追定你,如果你是卫星我就等待你,如果你是恒星我就恋上你,可惜……你是猩猩,我只能在动物园看到你。1386***0875(0738)

家庭故事

　　家庭是一个舞台，千千万万个家庭演绎着万万千千的故事。这本故事书里的51则作品，艺术地再现了家庭中的矛盾纠葛、悲欢离合和儿女情长，内容亦庄亦谐，或耐人寻味，或令人捧腹，有较强的可读性和可传性。

情爱故事

　　集中所收38则故事，几乎覆盖人们情爱生活的各个环节，社会众生相在作品中得到了不同程度的映照和折射。这些故事不仅在情节设计上精于构思、巧于安排，而且在艺术风格上也各有所长。对看惯小说电影戏剧的诸位来说，浏览此书是一种全新的享受。

聪明人故事

　　本书犹如一叶风帆，引您在智慧之海遨游。故事中的主人公活跃在各自的人生舞台，凭着自己的聪明才智，斗强蛮，蔑权贵，助弱小，解万难，演绎着一出出绝妙无比的连台活剧，内容既有情节性又有趣味性。

傻子故事

　　傻子故事在民间流传极广。本书共收72则傻子故事，内容生动风趣，人物栩栩如生，一群言行可笑、可悲而又憨厚可爱的艺术形象，如一幅幅色彩奇特而又耐人寻味的漫画，让你目不暇接。

书刊互动，时尚杂志推出时尚图书——
《秀·女性图书架》

《秀with》是上海文艺出版总社与日本株式会社讲谈社的WITH杂志合作创办的女性时尚类杂志，本杂志被期刊界公认为：2003年中国创办成功的一本杂志。

在办刊的同时，又开发延伸品牌 ——《秀》女性图书架书系。

我叫
余香

■ 挚 依

苏强小心翼翼地推开了花店的门，小店不大，但整洁有情调，鲜花一束束一捆捆地插在一排排的红塑料桶里，花上还有大大小小凝着的露珠。

店里的女孩打量了一下来人，她见苏强穿一件比天空蓝一些的劳动布上衣，怀里鼓鼓囊囊的，显得有些土气，她迎上去问道："先生，您选什么花？是送给爱人、亲人还是病人？"

苏强微微地笑着，指着地上的花瓣，说："小姐，我……能不能跟你商量一下，我……我想要这些花瓣，买也行……"地上的玫瑰花瓣像一个个半圆的深红贝壳，还有各色菊花的花瓣……

姑娘拿出纸笔，记下了苏强说的姓名、地址，问："是您来取，还是我给您送去？"

苏强赶紧从怀里取出一个塑料包，又递上一张皱巴巴带点汗味的二十块钱的钞票"后天中午，你送来行吗？麻烦你把花瓣装在这个塑料包里一起送来，这……这是订金，我就在附近的汽车场上班，剩下的钱下星期我就能还上。"

女孩笑了一下，笑容跟花一样，她大方地收下了那钱。

苏强走到门口，又转过身，低着头，腼腆地强调了一句："你可一定亲自来呀！"

第三天中午，女孩敲响了有些斑驳的红漆大门，开门的正是苏强，他的脸微微红了一下："你进来吧……"

绕过一堵矮墙，女孩见到了一位

中年妇女，五十岁上下，脸黄黄的，穿一件深红色的中式上衣，苏强用极低的声音说了一句："阿姨，这就是小红。"说话时他一直低着头。

中年妇女微微笑着，说："你好，姑娘，我谢谢你。苏强是个好人，你们一定会幸福的。"女孩迷茫又疑惑地看看旁边的苏强，又看看眼前的"阿姨"，一头雾水。

"阿姨，你来。"苏强轻轻搀扶着中年妇女，来到院中的一棵栀子树旁，然后又说："闭上眼睛。"中年妇女很听话地闭上眼，静静地站着。

苏强从女孩手里接过那个装着花瓣的塑料包，利索地打开，又拿来一个塑料袋，袋里全是五颜六色的千纸鹤，他把千纸鹤掺在鲜嫩的花瓣中，说："阿姨，睁开眼吧。"

摇摇曳曳，飘飘洒洒，花瓣伴着千纸鹤，散着淡淡的清香，围着中年妇女欢快地飘着，舞着，花瓣和千纸鹤又牵着手，静静地躺在地上，像乖巧的孩子一样围着她。

这时，苏强真诚地祝愿道："阿姨，祝你生日快乐……"女孩见此情景，也跟着祝愿眼前这位陌生的"阿姨"生日快乐。

一会儿，苏强指了一下女孩，对中年妇女说："阿姨，她还有事，就不能陪你了。"中年妇女淡淡地笑了笑，轻轻地点点头，像一座塑像，很美。

苏强送女孩到门口，深深地鞠了一躬："对不起，谢谢！"

一个星期后，苏强再次来到花店，递上了钱："这是我欠的钱。"女孩轻轻地推回了苏强的手，说："告诉我这个故事吧。"

苏强用沉沉的语气说起了往事："她是我女朋友的母亲，她身体不太好，可能过不了今年冬天了……二十五年前，也就是她举行婚礼的前几天，她丈夫为救一名队友葬身于昆仑山的峭壁下，那时，他们的女儿还在母腹中……为了女儿，她四处奔波着，最终在一家医院当上了护士。渐渐的，女儿长大了，是个漂亮、懂事的姑娘，可不幸还是来了，有一天，女儿在车祸中丧失了生命，她的精神受到很大打击，一下子垮了，祸不单行，她不小心又被感染上了艾滋病，身体每况愈下……你送花的那天是她五十岁的生日……你知道吗？她有一个一直没有如愿的念想，噢，这是我女朋友告诉我的，她原想在举行婚礼的那天，牵着丈夫的手在花瓣雨中走过红地毯……噢，对不起，她非要我带女朋友一起去看她……"

苏强说话时，女孩一直静静地听着，渐渐的，她的眼眶湿润了。

苏强说："我忘了问你……你能告诉我吗？你叫什么名字？"

"我叫余香。"

（题图：安玉民）

窥探

印度有一座供游人参观的庙宇，红墙绿瓦，苍松翠柏，庙门很宽阔，庙里的地方却不大，行人从宽大的庙门前走过时，庙里的景致也就一览无余了，因此，走进庙里的游人渐渐少了，既然能在门口一览无余，何必再买门票进去呢？

后来，这庙的大门关闭了，关闭后游人反而会在庙门前停留，扒着门缝儿向里面窥探，可从门缝儿向里窥探，角度是很有限的，仅能看到一角砖地、一块红墙、一棵老树，越是看不到，窥探的人数就越多。

再后来，庙宇终于又开放了，不过这次开放有了很大的变化：僧侣们在大门里面做了一道屏障，挡住了人们的视线，更绝的是，僧侣们还有意锁了几间房，房里同样放了屏障，窥探起来很费劲，越是费劲，窥探的人就越多，购票的人纷至沓来。

其实道理很简单：一旦把什么都看清了，就不爱看了。世上好多事，就像这寺庙的门，是不能敞开着的，得永远保持一种让人窥探的方式，这样人们才会觉得有意思，有看头，眼前的事物才会变得其乐无穷。

（推荐者：添　龄）

不能放弃的天性

有一次，一个印度人看到一只蝎子掉进水中团团打转，他马上伸出手指想把它救上岸来，可就在他的手指刚碰到蝎子的时候，蝎子猛地蜇了一下，但那印度人还是想救那只蝎子，于是，他再次伸出了手去，蝎子再一次蜇了他。

旁边有人说："它老这么蜇你，你还救它干什么？"

这个印度人说："蜇人是蝎子的天性，爱是我的天性，我怎么能因为它蜇人的天性而放弃我爱的天性呢？"

（推荐者：向　徐）

多学一首歌

苏格拉底坐牢时，听见隔壁牢房里有个新来的犯人在哼歌，那是一首新歌，以前从未听过，于是苏格拉底急忙请求唱歌的狱友教他。

监牢里的人都知道苏格拉底是死囚，行刑日期已经迫近，唱歌的囚犯听了他的请求后很吃惊："您不知道自己马上就要被处决了吗？"

苏格拉底轻松地说道："知道。"

狱友不解地问："那您为什么还要学新歌呢？"

苏格拉底回答说："这样，我死的时候就多会一首歌了。"

（推荐者：马义玲）

设计大师的败笔

一位建筑设计大师想设计这样一个作品：打破传统的楼房设计形式，力求在住户之间开辟一条交流和交往的通道，使人们相互之间不再隔离而充满大家庭般的欢乐和温馨。

一位很有胆识和超前意识的房地产商出巨资请他设计。令人惊异的是，市场对大师的全新设计反应非常冷漠，楼盘成交处于极其严重的低迷状态。

房地产商急了，市场调研后才知道人们不肯掏钱买房的原因是：这设计虽然令人耳目一新，但邻里之间交往多了，不利于处理相互之间的关系；孩子们在这样的环境里活动空间大了，但又不好看管；还有，空间一大，人员复杂，防盗之类的事棘手……

设计大师听到这个反馈后痛心不已，感慨道："我只识图纸不识人，这是我一生中最大的败笔。我们可以拆除隔断空间的砖墙，而谁又能拆除人与人之间坚厚的心墙？"

（推荐者：颜 君）

天气多变，小心生病，在此给你几句告诫：一戒穿少，二戒熬夜，三戒赖床，四戒挑食，五戒冷浴，六戒多劳，七戒蹬被子，八戒……你明白了吗？浙江　华娓娓（0740）

珍惜缘分

从前，有个小伙子爱上了一位非常美丽的女孩，可他是残疾，只有一只手，于是那个女孩十分坚决地拒绝了他。在一次次被拒绝后，小伙子对女孩说，他要给她讲一个故事，讲完后他就离开，从此再也不会来打扰她了，女孩答应了。

在一片宁静的草地上，男孩缓缓地讲起了这么一个故事：在每一个男人降生到这个世界的时候，上帝都会让他看一眼自己未来的妻子的模样。这天，一个男孩即将降生了，他也看了自己的妻子，却发现她只有一只手，男孩问上帝："我

能和我妻子换一下吗？让我来承受她的痛苦吧！"上帝被他的真诚打动了，同意了，然后男孩便投胎到世间，自然，他只有一只手……

女孩被感动了，终于和男孩结合了，度过了幸福的一生。

（推荐者：钱力帆）

小镇变了

美国阿拉加什河畔曾有一个欣欣向荣的小镇，小镇的街道一尘不染，建筑物精致华丽，镇上居民的生活恬静而安宁。

天有不测风云，这一年春天传来了一个可怕的消息：州政府决定在阿拉加什河上建一座水力发电厂，大坝的地点定在小镇下游河段，也就是说，一旦大坝建成，小镇就会被积蓄的河水淹没。虽然州长还没做出最终决定，即使决定了，搬迁计划也要两年后才开始实行，但小镇的居民已经惶恐不安了。一个在小镇长大的年轻人不忍心看着自己美丽的家乡被大水淹没，拍了很多小镇优美的照片，决定带着照片去找州长，说服他把大坝改建在别处。

年轻人先去了别地，等他赶到州首府、见到州长已是一个月

后了。年轻人向州长陈述了自己的来意，并拿出了那些照片。

州长从文件夹里取出了另一些照片，说："这些照片就是调查员昨天刚从那个镇上拍回来的，我很理解你对家乡的感情，但这个镇子并不像你说的那样繁华，据调查员的报告说，该镇经济萧条，街道肮脏不堪。"

年轻人目瞪口呆地看着这些照片：曾经美丽的小镇已经面目全非，建筑物上伤痕累累，街道上堆满垃圾，疏于打理的庭院杂草丛生，街上的行人也满面愁容，无精打采，和一个月前自己拍的照片截然不同，年轻人惊呆了："发生了什么事？是……瘟疫？"

州长沉痛地说："不，孩子，这是比瘟疫更可怕的原因——绝望，当人们被绝望征服的时候，生活就彻底变样了。"

（推荐者：陈　超）

走廊里的男生

个女大学生要去阶梯教室上课，她不经意地在走廊里走着，自然挥动的手忽然打在一个迎面而来的陌生男生身上，那男生的脚步停住了，眼睛在那一瞬间突然明亮起来。

女孩短暂而又深刻地在记忆中留住了那一刻，这是一种从未有过的触感，但这个时刻她没有去细细体会，她只是看了他一眼，便和他擦身而过，然后，这件事便理所当然地被淡忘了。

两年后，同班的一个男生向她频频示爱，这时候她发现自己还清晰地保存着走廊里的全部细节和感觉，这种被封存的感觉忽然化作了一种渴望和激情，于是两人谈起了恋爱。第一次拥抱男友时，她脑子里幻化出了那个走廊里男生的形象，她觉得正在做的一切并不那么陌生、可怕。

毕业不久她就结婚了，婚后的日子里她还时时突然想起走廊里的那个男生，终于有一天，她觉得丈夫完全背离了那个形象，让自己不堪忍受，于是她离婚了。

有朋友和她探讨婚姻的奥秘，她马上想起了走廊里的那个男生，她忽然发现她的命运实际上一直在被这个不知名的"男人"左右着。那走廊里的轻轻一碰，竟然画出了她一生的轨迹……

（推荐者：颜　君）

学写作文，可以从读故事开始

谁动了 ■陈亚华
我的东西

有一老伯，快七十了，从没进过城，最近听说他侄子搬进了新房，还挺宽敞，于是就找到了侄子，说自己进城逛逛，想在他们家住住。

侄子有些犯难：他媳妇特爱干净，就怕闹出不开心的事来，但乡里乡亲的又不好回绝，凑巧媳妇也出差了，想了想就答应了，只是叮嘱老伯家里的东西不要随便乱动，嘱咐完后就带着儿子上班、读书去了。

老伯进了门，小心翼翼地脱了鞋，见门口有三双一模一样的拖鞋，鞋上分别贴着字条，写着"老公"、"儿子"、"我"，老伯一看忍不住乐了：他进过扫盲班，能认识简单的字，心想真神了，早算到"我"要来？于是赶紧穿上那双写着"我"的拖鞋，鞋子有点紧，还行。老伯穿着拖鞋进去巡视一番，嗨，还有贴着"我"字的毛巾、浴巾、水杯、牙刷，反正"我"的东西样样齐备。老伯心想：这大侄子真好，小时候还没白疼他，心里舒坦，于是就十分受用地进了卫生间，舒舒服服地梳洗起来……

第三天，老伯吃过早饭又逛街去了。侄媳妇出差回来，一看没人，晚饭还早，心想：先洗个澡，吃点东西，小睡一会，再把家里整理整理，等老公回来让他表扬一下。她洗完了澡，把用过的毛巾、浴巾、水杯、牙刷一一放好，正要睡着，忽然有人开门，随即听见有个陌生的声音在嘀咕："我的拖鞋呢？"

侄媳妇一惊，赶紧起来，一看，是个陌生老头。老伯一看，马上笑道："是侄媳妇吧，回来啦？我是你大伯。"他见对方很惊愕，赶紧说："侄媳妇，别担心，家里的东西我都不曾乱动，我只用写着'我'的东西。"

话刚说完，"咕咚"一声，侄媳妇已晕倒在地……

猪成精了

■ 张劲辉

有一个贼，先是偷了一辆摩托车。黄昏的时候，贼经过一个村子，看到一户农家的猪圈里卧了一头小肥猪，于是下手把小猪也偷了出来。

那贼想把猪绑在摩托车后座，可惜后座太窄，绑不下，于是贼只好把猪抱上摩托车的踏板，让猪的两只后蹄站在踏板上，两只前蹄趴在摩托车

把上，这才带着猪逃出了村子。可刚一出村，猪就不安宁起来，不停地挣扎，贼一急，便用绳子把猪的两只后蹄死死绑住，又把猪的两只前蹄分别绑在摩托车的两个把手上，然后把自己戴的头盔套在猪头上，猪眼前一片漆黑，这才安静下来。贼载着猪仓皇逃窜……

一会儿，猪的主人发现小猪不见了，连忙向派出所报案。由于最近村里丢了不少牲畜，派出所所长高度重视，连忙派两个民警开车追击。两个民警拉响警笛，沿着摩托车的车轮痕迹，一路追赶。

天色渐渐暗淡下来时，警车追上了贼的摩托车，此时路两边是一望无际的玉米地，贼听到后面的警笛声，吓得浑身发抖，又无路可逃，一急之下，身子朝后一蹿，从摩托车上跳了下来，然后就地一滚，"哧溜"一下就钻进了玉米地里，藏了起来。这时的摩托车上，猪蹄子刚好蹬在油门上，而且由于巨大的惯性，摩托车非但没有倒下，而是载着猪以更快的速度摇摇晃晃地飞速前进。

不一会儿，警车追到了摩托车跟前，两个民警一看，惊呆了，慌忙用手机向派出所所长汇报："报告所长，可不得了啦，这猪是自己跑出来的！而且，猪……猪还戴着一顶头盔，正自己驾驶着一辆摩托车，以时速40公里的速度，仓皇向南逃窜呢！"

我也不想独守，我也好想拥有，走在街上瞅瞅，俊男美女手牵手，我却左手牵右手，现在别无他求，只想有空和你出去走走，又怕朋友会说："没事别总遛狗。"1368***0360（0742）

有钱人

■冷 空

大学生阿华的银行卡里只剩下40元，得去柜台上取，这下真是面子扫尽。

阿华排在第三个，柜员问他前面轮到的那人："取多少？"那人答道："全取出来。"阿华听了心中暗喜："唉，看来穷人不只我一个啊！"

这当儿，柜员敲了一会儿键盘，问道："6万全取吗？"阿华一听，这才明白人家可不是什么穷人，心里不觉酸酸的。

排在阿华前面的是个胖子，这胖子有点怪，一直探头探脑地看着前面那人数钱，这一动作引起了阿华极大的怀疑，他目不转睛地注视着，胖子发现阿华在注意他，顿时全身上下不自在起来。

前面那个取6万的人十分谨慎，他从柜员手中接过6叠钱，往旁边挪了挪，表示要再数一遍，这样，就该轮到胖子了，可胖子却让开身子，对阿华说："你先取吧。"阿华觉得奇怪了：呵呵，难道你不是来取钱的？为什么要让我先取呢？他觉得胖子的举动太不可思议，再转念一想：先取就

先取，我倒要看看你究竟耍的什么花招！阿华取出了自己那微不足道的40元钱，随手往兜里一塞，退到一个隐蔽处，监视着柜上的情况。

柜台边，胖子神色有点慌张，柜员问："你怎么啦？"

胖子说话有点结结巴巴的："刚……刚才那年轻人在后面一直盯着我，目光凶巴巴的，吓得我没敢取！"

柜员笑了，问："你取多少？""20万。"

阿华差一点要晕过去了：我的妈呀，这世上怎么这么多的有钱人啊！

生物学家的奇遇

■ 周 磊

小王是一位生物学家，专门研究基因工程。一天，他突发奇想：要是把猫和狗的基因复合在一起，制造出一只"猫狗"，那样的话，它就既能像猫一样捉老鼠，又能像狗一样看家护院，这样的"猫狗"肯定会大受欢迎，自己岂不也能从中狠狠地赚上一大笔？

小王马上付诸行动，经过一段时间的辛勤"开发"，他家的母猫顺利地产下了一只"猫狗"，取名"多多"。接下来的几个月，小王完全把心思放到了多多身上，比照顾自己生病的老娘还要细心。转眼间多多渐渐长大，该开口叫了，按理说，多多应该是"精通"两种动物的语言，可它却像是个哑巴似的，一天到晚一声不吭。

这一天，小王突然听到了蚊子"嗡嗡"的声音，他竖起耳朵细细一听，这声音好像是从多多那边传过来的，他迅速跑到多多面前，顿时被眼前的一幕惊呆了：天哪！多多正张牙舞爪的，嘴巴里发出一阵阵尖锐的"嗡嗡"声！

小王很是奇怪，猫和狗的基因怎么会弄出蚊子的叫声？他百思不得其解，只好抱着多多去见他以前的导师。导师详细地询问了小王复制多多的每个环节，思索片刻，随即"哈哈"大笑起来："小王啊小王，这么多年了，你那粗心的毛病还没有改掉哪！培养基因的时候忘了把器皿的盖子密封了吧？这不，蚊子进去啰！"

（本栏题图：李 加 史 琦）

  小猪小猪肚子凸凸，脚也粗粗脸也嘟嘟，一只嘴巴有进不出，小猪小猪身在何处，看着手机气喘呼呼。1396***3819（0743）

365

2006
SEMIMONTHLY
下半月刊

4月
STORIES

故事会

2006 年 4 月
下半月刊·绿版

主　编：何承伟

常务副主编：吴　伦

副主编：姚自豪（上半月·红版）

副主编：夏一鸣（下半月·绿版）

本期责任编辑：梁宁宁

发稿编辑：

姚自豪　周　吟　吕　佳　郑继文

夏一鸣　鲍　放　王雅静

美术编辑：李宝强

电脑制作：郭瑾玮

通　联：归依玲

本社办公室电话：021-64375030
上半月刊编辑部电话：021-64332325
下半月刊编辑部电话：021-64336469
（上海市绍兴路 74 号　邮编：200020）
主管、主办：上海文艺出版总社

制作、发行总监：张　凯
电话：021-64313938
广告总代理：上海文艺广告传播中心
（上海市绍兴路 74 号　邮编：200020）
广告业务：021-34010383
广告投诉：021-64333738
广告经营许可证
沪工商广字 3100320050022 号
发行：中国图书进出口上海公司

手机阅读器服务商：北京掌讯远景信息技术
有限公司　客服电话：010-51196627

封面插图：胡　阳

本刊各栏目欢迎来稿。来稿寄上海市绍兴路 74 号《故事会》杂志社，邮编：200020；请在信封上注明"××栏目"收；本期责任编辑电子邮箱：liangningning@vip.sohu.net

吃的教育

儿子吃饭没规律，父亲想劝劝他，于是问道："吃多了不好，不吃也不好。你知道其中的道理吗？"

"知道，"儿子说，"吃多了就会胀死，不吃就会饿死。"

（赵　洁）

不让滑雪

一天，汤姆和爸爸在冷饮店吃冰淇淋。

突然爸爸盯着汤姆的冰淇淋说："汤姆，你的冰淇淋上有苍蝇，快把它赶走。"

汤姆："爸爸，你总是不肯带我去滑雪，难道也不让它滑吗？"

（邱凤祥）

（本栏插图：李加史琦）

早知如此

妈妈在教儿子学简单的加法。

妈妈："3加2等于几啊？"

儿子："等于5。"

妈妈："对了，奖励你5块巧克力。"

儿子："早知道这样，我就说等于10了。"

（罗　云）

耳聋

一对恋人路过一家服装店，在橱窗前停了下来。

姑娘说："你能花两百块给我买一件呢子大衣吗？"

小伙子说："你说什么，我的左耳不太好。"

姑娘走到小伙子右面，说道："你能花五百块为我买件皮大衣吗？"

小伙子说："你还是到左面来说吧。"

（朝　晖）

那是一个结束，是婚礼上的欢笑过后，寂寞的结束；那是一个开始，是过日子的幸福起点，缠绵悱恻的开始。祝新婚美满！1357***4496（0801）

施 舍

女子独自走在黑暗的街上，突然从旁边蹿出一个陌生男人，拿着匕首挡在了她面前。女子吓得直发抖，却听那男人讲话斯文有礼"小姐，你可不可以施舍些钱给我？可怜我这个没有工作又饥饿难耐的穷人吧，你看，我唯一的财产就只有这把匕首啦。"

（许 瑶）

才 能

营销学老师向学生们讲道"把别人兜里的钱装进自己的兜里，这是才能。"

学生在下面说："那是小偷。"

老师赶紧补充道："我说的是让别人心甘情愿掏出兜里的钱，而你自己并不犯法。"

学生似乎明白了："那就是乞丐。"

（谢晓晴）

求 婚

对男女在酒吧里喝酒，女人炫耀地说："你看到坐在吧台边上的那个男人了吗？自从五年前我拒绝他的求婚后，他就每天喝酒，一直到现在……"

男人听了这话直摇头："我真搞不懂，他需要庆祝这么久吗？"

（周 莹）

叫 警 察

马路边有一个年轻人，他正拉着一个小孩子急切地说："叫警察，叫警察，你快叫呀！"

老约翰在一旁见了十分好奇，忍不住走过去，关心地问道："年轻人，你需要帮助么？你是不是遇到什么困难了？"

年轻人朝左右看看，不好意思地说："哦，那倒不是，只是我今天刚从警校毕业，希望别人叫我一声'警察'！"

（小 照）

空白短信

——天，小冲用短信和妈妈聊天，聊着聊着妈妈就发过来一条空白短信，小冲觉得很奇怪，于是又发短信问妈妈这是什么意思，妈妈回答说："这代表我向你翻了个白眼。"

（小 渔）

记 性

——个记性不好的人去看医生，医生开给他一大包增强记忆力的药。

几天后，他又来了，说病不见好转，医生又给他开了同样的药。

他走后，医生对护士说："这包药他又忘拿了，收起来，下次还卖给他。"

（曾国华）

爱莫能助

小明正懒洋洋地躺在沙发上看电视，电话铃响了，是小明的父亲打来的。

"小明，你妈妈呢？"

"她在拖地板。"

"什么？"父亲不高兴地说道，"我不是告诉过你，这样的体力活要帮着妈妈做吗？"

"我没法帮啊，"儿子回答，"没有多余的拖把。"

"家里不是还有一个吗？"父亲说。

"可那个拖把已经被祖母拿去用了。"

（王见波）

富人的遗嘱

律师宣读富人的遗嘱"我的爱妻玛丽与我同甘苦，共患难，我给她留下房子和200万美元。"

律师继续念道："在我患病时女儿苏茜照顾我，还管理公司，我把公司和100万美元留给她。"

最后，律师念道："我的侄儿丹尼恨我，跟我吵架，认为我在遗嘱中绝不会提到他，他错了。你好，丹。"

（胡海鹏）

 清晨曙光初现，婚礼就在眼前；中午艳阳高照，微笑挂你唇间；傍晚日落西山，欢乐随你一天；婚后日日如此，幸福永驻身边。蔷薇姬（0802）

境 界

小李特别爱吃自助餐，一天，他问一个朋友："你知道吃自助餐的最高境界吗？"

对方想了一会，摇摇头说："不知道。"

小李得意地说："就是扶着墙进去，扶着墙出来。"

朋友迷惑地问："为什么啊？"

小李说："进去的时候是饿得走不稳，出来的时候是撑得站不直啊。"

（李 源）

心中没底

高三（一）班的班主任来到教室，说道："同学们，我们明天将要进行摸底考试，请大家做好准备。"

学生们听了这话一下安静下来，这时不知谁在下面嘀咕了一句："老师，别摸了，我们心里没'底'。"

（王培庆）

熟悉的气味

一位家庭主妇干了一天活，感觉实在太累了，于是喝了一口酒解解乏，接着就去安置自己的小女儿睡觉。

"妈妈，"小女儿闻到酒的味道，好奇地说，"你是不是偷用了爸爸的香水？"

（刘 斌）

改 戏

有一个年轻的女演员，她觉得自己在一部电视剧里的戏份太少，忍不住向导演抱怨："我对我出演的角色有意见！戏到结尾时我才出场，手里拎着一只皮箱，默默走过舞台。这戏份太少了！"

导演听了，很诚恳地说："你说得有道理，明天演出时，让你手里拎两只皮箱。"

（小 颖）

（本栏欢迎来稿，本期责任编辑电子信箱：liangningning@vip.sohu.net）

我的被子
惊动了军长

□ 王 卫

人比被子长

高中毕业后，我顺利入伍了，接到通知书的时候，全家人都替我高兴，可很快母亲又担心起来："唉，北方的天那么冷，不知道部队里有没有你合适的衣服？可别冻着了呀。"她说这话是有原因的，我身材特别高，足足有一米九十几，铁塔一般高大壮实，打篮球的时候挺管用，可衣服鞋子都难买。我安慰她说部队什么都会考虑到的，可说这话的时候自己心里也没底儿。

到了部队，我领军装没有遇到麻烦，都有我的尺寸，可没想到被子却明显短了一截，统一尺寸的被子盖在我身上，稍稍往上一拉，脚就露出来了，要是把脚裹住，肩膀却又得挨冻，

没办法，晚上我只得弓着腰侧着睡，夜里常常要醒好几次。

我把困难告诉给班长，班长又汇报给排长，排长过来抖开被子在我身上比了比，说要往上汇报。可过了两个星期还是没有解决这个问题。我毕竟是新兵，不敢再问，在家书里向父母发了顿牢骚，到了晚上还是得盖着短被将就着。

一天，连长突然叫我过去，板着脸问我"你的被子嫌短？"我盯着连长的脸，不安地点点头。连长不满地瞪了我一眼，说"这事二排长已经告诉过我了，可这两天训练实在太紧张，我还没来得及向上汇报，总会给

你解决的，你急个啥？"我听了这话，心"别别"直跳，嘴里辩解道："我、我没急……""没急？没急军长是怎么知道的？""军长？"我吓了一大跳，到部队这么多天了，我见到的最大的官只是团长，忙说："这、这个我不知道。"

连长不开心地走了，看他的样子，是被军长责怪过了，可军长是怎么知道我被子的事情呢？

接下来的几天，我变得魂不守舍，脑袋里翻来覆去地考虑这事，后来连长没再找过我，可我一见他就觉得心慌，又不敢跟战友们多说，只好把烦恼写在家书里向父母倾述。

父母突来访

大约又过了一周，这天训练回来，我忽然看到父母站在营房门口往里张望。我吃了一惊，急忙跑过去问他们啥时候来的，父亲高兴地说："早就到了，生怕会再给你添麻烦，所以就在这儿等了。""这会有什么麻烦？再说你们啥时候给我添过麻烦？"

父亲搓着手，对我说："唉，都怪我们不懂部队的规矩，当时接到你的信，你妈担心你会冻着，就让我写封信给部队反映一下。""爸，你说什么呀？你写了什么信？""就是你被子短的事，当时我着急，想一步到位，就直接给你们军部写信了，可后来看了你的信，才知道给你添了麻烦，让连长误会你了。"

啊？原来是他们写了信，我说军长咋会注意到一名小小的新兵呢？再看看父母不安的样子，真后悔不该把啥事都告诉他们，害得他们担心。于是我故作轻松地咧嘴笑道："爸、妈，没事的，连长对我挺好，已经为我换了被，我不冷了，你们就放心吧。"

"真的？"母亲高兴地说："这么快就解决了？那太好了，我们刚刚去军部见了军长，也替连长说了话，反正你们都没错，是我们不懂部队上的规矩！"我听了这话，脑袋"嗡"的一下，惊得差点一个屁股墩儿坐地上，一下子慌了神"什么？你、你们找军长了？这不是到军长面前又告了连长的状吗？这不明摆着说连长态度不好吗？这下惨了，跟连长再怎么也解释不清楚了！"

父亲看我慌张的样子，忙摆摆手说："没有告连长的状啊，就是不想让连长吃批评，才去和军长解释的啊！"

我知道跟他们是说不清楚了，父母都是老实人，本来以为替我解了一个结儿，现在看我吓成这样，也傻眼了。父亲紧张地说："可是、可是军长他没发火呀？他还向我们保证，一定为你换上一床长被子呢，你刚才不是也说被子已经解决了吗？"

唉，我的父母咋就这么不开窍

呢？军长面上不发火就代表他心里不发火？连长要是再挨训，能不怀恨在心？看来我这小鞋是穿定了。可是我再不敢跟父母多说什么，生怕他们再做出什么惊人之举。

惊动了军长

我把他们带到招待所安顿下来，想第二天送他们回家，可没想到的是，傍晚时分，军长的车子忽然在山道上扬起一路灰尘驶进了营区。营长、连长他们非常诧异，因为事前没得到一丁点军长要来的消息。我终于

看到军长的样子了，剑眉宽肩，一副不怒自威的将军相，我猜他八成就是因我父母"告状"的事来的，顿时吓得手脚冰凉，冷汗直冒。

军长在连部里大声说话的声音在营房里就隐约听得到。没多会儿，军长一行人就径直来到了营房，进了我所在的二排三班宿舍，营长、连长跟在军长后面，一副蔫头耷脑的模样。军长一进来，我们"啪"地全体立正，连长一指我，小声地对军长说："您要找的就是他。"

军长盯着我，先是一惊，接着瞪大了眼睛瞧着我，围着我绕了三个圈，突然举起手重重地拍了一下我的肩膀，我早已经紧张得全身绷得直直的，受了军长这一掌，身体仍然纹丝不动。"好样的！是个棒小伙！被子我给你带来了，"军长高兴地说，"我了解过了，会打篮球是吧，新兵连结束就到军部来，军部篮球队最近老是输球，我看就缺个你这样的中锋！"

军长一锤定音，我先前的担忧随即烟消云散，突然来临的好消息，更让我乐得不知所措。真没想到父母这一"状"把我告到了军部篮球队。事后，连里的人都说我家跟军长的关系非同一般，要不军长怎么会亲自到新兵连来要人？这可是从来也没有过的事情。他们哪里会相信，竟是我的被子惊动了军长。

（题图、插图：安玉民）

 新千年结千年缘，百年身伴百年眠；天生才子配佳人，只羡鸳鸯不羡仙。祝你们海枯石烂同心永结，地阔天高比翼齐飞！山东 徐衍如（0804）

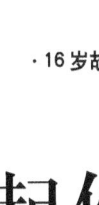

挽起你的头发来

□ 李东晓

"老师，我不想演了"

张晓艺术学院毕业后到市里一所初中作了音乐教师，除了上正常的音乐课外，还教一些表演、舞蹈之类的艺术选修课程。

每年的 5 月，都是市里的中小学生艺术月，每个学校都要排几个节目参加市里的艺术比赛，张晓所在的这个学校也不例外，只不过今年校长要求很高，非要在市里露一回脸，拿个名次回来不可，这下张晓负担可重了，经过反复斟酌她决定排练一个类似"天鹅湖"的舞蹈，只不过不是芭蕾，而是她自己编排的一个反映人与鸟类和谐共处的现代舞。

有了构思，张晓很快把需要排练的演员找齐了，一共是 12 个女学生，都是各自班上艺术细胞较好的学生，长得也都清秀漂亮，特别是一个叫李聪的女孩，一头长长的披肩秀发，脸蛋白净，舞蹈感觉特棒，虽然她性格有点内向，不太爱和别人交往，可张晓还是决定让她领舞。

排练进行得很顺利，校方也根据张晓的意见做了演出服，这次编舞张晓可是呕心沥血了，对演员们的动作、表情和感觉都要求很高，力求完美。

到了彩排阶段，张晓让小演员们换上翠绿色的演出服，把头发在脑后盘成发髻，每个小演员的左耳上还要戴上一朵绚丽的山花儿，这个扮相也是张晓精心构思的。小姑娘们嘻嘻哈哈地盘头穿衣，只有李聪站在原地一

动不动发起呆来。

张晓见她不动，提高声音喊了两声："李聪，站着干什么？换衣服啊？"李聪看了她一眼，突然说："老师，我不想演了。"张晓没想到会发生这样的事情，有点不相信自己的耳朵，这个小姑娘一直表现很好啊，可要是她真的不演了，整个舞蹈就前功尽弃了，张晓尽量压住自己的火气："李聪，你为什么不演？你知不知道你是领舞？你这样是会影响集体荣誉的？"李聪见老师发了脾气，眼泪"刷"地下来了："不是，老师，我……""你知不知道还有三天就演

出了，你现在提出不演，是什么意思？你马上去穿演出服！"李聪见老师火越发越大，只得不情愿地去穿衣服了。

"我一定给您个惊喜"

按照张晓的计划，今天是音乐、服装、道具全部齐备的彩排，她要整体看一下这个舞蹈的效果。

很快，演员们穿着服装从教室出来了，一个个像美丽的公主。一身翠绿的衣衫，耳边那朵野花简直就是点睛之笔，令整套服装增色不少。李聪也穿着衣服走了出来，可她的头发没有按照规定盘起来，还依然是披肩长发遮住了半边脸。

张晓走到近前，忍着怒火说："李聪，为什么不把头发挽在脑后？你不知道要戴花吗？"李聪看了老师好一会儿，才可怜巴巴地问："老师，我可以不戴花吗？""不行！别人都戴你怎么能不戴？"

听到老师斩钉截铁地回绝了自己的要求，李聪似乎下了很大决心才开口说道："不是我不想戴，实在是……我……我戴不上。"

"戴不上？"张晓这回真的发火了，她不明白这小姑娘平时挺老实的，怎么今天突然这么别扭起来："怎么戴不上？你难道没有耳朵吗？"李聪听了这话，吓得一哆嗦，脸"刷"地白了："老师，我……我确实没有耳

朵！"说完，李聪用发抖的手把长发撩开，天哪，李聪根本没有外耳廓！张晓的心像被人猛地扎了一针，愣在那里说不出话来，而李聪却忍不住哭着跑开了。

怎么办？如果让李聪领舞不戴花，那无疑会破坏了整个舞蹈的美感，她没有耳朵，这简直是张晓做梦都没想到的事。可离演出只有三天了，换人肯定是来不及了。张晓心神不宁地回到办公室，没想到李聪竟然跟着走了进来，后边还跟着那些小演员。

李聪咬了咬嘴唇，担心地问："老师，我要是不能戴花，还会让我演吗？其实，我特别想演！"张晓看着她眼睛里的泪光，心疼地说："我也想让你演，可你的耳朵……"

"让李聪领舞吧！她是我们学校跳舞跳得最棒的！"后边的一群小演员叽叽喳喳地嚷着，打断了张晓的话。张晓实在不忍心拒绝她们，终于点了点头，可她心里真的没有底。李聪感激地看了看她的舞伴，又看了看张晓，慢慢挺直了胸膛，咬着嘴唇说："谢谢老师的信任，到时候我一定给您个惊喜！"

"我终于挽起了头发"

演出如期举行，张晓已经做好了心理准备，只要这些孩子开心，这个名次不要也算了，可当报幕员说出她编排的舞蹈的名字时，她的心还是紧张了起来，真不知道李聪会以怎样的打扮出场。

在舒缓的音乐声中，李聪第一个走上了舞台，她的耳朵上还是没有戴花，却在一边竖起了一支长长的羽毛，漂亮极了，那羽毛肯定是粘在内耳上的。她跳得非常投入，也非常自信，整个舞蹈近乎完美，也不知是喜悦还是感动，泪水模糊了张晓的眼睛……

经评委审定，这个舞蹈获得了第一名！

当李聪代表大家上台去领奖的时候，小演员们相互搂抱着，欢呼着，激动得忘乎所以，只有张晓在一旁注意到，李聪在领奖时，也没有把头发放下来。

从台上下来，李聪流着泪跑到了张晓面前，感激地说："老师，我终于挽起了头发，谢谢您这么信任我，我现在不怕没有耳朵了，因为……我还有音乐、舞蹈，还有那么多好朋友……"

张晓笑着搂住了李聪，掏出了手机拨通了一个号码，放在李聪耳边，电话那边是张晓的一位医生朋友，张晓请这位朋友亲口对李聪说，外耳廓是可以再造的，随时都可以去手术……

（本篇月月评短信代码：AA081）

（**题图**、插图：安玉民）

别停下来（文：任 雯；图：包丰一）

1. 画家踩在梯子上，给精神病院的天花板绘画。

2. 一个病人走过来，盯着他看了半天，说："你那支笔千万别掉了，使劲握住啊！"

3. 画家高兴地说："放心吧，我握着呢，没问题。"

4. "好吧，那我把这个梯子搬去用一下。"

抠门的艺术

◆ 做菜时，多凉拌，少煎炒，每次可节省煤气约0.14元，且凉拌不会破坏维生素和营养物质。

◆ 吃饭时，对老婆大讲恶心笑话，每餐可节省馒头一只或米饭半碗，并有助于老婆减肥。（此法早饭、午饭不可用，否则饿出病来要花药费。）

◆ 老婆不在家时，可以不洗碗，每次可节省水费约0.002元，反正自己不嫌自己脏，怕落灰可将碗倒置。

◆ 内衣每两周洗一次，可减少洗衣机的损耗，每两年可节省内衣一套。袜子一般不穿，有人问就说是肉色的。

◆ 看电视时不开自己家的，到阳台上用望远镜看对面楼上的，每小时可节省电费约0.05元，同时可治疗近视眼。

◆ 出门一律步行。2公里以内散步，5公里以内快走，10公里以内跑步，10公里以上跑一段歇一段。省钱的同时，气死那些去健身房的傻瓜。

◆ 与朋友出门，将手机设置成振动，如有电话，速找一厕所查看号码，然后以没电为由借朋友手机一用。用完后如朋友没抢回手机，可再打一长途。节省费用标准参见中国移动或联通资费标准。

◆ 在家不穿鞋，赤脚走路，每年可节省拖鞋一双，同时能找到回归自然的浪漫感觉。 （推荐者：付雅娟）

天翘比翼鸟，地现连理枝；碧波潭中井蒂莲，鸳鸯嬉水面； 宾客连声赞，郎俊新妇贤；百年好合赛神仙，花烛亦展颜。1365***2974（0806）

从《话说中国》到《行走中国》

历史文化图书《话说中国》的工作暂告一段落后,编辑部随即开始了它的延伸产品——中国地理文化系列的图书出版工程《行走中国》的策划和编辑。与取得了巨大社会反响的《话说中国》的策划思路一脉相承,《行走中国》系列丛书是要秉持"普及人文地理知识,弘扬祖国民族文化"的编辑方针,坚持"弘扬和培育民族精神"的一贯宗旨,结合更多的文化资源,向广大读者倾力推出又一批大众文化精品力作。

"行走中国",顾名思义,显然要讲祖国的地理知识,讲我们脚下的这块大地的故事。但如果光讲自然地理,不讲生活在这块美丽的大地上的人,不讲我们民族的先人在历史长河中创造的绚丽的文明,也许难以激发我们对中华民族生存的这块大地的激情,更难以激发对曾经为她付出辛勤劳动乃至献出自己生命的先驱们的崇敬,我们面对的这块大地会因此失去光彩,这套丛书也会因此失去灵魂。

显然,《行走中国》要做到人与大地的结合,也就是地理与文化的结合。这就是编辑出版这套地理文化系列丛书的宗旨。

《行走中国》 以独特的讲故事的方式,向读者娓娓诉说祖国大地的起伏沧桑、人文风情,是一部融地理、历史、生态、民族、考古、民俗等学科知识于一炉的国民素质教育丛书。

《行走中国》 特别邀请学者专家,如北大谢凝高教授、中央美术学院王其钧教授、云南社科院杨福泉教授、长城专家成大林先生等,将其毕生田野研究所得,撰写成既精要又精彩的篇章。

《行走中国》 集结了大量著名摄影家的第一手摄影作品,更有许多照片是摄影家多年积累的珍贵作品,读者既能直观地欣赏祖国的河山之美,更能通过摄影家独特的采访角度产生珍爱祖国美好河山与灿烂文化的情怀。

《行走中国》 附有为数众多的地图、解析图、示意图、专栏、延伸阅读、旅游导航等等,信息丰富,是一部兼具知识性与工具书功能的丛书。

青春读本 1、2、3

——感动中学生的 300 个故事

这是我国第一种由中学生全选、推选和评选而成的作品集。它来自全国各地的中学生之手，是从数万件推荐作品中大浪淘沙筛选出数千份来，然后又特邀上海市的几所重点中学的同学们组成"读书会"，依其多数同学的公认，最后才集镌了这三册共 300 个故事。

据先睹为快的同学们坦言，读了这些作品，才知道什么叫轻松阅读，体会到愉快教育的真正魅力；因为它不但使人学会了感动，而且还让人在感动中留下生命的暗记；用不着逐字逐句地诵读，这些故事已完全潜入了意识领地，在需要的时候喷薄而出。

当然对于其他读者来说，看这些作品，一方面，可以了解我们中学生到底喜欢什么样的作品，另一方面，也可以从中探究他们的心理世界和价值取向。

* *

滴水藏海 1、2、3、4

——1200 个 3 分钟典藏故事

我们常有这样的生活经验 有时，想说出一番道理容易，而想让人接受这番道理则难，但如果你借助一个精彩的故事来述说道理，借事寓理，托事言志，情况则完全改观。

这就是故事的魅力。

《滴水藏海》收录的 1200 则作品正是这样魅力洋溢的精彩故事。这些故事内容精深，构思精巧，篇幅精短，形式精致。学者撰文，教师授课，干部讲话，家长训导，学生作文，都可从中得心应手地广征博引，如同置一架书橱于身边。

家传的宝贝

□ 陶柏军

有家古玩店叫"雅士轩"，既买卖古玩字画，也替人装裱和修复各类藏品，店主辛世忠是一名退休教师，喜欢这一行，也有点心得。

这天早晨，辛老师刚刚打开店门，一个骑自行车穿夹克衫的小伙子来到了店里，他从包里拿出一个脏兮兮黑不溜秋的东西放在柜台上，说："师傅，您看看，能把这上面的锈迹除掉吗？"

辛老师戴上老花镜，仔细地端详起这个物件，可怎么看都像是农村刨地用的一个镐头，一个破镐头干吗要到古玩店除锈呢？

辛老师怕自己看走了眼，试探着问道："这是个什么东西啊？"年轻人回答得倒是很干脆："一个镐头啊！"辛老师有点哭笑不得，他是来捣乱的还是真的什么都不懂？于是委婉地说："处理您这把镐头至少要经过三道工序：一是用水浸泡和清洗；二是要使用一些化学制剂除锈；第三嘛，还要镀一层专用防腐材料。我看您的这把镐头也值不了几个钱，这修复的费用……我怎么向您收呢？我看不如您去买个新的？"

年轻人听完，从钱包里拿出两张一百元的钞票递了过来，诚恳地说道："师傅，您看够不？不够我可以再加。"辛老师看这情形更糊涂了，禁不住问："莫非这把镐头有什么特殊来

历?"年轻人点点头:"就算是……一件家传宝贝吧……"辛老师注意到年轻人欲言又止的样子,想到古玩店历来"宝贝不问出处"的老规矩,就赶紧说:"那您两天后来取吧。"

送走年轻人,辛老师急忙给一位专家打电话,约他来鉴别这件"宝贝"。这位专家是国内知名的研究青铜器的教授,和辛老师私交甚好。

专家来了,他用放大镜把这个镐头仔细察看了一遍,说:"看不出有什么奇异之处,似乎就是个普通镐头。"辛老师又把事情的大概讲了一遍。专家摇摇头说:"从质地来看,应该是近

代的东西,最多七八十年;从造型和制作工艺来看,极其普通,应该就是一件农具;从腐蚀的程度和带有的气味来分析,我猜大概是这个年轻人盗了一座自认为年代久远的古墓,搞了这个东西,自以为值不少钱,才拿来当宝贝请你修复。"辛老师听了这话点点头:"您的分析有道理。"

三天后,那个年轻人来到了"雅士轩"。辛老师还想试探他一下,故作为难地说:"按理说,修复一个镐头您给200元已经不少了。可是我们这里很少修复铁器,有两样防腐材料必须得到省城才能买到……要我看,不就一个镐头嘛,您别修了,我把钱退给您……"

不等辛老师说完,年轻人打开了钱包,连同零钞都拿了出来:"老师傅,我再给您300,您看成吗?"此时辛老师不好再推辞,只好接过钞票:"那您就再等三天……"

又过了三天,那个年轻人在辛老师的店里见到了翻修一新的镐头:上面所有的锈迹都不见了,黑黑的铁质透着一种深沉的光泽。辛老师说:"我采用的防腐处理是最先进的,可以保证在常温条件下三百年不再生锈。"年轻人显然对辛老师的手艺很满意,一再说:"太好了,太好了。"

就在年轻人准备告辞的时候,辛老师还是忍不住好奇地问:"您家传的这个宝贝有些年头了吧?"年轻人

2006年《中国最有影响力的故事》征文启事

五大奖励措施　稿酬外追加千字千元奖金

为鼓励多出优秀作品，《故事会》杂志社决定继续举办2006年《中国最有影响力的故事》征文大赛，并对优秀作品实行5大奖励措施：

1. 入选作品除在杂志上发表外，还将收入《〈故事会〉中国最有影响力的典藏故事》（2006年版）一书。2. 入选作品可得两笔稿酬：在《故事会》杂志发表的作品，首发稿酬每千字400元，选入书后再追加每千字1000元。3. 入选作品均颁发奖励证书。4. 本刊将委托有关专家对入选作品进行精彩点评。5. 本刊将邀请有关作者参加5月在上海举办的第十一期"故事创作研讨班"、10月在外地风景区举办的优秀作品改稿会以及年底的颁奖大会，所有费用均由我社承担。

征稿范围：具有现实感、新鲜感且可读性强的中短篇原创作品。超短篇（如幽默故事）的字数一般在1500字以内，短篇（如中国新传说）的字数一般在5000字以内，中篇故事的字数一般在15000字以内。

来稿方法：1. 从邮局寄发，请在信封上注明"征文大赛"字样，本刊地址：上海市绍兴路74号《故事会》杂志社，邮编 200020。2. 从网上传递，可发以下信箱 wulun@vip.sohu.net，请在主题上注明"征文大赛"字样。来稿也可直接发至各责任编辑的电子信箱，本期责任编辑的信箱是：liangningning@vip.sohu.net。

点点头说："大概有六十多年了吧！"辛老师听了这话心里不禁一惊：原来他知道这把镐头的年代啊，那为什么还花这么多钱翻修它呢？

年轻人看出了辛老师的疑问，就接着说："其实，这把镐头很普通，不值啥钱，但是它在我家的地位确实很特殊，我爷爷曾经用它砸死了三个人，爷爷去世前说要让这镐头陪自己躺在地下，家里人满足了他的心愿，在他死后把镐头放在棺木里作为陪葬了。前段时间老家发大水，给爷爷迁坟时我又看到了这把镐头，已经锈蚀得不成样子了，我就临时决定不再让它和爷爷的遗骨随葬，打算到您这里翻修除锈后把它留下来，一代一代传下去……"

年轻人的话叫辛老师更糊涂了："你爷爷砸死的那三个人都是你家的仇人吧？"年轻人点点头："是家仇，更是国恨！忘了告诉您了，我爷爷当年砸死的是三个侵华的日本鬼子！"

年轻人说完，捧着那把镐头小心翼翼地走了，辛老师一个人愣愣地站在原地。片刻之后，他才突然意识到了什么，从抽屉里抓起一把钞票，追到门外，对年轻人的背影喊道："小伙子，你等等，我不要你的钱啦……"

（本篇月月评短信代码：AA082）

（题图、插图：安玉民）

讲究

大学新生入学，302室住进八位女生。当晚，各人报了生日，便有了从大姐到八妹的排序，尽管都是同庚。

不久，大姐王玲的老爸来看女儿，搬进了一个水果箱。打开，便有十六个硕大红艳的苹果摆在了桌面上，每个足有半斤重，且个头儿极齐整。王玲抢着把苹果一字摆开，再让大家看，众姐妹更奇得闭不上眼了。原来每个苹果上还有一个字，合在一起是："八人团结紧紧的，试看天下能怎的！"之后便笑，一幢楼都能听到八姐妹的笑声。

王玲得意地告诉大家，说家里承包了果园，入夏时她老爸就让果农选出十六个苹果，并在每个苹果的阳面

贴上一个字或标点符号，秋阳照，霜露打，便有了这般效果。这是老爸早就备下的给女儿考上大学的贺礼。五妹张燕是辽宁铁岭来的，跟赵本山是老乡，故意学着那个笑星的语气对王玲老爸说："哎哟妈呀王叔，您老可真讲究啊！"众人再大笑，"讲究"从此便成了302室的专用词语，整天挂在了八姐妹的嘴上。

第二个来"讲究"的是三姐吴霞的妈妈，带来了八件针织衫，穿在八姐妹身上都合体不说，而且八件八个颜色，八人一齐走出去，便有了"赤橙黄绿青蓝紫，谁持彩练当空舞"的

效果。吴霞说，妈妈在针织厂当厂长，这点儿讲究，小菜一碟。

年底的时候，二姐李韵的家里来了"钦差"，是爸爸单位的秘书，坐着小轿车，送给大家的礼物是每人一个皮挎包。女孩子挎在肩上，可装化妆品，也可装书本文具，款式新颖却不张扬，做工选料都极精致，只是都是清一色的棕色。但细看，就发现了"讲究"也是非比寻常，原来每只挎包盖面上都压印了一朵花，或腊梅或秋菊等，八花绽放，各不相同。

每有家长来，默不作声静坐一旁的是七妹赵小穗。别人喊着笑着接礼物，她则总是往后躲，直到最后才羞涩一笑，走上前去。所以，分到她手上的苹果，便只剩了两个标点符号，落到她肩上的挎包则印着扶桑花。有人说扶桑的老家在日本，又叫断头花，那个桑与丧同音，不吉利，便都躲着不拿它。每次，在姐妹们的笑语喧哗中，默默无言的赵小穗总是很快将一杯沏好的热茶送到客人身边，并递上一个热毛巾。

平日里，寝室里的热水几乎都是赵小穗打，扫地擦桌也是她干得多，大家对她的勤谨似乎已习以为常。大家还知道她的家在山区乡下，穷，没手机，连电话都很少往家打，便没把她的那一份"讲究"挂在心上。

一学期很快过去，放寒假了。众姐妹兴高采烈再聚一起的时候，已有了春天的气息。那一晚，赵小穗打开旅行袋，在每人床头放了一小塑料袋葵花籽，说："大家尝尝我们家乡的东西，是我妈我爸自己种的，没用一点儿农药和化肥，百分之百的绿色食品。"

葵花籽平常，可赵小穗送给大家的就不平常了，是剥了皮的仁儿。一颗颗那么饱满，那么均匀，熟得正是火候而又没一颗裂碎，满屋里立时溢满别样的焦香。

李韵拈起一颗在眼前看，说"葵花籽嘛，要的就是嗑时那份情趣，怎

么还剥了？是机器剥的吧？"

赵小穗说："我爸说，大家功课都挺忙，嗑完还要打扫瓜子皮，就一颗颗替大家剥了。不过请放心，每次剥之前，我爸都仔细洗过手，比闹'非典'时洗手过程都规范严格呢。"

王玲先发出了惊叹："我的天！每人一袋，足有一斤多，八个人就是十来斤。这可都是仁儿呀，那得剥多少？你爸不干别的活儿啦？"

赵小穗的目光暗下来，低声说："前年，为采石场排哑炮时，我爸被炸伤了。他出不了屋子了，地里的活儿都是我妈干……"

吴霞问："大叔伤在哪儿？"

赵小穗说："两条腿都被炸没了，胳膊……也只剩了一条。"

寝室里一下静下来，姐妹们眼里都噙了泪花。一条胳膊一只手的人啊，蜷在炕上，而且那不是剥，而是捏，一颗，一颗，又一颗……

张燕再没了笑星般的幽默，她哑着嗓子说："小穗，你不应该让大叔……这么讲究……"

赵小穗喃喃地说："我给家里写信，讲了咱们寝室的故事。我爸说，别人家的姑娘是爸妈的心肝儿，我家的闺女也是爹娘的宝贝……"

那一夜，爱说爱笑的姐妹们都不再说话，寝室里静静的，久久弥漫着葵花籽的焦香。

直到夜很深的时候，王玲才在黑暗中说"我是大姐，提个建议，往后，都别让父母再为咱们讲究了，行吗？"

（作者：孙春平；推荐：金　金）

（题图、插图：魏忠善）

索赔

□ 袁翼

还认得我吗

深冬的一天傍晚，青城市长途客运公司经理老苏刚准备下班，忽然传来几声重重的敲门声，接着就见一个小伙子一瘸一拐的，带着一股寒风进了门，怒容满面直奔他的办公桌而来。

老苏暗暗一惊，看架势，小伙子八成是来找茬的。可奇怪的是，那小伙子冲到老苏桌前，撇着一条腿站定，并未见有什么冲动言行，反而尴尬起来，脸憋得像块猪肝，手脚局促不安，腼腆地说："苏经理，您……还认得我吗？我想请、请您……"小伙子欲言又止，似乎有话难以启齿。

老苏上下打量了一番，小伙子穿得很简朴，面孔似乎在哪里见到过。没搞清楚来头前，老苏不敢怠慢，递上一杯水，抱歉地一笑："对不住啊，

瞧我这记性，给忘了！你是谁呀？找我可有什么好事？"

没想到小伙子听了这话，立即沮丧地垂下头："唉，原来您真的忘记了！这么快就忘了我！这可怎么办啊？您好好想一想，大前年夏天，有天中午，你们公司一辆大巴，牌号是45066，是不是在高速公路上出了事儿？是不是有个叫石守义的乘客，不顾自己的腿伤，救了十多位乘客的命？这事儿您难道真的不记得了？我就是那个石守义，我这次跑了几千里路，就为……这事来的！"小伙子眼睛红了，语气中含着几分不满和抱怨。

老苏猛然想起来了，小伙子的外地口音，还有那怪眼熟的面孔，怎么就忘了呢？不错，他的确是那个在事故现场救了许多人命的石守义！

那天，公司里一辆长途大巴出城不远就出了事，翻进了路旁的深水沟里，司机、售票员，还有十多位乘客，都伤得不轻，不能动弹，大家都困在车里出不去。就是这个石守义，打烂了车窗玻璃，把受伤的乘客一个个弄了出去，否则后果不堪设想。

事情老苏是想起来了，但是，有一点他不明白，当时石守义的腿脚并没有瘸，而且他自己也不肯去医院检查，执意要赶路，离开现场时只说腿划破了皮肉，怎么现在竟拖着条瘸腿来找茬呢？莫非石守义现在日子混不下去了，来给自己下套，企图索赔？

"苏经理，您想起来了吗？"石守义的眼睛布满血丝，直勾勾的，似在期待老苏肯定的回答。"啊……这回事啊……让我想想……"老苏心乱如麻。他被官司缠怕了，这会儿就怕承认后石守义会咬住不放，说自己是在事故中残疾了，要提出索赔要求，那又得纠缠不清了。

给我个说法

老苏审时度势，很快有了打算，夸张地一拍脑袋："哦，我想起来了！事故的确有过的，而且事故发生后，我立即赶到了现场。但是……小伙子，你说你带伤救人的事，我一点印象也没有啊！"

"怎么会这样啊！"石守义不甘

心地提示说，"您回忆一下，救人时，我的右腿被玻璃划了道大口子，血把一条裤管都染红了哇，您看见了，让我去医院做检查，我以为只是皮肉伤，又急着回家，您就拦车送我走了，我的车票钱还是您付的呢。回家好久我才晓得，原来我的骨头坏了，可惜耽误了治疗……您再回忆回忆，那天我临走时，您是不是跟我承诺了什么？"

老苏记得，当时石守义的行为感动了自己，所以石守义临走时，自己确实说过，回去腿有问题可以及时和自己联系。可是，石守义为什么现在才找来？他的腿很可能是后来别的原因残疾的，现在却想让公司来承担责任！老苏可不愿背黑锅，头摇得像拨浪鼓："没有的事，我一点印象都没有！请不要多说了，我也要下班了！"他站起来伸手摆了个"请"的姿势。

石守义脸突然涨得通红，喉结"咕咚、咕咚"地响了几声，尴尬地说："苏经理，这事您怎么能随便忘呢！没有这场事故，我的处境哪会这么惨？当时您答应过我的，怎么能说话不兑现呢！我说的句句是实话，您一定要实事求是，给我一个说法……"

果然是来敲竹杠的！老苏的心"别"地一跳，对石守义的好感骤然化为泡影。他拍着胸脯说："可以啊，如果你能找到有说服力的人证物证，我们保证给你一个满意的说法!"老苏胸有成竹:车是长途车,乘客五湖四海,时间又这么久了,现在你到哪找证据?大海捞针啊!

石守义也知道找证据的难度,急得满头大汗,喃喃自语道:"这可怎么办,这可这么办……时间来不及啊!我爹病得很重,在等着我呢……不行,我一定要找到证据……"突然,他两眼死死地盯着沙发前茶几上的一张晨报,陷入了沉思。

在楼顶等证据

老苏明白了,原来石守义是想敲诈点钱回去给爹治病啊!他凑过去,见石守义的视线落在一条醒目的消息标题上:民工讨工资未果,欲跳楼方才结清。好一会儿,石守义眼一亮,"呼"地站起来,兴奋地叫着:"有了,我有办法了!"说完,匆匆地走了。老苏摇了摇头:"神经病!"

外面的天已经有点昏暗,很阴冷。老苏关上办公室的门,从五楼下来,刚出楼道口,见楼下一群人正仰着脖子朝楼顶看,唧唧喳喳地议论着有人要跳楼。他抬头一看,吓了一大跳,天,要跳楼的人就是石守义!难道他想钱想疯了?

这时,110警察也赶到了,一边劝说他冷静点,不要做傻事,一边准备上去救人。石守义站在楼顶边沿,扬言谁要是上来,他就立即跳下去!他

说他这么做也是迫不得已,只想请市晨报派位记者过来,帮他一个忙。记者很快到了,上了楼顶,石守义警惕地转过身,和记者隔得远远的,把自己救人的经过一五一十地讲了一遍,并提出了自己的要求。

原来石守义是想请记者把自己的事写出来登报,寻找当年车祸中的乘客,为他作证。记者觉得这是个不错的新闻,满口答应了,承诺一定见报,然后就走过去,想请石守义下楼。谁知石守义迅速退到楼顶边沿,冲动地

喊道:"别过来,再过来我就要跳下去了!我不会下去的,我要赶时间,今天晚上我就在楼上等着,如果明天早上事情不能见报,我就跳楼!你快去写稿子吧,我求你了!"

人命关天,大家都没辙了。此时,西北风吹得记者直哆嗦,他拍胸脯答应明早见报,并苦口婆心地劝石守义下楼。

石守义哪里听得进去,大家无奈,只得让记者给他送上去棉大衣、棉被御寒,然后撤走。

我不要你的钱

第二天上午,记者拿着刊有报道石守义事迹的晨报来找石守义,不想石守义还是不下楼,执意要等人证现身。中午时分,还真来了位作证的老太太。

老太太一见满脸憔悴的石守义,泪涟涟地说:"不错,就是这个小伙子!就是他救了一车人!"老太太边说边从贴身口袋里掏出一条手绢,抖开,说事故那天自己手受伤了,血流不止,是石守义用这条手绢给她包扎的。

记者接过手绢一看,手绢上还绣着"石守义"三个娟秀的玫瑰色字。石守义瞧见那手绢,夺过来,看着发呆,不知怎么的,片刻之后,突然伤心地抽泣起来,大家都不知道这块手绢就

是已经分手的女友送给石守义的。

之后,陆续又来了几个证人,都证实石守义没说假话。

这时候,老苏既不想招人唾骂,又有些内疚,就委婉地跟记者承认自己可能记错了,不管石守义腿残与事故有没有关系,做人要讲良心,就冲他那救人的精神,自己愿意给对方一点补偿。老苏打官司打怕了,他想请记者协调一下,想早点私了。

记者是个热心肠,于是三方坐下谈判。老苏主动提出赔偿一万元,石守义摇头说不要。老苏以为他嫌少,就狠狠心说给三万,石守义眼一瞪:"我说过不要你钱的,一分也不要!"老苏呆了半天,垂头丧气地问:"那你到底要什么?"

石守义脸又红了,嗫嚅半天,道:"我只要你……兑现……诺言!你还记得吗?那天,我临走时,你要我留下地址,说是给我们村里寄感谢信的,是不是?现在,我只要你赔我一份……感谢信,并且……敲锣打鼓地送到我家!"

老苏张大嘴巴,猛然想起来了,那天自己被救人场面感染了,好像随口说过这些话,事后很快就给忘记了。这年头,还有谁还稀罕感谢信啊!

记者握笔的手僵住了,惊奇地问:"你为什么放弃几万块钱,却要索赔一封感谢信?"

 所有笙歌为你奏响,所有鲜花为你绽放,所有的幸福和快乐伴你到永远,今晚所有的灯火都为你点亮,今夜的清风为你捎来我的心语:执子之手,与子偕老!1307***1675(0811)

石守义难过地说道："钱有什么用？它买不来好名声啊。我爹要是见不到感谢信，他死不瞑目的！"

在记者的一再追问下，石守义哽咽着讲述了事情的缘由。

感谢信来了

石守义曾经因犯偷窃罪坐过牢，出狱后在外地打工。大前年相依为命的父亲突发高血压，生命垂危。石守义赶着回家，却不料在路上遇到了车祸，于是发生了那些救人的故事。

石守义回到村里，村民看到他那条受伤的腿，都问怎么回事，石守义讲了救人的事，还自豪地告诉别人，客运公司马上会给村里寄感谢信来。小小的村庄顿时轰动了，村民们改变了对石守义的看法，女友更是扬眉吐气。

时间一天一天地过去，可是感谢信始终没有等来，于是村里出现了流言，说石守义那条腿是在外面偷鸡摸狗时被人打断的！

后来，凡是村民家丢了东西，总要指桑骂槐，目标就是石守义。在舆论的压力下，女友听信了流言，终于和石守义分了手。

石守义曾经硬着头皮给老苏写过信索要感谢信，可都如石沉大海。前几天爹病重了，精神恍惚的时候还提到感谢信，石守义不忍心让父亲抱憾而终，就找老苏来了。说着说着，石守义眼窝湿了："唉，我没想到苏经理把事情忘记了！耽误了这么长时间，我爹不知道能不能挺住啊！"

听到这里，老苏和记者"刷"地站了起来，对石守义一挥手："赶快走，去你家！"

专车日夜疾行，第二天中午，一行人敲锣打鼓进了村，苏经理双手举着大红感谢信，记者不时地抢拍镜头，营造声势。可是刚到石守义家门口就听到了里面传出的哭声！石守义撕心裂肺地叫了声"爹"，飞奔进门，只看了一眼爹的遗容，他就昏了过去。

爹那张老脸上，满是血口子，横一道，竖一道，血肉模糊，已经没法辨认，两只眼睛瞪得老大，凝固着绝望和怨恨，让人心惊肉跳。

帮忙照顾的邻居埋怨石守义："你怎么不早点回来啊？你爹死前跟我们说，他算了时间的，说如果事情是真的，你早该回来了，他认定你扯了谎，说到阴间没脸见人，就趁身边没人的那会儿，在床沿上磕碎茶杯，用碎玻璃把自己的脸划成了这样……"

石守义长跪不起，木呆呆的，热泪直淌，泣不成声："爹，苏经理送感谢信来了！儿子没偷，真的做了好事！我把感谢信读给您听听……"

（题图、插图：谢 颖）

象棋高手

□ 童树梅

陈涛为了能更好地照顾体弱多病的父母，大学毕业后回到了家乡小县城，最近他刚刚参加完县税务局的公务员招聘考试，正等着成绩公布。看着陈涛志在必得的样子，他爸是既高兴又担忧。

这天吃过晚饭，爸爸对陈涛说："小涛，现在棋艺怎么样啊？"

爸爸问这话是有原因的。陈涛的家乡自古以来就有棋乡的美誉，男男女女都以下一手好棋为荣，县里每两年还组织大伙来一次全民象棋比赛。陈涛爸爸棋艺精湛，而陈涛小时候便是远近闻名的象棋高手。

陈涛一听得意地说："上了大学我一点也没撂下棋，还钻研了不少理论，连续四年获得校园象棋比赛冠军呢，爸，您问这个干什么？"

爸爸听了这话，神秘地说："那太好了，你这就跟我出去一趟，今晚就看你的啦！"

爸爸不由分说就带陈涛出了门，父子俩骑着自行车七拐八拐来到一处偏僻的地方，下了车，爸爸轻轻敲响一户人家的大门，陈涛在一旁纳闷地问："这是什么地方啊？"

谁知爸爸竖起一根手指头在口边"嘘"了一声，神情紧张地示意他不要说话，就在这时门开了。

陈涛跟在爸爸身后侧身进了门，给他们开门的人一声不吭地带他们往内院走去，陈涛看爸爸神情紧张，也不敢再开口说话。等进了内院，他一下惊呆了！只见内院一顺溜摆着好多张桌子，每张桌子前都有两个人在下象棋，每个人面前都或多或少地放着一堆钞票，这下他明白了：这是地下赌棋的地方。可爸爸带他来这干什么？莫非想让自己参加？

这时有一个人从一张桌子旁站了起来，看上去一脸的懊丧，嘴里还小声嘀咕："又输了！"边说边不情愿地把自己面前的一堆钱推到了对方面前，再无二话，开门走人。陈涛看了看，那一堆钱至少一两千元，天哪，这赌得也太大了！

见到有空位，爸爸立即把陈涛推过去，说："小涛，快来向人家讨教两手！"陈涛心想，这是讨教吗？这可是赌钱啊！见他迟疑的样子，爸爸变戏法似的从口袋里掏出一叠钱放在他面前，说："小涛，要是相信爸爸你就啥也别问，尽管下棋，其余的你别管。"

陈涛犹豫地坐了下来，看了看对手，那是一个满脸络腮胡子的中年人，再低头看看刚才的残局，对方也算得上是高手，心里突然紧张起来，他不明白像爸爸这样老实正直的人怎么会突然带他来赌棋，可事已至此，自己要做的就是千万不能输，爸爸的钱可都是上班挣的辛苦钱。他正这么胡思乱想着，庄家走了过来，拿出一枚硬币，让两人猜正反来确定谁红谁黑，陈涛猜到了黑，先走棋。

经过一番辛苦厮杀，陈涛赢了第一局，那络腮胡子二话不说，立即递过来一千元钱，爸爸满脸笑容地接过钱。

这时中年人提出再下，按规定输的一方可以提出再下，但不能超过十局，陈涛只好答应了。

第二局、第三局又是陈涛赢，爸爸又得到了两千元钱，自然是笑得合不拢嘴了。这时另外几桌不下了，好几个人围过来小声嘀咕起来，陈涛隐隐听明白了，原来这络腮胡子竟是小城里数得上的高手，不想今晚在一个毛孩面前连输三局，他们都觉得有点不可思议。

络腮胡子输红了眼，提出再下，按规矩陈涛无法拒绝，只好再战。想不到的是从第四局起风云突变，陈涛一输再输，连输四局，不仅把刚才赢的三千元输了，反倒又赔了一千元钱。爸爸的脸色顿时难看极了，这时陈涛提出再下，因为他输了，有权提议再下。

两人在众人屏声息气中再次落子，只有爸爸的呼吸有点粗，陈涛知道他是太紧张了，原本带儿子来是想赢点钱的，可看样子今晚情形不妙，他能不紧张吗？陈涛开始后悔自己不该和爸爸吹牛说自己棋艺精湛了！

值得陈涛庆幸的是，第八局陈涛赢了，也就是说前八局打了个平手，

·中国新传说·

两人不赢不输。这时络腮胡子提出再下两局凑满十局，陈涛没有赢钱，按规定可以拒绝，但他想了一下，还是答应了。于是在众人的注视下两局大战结束了，陈涛一赢一输，两人十局大战最终打了个平手！

络腮胡子喘口长气，问陈涛"还下吗？"

陈涛斩钉截铁地回答："对不起，我累了！"

陈涛站起身拉着爸爸就要走，身后忽然响起"噼里叭啦"的掌声，陈涛冷不妨吓了一跳，回头一看，众赌

徒正满脸含笑地向他鼓着掌，其中那位络腮胡子巴掌拍得最凶，他们这是怎么了？

爸爸拍拍陈涛的肩膀说："小涛，你说句老实话，这位络腮胡子叔叔棋艺到底怎么样？"

陈涛低头想了想，好像在挑选词语，然后抬起头，对络腮胡子诚恳地说："我就实话实说吧，叔叔听了不要生气——叔叔的水平根本不是我的对手，从第四局开始我就存心让你了，所以咱们才下了个五赢五输。"

爸爸听了这话，一脸迷惑地问："不会是真的吧，看着大把的钱你不想要？"

陈涛认真地说："爸，您需要钱可以等我上班挣了钱给您，咱不能干违法的事啊！"

络腮胡子听陈涛说了这话哈哈大笑起来："早听你爸爸说你象棋下得，今日一看，果然名不虚传。小涛，你不错，好样的，我们都放心了！"

陈涛听他说这话有点摸不着头脑了，难道络腮胡子认得爸爸，也认得自己？他把目光转向爸爸，却看到爸爸从怀里小心翼翼地掏出一样东西递过来，陈涛接来一看，居然是税务局的录用通知书，他以全县第一名的成绩被录用了！

陈涛又惊又喜，但还是很纳闷爸爸为什么要在这时候把通知书交给自己，正想开口问个清楚，却听爸爸郑

 30

新娘一定美美的，新郎一定酷酷的，烟糖一定倾洒的，香槟啤酒一定纷飞的，礼炮玫瑰一定绽放的，宴席一定让我满脸红光的，美好幸福安康一定永远的！四川 何琼华（0813）

重地说："小涛,在咱小城里,税务局可是个好单位,收入地位都挺高的,但也是个特殊的行业,在利益面前特别要把握住自己。所以当我收到寄来的通知书时不知是喜是忧,你放弃大都市的发展机会回到小城来,已经让我们觉得拖累了,若是你将来在工作上有了什么经济问题,我们就真要后悔一辈子了。上回我把这些担忧和这些老棋友们一说,他们帮我出了个试探你的主意,今天才一起友情上演了这出赌棋好戏。事实证明,小涛你一点也不贪,你明明可以大赢特赢的,可你却费尽心思下了个平局。不

过有件事你不知道,那就是你根本不是这位络腮胡子叔叔的对手,他是咱们市象棋大赛冠军,可比你那个校园冠军含金量高多了,刚才你如果起贪心想得到这不义之财的话,你马上就会输得一塌糊涂,这也正是我们今天要告诫你的——工作后一定要老老实实、清清白白,否则将祸及自身!"

陈涛静静地听着,又看了看手中的通知书,郑重地向大家深深鞠了一躬。

(本篇月月评短信代码: AA083)

(题图、插图: 魏忠善)

———————————— · 本刊信息传真 ·

"优媒杯"《故事会》优秀作品月月评

每期3篇选1 最高奖金800元

为鼓励读者参与,《故事会》决定举办"'优媒杯'《故事会》优秀作品月月评"活动,参加方式如下: 1. 每期由初评委推荐3篇故事为候选作品,读者可选择自己最喜欢的一篇,将其月月评短信代码(如AA081,没有短信代码的作品不参加评选)发送到911903(移动用户、联通用户)、02838168(广东移动)。每次限选一篇,可多次投票。2. 凡选对本期"最受欢迎的故事"的读者均有机会获得现金奖。每期设一等奖1名,奖金800元;二等奖10名,各获现金100元;所有参加评选的读者均有机会获得参与奖,每期200人,各获精美礼品一份。3. 本期活动截止期为: 4月20日。得奖读者在评选结果揭晓后将得到短信通知。用户每投一票收费1元。

本期候选作品: 1.《挽起你的头发来》(p11)(短信代码: AA081); 2.《家传的宝贝》(p17)(短信代码: AA082); 3.《象棋高手》(p28)(短信代码: AA083)

"优媒杯优秀作品月月评" 2006年2月(下)评选揭晓

2006年2月(下)得票前三名的作品分别为《最后一场演出》(702票)、《追踪白灵》(498票)、《长大后干什么》(425票)。

经抽奖,下列读者获奖: 一等奖(奖金800元): 陈晓光(136****9135); 二等奖(奖金各100元): 李雪(136****9907)、赵旭伟(135****9162)、齐怀波(135****9789)、陈建斌(136****1939)、鄢锋(137****4602)、王瑶(135****9013)、沈婷(135****6566)、杨艳秋(135****7411)、任克光(135****8036)、韩伟振(135****3916)。阅读奖名单略。

招聘小偷

王小牛最初听到小偷公司招聘员工的事，也是吓了一跳。小偷公司？难道冯巩、牛群合说的那段相声成真了？

勤贼公司

□ 周海亮

王小牛今年28岁，可是他干这一行，至少也有20年的时间了。哪一行？小偷！要说干小偷也算个职业，尽管这职业极不光彩，整天担惊受怕的，过不安稳。可王小牛硬是凭着自己的聪明苦练、胆大心细和随机应变，竟一次也没有出过事。慢慢地，在这个圈子里，王小牛就有了名气，提起他的名字，也是无人不晓。可是他仍然不大开心，为啥？因为人外有人。这个人就是"勤贼公司"的发起人——老二。

"业精于勤，荒于嬉。"这便是勤贼公司名字的原始出处。这公司的名字，也是老二起的。王小牛听同行们谈起这"勤贼公司"的招聘步骤，竟然也有模有样。第一步，初试，即基础考试。也就是考察应聘者的专业基础技能，比如掏钱包、开门锁等等。这一关如被淘汰，充其量只能在公司里打打杂，扫地看大门什么的，只有过了这关，才能工作在第一线；第二步，复试，即应变能力。基础考试过关的，就可以进入这一关的考验。内容是假如被公安机关擒获，能不能稳如泰山，守口如瓶，最后蒙骗过关。如果这一关过了，就能在公司里当一个小领导，带着一拨人干活；第三步，面试。由老二直接提问、观察，确定最终聘用与否。假如这一关也过了，就将肯定成为公司的中层干部，坐在办

 池里莲井蒂，池中鸳鸯戏；岸上枝连理，岸边蝶比翼。欣闻新婚喜，祝福送给你；淑女成娇娘，弟真好福气；青丝到白首，真情永不移。河南 黄文河（0814）

公室里，一杯茶一张报纸打发一天。工资奇高，福利诱人。

勤贼公司招聘员工的事一经在圈子里透出口风，全城的小偷，几乎全都跃跃欲试。当然，王小牛和他们的想法不一样。王小牛也算是这一行里的一个人物，混个肚儿圆腰包鼓肯定没有问题。他之所以动了心想要去应聘，是因为他实在想见见传说中的江洋大盗老二。如果能从老二身上学到一点东西，从而解决长期困扰他的一些问题，比如怎样才能不整天担惊受怕，不老是因为想到自己是个小偷而难受，那让他倒贴钱都行。

身手不凡

抱着这个想法，公司招聘那天，王小牛早早去了。招聘地点设在城郊一家废弃的工厂，不过经过改建，倒也真像个公司的样子。王小牛和另外两个人被分在了一组，进入了初试现场。

屋子不大，一张桌子后面坐着一位考官。这位考官王小牛认识，人称老四，在小偷这个圈子里也算鼎鼎有名。王小牛心想，连老四都被老二的勤贼公司网罗来了，看来老二的"名人效应"的确牛气。

初试的题目很简单，一口大锅，里面翻腾着滚滚的沸油，扔进去三块滑溜溜的肥皂片儿，能用手把这块肥皂片儿捞出来，就可以了。这点小伎

俩可难不倒王小牛，他八岁的时候，这一手就已经练到炉火纯青的程度了。只见王小牛鼓起腮帮子，咬紧牙花子，眼睛却盯着墙上"业精于勤，荒于嬉"的《员工守则》，根本不看那口铁锅和那块肥皂片子。"呔！"，王小牛轻叫一声，一块肥皂片儿就被他稳稳捞出，动作快得来不及眨眼。再看另两位，也各自从油锅里捞出了一块。

三个人一起把肥皂片儿递给主考官老四。老四问王小牛："你是王小牛？"王小牛说："是我。我见过四哥。不过四哥贵人多忘事，不记得我而已。"老四说："我不用记着你，看你这身手，就知必是王小牛无疑！"王小牛正暗自得意，老四接着说："你屁股后面挂着的那串钥匙呢？"王小牛摸摸，果然，屁股后面挂着的钥匙不见了。

干这一行的都知道，偷钱容易，偷钥匙难。为啥？因为它会哗啦啦响，极易暴露。王小牛身边的那位这时候乐了，冲老四说："我在捞肥皂片儿的时候，随手把他的钥匙给顺来了。"那意思，看我这身手多厉害啊，一边从沸油里捞肥皂，一边偷了他的钥匙，他还浑然不觉，这初试，我是过定了。

想不到王小牛微微一笑，问他："你把钥匙藏好了吗？"那人答："当然藏好了。"王小牛说："藏哪了？"那

人答："内裤里！"王小牛再笑："你现在摸摸看？"那人就开始摸，只摸了两下，就变了脸色。王小牛说："你能把钥匙拿走，我就能把它拿回来。我可是一边温习着'业精于勤'的古训，一边用右手捞出油锅里的肥皂片儿，一边用左手解开你的裤带，再把手伸进你的内裤，再拿走那串钥匙，再系好你的裤带，做这些不过用了一眨眼的工夫。你说，到底是你厉害，还是我厉害？"

说完王小牛伸出左手，果然，那串钥匙已经稳稳地握在手里，上面还系着一根猴皮筋。"这也是你的，"王小牛说，"内裤上的。"

当然，没说的，王小牛过了初试。剩下那两个家伙，只能去"勤杂组"填表报名了。

复试，同样是三人一组，同样是一间小屋子，同样是一张桌子后面坐着一位考官。这考官王小牛也认识，叫老三。老三是城里仅次于老二的贼中高人，也是王小牛的偶像。连老三也成了勤贼公司的员工，这时的王小牛已经不仅仅把老二当成偶像来崇拜，简直把他当成神啦。

老三对王小牛说"现在，就当你被公安局的抓住了，正在受审。我问你答。"王小牛点头称是。

老三马上进入角色，一拍桌子："姓名！"王小牛说："李大狗！"老三问："籍贯？"王小牛说："我是阿尔巴尼亚人。"老三说："阿尔巴尼亚有姓李的吗？"王小牛说："我随娘姓。"老三说："你长这模样，也不像阿尔巴尼亚人！"王小牛说："入乡随俗，我整了容。"老三问："你刚才在干吗？"王小牛说："她口袋那里开了线，我帮她扯扯线头！"老三怒喝："可我看你在往外掏钱包！"王小牛赔着笑"您可真会开玩笑，我从不拿群众一针一线。"老三再怒喝："现在说什么都没有用。给我铐上！"王小

婚礼虽只一时，相爱是一辈子；洞房春意常在，围城风景长存；慢慢变老的，是彼此的容颜；永远不减的，是相互的真情。湖南 朱恩智（0815）

牛就笑了，"铐？您看看我在哪里跟您说话，您铐得上吗？"

这王小牛，不知什么时候已经站到窗外，正隔着窗户跟老三一问一答呢，手里还拿着一副从老三桌子上顺手牵走的铐子！这是什么功夫？这就是王小牛苦练了十几年才练成的"分身术"！他能在和别人说话的时候，让别人产生错觉，以为他就站在面前，而事实上，这时的王小牛早已经跑很远了。老三惊讶地张大了嘴巴，"我还以为这'分身术'早就失传了！真是人才！二十一世纪什么最值钱？人才！"然后大手一挥，"去面试吧！二哥正等着！"

当然，剩下的那两个家伙，只能去"干活组"填表报名了。王小牛心里这个美啊！马上就能见到他心目中的神偷老二啦！马上就能成为勤贼公司的核心人员啦！

经过这两轮淘汰，剩下的人就寥寥无几了，所以面试是一个人一个人地进行。那屋子也和初试复试时不一样，大气、豪华、隔音相当好。

王小牛终于见到了老二。

老二设局

老二端坐在一张桌子后面，人干瘦干瘦的，留着山羊胡，很有些道骨仙风的样子。王小牛冲他抱了抱拳，"前辈好！"

老二眯着眼看了看他，说"咱就不说废话了，直接考试。如果你过关了，会有意想不到的好事！"

王小牛心中狂喜："好！多谢二哥！"

老二便抓起王小牛的手看。那手细长，柔软，中指和食指一样长，并且这两根指头明显长出其余手指一截。老二笑笑："果然是王小牛！"

王小牛说："当然是我，如假包换！"

老二说"那就开始考试。会壁虎功吗？"

王小牛也不搭话，瞅准一个墙角，两只脚各蹬住一面墙，人就像一只壁虎般，"噌噌噌"爬了上去，只一会儿工夫，就爬到天花板附近，然后一个跟头，轻轻飘回地面。

老二满意地点点头："果然厉害！果然长江后浪推前浪！"

顿一顿，又说："能开铐子吗？"

王小牛说："可以一试！"

于是老二取出一副铐子，将王小牛铐上，然后再一次回到桌边，喝起了茶水。王小牛站在他身边，手里不知何时已多出一根细铁丝，并用这铁丝认真地拨着那个铐子。说来奇怪，平时几下就能捅开的铐子，这次王小牛费了半天劲，硬是没把那铐子拨弄开。

王小牛自言自语："奇怪，这铐子怎么打不开呢？"

老二哈哈大笑："这是我特制的铐子。能弄开的话，我还怎么抓你！"然后回头冲里面的一个小房间大喊："两位兄弟，已将王小牛顺利擒获！"说时迟那时快，那房间即刻冲出两个人，一边一个，将王小牛按倒在地。两个人的身手，完全是警察抓贼的标准动作。

王小牛一下子糊涂了，"二哥，您这是干吗？"

老二冲王小牛叹口气，说"小牛啊，咱们这碗饭，可不是好吃的。你这点小把戏，看似战无不胜，但其实还不足老二我的十分之一。被擒，不过是时间问题而已。我这样做，也是为你们好，趁你们现在陷得还不是太深，早些悬崖勒马吧！"

王小牛一边挣扎，一边叫道"您要把我们一个一个交给警察？您不会是开玩笑吧，二哥？您这也太毒了吧，二哥？"

老二再叹一口气，说"我不是说过'还有你意想不到的事'吗？这就是啊！只不过一副铐子，就把你拿下了。你说，你这贼当的，还有什么含金量？"

按住王小牛的两个人问老二："这王小牛，得把他按几级嫌疑人看管？"老二想了想，说："最高级！他会'分身术'，会'壁虎功'，会开普通的铐子，是贼中状元，当然得单独照顾一下！"

王小牛恨得牙根直痒，大骂："呸！老二！你这个骗子！"

老二再看看王小牛，说"我没有骗你们。本来，这次行动就叫'擒贼行动'，这个地方就叫'擒贼公司'，你们没听明白，错认为是'勤贼公司'，这可不能怪我。再说'业精于勤'是我们这一行的事吗？越勤，进局子那一天越早！你只知道'业精于勤'的道理，不知道'伸手必被捉'的道理吗？……知道这么多年，我为什么一直自称老二吗？"

王小牛被按在地上，一边使出吃奶的劲儿挣扎，一边恶狠狠地瞪着老二。

老二笑着说道："那是因为咱有自知之明，有法压着，谁还敢说自己是老大！"

金盆洗手

王小牛像被人在脑袋上重重地敲了一棍，一下子停止了挣扎，人也瘫软在地，嘴里叫着："我与你无冤无仇，你自己不想做就算了，为什么要害我啊……"

老二问他："什么完了？你确定按住你的人是警察？你确定是我出卖了你？"

"难道……"这时的王小牛，真的糊涂了。

"我说过我要把你交给警察吗？"老二似乎对王小牛错把自己当成警察的内线有些得意，"盗亦有道，不过现在你肯定很纳闷，既然如此，我为什么还要兴师动众，为什么还要把你铐上？其实我的目的很简单，就是想要你们从此放弃这个行当！我做了这么多年贼，得手的东西加起来，起码几千万吧！可是，我过过一天安稳的日子吗？哪一天，我不是在担惊受怕中度过？晚上睡觉，只要外面有警车叫，我就会吓得从床上蹦起来，然后

整夜睡不着觉。这就不是人过的日子！并且，被我们偷了钱的穷人，他们的日子，又怎么过？我说出这种话，你觉得很好笑吧？是，现在我崩溃了，我良心发现了，一天都不想当贼了，只想过安稳的日子。"

顿了顿，老二接着说"……其实做我们这一行，谁都懂这个道理，只是觉得自己已经走上路了，已经做了这么多年贼，刹不住车而已。我今天就是想当着你们的面发誓，从此我将金盆洗手。连我这样的老江湖都可以退出，都可以悬崖勒马，我想你们每个人都可以吧？话就说这么多，今后怎么做，自己定夺吧！"说完，老二冲着按住王小牛的两个人摆摆手，那两人就将王小牛放开。老二走到王小牛面前，用手轻轻一抹他的铐子，那铐子就"叭嗒"一声打开了。

王小牛一边揉着手腕，一边瞅着老二，似乎对他的话表示赞同，又似乎有些不明白。不过他知道，假如这次真是警方行动的话，那么此时的他，也许早被塞进了警车。

王小牛最终有没有放弃做贼，有没有洗心革面，没有人知道。不过可以肯定的是，从此后，城中的小偷数量果真剧减。并且，据确切的消息说，老二也真的金盆洗手，和老三老四一起开店做小生意去了。

（题图、插图：魏忠善）

谁在捣蛋

□ 白　驰

标语被换

蒋如宝是温泉镇的镇长，他有点出口成章的本领，还能写一手好字。这温泉镇是全县有名的"小深圳"，因为发展温泉旅游，就有点特区的味道，经济好不说，娱乐业也很发达，开放程度自然也比其他乡镇高一点。蒋镇长喜欢喝酒、洗澡和按摩，在这里是如鱼得水，日子过得赛神仙。

这天傍晚，蒋镇长叫来办公室钱主任，吩咐说："明天党务工作检查组就要来咱镇年终检查，这检查嘛，大伙也都见多了，'听听看看，喝酒吃饭'，关键是要让领导心情舒畅，除了安排活动准备好纪念品外，我看还得贴两条大标语，造造声势。"

钱主任忙说："这非得镇长亲自

动笔不可了。"

蒋镇长也不客气，抓起桌上的斗笔，在早已铺好的纸上龙飞凤舞写下两条标语，一条是"党政干部要切实增强全心全意为人民群众服务的意识"，另一条是"全镇干部多努力，确保农民尽快富"。

钱主任连夸："好！妙！真是字文双璧！就凭蒋镇长您这手绝活，明儿检查准保锦上添花！"蒋镇长抬头看看外面天已擦黑，挥挥手说："快去门外贴上吧，我还有个应酬，先走啦。"

  快乐是你的眼睛，你眨眼它就现身；好运是你的步伐，你走动它就随身；幸福是你周围的空气，深呼吸幸福伴你一生——两位新人佳偶天成，百年好合！山东 徐洁山 (0817)

冬天天亮得迟，第二天又逢阴天，天大亮时已经快八点了。蒋镇长的宿舍就在办公室隔壁，可两间屋子都没动静。钱主任知道这蒋镇长酒一多，便没了记性，忙跑上楼，敲开蒋镇长的房门。蒋镇长怪钱主任不早点来叫他，边洗刷穿戴，边伸头盯着大门外。他的手在太阳穴上揉着，昨晚喝得太多了，现在还有点头痛。

镇政府外面贴标语的地方围着一群人，正在指指点点，看来标语还挺吸引人的！蒋镇长正得意着，就看到两辆轿车缓缓开到政府大门前停下，县委胡副书记和几个检查组人员匆匆钻出小车，也伸头认真地欣赏那标语呢！蒋镇长劲头一下子来了，乐得"咚咚咚"飞步下楼，带着钱主任迎上去，老远就朝胡书记伸出双手。

可胡书记脸阴沉沉的，似乎很不高兴，冷冷地说了一句"你还是先看看你的大作吧！"没伸手就径直上楼去了。

蒋镇长定睛一看标语，眼一黑，差点一头栽倒，钱主任眼球凸出三尺长！只见左边一条龙排开的红方块，很是壮观，上面写道：人民群众要切实增强全心全意为党政干部服务的意识！右边那条标语也格外醒目，写的是：全镇农民多努力，确保干部尽快富！

那字千真万确是蒋镇长的字，昨晚几个人贴好后还反复检查了好几遍，怎么会变成这样呢？钱主任凑上去细细一琢磨，惊叫一声："蒋镇长，有人把标语揭下来，调换了位置！""快，快撕下来！"蒋镇长喘着粗气，声音都变了调。

"不错，不错，这回我们蒋镇长倒讲了真话！"围观的人小鱼戏水似的，越聚越多，有的冷嘲热讽，有的拍屁股大笑。蒋镇长像霜打的茄子，低头溜进镇政府。

下午，检查组一走，蒋镇长叫来派出所孙所长，一巴掌把桌子拍了个震天响，吼道："查，给我查！那些平日意见大的人，就是作案的重点嫌疑对象！看看谁在捣蛋！"

谁在捣蛋

顺着蒋镇长的思路排查了几天，乖乖，上了嫌疑名单的就有好几百人！孙所长是狗咬刺猬无处下牙，急得抓头挠腮。好在蒋镇长又要忙于迎接综合治理检查，顾不上催问，给了孙所长喘口气的机会。

综合治理检查实行一票否决制度，蒋镇长因此更加重视，召开了专题会议，大家研究半天，最后还是一致认为蒋镇长应该发挥特长，再写两条标语，抢夺检查团的眼球。

这次，蒋镇长学乖了，他让大家分两组各自去拟定一条标语，各组翻来覆去分析没什么漏洞之后他再写，写的时候他把一大张纸裁成两个半

·中国新传说·

张，每半张写四个字，要调换就不容易了。钱主任为了避免别人再捣乱，趁天黑人静时，瞅准马路上无人之机，悄悄贴上……

第二天一早，钱主任醒来，准备去叫醒昨晚又出去应酬的蒋镇长。钱主任往镇政府走，老远就看到政府大门外被围得水泄不通，人群里还不时传来阵阵刺耳的笑声。钱主任预感不妙，一溜烟跑过去，果然看到大门两旁的标语又变了，左边是"加大力度，严厉打击群众上访，净化社会环境！"；右边是"解放思想，正确对待卖淫嫖娼，促进经济发展！"原来又

有人将左边标语中的"卖淫嫖娼"与右边标语中"群众上访"互换了位置！唉，昨天怎么就没考虑到两组标语之间也能调换呢？

更让钱主任叫苦不迭的是，人群里有人正举着个照相机"咔嚓"、"咔嚓"抢镜头！一问才知道是个省报记者，回乡探亲刚好碰上了这事，觉得很有新闻价值。钱主任冲过去伸手要夺记者的照相机，那记者却眼一瞪，说："你若动我一下，有群众作证，我把你们捅到'焦点访谈'去！"钱主任只好缩回手，弄得脸红脖子粗。

钱主任想挤进去撕掉标语，可群众围得箍铁桶似的，折腾半天也进不去，只得一身臭汗掉转屁股往回跑，去请蒋镇长出来压阵。可蒋镇长到底慢了一步，当他晕晕忽忽披着衣服奔出来时，检查组的人员正唬着脸看标语呢。

很快，事情传遍全县上下，省城一家晚报竟以《这个镇长好大胆》为题，刊登了那记者的新闻稿和照片，一时间舆论哗然。蒋镇长被县领导批得肚子鼓成癞蛤蟆，一连好几天躲在房间里蹦来跳去，发誓说不抓着那个捣蛋的，他就不姓蒋了！

可派出所孙所长查得焦头烂额，还是没有结果。这天下午，蒋镇长把孙所长和钱主任叫到办公室，说"没别的办法了，只有引蛇出洞！今天下午，我们把标语贴出来，镇政府对面

  人生最快乐是过年，一年一次；比过年更快乐的是结婚，一生一次；比结婚更快乐的是中彩，千载难逢；比中彩更快乐的是认识你，绝世无双！浙江 何海燕（0818）

正好是我干妹子的酒店，晚上你们两个给我盯通宵，抓个现行！"

孙所长拍案叫绝，钱主任也连连称妙！蒋镇长咬牙切齿地对窗外骂道："看老子今晚怎么收拾你！"正骂着，"都来乐"夜总会的老总打来电话，邀请蒋镇长晚上去他那里喝酒解闷，蒋镇长匆匆写好两条标语，笔一掼，拂袖而去。

原来是他

傍晚，两条醒目的方块标语又贴出来了。

天一黑，钱主任和孙所长等人钻进了酒店，选了间包间，熄了灯，瞪大眼睛守株待兔。到了十一点，酒店已经彻底安静下来，窗外月光朦胧，目标还没有出现。几个人眼皮正打架，忽见一团黑影跌跌撞撞地朝政府大门摸过来！这家伙以酒壮胆，真的上当了！只见那人来到标语前，半天才站稳身子，弯腰伸头，翘着屁股，逐字逐句地开始研究墙上标语，口中念念有词。

钱主任兴奋得摩拳擦掌，孙所长压低声音说："千万别打草惊蛇，一定要等他作案结束后再抓住他，他才没法抵赖！"

几个人悄悄摸到酒店前的一棵龙柏树后面蹲下来。这时，那目标大概已经看清了标语内容，骂骂咧咧道："这个钱、钱草包，贴、贴标语，都贴错了！废、废物！"

钱主任一听是在骂自己，火冒三丈就要冲过去，被孙所长一把摁住了。

钱主任记得，左边标语内容是"发扬民主，让群众当家作主！"那目标嘀咕着标语内容，发着牢骚："扯、扯蛋！"伸手捣鼓半天，然后晃晃悠悠地来到右边。右边的标语内容是："抵制腐败，让干部两袖清风！"那醉鬼鼻子又"哼"了一声，伸手弄了半天，使劲地在墙上拍打了一会，歪着脑袋念起来："发扬腐、腐败，让群众两、两袖清风！"再歪歪倒倒摸到右边，忙乎了一阵，念道："抵制民、民主，让干、干部当家作、作主！"

铁证如山！孙所长一挥手，众人立刻冲上去。钱主任早憋了一肚子火，飞起一脚将那人踢翻在地。没等孙所长等人扑过去捉拿，那人竟就势卧在地上，打起了呼噜。孙所长打开手电一照，众人"啊——"地一声，异口同声叫起来："蒋镇长！"

孙所长懵了，钱主任突然明白了，这蒋镇长不醉酒还有模有样的，酒一醉，就全不知道自己干啥了，等他第二天酒醒后，头天的事儿早忘得一干二净！钱主任暗骂自己是猪脑袋，怎么就没有想到呢？最苦的还是孙所长，愣在那里傻了眼——明儿怎么交差呢？

（题图、插图：魏忠善）

绝招

□ 郑长林

这天中午11点多，乡长陪着县上几个领导到灵沟村检查工作，他们在村委梁主任的引导下，先在农户家随便转了一圈，然后回到村部会议室就分头进行座谈。

可是，这样高规格的三级会议，开始还不到10分钟，就被一个闯进来的中年人搅得不成样。

只见这中年人披麻戴孝，手里拿根绳子，身后还跟着一个穿得像叫花子一样的老太太。那中年人不等心急火燎的梁主任走到跟前，就从兜里掏出一张欠条，大声对梁主任说："村里三年前欠俺的800元血汗钱，到现在都不给，今天我就要你给个说法，如果给，我连个屁都不放，立马走人。如果不给，我现在就吊死在这村部门

口，反正我这个光棍汉命贱。不过，我死后，俺这老娘，就得由你养老。"梁主任一听，连忙劝那中年人道："辛勤，你知道我才上任三个月，好多事情还来不及解决，不过，你的欠条虽不经我手，但我一定想办法尽快还给你。听我的话，你先领着娘回去，现在县乡领导正在我们这儿开又紧急又重要的会。麻烦你给我点面子好不好？"

辛勤根本不理会梁主任这样的缓兵之计，不耐烦地晃了晃手里的绳子说："别说是乡里县里的领导在这开会，就是省里的领导在这开会，我也不管。反正现在不给钱，我就把命交给你。"梁主任退了一步，商量着说："这样吧，我先让村会计给你借300

块，其余的随后清。这样总可以吧？"让梁主任做梦也没想到的是，辛勤的弓拉得很硬，根本就没有缓和的余地："不行，别说300块，就是少一分都不行。"

梁主任看看会议室里的人，领导的面色都很难看。

梁主任绷不住了，立刻给村会计打电话说："孙会计呀，你现在无论如何想办法借500块钱，余下300块，你到俺家对俺孩子他妈说，就说我让你去拿的……"

梁主任刚放下电话，就见县上的领导们，一个个满面怒容地站起来往外走，连招呼也不打，出了门就各自钻进自己的车里，车屁股一冒烟眨眼就消失得无影无踪。

这时，走在最后的乡长气哼哼地对梁主任说："本来县里的领导是想在你们这吃午饭哩，然后再讨论讨论怎么帮助你们把村里当家的农副产品宣传出去。没想到，喜庆中冒出个丧门星，这一粒老鼠屎把一锅汤都搅坏了。你看这事闹得……咳……"乡长摇着头说完，也不听梁主任的解释，恨恨地钻进车里，让司机加大油门开走了。

旁边的人都傻眼了，等着梁主任发脾气，可谁也没想到，梁主任一脸笑容地走到了辛勤面前，辛勤也一下子像换了一个人似的，高高兴兴地把身上的孝衣脱了下来，乐呵呵地说：

"主任，我的戏演得咋样？"梁主任抬手在辛勤的胸前砸了一下说："你演绝了，我看你这水平都能拍电影了，还是那句话，牺牲你一个，幸福全村人，我答应给你安排在养殖厂工作的事，一定不含糊！"辛勤嘿嘿笑着说："有你这样的大导演带着，咱不怕日子过不好！"说完，两人就都哈哈笑了起来，搞得旁边的人莫名其妙。

原来，这灵沟村的两特一甲在全省很出名。两特就是两个特产，即正宗的万寿饼和正宗的黄牛肉；一甲就是甲鱼。正因为如此，每逢过节，特别是春节前，就总有干部赶来说要开会，这么个小村哪经得起这样的狂轰滥炸，几个投资在这里生产和养殖特产的老板都说再这样下去要破产了。为此，前任村主任因难以招架，便引咎辞职了。

今年10月份走马上任的梁主任一直想着要先把这个问题解决了，投资环境好了，才能有大发展。刚进元月份，他就接到乡里的通知，说县上的几个头头们要来视察，让他务必做好准备。梁主任明白，这是临近春节的第一拨"上门客"，俗话说：打蛇打七寸，擒贼先擒王，不仅要让他们失望而归，还要让他们帮着把名声给传出去。这不，这事还真让梁主任给办成了。

（题图：谢 颖）

世上根本就没有这样的羊皮书，也没有这样的巫术，希望也能不再有这样因爱而生的悲剧……

血染的梦幻

□ 梅 冰

望子成龙

陈渭南是高三数学老师，教学水平出众，自是桃李满天下。可让他觉得十分懊恼的是，自己正上高三的儿子陈平学习成绩却一直是中等，尤其是数学比较差，一副不开窍的混沌模样。

一个星期天的晚上，陈渭南从学校加班回来已经很晚了，回到家却发现儿子房间里灯火通明，他心中一喜，莫非儿子还在钻研白天他布置的几道数学题？他轻手轻脚推开儿子房门一看，顿时火冒三丈，儿子竟然又在画画！只见陈平双眼放光毫无倦意，一支画笔在纸上挥洒自如。陈渭南气得大吼一声："陈平，你太令我失

望了！"说着猛地一伸手，"哗哧"几声将画抢过来撕了个粉碎。

正沉浸在绘画乐趣中的陈平被这冷不防的"暴风骤雨"吓得缩在一边，再看看爸爸喷着怒火的双眼，陈平眼泪就出来了，小声喊起来："爸，你不能撕我的画，它是我最珍贵的东西！爸，您不是常对同学们说要全面发展吗？我不爱数学，只爱画画，您就让我画吧！我会成功的……"

见儿子如此执迷不悟，陈渭南再次怒吼起来："绘画能有出息吗？能考上名牌大学吗？别人家的孩子我管不着，我的儿子一定要上名牌大学，否则……"

望着面孔扭曲的爸爸，陈平心底

一阵茫然，随之升起一股彻骨的寒意，他不由自主地想起了今天得到的那本羊皮书《古今异术》。

偶得古书

那是一本多么令人神往却又多么恐怖的书啊！

上午爸爸到学校开会前留下几道数学题要求陈平一定得完成，可陈平只做了一会就觉得头痛欲裂，本来他只想站起来休息一会，可最后还是没忍住，拿起画笔、画板出了门，直奔后山，后山是他的乐园，山上的草木石头都是他的朋友，也是他笔下的精灵，他实在太想它们了。

在后山上不知画了多久，陈平快乐的心情慢慢平静下来，他想起了爸爸留下的数学题，顿时心里就像横亘了一道难以逾越的大山，他不知道怎么抒发心中的郁闷，于是随手捡起了旁边的一块块石头，接连砸进水中，当他又拿起一块石头要砸时，突然觉得有点不对劲，定睛一看，手中拿的是一块黑如焦炭、四四方方的怪石，感觉特沉重，再一低头，原来放这块怪石的地方有一个凹洞，里面有一个平平展展的油布包。

陈平放下石头打开油布包，发现里面是一本书，一本看上去年代相当久远的羊皮书，封面上写着四个黑字：古今异术。陈平的好奇心一下子被勾了起来，打开书一看，里面居然记载着许许多多不可思议的巫术，其中有一页引起了陈平的注意，那一页的标题是"痴心说梦"，写的是无论想达成什么心愿，只要按以下写的去做，无不心想事成，只是……

陈平欣喜若狂，这样一来自己不是既可以绘画又可以有好成绩了吗？可当他看完这页的全部内容后，却神情黯淡下来，把书收进了包里。

陈平想着这本古书，抬起头对陈渭南轻声说："爸，我问您一件事，假如让您在儿子和名牌大学间选一样，您选什么呢？"

陈渭南正在气头上，斩钉截铁地回答："我要名牌大学，一个不争气的儿子不要也罢！"

陈平听了这话，脸色变得像纸一样苍白，瘦弱的身体摇摇欲坠，半晌才抬起头，眼里满是泪水地说："爸，我答应您，明天起我一定好好学习，而且一定会考上名牌大学！"

第二天，陈平真的就像变了个人似的，对学习表现出从未有过的浓厚兴趣，拼命钻研，一丝不苟，更让人啧啧称奇的是他在学习方面的能力也直线上升，如有神助。没过多久，各学科的任课老师都对陈渭南说："陈老师，人家是名师出高徒，你家是名老子出尖儿子啊！甭看你家陈平一直松松垮垮的，一到关键时候却来神了，还是你行啊，佩服佩服！"

陈渭南听了这话心里自然是像喝了蜜似的甜，可又隐隐觉得儿子的开窍来得太突然了，多年的教学经验告诉他这样的神话是不可能出现的。莫非儿子在作弊？他偷偷地问各位老师儿子是不是有作弊的情况，老师们听了都直摇头，说那怎么会呢？很多时候难题只有陈平一个人做得出来，作弊之说又从何谈起？

如愿以偿

陈渭南这下算是信了，开心得不得了，可时间一长，陈渭南发现一个问题：儿子的脸色一天比一天苍白，原来瘦弱的身体更是弱不禁风。陈渭南忍不住劝儿子说"陈平，你肯学习

爸高兴，可也不能太用功了吧？学坏了身体就……得不偿失了。"

陈平听了这话，眼睛一亮，望着爸爸说："爸，你不是要我一定得考上名牌大学吗？你不是不想要没出息的儿子吗？时间不多了，不用功能考上吗？除非你收回你的话，否则我只有拼命地学，直到……"陈平说到这，眼睛里又闪动着泪光，似有难言之隐。

陈渭南虽然很是心疼，可还是坚定地摇摇头说"我不收回我的话，我决不能容忍我的儿子考不上名牌大学，你放心吧，爸一定会给你加强营养的。"

陈平听了这话，眸子里刚闪过的一丝光彩又黯淡了。

高考终于在令人窒息的气氛中结束了，陈平却在考完后病倒了，而且病得不轻，双眼深陷、面容枯槁，皮肤又白又薄，就像是透明的一样。陈渭南的心都被掏空了，他带着儿子到各大医院看，可医生给他的答复都是摇头叹息，说"他现在情况不是很好，身体很虚弱，但究竟是什么原因，暂时还检查不出来。"

陈平又回到了家里，静静地躺在床上不言不语，眼睛却一天到晚睁着，望着门外，似乎在等待着什么。伤心欲绝的陈渭南低声说"陈平，你是不

是在等待大学录取通知书？你放心，凭你的成绩一定会考上的，到开学时爸爸送你去上大学好不好？"

陈平却慢慢地摇摇头，陈渭南想了想又说："是的，什么大学录取通知书，我们不稀罕，考不上又怎么样？条条大路通罗马嘛，儿子，是不是？"

陈平听了眼猛地一亮，但微弱的亮光像流星一样一闪而过，只是用低得听不见的声音说："爸，你早点说这话就好了。"

爱的悲剧

大学录取通知书终于到了，陈渭南欣喜若狂，是全国一流的名牌大学啊！儿子这下有救了！他兴冲冲地拿给儿子看，希望他能因此而振作起来。谁知陈平别过脸看也不看，依旧痴痴地睁着眼望着门外，陈渭南不禁大奇：儿子到底在等什么啊？

这天，门突然被"笃笃笃"地敲响了，正在昏睡的陈平一听敲门声竟一下子睁开双眼，大声说："爸，来了！来了！"

谁来了？陈渭南跌跌撞撞地打开门，看到门外站的是一位邮递员，邮递员递过来两封信，陈渭南一看就愣住了：其中一封又是大学录取通知书！却是一家美术学院的。这是怎么回事？

陈平接过通知书，睁大眼贪婪地看着，双手抚摸着，紧接着，他又吃

力地打开另一只信封，里面是一张通红的获奖证书，陈平的一幅画竟获得了全国大奖！

陈平笑着说："爸，对不起，有件事我一直瞒着你，我太喜欢画画了，终于忍不住画了一幅画参加了比赛，不想竟然获奖了！还有，我瞒着您报考了美术学院，想不到也考上了，只是、只是，我上不了了！"说完这些，美术学院的录取通知书和绘画获奖证书从陈平手中滑落到地上，陈平带着快乐和向往的表情闭上了眼睛。

一夜白头的陈渭南在收拾儿子的遗物时发现了一本奇怪的羊皮书，封面上"古今异术"四个黑字惊心动魂，翻开书，里面记载的全是一些匪夷所思的巫术，翻到其中一页更是触目惊心，因为那一页全被暗黑的血湿透又凝固了，不过此页的标题还清晰可见：痴心说梦。再看内容，写的是只要按以下方法施行，无不心想事成，代价就是要用血液和体力交换……

儿子一夜开窍的智力、突飞猛进的成绩、鲜血凝固的巫术、憔悴枯槁的脸色——一浮现在陈渭南眼前，他质问自己，要儿子考上大学究竟是为了谁啊？是真的为了儿子还是为了自己那可怜的自尊心？陈渭南再也忍不住了，失声痛哭起来："我不要什么名声，我只要儿子，是我害死了儿子……"

（题图、插图：刘斌昆）

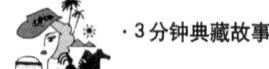

破碎的陶罐

从前，有两位住在乡下的陶瓷艺人，一位叫吉姆，另一位叫休斯。他们听说城里人喜欢用陶罐，于是决定将自己烧制的最好的陶罐卖到华盛顿。

经过反复试验，他们终于烧制出了他们认为最好的陶罐。他们幻想着，全华盛顿的人马上就能用上他们的陶罐，而他们也能因此过上富裕的生活，于是他们雇了一艘轮船，准备将所有陶罐都运到华盛顿去。

没想到，轮船中途遇到了强烈风暴，等风暴过后，陶罐全部成了碎片。他们的发财梦也随着陶罐一起破碎了。

这时候，吉姆提议先去酒店住上一晚，来一趟城里不容易，不如休息一晚后，明天再在城里四处走走，好好见识见识。而休斯则捶胸顿足地痛哭了一番，问吉姆"你还有心思去城里四处走走，难道你就不心疼我们辛辛苦苦烧出来的那些陶罐？"

吉姆心平气和地说："我们失去了那些陶罐，本来就够不幸的了，如果我们还因此而不快乐，那不是更加不幸？"

休斯觉得吉姆的话有道理，于是跟着吉姆去城里好好地玩了几天。

他们意外地发现，城里人用来装饰墙面的东西很像他们烧制陶罐的材料，于是，他们索性将那些陶罐的碎片全部砸碎，做成马赛克出售给城里的建筑工地，结果他们不但没有因为陶罐的破碎而亏本，反而因为出售马赛克而大赚了一笔。

机遇总是像一个调皮的孩子，在曲折的人生路的某个岔道，与你玩着捉迷藏的游戏，此时，良好的心态便是决定成败的关键！

（作者：[美]詹姆斯·牛顿）

（推荐者：张天勇）

皮鞋与芒果

在报纸上看到一个富商与一个罪犯回忆他们的童年，提到了相似的一件事。

犯人说"小时候，妈妈给我和弟弟买了两双鞋子，一双是布鞋，一双是皮鞋。我一看那双皮鞋，好漂亮，就非常想要。妈妈问我们，你们想要哪一双？我想说我要皮鞋。可是弟弟抢先喊了'我要皮鞋！'妈妈看了他一眼，批评他说'好孩子要学会谦让，不能总把好的留给自己。于是我心里一动，改口说：'妈妈，我要布鞋好了。'妈妈听了很高兴，就把那双皮鞋给了我。

"我得到了想要的东西，也从此学会了撒谎。以后，只要是为了得到我想得到的东西，我都会不择手段，直到我进了监狱。"

而那个富商说："小时候，妈妈给我和弟弟买了两只芒果，一只大些一只小些，我一看那只大芒果，很好吃的样子，就非常想要。妈妈问我们：'你们想要哪一只？'我想说我要大的，可是弟弟抢先说：'我要大的！'于是我就跟妈妈说：'妈妈，我和弟弟都是你的孩子，我们应该通过比赛得到那只大芒果，因为我也想要大的。'于是我和弟弟开始比赛，我们把家门外的木柴分成两堆，谁先劈好谁就有权得到大芒果，最后，我赢了。"

"以后，为了得到每一件我想得到的东西，我都会努力争取第一，因为我知道努力总可以得到回报。"

面对同样的事情，不同的人，不同的心态和行为，带给我们的可能是两种迥然的人生。

（推荐者：兰　岚）

（本栏欢迎来稿，推荐稿可从邮局寄发，也可发电子邮件，本期责任编辑的电子信箱为：liangningning@vip.sohu.net）

别停下，继续演奏

母亲为了让儿子在钢琴技艺上有更大的进步，便带着他去听著名钢琴大师的音乐会。

演出还没有开始，母亲在观众席看到了自己的一位朋友，就走过去和她寒暄起来。这时候，无人看管的小男孩在好奇心的驱使下，一个人跌跌撞撞地跑到了后台，无意中闯入了"观众止步"的区域。

演出开始了，帷幕拉开，灯光闪耀。令所有人吃惊的是，一个小小的男孩，居然坐在钢琴前面，天真无邪地敲打着简单的儿歌——《小星星，亮闪闪》。

说时迟，那时快，钢琴大师蹑手蹑脚地快步跑到小男孩身边，俯身对他说："别停下，继续演奏。"

随后，他坐下来，右手演奏低音，左手环抱着男孩，弹奏着助奏声部。美妙的音乐征服了所有的观众。就这样，大师和男孩一起把尴尬的瞬间化为美妙难忘的时刻，把简单的歌谣演绎成有新鲜创意的作品。

"别停下，继续演奏！"这是创意，更是爱心和鼓励。

（推荐者：王 宇）

瞬间的永恒人性

圣诞节前几周，欧洲大地上战争的硝烟日趋浓烈。

其时正值第二次世界大战，在美德军队的中间，是一条狭窄的无人区。一个年轻的德国士兵在执行任务时被击倒在靠近美军的无人区里，身体被带刺的铁丝网缠绕，他先是痛苦地哭嚎着，渐渐地变成了令人揪心的呜咽。

战壕里的美军士兵都清晰地听到了德国士兵痛苦不堪的哭叫声。突然，一位美军士兵爬出战壕，匍匐着向德国士兵爬去，他的战友们先是十

时常想你在心里，日日念你在哪里，总不忍心打搅你，今天只是太想你，发个信息问问你，何时能够见到你，顺便还要告诉你，我在这边很想你！吴相月（0823）

分惊诧，接着就明白了他的意图，不约而同地停止了射击。德国军官也命令部下停止射击。

战场上一片寂静。美国士兵先是背负着德国受伤士兵艰难地向德方战壕爬去，待枪声完全停息后，他站起身来，扶撑着德国士兵，一步一步向德国战壕走去，在战壕边缘，几个德军士兵接下了他们的同伴，德军的战地指挥官，一个十字勋章获得者，从自己的军服上快速摘下这枚勋章，将它别在了美国士兵的军服上，美国士兵转过身去，向自己的战壕走去。战场上依然是令人心颤的寂静，待到美国士兵安全地进入战壕，双方激烈的枪声几乎同时骤然响起。

寂静的时刻虽然只有短短几分钟，却深深地震撼了交战双方的士兵，以至若千年后，经历这一幕的人们仍然清晰地记得这令人难忘的几分钟，以及在这几分钟内所展现的可贵的永恒人性。

（推荐者：白淑贤）

有一个成功女性，她现在是一家跨国广告公司的创意副总监。她的求职经历犹如传奇一般。

当时她27岁，在广告这个行业的经验等于零。可她对那些小广告公司却不感兴趣，当她说要进国际排行50强的大公司时，所有的朋友都认为那是痴人说梦。但事实是，她做到了！

她没用普通信封投递求职信，而是向所有她中意的公司都投递了一只巨大的包裹，并且直达公司总经理。

经理们打开那只包裹后，发现里面只有一张薄薄的纸尿片，上面写着："在这个行业里，我只是个婴儿。"背面写了她的联系方式。

几乎所有收到这张纸尿片的广告公司老总都在第一时间给她打了邀请面试的电话。无一例外，他们问她的第一个问题就是："为什么你要选择一张纸尿片？"她的回答同样富有创意。她说："我知道我不符合要求，因为我没有任何经验。但我就像这纸尿片一样，愿意学习，吸收性能特别强。并且，没有经验并不等于我是白纸一张，我希望你们能通过这个小细节看到我在创意上的能力。"

最后，她成功了。

（推荐者：赵惠敏）
（本栏插图：佐 夫）

写在纸尿片上的求职信

学写作文，
可以从读故事开始

十年寒窗
图的啥

□ 立　里

陈方雨是一个勤奋博学的书生，苦读十年，终于择日离乡赴京赶考，一路风餐露宿自不多说。

这天，当他经过一片黑压压的树林时，忽然被几个强盗拦住，强盗二话不说，上前就抢东西，陈方雨拼命抓住包裹不放，强盗火了，举刀就要砍，就在这万分危急的时刻，身后呼啸着飞来一粒石子，"铛"的一声，石子竟不偏不倚地打在刀口上，击得火花四溅，强盗手一麻，大刀脱手而落。

接着，林中飞出一个人影，转眼落在面前，却是个满面虬须的瘦削汉子，汉子对一帮目瞪口呆的强盗喝道："还不快滚！"强盗这才知道遇见了高人，当下四散逃去。

陈方雨惊魂未定地上前拜谢汉子，汉子上下打量他，说："看你像是个进京赶考的书生，那么我来问你，你十年寒窗、千里赶考，图的是个啥？"

陈方雨听了立刻说道："富国安民！"

汉子点点头，眼中流露出一丝赞许之色，说："这么说来我没救错人！我生平最恨贪官污吏，只要我看到，见一个杀一个，见一双杀一双，绝不放过！希望日后我俩再见之时，已经做了个清正廉明的好官！"说罢转身离去，眨眼间消失在黑夜中。

时间过得飞快，陈方雨果然有才，金榜题名后被派往山阴县任知县。陈方雨踌躇满志地赶去上任，可刚到那里就得知上任知县前不久莫名其妙地被杀了！凶手是在一个月黑风高之夜无声无息地潜入县衙下的手，刀过无声、人走无痕，直到天明衙役才惊恐地发觉知县成了个无头鬼！凶手还用知县的鲜血在墙上写下几个

 时钟转一圈，我想你一天；地球转一圈，我想你一年；十年同船渡，百年共枕眠；千载一瞬间，沧海变桑田；万载亦不多，爱你一万年！河南 李相文（0824）

字："贪官下场"，还在旁边龙飞凤舞地署上自己的名字："独飞侠"！显然，杀人者就是这位独飞侠了。

陈方雨没想到竟在衙门里出了这样的凶案！要是不能找出凶手，自己这个新县令迟早也会成为刀下之鬼。

这日子夜时分，陈方雨正伏案苦苦思索着这起来无影去无踪的凶杀案，忽见案前轻飘飘落下一人，那人黑衣黑裤黑面罩，轻扬如羽弹跳如飞。陈方雨虽然大吃一惊，可他身子没动！

蒙面人口中"咦"了一声，显然他很奇怪陈方雨的镇定，说"你见到我突然造访，为何不叫护卫？"

陈方雨淡淡一笑，稳笃笃地一伸手示意来者坐下，然后不急不忙地说："他们来了又怎样？就凭你的身手他们又怎能奈何得了你？"

蒙面人点点头，忽地一挥手，说"你看我是谁？"

蒙面人挥手之际已揭掉了面罩，陈方雨仔细一看，来者竟是曾救他一命的虬须汉子，当下离座倒头便拜，口中连连叫道："恩公，想死我了！"那汉子忙把他扶起。

陈方雨请恩人落座后，又亲自动手为汉子泡上一杯香茶，问道："恩公，你深夜来此，可有什么重要的事？"

汉子一笑，说："顺路看看你而已。你新官上任，可谓清清白白无一

丝污秽，来日方长，切勿忘了昔日说过的话！我这就告辞了！"说毕一扬脖子喝尽杯中茶，起身就要走。

陈方雨言辞恳切地说"恩公，我有一言不知当讲不当讲？恩公不如就此留下，你我同享荣华富贵多好！"

汉子摇摇头，说："那不行，我还有好多事要做……"正说着，汉子身体忽然摇晃起来，突觉腹内痛如刀绞，急抬头一看，刚刚还一脸诚恳之色的陈方雨脸色却陡地变得铁青。

陈方雨冷喝一声："独飞侠？"

汉子不由自主地应了一声，忽又醒悟过来，大大吃了一惊，拼命站直身子，指着陈方雨说："你，你……是怎么知道我就是独飞侠？还有，刚才那杯茶里你到底放了什么？"

陈方雨冷冷地说："这很简单，一、独飞侠杀害我的前任时来去无踪，而我刚才有幸亲眼目睹了你的身手，果然轻似飞燕；二、你说过生平最恨贪官，若见之必杀，而我的前任恰就是一个大大的贪官，所以你嫌疑最大；三、你对县衙深宅庭院轻车熟路，想必以前来过。加之刚才我叫你名字你竟不由自主答应了，你还有什么话可说？"

汉子愣愣地看着陈方雨，目光复杂极了，说："我没看错人，你果真是个精明过人的角色，日后好为官必成大器，只是可惜……"

陈方雨阴沉着脸问："可惜什么？"

汉子大声答道："可惜没走正道！你这样的人只怕比你的前任更贪十倍、更狡诈凶恶百倍，我必除之！"

陈方雨得意地笑着说："你怎样除我？我在你喝的茶中下了酥骨散，我相信此时你的四肢已瘫软如绵，只怕再走上一两步都不行了！"

那汉子汗如雨下，长叹一声，说："想不到我会死在你这样一个阴毒小人的手上，我太大意了！不过，在死之前我尚有一事不明，你为什么要杀我？要知道我可是你的恩人啊！"

陈方雨仰面大笑起来："为什么？我且问你，我'十年寒窗苦'图的什么？天下那些想当官的个个锥股悬梁图的什么？那些当了官的个个小心翼翼，又图的什么？大家不都是因为一个钱字吗？和我一同考中的同仁他们还在京城中苦苦等候官职空缺，而我却立刻就能上任，又是因为什么？不就是我眼明手快送了银两吗？我这次若放了你，日后必死于你手，可我这次要是逮住了你，却可以一鸣惊人……"

陈方雨正侃侃而谈，忽然听到汉子冷冷地打断了他："陈县令，你知道你的前任是怎么死的吗？你只知道他是死于我的刀下，可你是否知道他身手也相当不凡？所以不得已我射了他一记毒针才取了他的狗命。那毒针见血封喉立毙无救，而且，我随时带着，它正藏在我的口中，看针！"

汉子口突然一张，然后血脉贲张尽全力一吐，魂飞魄散的陈方雨只看到眼前有物一闪，接下来就什么也不知道了……

第二天衙役进得衙门时又看到了同不久前一模一样的情景：新任县令陈方雨倒在地上早已气绝身亡，同前任不同的是他的头还在颈上。他的身旁还倒着一人，是个瘦削的汉子。

（题图、插图：谢 颖）

 亲爱的，尽管我知道围城易进难出，但我还是愿意为了你领取"有妻徒刑"的判决书！广东 林秋玲（0825）

陌生人的来信

索比曾经是很有名气的印象派画家，可连他自己也没想到，辉煌了几年之后，他很快滑入创作低谷，很长一段时间再也画不出一幅好作品，人们很快把他忘记了，索比陷入了极度的苦恼中。

一天，索比正对着空空的画布黯然神伤，邮差敲开门对他说："索比先生，您有一封信，请签收一下。"

索比觉得非常意外，他早就被这个世界遗忘了，也很久没人给他写信了，这会是谁呢？索比迫不及待地撕开信封。信是一位叫纽西卡的女人写来的，她告诉索比，说她的朋友苏基已经病入膏肓，苏基以前深深爱过他，所以希望索比能去看看这位可怜的女人。索比回忆了好久，实在想不起这位叫苏基的女人到底是谁，不过最后他还是决定去一趟，一来看看这个爱慕过自己的女人，二来也可以散散心，说不定能有什么灵感。

纽西卡住在另外一个城市的布朗大街58号，可等索比赶到那里时，只见到了房东老头，他说是有两个女人租了他的房子，但上星期刚刚搬走，新地址他也不知道。

索比失望地回到了自己的住处，他不知道是有人拿他这个落魄画家开心还是真的这么巧，当索比正想把这件事情忘了的时候，居然又一次收到了纽西卡的来信，说她们因为特殊的

一个人体模特对艺术的理解和倾情，令人震撼……

天堂之门

□ 陈　默

原因搬到了另一个小镇，没办法及时通知他，希望能得到他的谅解。当然，她再一次诚恳地发出邀请，要索比去一趟她们现在居住的小镇。她还说，苏基留在人世的时间已经不多了，如果不能让一个很爱他的女人临死前好好看看他，这将是非常残酷的!

避而不见的女人

索比经过一番犹豫后，还是去了小镇。按照信上提供的地址，索比敲响了房门，一个四十多岁的女人开了门，一见他就惊喜地叫起来："是索比先生吗？我就知道您会来的……"

索比淡淡一笑："您就是纽西卡？"纽西卡激动不已，赶紧将索比拉进屋。她说她和苏基都是索比的崇拜者，几年前，每当看到索比震撼人心的新作问世，她们都会高兴得彻夜不眠，喝酒庆祝。说起这些令人兴奋的往事，纽西卡两眼放光，激动得简直像个纯朴的女孩。索比被深深感染，连眼眶也湿润了，他愧疚地说："纽西卡，我让你们失望了，我的创作源泉已经枯竭，再也画不出好的作品了……"

纽西卡连连摇头："不会的，索比先生，现在只是暂时的低谷，苏基说过，您是个天才……"

索比一愣，说道："苏基？哦，苏基现在怎么样了？"

纽西卡的眼神一下黯淡了。原来，纽西卡第一次给索比写信的时候，苏基刚查出患了肺癌。得知自己得了绝症，苏基流露了想见见索比的愿望，纽西卡就立即给索比写了信。没想到，苏基知道纽西卡给索比写了信后，居然和纽西卡吵了一架，说她不应该打扰索比，并坚持立刻搬家，说是不想让索比看到自己现在这个样子。

索比没想到有人对自己如此深情，他急切地问："她现在在哪儿？"

纽西卡流下了眼泪："昨天上午，苏基偶尔听邮差说我又给您写了信，二话没说就又离开了。索比先生，苏基想见您却又不让您来，其中是不是有什么隐情……"

索比坦然一笑："在我过去的生活中，绝对没有这么一位叫苏基的女性，我也不知道她为什么要这么做，不过我很想知道她现在在哪里。"

纽西卡摇摇头："我也不知道她能去哪里，只能在这里等她。"

索比又一次无功而返，回到家后陷入了深深的焦虑。一个垂死的崇拜者，在她生命的最后关头，想见自己又躲着自己，而自己根本不知道她是谁，他觉得这真是太荒唐了。就在他心神不定的时候，纽西卡又给他来了信，说她已经找到了苏基，问索比是否愿意再跑一趟，这时候索比一点不犹豫了，只要有一点希望，他都要见见这个女人。于是他立即驱车赶到纽西卡那儿，然后两人又连夜去了苏基住的地方。

生命尽头的震撼

一见苏基的面，索比惊呆了。

眼前的女人哪里是什么苏基，而是他的成名作《幸福之门》的女模特莫雅啊！

索比全身抖颤，泪水一下模糊了双眼。

原来，索比成名前一直想画一幅好的作品，却苦于找不到好的模特。莫雅听说后，主动找到了他，当索比看到纯洁的莫雅莹白如雪的裸体时，当时就感动得流下了热泪。《幸福之门》这幅人体画在很短的时间内就完成了，如有神助，在接下来的巴黎画展上，《幸福之门》产生了爆炸性的轰动，索比一举成名，生活圈子发生了根本的变化，他很快忘记了为他带来艺术灵感的莫雅，却没想到当他高举美酒享受成功的幸福时，莫雅却受尽了村里人的白眼，忍受着世俗的唾骂！但莫雅没后悔，她改名为苏基，悄悄离开自己的家乡，搬到离索比很近的一个地方住下来。这十多年来，她一直默默地关注着索比，分享他成功的喜悦，也为他的苦恼而苦恼。

回忆起过去美好的时光，莫雅虚弱的眼神又闪起了光芒："索比先生，我知道自己的日子不多了，多想再看

一看您，可我实在不忍心打扰您，更不想让您看到我现在这幅丑陋的样子……"

索比痛心不已，泪水急涌而出："别说了，莫雅，你当时告诉我和一个叫达奇的小伙子相爱，我根本不知道你会爱我……"

莫雅苍白的脸上浮起惨然的微笑："就因为做了那次模特，达奇抛弃了我……索比，我真的不后悔，我庆幸把自己真诚的爱给了一个伟大的画家，尽管这爱非常虚幻……索比，你今天能来，我死也知足了！来吧，支

读者小平：一直听说《故事会》稿费很高，具体每千字多少元呢？

绿版编辑部：《故事会》的稿费很难简单地用每千字多少元来概括，因为栏目不同，稿费标准便不同，而且作品质量也会直接影响到具体的稿费额度。我们一直坚持优稿优酬的原则，鼓励作者创作更多高质量的故事。当然，字数会是参考因素之一。

读者张顺天：我的一个朋友在《故事会》上发表了一篇故事，后来编辑部打电话问他的身份证号码，我想问问，在投稿的时候，是不是需要把身份证号码写在作品后面呢？

绿版编辑部：我们要求部分作者提供身份证号码，主要是因为这些作者的稿费超过了800元，需要交税（由本刊代扣），根据财务制度规定，交税时必须登记身份证号码。您说到把身份证号码写在作品后面，我们觉得这想法不错，这会为我们今后的工作带来很多方便。当然，有些读者还没有到领身份证的年龄或不愿提供，我们也不勉强。

读者廖宛红：我从1988年起一直定居在美国密西根州，曾在国内外报刊杂志上发表过许多幽默故事，还出版了幽默小说集，近来我又写了一个幽默故事系列，如果你们感兴趣的话，可来信与我联系。

绿版编辑部：《故事会》非常欢迎原创的幽默故事稿件，也非常欢迎海外作者来稿！我们希望故事的题材更广泛，也希望和更广泛的读者一起分享精彩情节。

起画架，我最后还要为您奉献一次，让您画一幅《天堂之门》！"

说着，莫雅挣扎着坐了起来，一件一件脱光了身上的衣服。索比受到了从来没有过的巨大震撼！画《幸福之门》时，她的裸体散发着迷人的光泽，以一种人类最为圣洁的美，展示了幸福最为深沉的内涵。而现在，她的肌肉已经松弛，肋骨一根叠着一根，那种病入膏肓的特殊症状，清晰地打上了死亡的烙印……

纽西卡惊恐地蒙上眼睛，泪水从指缝间涌出。

索比痛苦地摇着头："莫雅，这太残酷了，我画不好的……"

莫雅始终静静地微笑着，眼睛里燃烧着生命最后的光芒："索比，你会画好的，我相信你，一定会画好的！"

索比看到她的眼神，突然有了作画的冲动，当他在画布上落下最后一笔油彩时，莫雅终于安详地合上了眼睛。

两个月后，巴黎的一个画展又令世人震惊了，一幅华贵而精美的《天堂之门》震撼人心。这是一幅手法独特、风格脱俗的裸女像，画中的女人已经濒临死亡，但眼睛里却透射出一种震撼灵魂的生命之光。画的背景有几个夸张而变了形的圣女……

（题图、插图：安玉民）

  牵挂不是一挂鞭炮，放了就完了；牵挂不是一段日子，过了就算了；牵挂是前世五百年修来的福分，在对你一点一滴没日没夜的思念里修成正果。湖南 曹令华（0827）

吸血鬼传说

□ 庄秦

穿越黑森林

对于在罗马尼亚观光的游客来说，德古拉伯爵遗址，是个不能不去的地方，因为传说中的吸血鬼之王德古拉伯爵就诞生在这个地方，但要从首都到达那里，就必须驱车穿越一片广袤的黑森林。

这天，从伦敦来罗马尼亚旅游的贝肯正开车穿越这片茂密的黑森林，和他同行的女秘书露西坐在副驾驶位上昏昏欲睡。贝肯这次带着露西从伦敦来到罗马尼亚旅游，其实是为了找个机会，神不知鬼不觉地在异国他乡杀死露西。

贝肯当初勾搭上露西只不过是想玩玩，没想到露西竟然怀孕了，还用这个孩子要挟自己和妻子离婚，这当然是不可能的，没有了位高权重的董事长岳父，他在公司肯定是混不下去的。

贝肯已经考虑好了，等车开到森林更偏僻一点的地方，他就掐死露西，然后把露西的尸体抛进黑森林的深处。这次周末的旅行，没有别人知道，尸体扔在森林里，几个月甚至几年都不会被发现，即使被发现了，也变成了一堆枯骨，分辨不出是什么人。

天色渐渐昏暗，轿车已经行驶到了黑森林的中央，贝肯看了一眼后视镜，惊异地发现后面不远处竟然跟着一辆黑色的汽车。贝肯的车开得快，后面那辆车也开得快。贝肯开得慢，

后面那辆车也随之放慢了速度。贝肯有点纳闷，他索性把车停下，想让那辆车超过去，没想到那辆汽车在超过贝肯的车后，停在了前面大约十几米远的地方。

贝肯有些恼羞成怒，把车开到那辆车的旁边，摇下车窗，没好气地问："你为什么老是跟着我的车？"车里坐着一个戴着墨镜的男人，大约三十来岁，他嚼着口香糖说："我叫杰森，是个去德古拉城堡应聘工作的流浪艺人，我找不到去城堡的路，猜想你是去那里旅行的，就一路跟着，希望可以顺利到达。"

贝肯只好自认倒霉，他继续驾车向德古拉城堡驶去，杰森的车就跟在后面，他没法按计划杀死露西抛尸荒野，只好决定再另找时机杀死露西。

吸血鬼传说

到达德古拉城堡时，已经是晚上了。贝肯与露西走进一家旅馆，贝肯特意向后望了一眼，谢天谢地，那个该死的流浪艺人没跟进来。贝肯带着露西径直来到了旅馆餐厅。餐厅里人很多，大多都是跟随旅行团到这里来的旅客。一个导游正绘声绘色地说着吸血鬼之王德古拉伯爵的故事，贝肯与露西也好奇地挤进人堆听了起来。

这个导游故作神秘地说："你们知道吗？吸血鬼之王德古拉伯爵其实并没有死，他的灵魂一直在城堡外游荡，他只要看中了可以寄放灵魂的宿主，就会一口咬在那个人的颈子上，吸走那个人身体所有的血液，那个人的尸体被找到的时候，会发现在颈上有两个血洞，体内里的血液全部离奇消失了……"

胆小的游客发出声声惊呼，可露西却兴奋地说："这个旅行团真好玩，我们也参加吧。"不等贝肯同意，露西就举手向导游提出了请求。

导游立刻就同意了露西的要求，这时，一个低沉的声音从身后传来："我也要参加这个旅行团，真是太有意思了。"贝肯觉得这个声音有点耳熟，回过头一看，竟然是那个叫杰森的流浪艺人。

拿到了旅行团提供的房卡，贝肯与露西住进了一间客房。刚走进房间还没五分钟，客房的吊灯闪了一闪，忽然暗了下去，房间顿时陷入了一片漆黑之中。贝肯正想咒骂的时候，忽然听到房间外的楼道里传来了一声凄惶的惨叫。贝肯拉开门想要看看发生了什么事，这时，灯又突然莫名其妙地亮了。贝肯走到楼道上，立刻就看到不远处的一间客房门开着，一个人躺在地上，一双腿露在了房门外。

楼道上的人多了起来，几个人与贝肯一起走到了那间房边，看清那个躺着的人，顿时吓得大惊失色。躺在地上的居然是那个叫杰森的流浪艺人，他面无血色，在他的脖颈大动脉

头，看到了躺在床上的露西，她刚才受了惊吓，现在疲倦地睡着了。贝肯忽然生出了一个大胆的念头——他决定就在旅馆里杀死露西，然后嫁祸给吸血鬼之王德古拉伯爵。

说干就干！贝肯腾地一声站起身来，走到露西身边，伸出手来掐住了露西的脖子，他手里的力量越来越大，心里已经想好掐死露西后，就把尸体拖进浴室里，然后用露西的发夹在她的脖颈上剜两个血洞，放走所有的鲜血。等下次电力中断的时候，他再大声尖叫，引来其他旅客。到时候所有人都会以为露西是被德古拉伯爵的灵魂杀死的。而随后赶来的警察也只会认为，是某个变态连环杀人凶手所为。

想到这里，贝肯的脸上露出了笑容，五官扭曲到了一起。他看到露西无助地挣扎着，力度越来越小，眼看他的计划就要实现了，这样的话，回到伦敦后他又可以开始崭新的生活了。

一场真人秀

就在这时，他听到自己的房门"砰"地被撞开了，外面站着好几个人——流浪艺人杰森、导游、旅馆经理和那个歇斯底里的旅客。不等贝肯反应过来，他们已经一窝蜂地冲了进来，把贝肯牢牢地按在了地上。

警察在五分钟后就赶到了现场，当场逮捕了贝肯。而贝肯却彻底糊涂了，他大声地叫道："这究竟是怎么回事？为什么他们还活着？为什么会冲进来？"

流浪艺人杰森走到贝肯身边，笑嘻嘻地说："其实我们是罗马尼亚电视台的工作人员，正在做一期真人秀实拍的幽默节目。"

杰森不紧不慢地告诉贝肯，他们电视台邀请了一帮从没来过德古拉城堡的游客，然后故意给他们讲吸血鬼之王德古拉伯爵的恐怖传说。电视台的工作人员装扮成被吸血鬼吸干了血液的受害者，躺在旅馆的楼道里，吓唬那些游客们。而旅馆的各个地方，都藏好了隐秘的摄像头，目的就是为了拍下游客们惊慌失措的搞笑镜头，当然，拍摄之后要得到游客的同意才会播出。贝肯谋杀露西的时候，他们正在总控制室里，欣赏着各个房间里游客们的精彩表现。

听完这些话，贝肯脸上露出了绝望的神情，他大声向杰森吼道："你们的节目真是这个世界上最愚蠢最荒唐最无聊的节目！"

杰森则不以为然地说："我敢和你打赌，明天晚上，这个节目在电视台播出的时候，一定会成为罗马尼亚电视史上收视率最高的节目——这一切，都是托了您的福！"

（题图、插图：佐　夫）

七彩佛珠

□ 童程东

惊 魂

宋朝年间，福建建阳有一个读书人叫宋惠文。他知识渊博，文武双全，平时尤其喜欢看一些唐代狄公断案的传奇故事。这年，他决定北上京都赴考。

一日傍晚，宋惠文来到福建和浙江的交界处，在路边的一个茶肆里坐下来歇歇脚，顺便问问有没有投宿的地方。那茶肆老板叫陆生，是个跛脚，脸上爬满了一条条蚯蚓似的斑驳伤痕。他看看周围没人，附耳过去，道："这位公子，你千万不要到前面的寺里去借宿，那里闹鬼！"说到这里，他脸色发白，惊恐万分。

宋惠文听了，怀疑道"你又没见过鬼，怕什么？"

陆生左右看了看，坐在旁边的长凳上，说出了一个秘密。三年前，陆生也是个进京赶考的举子。那年，他跟同乡好友金开声相伴赶路。一路上他们读书对句，游山玩水，好不自在。那天，他们到前面山腰的寺里投宿，睡在一间厢房里面，厢房的外面是一面悬崖。由于一路走得疲惫，很快，他们就入睡了。半夜，陆生觉得有什么动静，睁开眼睛，只见金开声左手拿着一盏油灯，脖子上套着一串七彩佛珠，右手在拼命地向外拉扯。那串佛珠越缩越紧，金开声脸色通红，舌头伸出嘴外。"咚"的一声，只见金开声手里的灯掉在地上，瞬间一片漆黑。陆生觉得有另外一串冰冷的佛珠在慢慢接近他的脖子，大惊之下，他推开窗户，跳了出去。他摔下悬崖，浑身擦伤，还断了一条腿，挂在一棵树上。次日，他被一个采药的老人救起。

三年来，陆生一直不敢回到寺里去探听金开声的下落，也不愿回家。他给家里写了封信，说他们在京里住下了，不中进士就不罢休，然后就在山下开了一家茶肆，不断小心提醒上京赶考的举子。至于从别的路途上山的人，他可劝不着。有些人相信他的话，就在他的茶肆里将就一晚。有些人说他是在说瞎话兜揽生意，固执地上山投宿。路上有鬼的事，但凡上京赶考的人即使碰上也都不轻言。他们认为说出去是不吉利的，有碍科考。不过，也有很多在寺里投宿的人次日安然无恙地上路，时间长了，他的话也就没有几个人相信了。

宋惠文听了，道："我不知你话的真假，今天就在这里住一夜，明日一早我再到寺院借宿歇息，住上几日。如若真有鬼怪，我就把它揪出来，为你屈死的兄弟报仇。"

上 山

次日一早，宋惠文不顾陆生的劝阻，毅然上山。陆生在他身后担心得一边摇头一边叹息。宋惠文来到寺前，只见上面写着"半山寺"三个大字。他向开门的僧人说自己连夜赶路，非常劳累，想在寺里歇息歇息，并且说自己喜欢清净，最好是有远离人群的厢房。那个僧人瘦小黝黑，见人一早来投宿，显得十分惊讶，他让宋惠文在外面等一下，自己转身进去通报了。

过了好一会，那僧人才返回来，把宋惠文让进来，领着他来到寺院西面僻静处的一个厢房。这个厢房只与南面的一间僧人厢房曲折相连，东面是一个小院，院子里放着一个巨大的鼓，厢房远离其他房屋。宋惠文进入房间，推开西面的窗户，冷风扑面而来，下面云雾缭绕，是一个深不见底的悬崖。他心里一动，又见里面东西堆放不齐，显然是有人草草收拾了，应该就是在他等候的这段时间做的。他不动声色地说道："好一个清幽的场所，我要在此多住几日，温习温习功课。"言毕，他从包裹里摸出一锭银子，交到僧人的手里，说是一点香火钱。

那僧人走后，宋惠文仔细察看了居室内的每一寸地方。他看到屋子用的椽和柱都是用毛竹做成的，而且有一根靠墙的竹子留有一个碗口粗的孔。他觉得很诧异，搬起凳子放在床上，然后踩到上面探头过去，眯起眼睛看去，里面黑漆漆的。他又俯耳倾听，听见有些微的风声，显然毛竹是和外面或者另外的房间相通的。他用鼻子闻了闻，竟有一股腥臭混合着硫磺的味道。

宋惠文下来后坐在窗边，拿起一本书边吟诵边冥思苦想。一天很快就过去了，天渐渐地变黑了。

那位僧人按时送来斋饭，又给他点亮了一盏油灯。宋惠文道："今日投宿的人多吗？"僧人点点头，宋惠文又让他替油灯加满了油。等他出去，宋惠文从包裹里取出一根银针，在饭菜里搅拌了一会儿，不见什么异状，于是就开始放心地食用了。用罢斋饭，宋惠文端起油灯，把房间里的一张桌子搬到床上，再往桌子上放了一个凳子。他小心地爬上去，坐在凳子上，守在竹孔的旁边，吹灭了油灯。

搞 鬼

一弯新月渐渐落到西边的天际，宋惠文却一点睡意也没有。这时，他闻到一股浓重的硫磺味，紧接着从毛竹管子里传来"窸窸窣窣"的声音。等到那声音明显地逼近竹孔，宋惠文摸出火折子，点燃油灯，然后把烧着的油倾倒在竹孔里。那奇怪的声音先是停了下来，接着又响了起来，渐渐远去。片刻之后，竹孔里隐隐传来一声恐怖的吼叫声。宋惠文再听时，却没有了声响。

又过了一会儿，外面还是没有声音，宋惠文跳下凳子，来到南边的僧

房前，里面烛光摇曳。他轻轻推了推门，那门竟然没上拴，"吱呀"一声开了，出现在他眼前的是一个高鼻梁、深蓝眼睛的胡僧，只见他双目圆睁，血红的舌头吐在嘴巴外面，脖子上分明缠着一串七彩佛珠。胡僧的双手紧紧抓住佛珠，显然想要拽它下来。宋惠文探了探他的鼻息，摇了摇头。胡僧显然是刚死去不久。猛然间，宋惠文看见胡僧脖子上

的七彩佛珠"啪"地掉在地上，开始慢慢蠕动。惊骇之下，宋惠文抡起一只木凳连连狠砸，佛珠渐渐不能动弹了，待凑上去看时，那七彩佛珠竟然是一条色彩斑斓的大蛇。

宋惠文打量了一下房间，不出所料，胡僧房间里也是用毛竹作椽柱，其中一根毛竹通到地上，顶端是一个碗口粗的孔，孔边是一堆没有烧完的硫磺，还有一个装蛇的竹篓。显然，胡僧先把蛇放进竹管，然后开始用硫磺熏，蛇怕硫磺，自然会一个劲地往上爬。当它爬到隔壁的房间，已经被硫磺熏得性情暴躁，就会开始行凶伤人。宋惠文虽然不能确定里面是什么，但他想到大概就是这样的方法，于是早有准备，用滚烫的油把对方逼了回去。大蛇被硫磺熏了又被烫油煎熬，从出口出来后，立刻兽性大发，竟然把主人活活箍死了。宋惠文点点头，自言自语道："看来他们就是这样杀人的，再把书生们的银子给抢了。"

这时，天色已经微亮。宋惠文来到院子中间的大鼓前面，双手抡起两根棒棰，大力击打，沉闷的鼓声远远地传开去。很快，寺里的十几个和尚和借宿的数十名书生都跑了过来……一切真相大白于天下，于是半山寺的和尚被一大帮书生押着去了县衙。

之后，陆生在宋惠文等人的带领下，来到那个悬崖的谷底。只见下面一具具白骨的手臂都向上举着，似乎在自己的脖子上向外拉扯着什么。陆生扑在地上，不断地寻找着好兄弟金开声的尸骨……最后，宋惠文带领大家把屈死的人的尸骨一一埋好。

后来，宋惠文进京赶考，一举中了进士。之后，他居官清廉，体恤百姓，一生经办案件数不胜数，还著有《洗冤集录》，流传广泛，影响深远。他就是中国历史上赫赫有名的大宋提刑官宋慈。

（题图、插图：黄全昌）

· 本刊信息传真 ·

您手中有没有得意之作？本刊辟有二十多个原创性栏目，如中国新传说、悬念故事、我的故事、情感故事、幽默世界、16岁故事、海外故事和中篇故事等，总有一款适合您；您读到或听到什么有趣事可以和大家一起分享吗？3分钟典藏故事、情节聚焦、外国文学故事鉴赏和快乐辞典等都是本刊推荐性栏目。热忱欢迎来稿，来稿可从邮局寄发，也可从网上传递。邮寄地址：上海绍兴路74号《故事会》杂志社，邮编：200020；如为电子邮件，本期责任编辑信箱：liangningning@vip.sohu.net。

春日春山春水流，春天春草放春牛，春花开在春园里，春鸟啼于春树头，春如我心春色美，春梦夜夜入春楼，春日思春春常在，春满家园爱满楼。北京 马鸿瑞（0831）

神虎洞的传说

□ 柴兴志

"神虎"现身，古老传说有了续集……

黑松林山深林密，自古就是老虎出没的地方，周边山民中世代流传着一个神奇的传说：一个猎人进山打猎，在草丛里捉到了一只刚会走路的小老虎，他知道母虎不会离得太远，猎也顾不得打了，急忙抱起小老虎回家，可是没想到走熟了的小路竟会变了方向，把他引进了一条陌生的山洞里。猎人左转右转找不到出路，只好抓住峭壁上的藤蔓想翻过山去，爬到半途，怀里的小老虎突然挣脱，一头钻进了旁边一个树丛遮盖的山洞，猎人舍不得小老虎，想也没想就跟着钻了进去。

山洞里光线昏暗，猎人闭了下眼睛再睁开，眼前的景象把他吓呆了，十步开外赫然立着一只白森森的老虎，老虎的身上没有了皮肉，骨架却威武地站立不倒，强壮的四肢护着怀下瑟瑟发抖的小老虎，最令人毛骨悚然的是头骨上两只眼洞仍然金刚怒目，瞪得人不寒而栗，这是神虎呀！猎人吓坏了，一定是自己偷盗小老虎惹怒了神虎，慌忙跪下给神虎连连磕头悔罪，许愿一定把小老虎送回原地。

说来也怪，猎人刚许完愿，小老虎就立刻跑回他的身边，猎人抱着它轻易地就攀上了山顶，不知不觉地又回到了熟悉的小路上，顺利地把小老虎放回了原处。从此，猎人好运不断，每次出猎都满载而归。

事情传开，山民中就留下了"虎死威风不倒"的说法，那个山洞就被

称作"神虎洞",据说谁能找到神虎洞拜了神虎,就会得到神虎的保佑。可是神虎洞就像会隐身似的,从此再也没有人找到过它。

1. 虎园疑云

黑松林旅游开发区虎园里的一只老虎逃跑了,开发区副经理钱凯马上报了案。

黑松林是本市新开发的旅游项目,承办方为了招揽游客,除了根据传说在旅游区大门前塑了一尊老虎骨架还在市里的协调下购买老虎开辟了虎园,可是由于设施建设不到位,一直就在惨淡经营,没想到现在又出了这么大的事故。

接报后,森林公安感到事态严重,老虎是国家一级保护动物,活要见虎死要见尸,更不能让它跑出来伤人,于是立刻封闭旅游区,请求武警支援,调集了几支麻醉枪开始搜索。

黑松林旅游开发区地形复杂,山陡林密,百多人撒进去就像滴水入海,第一天搜索就出了事故,步话机在山里没有信号,一个班的武警失去了联系,指挥部急忙改令全体找人,找到第二天早晨,直到听到鸣枪,才循着枪声在山涧里找到了这个班。

原来这个班在搜索中看到山涧下云雾缭绕,树丛里隐约有一个很深的山洞,班长怀疑那就是老百姓传说的神虎洞,逃跑的老虎会不会就藏在洞里?他们把绳子拴在崖顶的大树上,顺绳坠到山涧里搜索,可不知为什么,在崖上能看到的山洞,到山涧里却怎么也找不到了。

搜到天快黑要爬上去时,才发现绳子中间已经快磨断了,强行攀登就会造成伤亡,只好另寻出路,结果是雾浓夜黑越走越迷糊,找了一夜也没寻到路径,无奈只好鸣枪求援。

山里的搜索继续进行,有关部门也对动物园开始调查,结果发现虎园管理混乱,老虎档案丢失了,管理员也在事发后离岗,不知去向,饲养员武熊是个酒鬼,整天喝得晕晕乎乎的。

森林公安局野生动物保护科的科长毛卫山看了调查报告后,觉得问题不仅仅是丢一只老虎这么简单,经验告诉他这里可能还存在着一些暗箱操作和非法行为,在这种情况下,常规调查很难查清真实情况,他决定自己深入虎园化装侦查,请示领导后很快得到了上级的批准和支持。

旅游区已经停业整顿,冷冷清清,不见一个人影,毛卫山一身打工仔打扮来到虎园,只见大门紧锁,喊了一声也没人答应,转到后院,见小门没锁,便推开门走了进去。

虎园的后院是一排两间平房,毛卫山到第一间的窗子旁探头一看,床上一个人蒙着头在呼呼大睡,第二间显然是厨房，案板上七零八落扔着些连皮带筋的碎肉，锅里咕嘟咕嘟冒着肉香，毛卫山走进去掀开锅盖一看，锅里炖着不少四四方方的牛肉块儿，毛卫山不禁感叹，这家伙真狂呀，吃肉都这么挑剔！

他放轻脚步来到前院的虎园，园里躺着两只瘦骨嶙峋的老虎，它们一见来了人就急忙爬起来，满怀希望地盯着他的手，看见他手里空空，一只沮丧地又躺了下来，另一只不死心，两眼直直地望着毛卫山，伸出舌头刷刷地舔钢丝网，毛卫山知道它们饿惨了，也立刻明白那锅里的牛肉是怎么回事了。

毛卫山气呼呼地回到厨房，打开冰箱没找到老虎的吃食，便把锅里半熟肉全都捞到筛子里，连同案板上的碎肉一起端到虎园，一块块丢进围栏。两只虎的吃相近乎疯狂，跳起来接住扔进来的肉块儿，直接就顺着喉咙进了肚子，掉在地下的就连青草土块儿一起吞，这点儿肉显然只够塞牙缝，老虎看看毛卫山的手里空了，意犹未尽地舔着地上的残渣。

毛卫山看看这两只饿得打晃的老虎，怎么也不能相信它们能有力气逃出去，这里面一定有鬼！

毛卫山刚打算顺着拦网找找漏洞，一个睡眼惺忪的男人跑过来大喝一声："站住！你是干啥的？"毛卫山冲他笑笑说："想找个活儿干，你们这

儿要人吗？"男人哼了一声："要肉，老虎正饿着呢！"毛卫山笑道："能不饿吗？牛肉都喂你了！"男人看见地上的筛子火了："是你把我的牛肉……"毛卫山赶紧说："我也干过饲养员，看它们太饿了就……你还没吃饭吧？咱去饭馆，我赔你一顿烤鸭！"

烤鸭当然要比牛肉好吃，男人转怒为笑，锁上门跟毛卫山来到饭店，两个人喝酒吃烤鸭，越聊越近乎，酒至半酣就无话不谈了。

这男人就是武熊，从开园就在这

里当饲养员，当然也没少从老虎嘴里抢肉。老虎的食量很大，一只虎每天起码要喂六斤牛肉或鸡肉，还要补充鸡蛋奶粉维生素，再加上其他费用，每只虎每天至少开销二百多元，揩点儿油也算不得什么。可后来黑松林的旅游生意越来越差，开发区老总难得露面，日常经费也总是拖欠，老虎的待遇自然也越来越低，最后只能勉强维持生命。

老虎是弱肉强食的动物，体质差的老虎抢不到食物，前天饿死了一只，原来的管理员怕追查责任，吓得一跑了之，副经理钱凯怕有关部门追究，塞给了武雄一千元，让他把网撕开个大洞，谎称老虎逃跑。

毛卫山没想到一下就能探到事情的真相，试探着问："真的？你、你就不怕受连累？"武熊醉醺醺地说："骗你干啥？我知道黑松林离倒闭不远了，看你够哥们儿跟你说实话，啥子连累不连累的，我一个饲养员怕啥，他给钱我就干，天塌下来有高个子顶着！"

毛卫山听得暗自心惊，老虎可是国家重点保护动物呀，他们这种行为比猎杀还要恶劣！毛卫山忙问："死虎放到哪里了？"武熊不知是喝多了，还是有了警惕，摇摇头不说话了。

毛卫山本想再多了解些情况，可武熊已经喝成了醉猫，嘴里开始呜呜噜噜的胡言乱语，毛卫山只好扶他回

虎园，路上顺便买了十斤牛肉，到虎园安顿武熊躺下，把牛肉喂了两只饿虎。两只老虎吃饱了，明显安静了很多，毛卫山看得心里又酸又痛，本要叫醒武熊问问它们明天的伙食，想到还有很多问题需要进一步查清楚，于是马上赶回局里作了汇报。

局长听了毛卫山的汇报，立刻开会分析案情，决定把破案的重点转移到追查虎尸的去向上，考虑到酒鬼武熊只是这起案子中的一个爪牙，又是个死猪不怕开水烫的角色，拘捕他追查只会打草惊蛇，惊动幕后主犯，层层设防，不利于案子的侦破，于是决定继续迷惑罪犯，一方面山里搜索"逃虎"的工作继续进行，另一方面公安局以加强防范、强化管理为名督促虎园招聘人员，打算派毛卫山趁机应聘打入虎园，顺藤摸瓜追寻破案线索。

2. 身陷迷宫

在公安局的督促下，第二天虎园贴出了招聘启事，毛卫山随即找到武熊，又请他喝了顿酒，武熊当然愿意交这样的朋友，便把毛卫山认作老乡，推荐给了副经理钱凯，钱凯招这么个人也是迫于压力，选谁都无所谓，也就顺口答应了。

毛卫山紧接着就扛着被褥来上班，武熊帮他安顿下来就把老虎赶进活动场，自己去领虎食。毛卫山看虎

笼里脏得要命，起码有一个月没打扫，就又扫又冲大搞卫生，正干着，副经理钱凯来了，他捂着鼻子夸奖毛卫山："唔，不错，眼里有活儿。"说罢还问起了毛卫山家里的情况，毛卫山便把预先编好的说词一一道来，最后归结成一个字：穷。钱凯拿出一张百元大钞递给毛卫山："你先拿着吃饭，有难处就找我。"毛卫山装出一副人穷志短的样子，急忙接来紧紧握住，连连道谢，钱凯笑了："只要听话好好干，我亏不了你。"说完背着手走了。

钱凯前脚走，武熊后脚回来，他气呼呼地把一只瘦牛丢在地上："喏，老虎今天的伙食，剁开喂它们吧！"毛卫山看这只牛头不过十几斤重，除了骨头牛角最多只有三四斤肉，看来两只老虎今天又要挨饿了，他忍不住愤愤地说："这样下去它们早晚也得饿死！"武熊说："我有啥办法？饿死拉倒！"毛卫山喷了一声："是拉倒，只是饿死了它们咱也得失业，现在找个活儿干容易吗？"武熊听了这话不响了。

毛卫山寻思着得帮这两只虎弄点吃的，想着想着心里一亮，他记得离虎园不远有个奶牛场，常常贱价处理一些先天不足的小牛犊和淘汰的老牛，倒可以临时救急。他告诉武熊，钱凯刚赏了他一百元，反正也是白来的钱，要武熊去买些肉来，连人带虎都

有得吃了。武熊接过钱问："这点儿钱能管几天？往后咋办？"毛卫山说："管几天算几天吧，逼急了咱就偷虎园的东西卖，反正咱不能干等着失业！"

武熊走了，毛卫山剁了牛头喂虎，可这点儿肉实在太少，两只老虎从网子里朝他伸出爪子讨肉吃，毛卫山心疼得恨不得割了自己的肉喂它们。

快到中午的时候，武熊扛着一头死牛犊回来了，他得意地告诉毛卫山，今天走运，这头牛犊是难产憋死的，人家本来要价一百元，武熊就给他们讲了因经费不足老虎挨饿的事，人家一听干脆白送，还说以后有了死牛犊还可以支援他们。

毛卫山松了口气，老虎的食物问题暂时解决了，他赶紧夸奖了武熊几句，两个人兴冲冲地开始剥皮剐肉。

正忙活着，钱凯突然来了，一看见牛犊就瞪起了眼："你们这是干什么？"没等武熊开口，毛卫山抢先说"拿您的赏钱在养牛场买了个死牛犊，我们哥儿俩打打牙祭，小牛肉可嫩呢，您也一块儿尝尝吧！"钱凯脸色和缓了："你们吃，你们吃，可不许拿这些乱七八糟的东西喂老虎！"武熊刚想说什么，钱凯一把拉住他，把他扯到了虎园外面。

过了一会儿，武熊回来了，也不提钱凯说了什么，只管把剐下来的牛

肉扔进去喂虎，他打发毛卫山去冲洗剥下来的小牛皮，说是阴干后可以卖掉。毛卫山洗完牛皮回来一看，整只小牛犊全被武熊喂了老虎，连骨头内脏都没剩下，毛卫山心里一惊，早上刚喂了一只牛头，现在又跟着喂了一只四十多斤的小牛犊，饿了这么久的老虎能吃得消吗？

毛卫山急了："你、你想把它们撑死呀！"武熊不以为然："没事儿，你不就是想让它们吃顿饱饭吗？"毛卫山干着急："饱饭也不能这样吃，你想想……"武熊打断毛卫山："你是怕咱没肉吃吧？钱凯也赏了我一百，走，今天我请客！"说完拉了毛卫山就走，毛卫山哪有心思吃饭，推脱着不肯去，后来看武熊真生了气，怕他起疑，只好随他去了。

这顿饭吃得毛卫山心神不安，一劲儿催着武熊快吃，武熊偏不着急，喝了白酒又要啤酒，直喝到天擦黑才被毛卫山硬拖了回来。

毛卫山一进门就直奔虎园，只见两只老虎肚子圆滚滚地躺在活动场里，毛卫山拍着手吆喝它们回笼，两只老虎谁也不动，毛卫山找了根长竹竿去捅，一只老虎勉强站起来，懒洋洋地进了笼子，再捅另一只老虎却没有反应，毛卫山慌了，忙喊起武熊打开灯光，才见老虎口吐白沫两眼圆睁，已经被活活撑死了。

武熊却不慌张，让毛卫山看着死虎，自己回到屋里打了个电话，钱凯很快就来了，进了园就跳着脚大发雷霆，骂他们违章私喂老虎造成死亡，要送他们进公安局，武熊一劲儿地央求开恩，钱凯还是不依不饶。

毛卫山一声不吭地看着他们俩演双簧，心里悔恨极了，他心疼那只可怜的老虎，怪自己没有当即采取措施，现在被人算计，他明白，钱凯这样做的目的显然是想一箭双雕，既能抓住把柄，把自己拉进他们

祝您：一笑忧愁跑，二笑烦恼消，三笑心情好，四笑不变老，五笑兴致高，六笑幸福绕，七笑快乐到，八笑收入好，九笑步步高，十……停！再笑牙要掉！上海 黄晓阳（0834）

的圈子里去，又能如愿以偿地用死虎发财。

果然，钱凯骂得累了，叫他们一起回到屋里，叹口气问道："知道这种事儿得进监狱吧？"武熊和毛卫山一起点头，钱凯又叹了口气："你们把我也连累了，我至少也得负个领导责任，说吧，你们打算怎么收场？"武熊背书似地说："我认识一个收购虎骨的贩子，他说一架虎骨最少能值五十万，虎皮也能卖十多万，咱把死虎卖了，大家先发上一笔财，有人查就说又跑了一只，不行就学管理员跑他娘的！"钱凯问毛卫山："你说呢？"毛卫山垂头丧气地说："就这样吧，总比蹲监狱强。"

钱凯点点头："反正我这副经理也是给老总打工的，犯不着替别人背黑锅，有人追查，你们就拿着钱逃跑，公安认为你们是怕因为老虎丢了而受处罚，这点罪过也不值得通缉追捕。"武熊似乎见领导松了口，就大包大揽地说："您去忙您的，这儿就交给我们吧！"

3. 勾心斗角

钱凯走后，武熊锁紧了各道园门，拿出刀具叫毛卫山一起来开剥死虎，剔掉虎肉留下虎皮虎骨，毛卫山可没干过这种活儿，站在旁边打下手，帮着武熊把死虎吊在树上。看武熊那熟练劲，决不是头一次干了，他

先从老虎的嘴唇剥起，割开嘴唇四周的皮，一刀刀地剥出虎头，再顺着脖子一路剥下去，不消一个小时，一张完整的虎皮就像套子一样褪了下来。剔肉的事就交给了毛卫山，好在老虎瘦得除了内脏已经没有多少肉了，两个人忙到半夜就完了工。

武熊找了个瓶子，把虎眼虎胆和虎鞭泡在了酒里，武熊卖弄地告诉毛卫山，虎眼能治癫痫，虎胆治小儿痉挛，虎鞭壮阳最有效，虎骨就更不用说了，专治虚弱风湿和中风，按分量卖要比金子还贵，虎皮卖给大款富婆们，一张要他二十万不算多，他还提心吊胆地告诉毛卫山，发这种财的风险大，被人家抓住最少也要判十年，主谋很可能被枪毙。

毛卫山问："你不怕枪毙？"武熊笑了："我又不是主谋。"毛卫山哼了一声："主意是你出的，坏事是你干的，你不是主谋谁是主谋？"

武熊听了这话辩驳道："实话跟你说吧，开发区老总欠了银行贷款无力归还，躲起来难得露面，钱凯眼看着撑不下去，早就动起了歪脑筋，上次的老虎死后，就是他把剥下的虎皮虎骨藏了起来，眼看风声紧了，他也顾不上那么多了，才决定顶风作案，再干一票就走人，撑死老虎这样的馊主意就是他出的啊。"

毛卫山警告武熊："说钱凯指使

你谁能作证？坏事可都是你干的，小心当了替罪羊！"武熊冷笑："谁给他当替罪羊？我早想好了，先下手为强，咱俩卖了虎骨虎皮跑他娘的！"毛卫山继续煽风点火："原先那副虎骨就归钱凯了？"武熊红眼了："凭啥归他？我给他来个一不做二不休，你收拾收拾，等我一回来咱就开溜！"说完拿上手电筒就走。

这家伙想干什么？难道他现在就去取那只失踪的虎尸？毛卫山不敢怠慢，等武熊出了院子，毛卫山悄悄地追了上去，跟前面一闪一闪的电筒光

保持好距离，随着武熊出了虎园后门，钻进了一片茂密的丛林。丛林里黑得伸手不见五指，一不小心就会碰得枝叶哗哗响，毛卫山只好又拉大了些距离，好不容易跟到了山脚下，一晃就不见了前面的电筒光。

毛卫山没有电筒，眼前一片黑暗，听了听四周也没有动静，由于找不到参照物，乱摸下去很可能要迷路，如果被武熊发现就更糟糕了，毛卫山无奈，只好摸索着原路返回，一边走一边折断树枝做了记号。

回到虎园，毛卫山看看另一只老虎已经恢复了活动，心里稍微轻松了一点儿，他守着虎骨等武熊，可一直等到天亮也没见回来。毛卫山越想越不对劲儿，正要出去再找，钱凯来了，他一进门就问武熊去哪了。毛卫山撒谎说是吃早点去了，钱凯点点头："你们这一夜辛苦了。"说着递给毛卫山一叠钱"这一千就当辛苦费，先把虎骨收好，等我的通知。"

钱凯走了，毛卫山立刻把情况汇报了局长，请求派人监视钱凯，自己再去找武熊。毛卫山把绑在腿上的手枪掖在腰里，带上手电筒就出发了，他从后门出去，钻进那片丛林，很快就找到了昨夜留下的记号，顺着记号一路前行，走到山脚下的时候，毛卫山估摸出昨晚武熊消失的地方，认真搜索起来。

山脚是一面陡立的石壁，石缝里

钻出的树丛上缠满了茂密的葛藤，把石壁遮得严严实实，毛卫山顺着石壁上的藤蔓细看，终于发现了一处被人拨动过的地方，他拨开那片藤蔓，里面出现了一个水缸口大小的洞口。

洞里黑漆漆的，洞口只够一个人爬进去，毛卫山拿电筒照了照，里面深不可测，洞口下面的青苔被蹭掉了，显然是有人进去过。毛卫山一手持枪一手拿着电筒钻进洞里，爬行前进了几十米后，洞里宽敞起来，可以弯着腰走了，走了一阵，前面又出现了分叉，一个较小的洞拐向了左侧，毛卫山正在犹豫，忽然听见小洞里隐约传来"哼哼"的呻吟声，毛卫山拐进小洞，电筒照见了一个蜷在地上的人，赶紧上前一看：正是武熊！

毛卫山藏起手枪，小声叫道"武熊，你怎么了？"武熊一脸狼狈"快、快救我！"毛卫山伸手想去扶他，武熊却急忙摇头指指脚下，毛卫山一看，妈呀，武熊的脚掌上咬着一只捕兽夹！

捕兽夹另一端的铁链死死地钉进了石缝里，钢夹厚重结实，两排利齿血淋淋地咬进了脚掌，毛卫山把手伸进钢夹口，用力要把夹子掰开，可夹子的弹簧强劲，刚一开又弹回来，疼得武熊鬼哭似地叫，毛卫山只好叫武熊坐起来，两个人各掰一边，合力才掰开了夹子，把脚掌抽了出来。武熊的脚掌几乎被咬穿了，血糊糊地肿得

像个熊掌，毛卫山替武熊脱下咬烂的鞋，撕开背心给他包扎。

武熊龇牙咧嘴地告诉毛卫山，上次钱凯拿走虎骨时，自己悄悄跟踪了他，亲眼看见他钻进了这个洞子，断定这儿一定是个藏宝洞，昨夜走到洞里这个分岔的地方，发现这个小洞口里铺了一层干草，很像是有人在这里休息过，便猜测宝贝一定藏在洞子深处，他刚刚踩上干草，啪地一声就给夹住了。

武熊问毛卫山是怎么找来的，毛卫山说："你一夜不回来我能不找吗？昨晚我听你出了后门，今天就顺着脚印找来了，怎么样？我们赶紧回去吧？"武熊发了狠"回去？那副虎骨还没到手呢！老子的脚就白夹了？反正钱凯晚上才敢来拿虎骨，时间足够用，我在这儿等着，你给我接着找！喂，你可小心点呀！"

毛卫山要的就是他这句话，答应一声就往洞子里摸去。

4．神虎现身

毛卫山仔细看着脚下试探着前进，越往深处走洞子越窄，后来只能弯着腰走了，走着走着洞子拐了弯，拐过弯去就碰了壁，洞子到头了。

这事儿就奇怪了，洞里没藏东西干吗要下夹子？难道是故布疑阵？毛卫山正在琢磨，忽然耳旁感到了一丝

凉风，他顺着风向凑近石壁仔细查看，发现石壁很像是被人堆砌起来的，毛卫山用力一推，壁上的一块石头活动了，再用力一推，石头滚了进去，眼前出现了一个空洞，毛卫山探进头拿电筒一照，里面豁然开朗，竟是一个长满钟乳石的大厅！

毛卫山小心翼翼地钻进去，立刻被眼前的景象迷住了：洞子虽然高大深邃却并不空旷，千奇百怪的钟乳石和石笋犬牙交错，密集得几乎无路可走，洞里像是在下小雨，耳边都是滴滴的水声，手电筒的光芒被雪白的钟乳石互相反射，就像是雨中跳跃的闪电。毛卫山看得目不暇接，他曾游览过许多地下溶洞，都远不及这儿壮观。

可这个时候，毛卫山也顾不得欣赏眼前的奇景了，仔细找着往前走的路，他发现前面有一根石笋折断了，折断的地方正好可以通过一个人，毛卫山小心地走进去，发现前面又是一个折断的石笋让开了路，看来早就有人打开了通道。

毛卫山顺着通道前进，大厅尽头又发现一个洞，顺着洞子走了不远又是一个小厅，小厅对面射进来一丝光亮，照得钟乳石和石笋闪闪发亮。

光线射进来的地方一定是洞口，毛卫山加快速度摸到洞口，只见洞口上遮盖着茂密的树丛，光线就是从枝叶缝里透进来的，他扒开枝叶一看，洞口外面是陡峭的山涧，洞口就在山涧的半腰，这很可能就是武警们发现的洞口，毛卫山抬头可以看到上面的崖顶，往下看却统统被树丛灌木遮挡，怪不得武警们找不到。毛卫山心里一动：这难道就是传说中的神虎洞？他回过头来再看洞里，惊得差点儿开了枪，面对洞口站着一只雄赳赳的老虎，一只极为神似的钟乳石老虎！毛卫山定睛细看，只见白花花的老虎瘦骨嶙峋四腿直立，高昂的头上两个圆洞一道裂缝，似乎在瞠目咆哮，极像一个威风不倒的神虎骨架。毛卫山服了，真是无风不起浪呀，老百姓的传说果然是真的！

感叹过后，毛卫山想起了自己要寻找的目标，虎骨到底藏在哪里呢？他扫视了这个小厅，面积足有几百平米，那么里面的大厅起码就有上千平米了，厅里到处怪石林立，找起来简直是大海里捞针，毛卫山看看表已经是中午了，耽搁下去很可能被钱凯发现，他马上打电话向局长汇报，可电话没有信号，看来必须马上返回。

毛卫山按原路返回大厅，顺着通道再找进来时的洞口，却怎么也找不到了，毛卫山回头查看了四周，认定自己没有走错，他拿电筒仔细照照石壁，才发现洞口又被石头堵上了，不好！自己被发现了，来人很可能就是钱凯！毛卫山把耳朵贴在石头缝上，

雨后的彩虹是我风中的拥抱，和煦的微风是我体贴的外套，午后的阳光是我温柔的微笑，夜晚的星辰是我细心的关照，再远的距离你也尝得到我祝福的味道。广西 张飞勇（0836）

的地方，有两个血洞。一个旅客大叫道："是德古拉伯爵的灵魂回来了！"他的声音充满了恐惧。

看到这一幕，贝肯头皮发麻，后背渗出了汗。

就在这时，楼道里的吊灯又闪了一下，发出"嘶嘶"的交流电声，只在一瞬间，楼道里就一片漆黑。所有的人都惊慌地叫了起来，黑暗足足延续了五分钟。当楼道重新恢复光明后，贝肯与其他游客才发现，楼道尽头趴着一个人，头歪着一动不动。

贝肯壮着胆子走到了那个人身边，发现他竟然是导游，他脸色苍白，已经断了气，在他的颈动脉上，也有两个深可见骨的血洞。

"是德古拉伯爵……是他的灵魂来找替身了……"刚才那个发出尖叫的旅客又歇斯底里地叫了起来。旅馆经理赶过来后，万分遗憾地告诉所有人，这里的电话线不知被谁剪断了，而旅馆地处偏僻，手机也没有信号，警察一时半会通知不到。旅馆经理建议所有旅客都回自己的房间去，紧闭房门，一有意外就大声呼救。

嫁祸吸血鬼

贝肯回到了房间里，与露西面面相觑，他怎么都没想到这次旅行竟然会遇到这样的恐怖事件。接下来的两个小时，旅馆的电力又被破坏了两次，而同时又发现了两具被吸干了鲜血的尸体，分别是那个歇斯底里的旅客和旅馆的经理。

贝肯坐在沙发上沉思了片刻，他知道这个世界上是没有吸血鬼的，吸血鬼只是一个年代久远的传说而已。今天所发生的一切，也许只有一个解释——在旅馆里有一个变态杀手，他连环作案，在旅馆里随机选择着无辜的受害者。

贝肯并不害怕凶手，事实上，他是个自由搏击爱好者，同时也是跆拳道高手，如果凶手选择要来杀他，还不知道谁能占谁的便宜呢。贝肯抬起

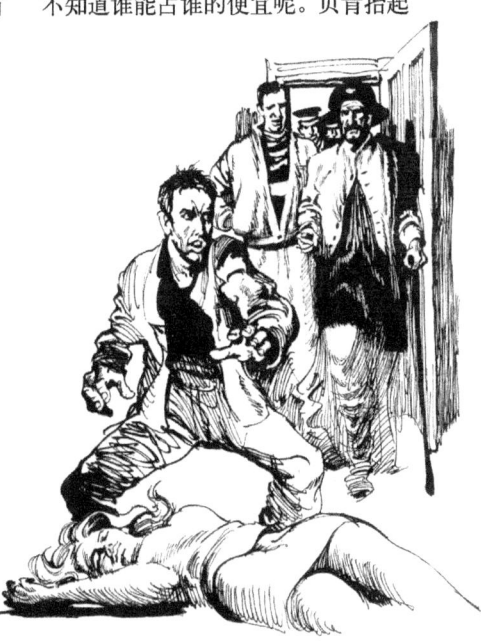

听了听没有动静，便开始推摇那块石头，可石头现在却像生了根，使出了吃奶的力气也推不动。他明白了，来人就是想把他困死饿死，死了连尸首都找不到，变成一副骨架陪伴神虎。

现在唯一的出路就是从山洞的洞口脱身，可洞口悬在半空，别说下不去，就是下去也找不到出路，现在搜山的武警只是在山外的路口摆摆样子，山里根本没人，鸣枪也是白费子弹。毛卫山急得冒了汗，他担心自己的处境，也在担心武熊的处境，想起武熊，毛卫山心里一亮，找到武熊的地方不是有个岔道吗？溶洞都是小洞连大洞，纵横交错四通八达，肯定不会只有一个通道，那个岔路如果也通进溶洞的话，应该就在这个洞口的右侧，就算也被堵起来，人工堆砌总归和天然的不同，仔细些一定能看出来。

毛卫山紧贴石壁向右寻找，他艰难地从钟乳石缝里挤过去，一寸一寸地认真检查，走出一百多米时，终于发现了人工堆砌的痕迹，他看准一块石头往外推，推了几下没推动，抠住石缝往里

一拽，大石头呼隆一声滚下来，差点砸在毛卫山脚上。石头滚下来了，洞里露出一个白花花的东西，毛卫山小心地把它掏出来，原来是一个很大的包裹，轻轻拆开包裹严实的塑料布，里面是两包虎皮，打开一包虎皮一看，里面是一副虎骨，打开另一包虎皮，里面的虎骨还很新鲜，正是昨夜新剥的那只老虎！踏破铁鞋无觅处，无意中却发现了秘密，毛卫山喜不自胜，他重新包好虎骨，又从洞里搬开几块石头，一阵凉风吹进来，通道出现了！

毛卫山仔细倾听了一会儿，确定外面没有动静，他试着往洞里钻，刚把手伸进去，忽然摸到一个软乎乎的东西，难道里面还藏着宝贝？他退回来又搬开了一块石头，抓住那东西一

拽，呼啦拽进一个人来，毛卫山吓了一大跳，扑上去扼住那人咽喉，不想那人一点儿也不挣扎，脖子却凉得冰手，忙打开电筒一照：原来竟是武熊！

武熊胸口上深深地插着一把匕首，翻着白眼早断了气。毛卫山明白了，一定是在自己探察神虎洞的时候，钱凯拿了昨晚剥好的虎皮虎骨进洞藏匿，发现受伤的武熊后，立即杀人灭口，至于自己进溶洞挖开的洞口，他肯定以为是武熊干的，才没有进溶洞查找，而是再次堵死，藏好了虎骨和武熊的尸体后匆匆走了。

目前看来，钱凯既然没把虎骨拿走，多半是还没有找到买主，肯定也不会匆忙逃跑，毛卫山细细一想，主意打定，他钻过洞口，把武熊的尸体和虎骨放回原处，又把石头按原样堵好，他关掉手电筒，小心翼翼地向洞外摸去。

5. 逼贼就范

毛卫山摸出山洞，看清四下无人，马上打电话向局长作了汇报，局长听得又惊又喜，惊的是两只老虎遭到残杀，喜的是旅游区发现了"金矿"。

局长告诉毛卫山：钱凯刚刚报了案，说是昨夜又逃掉了一只老虎，饲养员武熊畏罪潜逃，新聘的饲养员也不知去向。钱凯做了一番检讨之后，

表示要亲自守护虎园，听候有关部门处罚。案子似乎已经明朗，只要等钱凯来取虎骨就可以破案了。

毛卫山向局长建议：马上对钱凯施加压力，放出风来说检察院要以严重渎职和危害公共安全对钱凯进行追究，逼钱凯尽快取出虎骨潜逃。自己熟悉地形，负责留守神虎洞，看管虎骨，争取今晚在洞内里应外合，人赃俱获。接着又详细通报了山脚下后洞和山涧前洞的位置。

电话打完，毛卫山摘了几颗野果充饥，又捧了几捧山泉润了润喉咙，转身又进了神虎洞。

毛卫山估摸着白天钱凯是不会进洞的，自己应该抓紧时间休整，养精蓄锐，于是找了个比较平坦的地方，倚着洞壁眯上了眼。毛卫山就这样一边休整一边等着，可时间一分一秒地过去，直到夜里三点，钱凯还是没有出现。毛卫山有点拿不准了，难道这家伙今夜按兵不动？他下意识地摸了一下手边的虎骨，感觉虎骨还没有晾干，突然开始担心如果再这么拖下去虎骨可能会变质，稍微犹豫了一下，毛卫山就决定把溶洞里面的石头扒开，溶洞里的温度比较低，储存几天都不会有问题。毛卫山说干就干，挽起袖子搬石头，他不想把这一面搞得太乱，先扒通了一个小洞，试试大小差不多了，伸进脑袋就往溶洞里钻。

谁知他刚刚爬出半截身子，突然

被人揪住衣领，一个凉冰冰的东西顶住了额头，一个尖嗓子喝道："不许动！我们是警察！"毛卫山吓了一跳，想不通这里面怎么会有警察？他慢慢抬起头，模模糊糊看到眼前站着两个穿武警服装的人，再想仔细看时，一道强光照在脸上，炫得眼前一片花白，另一个人叫了声："是你？"毛卫山听出来了，这个人就是钱凯！

不知钱凯小声说了句什么，又是那个尖嗓子喝问："你他妈来干什么？"毛卫山装出发抖的声音："饶命啊，我、是武熊要我来偷虎骨……"钱凯冷笑："武熊要你来？没想到我们会在里面吧？哼，来了个苦力，我这正缺人手呢！"尖嗓子喝道："爬进来！"毛卫山也不知道他们是不是真有枪，一面往里爬一面摸索，悄悄把枪塞进了武熊的尸体下面。

毛卫山爬进了溶洞，被搜身后两个人就让他扒垒在洞口的石头。他故意磨磨蹭蹭，边扒石头边寻找机会，扒出武熊尸体时故意装成吓得跌了一跤，"哎呦哎呦"地装作崴了脚爬不起来。尖嗓子打着手电筒

俯身来看，躺在地下的毛卫山突然一个兔子蹬鹰，蹬得尖嗓子向后飞起，正好把身后钱凯砸了个仰面朝天。毛卫山趁机摸出手枪，跳起来大喝一声："不许动！我才是警察！"话音未落，只见眼前火光一闪，毛卫山猛地卧倒，只听"轰"地一声，身后的石壁爆起了一片火花，抬头再看时，倒在地下的两个人都不见了。

这两个家伙有霰弹火枪，这种枪近战威力极大，溶洞里地形复杂，自己又是一对二，毛卫山不敢暴露目标，缩到一根钟乳石后面，紧紧盯住藏虎骨的洞口，眼下没办法通知外面，只能先守住虎骨。

等了一会儿，不远处的钟乳石侧面突然射来一根光柱，扫来扫去在毛卫山藏身的地方照射，晃得毛卫山眼

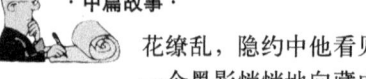

花缭乱，隐约中他看见一个黑影悄悄地向藏虎骨的洞口爬去，毛卫山照着那个方位就是一枪，光柱停住了，"轰"地一枪打过来，把毛卫山藏身的钟乳石打得碎片横飞，毛卫山打个滚儿换了位置，开枪射击手电筒，可手电筒不住地乱晃，又是"轰"地一枪打来，毛卫山顾了东顾不得西，只听得洞口处"哗哗"乱响，那个黑影趁机扒出包裹，一骨碌滚进了黑暗里。

毛卫山急了，正要奋不顾身冲上去，"嘟嘟嘟……"一梭子弹扫在洞顶上，洞口里射进几道强光，警察们一个跟一个从洞口里钻进来，毛卫山大叫："自己人，不要乱开枪！"一个警察弯着腰跑过来，原来是局长亲自带队来了。

毛卫山说："告诉大家不要乱开枪，打坏了钟乳石多可惜，只要堵住山涧的洞口他们就跑不了。"局长笑道："没关系，让他们跑吧，就是要把他们逼到洞口去。"

毛卫山带路，警察们打开强光灯在大厅里平行搜索前进，一路推进到小厅，山涧洞口的树丛已经被扒开，洞口的光亮处站着两个惊慌失措的人。

局长喊话："找不到绳子了吧？告诉你们，你们一进洞我们就把绳子收走了，老实交枪投降才是唯一出路！"毛卫山带着警察步步逼近，钱凯大叫一声："反正是个死！"抱着包裹纵身跳出了洞口，尖嗓子不敢跳，抱着头蹲在神虎脚下发抖……局长从洞口探头朝崖顶上喊："把绳子放下来，下去几个人给他收尸，注意把虎骨都捡回来！"局长回过头欣赏神虎，大家无不啧啧称奇，毛卫山叹道："要是早发现神虎洞，旅游区也不会倒闭了！"

局长指着尖嗓子笑道："你哪里知道，他就是来谈判收购旅游区的王老板，据我们调查他还是钱凯的表弟，要我猜呀，多半就是为了这个神虎洞！"

审讯了王老板果然如此，原来是钱凯在为旅游区勘察地形时，无意中发现了神虎洞，他立刻由此看到了无限商机，于是便利用手中的职权瞒上欺下，千方百计拖延建设，浪费资金，意在造成旅游区倒闭，再由表弟代替自己投资收购，开发神虎洞，重振旅游区。钱凯计划得挺圆满，可是他缺乏收购的资金，于是便动起了老虎的脑子……

旅游区重振以后，神虎洞的传说有了续集：一个坏人杀了老虎，躲进神虎洞，结果神虎显了灵，一声咆哮扑了上去，吓得坏人跌下山涧，粉身碎骨……

（题图、插图：杨宏富）

（本栏欢迎来稿，本期责任编辑电子信箱：liangningning@vip.sohu.net）

  春天来了，花儿开了，我们熟了，感情深了，分不开了，要结婚了。邀您见证我们的幸福誓约！上海 张淮（0838）

《话说中国》作为国礼赠送美国耶鲁大学

历时八年，全力打造历史文化读物精品，已成家庭收藏、馈赠亲友、学生阅读首选大作

《话说中国》八大看点

《话说中国》以故事传真中国五千年历史，立体化全方位地展示中国历史文化精华，使现代人轻松走进历史的缤纷世界，和巨人同游，与先贤对话。

享誉海内外的史学界顶尖学者李学勤教授担任本书总顾问，并由他精心组织了一批著名断代史专家出任本书各卷的顾问。

中国韬奋出版奖获得者、上海文艺出版总社编审何承伟担任本书总策划，全书集中了其从事编辑出版工作30年的能量与智慧。

著名学者、断代史专家孟世凯、许倬云、葛剑雄、陈高华、熊月之等任顾问，全力参与本书的策划、编撰与审定。

杨善群、刘精诚、顾承甫、程念祺等30余位来自全国各地的第一线历史学者撰写全书文字，将个人长年学术精华融于书中，倾力奉献经典而又精彩的篇章。

全书10幅4开地图，由著名史学家、复旦大学历史地理研究中心主任葛剑雄教授精心阐释、审定，系统展现从秦皇汉武直到近代各历史时期疆域变迁、民族融合、对外交往、名人胜迹等生动内容。

《清明上河图》《兰亭序》《韩熙载夜宴图》等名作巨幅拉页，原图引进，仿真印制，展现原作的惊世风采，配以名家精心点评，让你轻松拥有国宝，读懂国宝。

优秀装帧设计家、首届上海出版人奖获得者袁银昌领衔设计本书的整体包装。装帧版式设计独具匠心，完美体现出本书的现代性创意与百科全书的特征，体现出为读者着想的良苦用心；美妙的图与文组合，为您提供一程赏心悦目的中国历史文化之旅。

难骑的 "猎豹"

□ 李清林

丢失的车回来了

这天，阿P到朋友刘二家去喝酒，居然看到自己丢失的那辆"猎豹"轻便摩托车就停在院子里，虽然牌照换了，车子也旧了一些，但自己的东西还是认得出来。

阿P走进院子，尽量不动声色地问："这辆摩托是谁的啊？"刘二指着一个小伙子，说："是'哪吒'的！"阿P不由分说，冲过去抓住那小子的衣领，吼道："好小子，没想到在这儿碰上了，走，跟我上派出所！"

那人名叫哪吒，也有些小本事，他闪身反腕出肘，猛地一搡，阿P肋下受到撞击，不由自主地松开了双手，"噔噔噔"倒退出好几米，"扑通"一声，仰面朝天摔在地上。

哪吒凶巴巴赶上去还要打，刘二赶忙上前拦住。阿P从地上爬起来，指着哪吒说："他是个贼，他骑的这个车是偷我的！咱到派出所说理去。我的东西，我有记号的。"哪吒听了这话一愣，不再骂了。刘二赶紧打圆场："看在我的面子上，咱到屋里，有话慢慢说，好不？"

这么一说，两人都点点头，随刘二进了屋。

阿P说："这车是我半年前丢的，绝对没错！"哪吒倒也实在"这车确实不是我的，但也不是偷的。我也有一台猎豹车，后来丢了。有一天，我到派出所闲逛，找我姐夫，就是那个人称王大头的副所长喝酒，闲谈中说起丢车的事，他说，正好我们刚破获了几起盗车案，你去赃物库看看有你的没有。我跟他去一看，没有，就开玩笑说要冒领一台，没想到他一口答应，我就把这台猎豹推来了。"

阿P听他一说，虽说相信了，可心里又添了另一股恶气，暗想：我说这么多次到派出所认领失物，怎么都没有哪，原来让所长小舅子给弄走了。

阿P正想着呢，刘二说话了："人怕见面，树怕剥皮，如今事情全清楚了，刚才纯属误会。这么办吧，我作主，既然车是阿P的，就还给阿P好了。"哪吒看了看刘二，点头了。

旧车变成了新车

阿P没想到对方这么轻易地就把车还给了他，一时间突然觉得自己特有理，喉咙也粗了，提出了新的条件："我的车丢的时候可是新的，你看现在这样子……"

哪吒见阿P说这话，就看刘二。刘二点点头，冲着哪吒说："阿P说的也是，我看这么办吧，反正你姐夫在派出所，你就再辛苦一趟，他们那里不是还有吗，就再给阿P换台新一些的，这不难办到吧？"哪吒似乎极不情愿，但还是答应了，说："既然刘哥这么安排，我就去给你换一台来。"

哪吒果然手眼通天，不大一会儿，就骑回来一台崭新的"猎豹"，这真是塞翁失马，阿P兴高采烈地跨上新车，意气风发地回家去了。

老婆小兰知道这事儿后，多长了个心眼，劝阿P道："既然是赃物，你要是骑出去，被人家原车主认出来，那不就麻烦了？咱不骑，卖掉它再买个新的吧！"

阿P觉得有道理，没几天就转手卖了个好价钱，两口子开始商量着买新车，阿P突然又改变了主意。为什么？他在街上看到了派出所的公告，说最近又连续破获了两起盗窃自行车摩托车的案子，收缴了不少赃车，请失主尽快到派出所认领。阿P一看，来了点子。他想，自己那台"猎豹"被哪吒到派出所换了新的，如今一定还

· 多重性格 憨态可掬 ·

存在派出所那里，何不借此机会，再去把它名正言顺地认领出来，这不是赚大了么。他把这主意一说，他老婆小兰有些担心，说这么干不好吧？阿P脖子一梗，说："有什么不好？他们警察可以随意把收缴的车送人，我为啥放着自己的车不去领？他们做得，老子也做得，哈哈！就这么办！"

差点成了抢劫犯

过了几天，阿P来到派出所，院子里一溜摆放着赃车，他那猎豹果然在里面，只是比阿P上次看到时，还

要再破旧一点。阿P指着自己的车说"就是这个，我说得出特征的！"接着就得意地说出了自己车子的特征，旁边的警察奇怪地看着他，问道："那真的是你的车？"阿P不开心了："当然，我不都把特征说清楚了吗？"只见那个警察在另外一个警察耳边说了点什么，那个警察点着头先走了，剩下的一个对阿P说："既然你这么肯定，那就跟我到楼上办公室去办手续吧！"

阿P兴冲冲地跟他上了楼，没想到进屋以后突然从门后闪出几个警察，猛地把阿P的胳膊扭到背后，然后浑身上下搜了一遍，厉声喝问："说！枪藏在哪里？"阿P哪见过这场面，吓得什么也说不出来。

等到了公安局的审讯室，阿P才知道，原来前不久发生了一起持枪抢劫案，案犯在作案时，现场遗留下了这台猎豹电摩托，他现在来认车，肯定要把他抓起来审一下。

到了这时候，阿P顾不得体面不体面了，只好竹筒倒豆子，把一切经过说了一遍。并且揭发说，那给他换车的，就是派出所王副所长的小舅子。

办案人经过核对，王所长根本没有这个小舅子，也从没给谁换过车。不过根据阿P提供的情况，警方很快抓住了凶手哪吒，哪吒又供出了团伙首犯刘二。他们供认，说阿P的车是他们团伙中的另一个人偷的，换给阿P的那辆新车，根本不是到派出所换的，也是偷来藏在窝点的，当时因为怕阿P声张，就说了个谎骗他。

事情查清楚后，阿P被教育一通，退出了卖赃车的钱，并领回那破车。

在领车的时候，凑巧碰到了那个王副所长，阿P一脸羞愧地说："对不起，我把你想歪了。"王所长乐了，开玩笑地说："没关系，我们是亲戚啦，什么时候想换车，你只管来找我，有求必应。"阿P不好意思地直摇头。

阿P走出来一回味，不对，有点吃亏，这个大脑袋警察，把我说成他小舅子啦！不过想想，过去在警察中连一个熟人都没有，通过这一通折腾，如今竟有个副所长上赶着给自己当姐夫，倒也不赖，阿P不由又有些飘飘然起来。

（题图、插图：李　加　史　琦）

驴经纪改行

□ 黄　胜

赵家庄有个姓黄的歪嘴老汉，别看他嘴歪，却是个买卖牲口的中间人，俗称"驴经纪"。因为干这一行，讨价还价根本不用动嘴皮子，而是划拳一样，双方手指头来来去去地一比划，买卖就成了。

这一天，黄老汉去赶集，看到路边有人在吆喝，此人染着黄头发，扎着小辫子，穿着花小褂，不男不女，不中不洋，嘴里时不时地蹦出几个洋词儿："一天十块钱，愿意干的快报名。OK？"

黄老汉一打听，原来此人是附近影视城一个剧组里的演员经纪人，因为剧组明天要拍一场大戏，他跑到这里招群众演员来了。

黄老汉忙问："是一天一给吗？"

"噎死（yes）。"

黄老汉的小眼睛顿时一亮，于是凑上去扯了小辫子来到背人处，黄老汉将胳膊亲热地搭上人家肩头，商量说："老板，价钱给的低了点儿吧？你提一提价钱，要多少人，我给你搞定。"

小辫子轻蔑地问："你干啥的呀？"

黄老汉挺挺胸脯，高傲地说："俺也是经纪人。"

小辫子不由刮目相看，上上下下打量了一遍老汉，说："我给你点赚头，一天十五吧。"

黄老汉四下看看，右手放在小肚子下，大拇指跟食指张开做了个八字，晃了晃，意思是一天八十。见对方没反应，便又握紧拳，大拇指跟小指跷起，意思是六十。

小辫子还是没反应。

黄老汉只得再落价，伸出四根手

指头，晃了晃，意思是四十。

小辫子见这老头不断地冲自己挤眉弄眼，手指头在肚子底下比比划划，不耐烦了，道："行了，你也别比划了，就是我说的数了，你爱干不干，OK？"边说，边伸出三根手指头在老汉面前一晃。

三十？黄老汉喜出望外，他本以为对方最多能给二十呢。他怕对方反悔，马上说："好，就这么定了。"

小辫子听他信誓旦旦，自然乐得轻松，便拍拍他的肩，伸出手指做了个"V"字型，道"耶——合作愉快。"

黄老汉见他竖起两根手指，一慌，心说对呀，是二十呀，你连我花多少钱招人都猜到了。

接下来，老汉也不赶集了，马上转头赶回村里。回村后，他逢人就说自己改行做演员经纪了，现在正招群众演员，每天每人二十块。不一会儿，来报名的人差点把他家门框都挤破了。

第二天，黄老汉带上他的演员们，浩浩荡荡赶赴拍摄现场。

小辫子见老汉果真领来了这么多人，嘴里"OK"个不停，三根手指冲他比划来比划去。黄老汉眉开眼笑，心说行了，你别提醒了，俺知道一位给三十。

好不容易盼到了天黑，戏终于拍完了，黄老汉乐呵呵地去跟小辫子算账。

小辫子痛快地数出一摞百元大钞，"啪"拍在他手里，大方地说："谢谢你了，老伯。"

黄老汉蘸着唾沫数了一遍，脸上的笑容就不见了，又一五一十数了一遍，急了："不对吧？"

"怎么不对？"

"少了一半呀。"

"不可能，每人十五，一共差五块两千，我给你两千，还多给了你五块呢。"

黄老汉叫起来："你想讹我呀？咱明明定的是每人三十的。"

小辫子根本不认账："莫名其妙，我什么时候说过一人三十？"

黄老汉急得赌咒发誓，一口咬定："绝对是三十，就是你给的价。"

小辫子也火了："实话告诉你，剧组给我一个人才三十块呢，都给了你，我还赚不赚了？你别无理取闹了，OK？"说着，又伸出了三根手指头，一晃。

黄老汉一下子蹦起来，一把抓住小辫子的手腕，扳着他的三根手指，道："你看，你昨天就是跟我这样比划的，不是三十是多少？"

小辫子闻听，看看理直气壮的老汉，再看看自己手指的造型，突然明白了，不由"扑哧"一声，忍俊不禁："哈哈，老伯，你误会了，你看，我这是在做OK的手势，不是三十呀。"

真是太准了

□ 邱同强

新录用的交警王勇上班快一个月了，每天被队长张大鹏关在屋子里，除了学习就是学习。这天早上一上班，王勇就被张大鹏叫去了，张大鹏问："250个不可以拦截车辆的牌号、特征记得怎么样了？"王勇连连点头，张嘴就叽哩呱啦地说起来，张大鹏一听挺高兴，说道："这些特号车都是有背景的，必须记清楚了，否则会给自己甚至队里带来麻烦的。"王勇点着头，心里却不以为然。

王勇的岗位在全市最繁华的路口，这天，他正认真指挥着，突然看见一辆黑色的小轿车左晃右晃地开了过来，开得不稳不说，还乱占车道，开车的司机是一个四十岁左右的男人。王勇的脑子顿时飞转起来，在250个特号车里面有这一个，车主叫李飞扬，是一个风水先生，也不知道他怎么混进特号车里面来的。

王勇有些犹豫要不要把车拦下来，可侧眼一看，这辆车侧体上居然喷写着"城市规划"四个大字，火"噌"就冒上来了：自己的父亲就是城市规划局的局长，一个风水先生，居然自称是搞城市规划的，难道哪里能盖楼，要怎么盖，都得听他的不成？

王勇这么想着，一挥手，让那车停了下来。开车的李飞扬没动，却从车上下来一位打扮时髦的女孩，她来到王勇近前，微微一笑，甜甜地说："小哥哥，刚来的吧，你们队的交警都认识我们，我是李飞扬老师的秘书，有事跟我说吧。"

王勇向女孩敬了个礼，说："我是交警，只和司机说话。"他打开车门，把李飞扬请了出来。

王勇敬了个礼，说："你怎么开的车？请出示驾驶证。"李飞扬右手一拍左袖管，袖管居然飘起来了，里面

空荡荡的，他说："像我这样的'一把手'，你们能给我发驾驶证吗？"

王勇急了，可还没等他发火，李飞扬早已打通了一个电话，拿着手机递给王勇，说："小兄弟，你们队长的电话，接一下吧。"

王勇将信将疑地接过电话，那边果然是张大鹏，他听也没听王勇汇报，就命令王勇把李飞扬放走。

换岗后，王勇被叫到张大鹏的办公室，张大鹏劈头就问："250个特号车你是怎么记的，怎么不执行？要不是看在我和你父亲多年交情的份上，今天非让你离岗不可。"张大鹏把火发完了，态度一缓和又向王勇解释道："小王，你不服是不是？你不知道，这李飞扬号称'李大师'，来头很大，好多大人物建个宅子、修个院子，甚至种棵树、垒个厕所，都要请他看

一看风水，说实话，他的知名度比你那个当规划局长的老爸高多了，你说，这样一个人我们能惹得起吗？"

挨了一顿臭批，下了班，王勇闷闷不乐地回家，一进门他就对父亲抱怨起来："什么领导啊，明明没有道理，还要把我臭骂一顿，还说再发生这样的事情，就让我离岗！"

没想到父亲没追问具体怎么回事，更没有安慰他，而是激动地一拍大腿，说道："准，太准了！"说着把王勇拉到书房，王勇一看书房里的人，差点没叫出声来，正是那个李飞扬和他漂亮的秘书，王勇父亲笑着说："小勇，来认识一下，这是李飞扬李大师。厉害，只一眼就看出我们的门楼子盖得有问题，会影响子孙的前程，让孩子事业不顺利，轻的在单位要受气，重的要把饭碗都给丢了，这回我这个规划局长真服气了！"

·本刊信息传真·

本刊隆重推出《过目不忘：50则关于荣辱观的故事》

为落实胡锦涛总书记关于加强社会主义荣辱观教育的指示，本刊编辑出版了《过目不忘：50则关于荣辱观的故事》一书。书中的许多故事，正在中国大地上以不同形式流传着。它们尽管题材广泛，内容不一，然而却聚焦着一个共同的主题，即"做人的道理"；包含着时代呼唤的"荣辱观"的元素，如爱国、求真、守信、勤劳、互助、守法等；凸现着故事艺术的感染力，以至于令你"过目不忘"。

减肥广告

□ 丰 景

周末上午，小赵出门买菜，刚打开门就看见两台摄像机正在给住在对门的邻居老陈录像。老陈外号"陈胖子"，一米七的身高，体重却足有二百斤。此刻，老陈穿得比平时讲究多了，只见他一边爬楼，一边对着摄像机诉说着胖人的苦恼："人要是太胖啊，就难免血压高、血脂高，患脂肪肝的概率也会增加。所以，一定要减肥！"说完，他从口袋里拿出一块手帕，假装擦额头上的汗水。

小赵怕影响拍摄，赶紧退到自己家门里，开着门看热闹，只见老陈走到家门口，转过身来对着镜头说："几年来，我尝试了多种减肥方法，包括运动、节食，可是效果都不好，"说着，他从口袋里拿出一盒口服液，"有人向我推荐了这一款减肥药，我要试试看！"大概是老陈的表述还算流利，摄像师喊了一声："好！"几个人就撤走了。

小赵看拍摄的人撤了，赶紧跑过去，好奇地问："老陈你这是搞什么名堂啊？"老陈压低了声音说："一个朋友让我给他们的减肥产品做个广告！"小赵一听笑出了声："你真有信心减肥？要是减不成这不就都白拍了？"老陈"嘿嘿"一笑，不再言语。

半个月后，老陈拍的广告播出了。前面的部分和那天小赵看到的一样，而后面的内容则让他大吃一惊！只见老陈真的消瘦了许多，对着镜头举着那瓶减肥药说："我刚刚用了不到一个月，居然瘦了40斤！"

看完广告，小赵忍不住打了个电话给老陈："我说大哥，我前几天见你还是老样子，你是孙悟空啊？那广告……"老陈在电话那头不好意思地说："瘦的那个是我在乡下的孪生弟弟……"

中奖

□ 陈文利

王有财退休后迷上了买彩票，他坚信自己有一天能中个大奖。可四年过去了，十块二十块的小奖倒是中了不少次，可大奖一次也没轮到他。

这天午睡的时候，王有财做了一个梦，梦见自己中了250万元的特等奖，他把领来的钱放在自己的裤腰里，搂着一路往家跑。醒来以后，他立刻从床上跳起来，喊道："准是财神爷托梦给我，发财的时候到了。看来舍不得孩子套不来狼，现在我就去买一千块钱的彩票，看它中不中？"说完就真的去买回来。

等到开奖的那一天，王有财拿着厚厚一打彩票，逐号逐号地对起奖来……正在老伴担心他走火入魔时，他突然大叫起来："中啦！我中啦！"老伴赶紧跑了过来，一看果然中了个二等奖，这二等奖的奖金可是两万元呢。

王有财二话不说，拉起老伴就往外走，大声嚷道："咱俩到市里最好的饭店，挑最好的菜，好好庆贺一下！想花多少，这次你做主。"

老伴点点头，带他到了小区门口的一家小面馆。王有财不乐意了，嘴里嘀咕着"中了大奖，还吃面条？真是想不开！"可老伴硬把他按在座位上，说是自有道理。

两碗香喷喷的牛肉面被端上餐桌后，老伴平静地望着王有财，慢慢地从口袋里掏出个小本子，说道："从你买彩票后，我就替你记了这本账，几个末等奖不算，你买彩票前后一共花了一万五千五百八十六元，这回你中了两万元，扣除税再抵掉你用来买彩票的钱，剩下的刚好能买这两碗面。"

王有财愣了，合着辛苦了这么几年，就挣了两碗牛肉面！

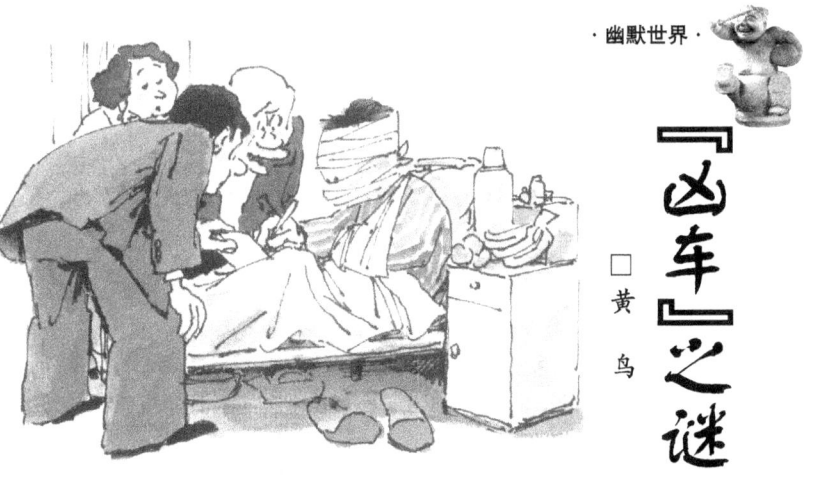

『凶车』之谜

□ 黄 鸟

小秦单位里的一个同事，骑着自行车刚出单位大门，就撞上了一辆急驰而来的汽车，一命呜呼了。后来这车就扔在车棚的角落里，大伙都说是这自行车邪门，不愿去碰！"

小秦不信这些，可没过多久，这车真的又出事了。

那天，门卫看到一个陌生人推着这辆自行车要出去，就上前询问。没想到那个人看到他过来，跳上车子夺路就逃，可没跑多远就撞上马路护栏摔成了重伤。原来那人是个小偷，而他挨摔的地方恰好也在自行车主遇车祸的地方！

从此，单位里的人无不谈"车"色变，给它冠名为"凶车"！

可小秦还是不服气地说："你们这不是封建迷信吗，今天下班我就来领教一下这辆'凶车'如何厉害！"

下班后，大伙怎么拦也拦不住，只见小秦径直来到车棚，按了按车胎，掸了掸车座，蹬起车来飞快地出了大门口。

可他没走多远就重重地摔在了马路上，大伙赶紧送他去了医院。

一番治疗以后，小秦躺在了病床上，他左手打着石膏，头上缠满了绷带，就露着两只眼，连话都说不了了。

同事们七嘴八舌地议论那辆"凶车"太可怕了，病床上的小秦一个劲儿地摇头，嘴里"呜呜"地叫着，示意了好久，人们才明白了什么意思，递给他纸和笔让他写下了几个字。

等小秦写完，大伙低头一看，这才恍然大悟！

小秦写的是——"没有车闸！"

（本栏题图：李 加 史 琦）

最具人气短信推荐 4 月(下) 关键词：婚礼祝福

● 执手花前月下，相偎风花雪月；柔柔一眸情切切，深深一吻莫匆匆；红毯结同心，爱似鸳鸯戏水，情比蝴蝶双飞；祝福白头偕老，但愿爱海滔滔，永住鱼水乐。江苏 吴伟 (0845)

● 我想送你玫瑰，礼堂早已摆满 我想送你首饰，却没有与你匹配的光华；我想送你衣物，怎及你的婚纱；我想送你美酒，他的爱已将你灌醉；只好送你一句：白头偕老，永结同心！河南 李雪生 (0846)

● 迎来花车放鞭炮，新郎紧把新娘抱，大红喜字咧嘴笑，两位新人是主角，合唱一曲天仙配，乐得亲朋眼泪掉，新郎新娘更陶醉，银河今夕架鹊桥。河北 陈拥军 (0847)

● 一生幸福，两情相悦，三生缘修，世世代代，无离无弃，流年大喜，把手言老，酒杯遥祝，十全十美，百子千孙，万事如意。广东 林俊川 (0848)

● 各交出一只翅膀，天使新燕，以后共同飞翔在蓝天；各交出一份真情，神仙伴侣，以后共同恩爱在人间；我交出一毛钱，祝福你们新婚快乐、百年好合！浙江 金国栋 (0849)

● 愿你们分分秒秒平平安安，朝朝暮暮恩恩爱爱，日日夜夜健健康康，岁岁年年潇潇洒洒，永永远远快快乐乐，时时刻刻风风光光，生生世世顺顺当当。广东 宋琦 (0850)

本期特别征集

高考祝福和毕业寄语。每年6月到7月间，对学生来说是意义特别的日子。一部分学生将走进高考的考场，向自己未来的人生发起挑战 还有一部分学生则面临毕业，将离开熟悉的校园和同窗好友，奔赴各自的美好前程。对即将参加高考的考生，你有什么勉励的话要通过短信传送？对于依依惜别的同窗，你又想说点怎样的离别寄语？请把你的短信发给我们，与千千万万的学子分享吧。你还有机会赢取 3000 元奖金哦！（详情见P22）

春天来了，花儿开了，我们熟了，感情深了，分不开了，要结婚了。

2月份短信王揭晓！

经过读者下载投票，2月份位列前十名的短信编号分别为：0328、0345、0319、0323、0304、0446、0444、0448、0445、0447，它们的作者（推荐者）各获奖金100元，2月份的短信王中王将从以上 10 条短信中产生，奖金3000元。谜底下期公布！

  上班族四大危险行为：和老板打情骂俏，跟同事无理取闹，为客户慷慨掏包。怎么只有三个♀ 那你还真不知道♀ 工作时间看短信，还傻笑！重庆 李国军 (0844)